리라장
사건

옮긴이 **김선영**

1979년 생으로 한국외국어대학교 일본어과를 졸업하였다. 옮긴 책으로는 아리스가와 아리스의《월광 게임》《외딴섬 퍼즐》《쌍두의 악마》《하얀 토끼가 도망친다》와 사사키 조의《경관의 피》미나토 가나에의《고백》야마구치 마사야의《살아 있는 시체의 죽음》등이 있으며, 특히 일본 미스터리 문학에 깊은 관심을 가지고 번역 활동을 하고 있다.

RIRA-SO JIKEN(VILLA LILAC CASE)
written by Tetsuya Ayukawa

Copyright © 1958 Hiro Furuya
All rights reserved.

This Korean edition is published by arrangement with Tokyo Sogensha Co., Ltd., Tokyo in case of Tuttle-Mori Agency, Inc., Tokyo through Yu Ri Jang Literary Agency, Seoul.

이 책의 한국어판 저작권은 유·리·장에이전시를 통한 저작권자와의 독점 계약으로 ㈜사공사가 소유합니다. 저작권법에 의해 한국 내에서 보호를 받는 저작물이므로 무단전재와 무단복제를 금합니다.

아유카와 데쓰야 지음

김선영 옮김

리라장
사건

り
ら
荘
事
件

시공사

♠ 등장인물

히다카 데쓰코 日高鉄子 ┈┈┈┈┈┈┐

유키타케 에이이치 行武栄一

아마 릴리스 尼リリス

마키 가즌도 牧数人 ┈┈┈┈┈┈ 리라장 손님

다치바나 아키오 橘秋夫

마쓰다이라 살로메 松平紗絽女

아비코 히로시 安孫子広

니조 요시후사 二条義房 ┈┈┈┈┈┘

소노다 만페이 園田万平 ┈┈┈┈┈┈ 리라장 관리인

소노다 하나 園田花 ┈┈┈┈┈┈┈┈ 만페이의 부인

스다 사키치 須田佐吉 ┈┈┈┈┈┈┈ 숯쟁이

유키 由木 ┈┈┈┈┈┈┈┈┈┈┈ 형사

겐모치 劍持 ┈┈┈┈┈┈┈┈┈┈ 경감

호시카게 류조 星影龍三 ┈┈┈┈┈┈ 명탐정

♠ 차례

1 가랑비 속의 죽음   9

2 하트 3와 클로버 잭   51

3 두 번째 살인   82

4 비소   99

5 붉은 펜나이프   118

6 스페이드 4   143

7 수수께끼 숫자   168

8 무더운 거리에서   194

9 스페이드 5   214

10 니조의 자신감   236

11 해결이 눈앞에   262

12 다락방의 매복   281

13 바꽃   304

14 장미 침상   328

15 호시카게 류조   351

16 푸른 노을   390

17 카드의 비밀   428

창작 노트 | 아유카와 데쓰야   461

옮긴이의 말   473

가랑비 속의 죽음

-1-

라일락장㽸이라는 이름의 유래는 원래 소유자였던 후지사와 간타로藤沢勘太郎 씨가 라일락꽃을 아껴서 그 꽃을 건물 주위에 그득히 심었기 때문이라 한다. 지금도 4, 5월이 되면 흰빛의 틸즈에 윌모트, 불그스름한 자줏빛의 시리온이나 페르시카알바, 흔히들 라일락색이라 부르는 연보랏빛의 태피니 오블라스니 해브메이어와 같은 품종이 겹겹이 봉오리를 틔워 그윽한 향기가 주위에 가득하다.

후지사와 간타로라는 이름을 아는 일반인은 거의 없겠지만 후지타藤太 증권의 독불장군 사장으로, 과거에는 나는 새도 떨어뜨릴 기세로 지치지도 않고 본처와 열두 명의 첩 사이를 넘나들었던 그의 사생활은 지금도 가부토 초兜町, 도쿄 증권거래소가 있는 지역으로 일본 증권시장의 대명사—옮긴이 일대의 전설이다. 후지사와 씨 입장에서는 그런 일로 남들 기억에 남다니 분명 본의가 아니었겠지만 젊은 증권회사 사원들이 그를 우러르고 여사원들이 그를 부정하는 것도 다 그런 까닭이니 어쩔 도리 없는 이야기이다.

후지사와 씨는 주식거래소 사환부터 시작해 기반을 다진 인물인 만큼 수완도 비상하고 자신감이 넘쳤지만 이런 종류의 인간에게 흔히 찾아볼 수 있듯 무턱대고 저돌적으로 뛰어드는 경향이 전혀 없다고 할 수 없었다. 그가 자기 대에 성공을 이루어낸 것도 그러한 방식 덕이었다고 할 수 있고, 또한 몇 년 전 공황이 닥쳐 보유 주식이 크게 폭락해 라일락장에서 자살한 것도 그 탓이었다. 그가 돌다리도 두드려보고 건너는 신중한 성격이었다면 권총 탄환을 제 머리에 처박는 비참한 죽음을 고를 필요는 없었으리라.

후지사와 씨는 동료들 사이에서는 가면이나 민예품 수집가로도 유명한 사람이라 라일락장의 서재는 책장이고 바닥이고 벽이고 온통 각국 각지의 가면들이 빼곡했다. 그 회전의자 위에서 그의 시체를 발견했을 때, 달려온 집안사람은 물론이고 불려온 의사마저도 수많은 가면이 자아내는 이상한 분위기에 겁을 먹고 냉정하게 처치를 하지 못했다고 한다.

이 방 이야기는 뒷장에서 다시 언급할 기회가 있을 테니 이 이상 다루지 않겠지만 알거지 신세라는 말이 있듯이 남편을 잃은 미망인은 하룻밤 새에 몰락한 생활을 해야만 했다. 후지사와 가家에서 라일락장을 내놓은 이유는 그러한 사연 때문인데, 일본 예술대학이 그 건물을 사들여 레크리에이션 숙소로 학생들에게 개방했다.

라일락은 달리 리라刺羅라 부른다. 학생들이 이 기숙사를 '리라장'이라 부르게 된 이유는 변사자가 나온 '라일락장'의 이름을 꺼려서라기보다도 리라장이라는 짧은 이름이 젊은이들의 근대 감각과 맞아떨어졌기 때문이리라. 이 햇병아리 예술가들은 관습을 따르거나 미신을 믿기에는 너무나 속편하고 명랑한 낙천주의자일 뿐이었다.

리라장은 아라카와荒川 강 상류, 사이타마埼玉 현과 나가노長野 현 접경에 가까운 위치에 있다. 고토江東 구와 에도가와江戸川 구 접경을 흘러 도쿄 만으로 흘러들어가는 아라카와 하류는 탁하고 더러워서 빈말로도 아름다운 물줄기라고 할 수는 없지만, 리라장 부근을 흐르는 아라카와 강은 청렬淸洌이라는 단어가 꼭 맞는 맑고 푸른 강이다.

그 리라장에 가려면 이케부쿠로池袋에서 도조東上 선 전철을 타는 방법, 하치오지八王子에서 하치코八高 선을 타는 방법, 또는 우에노上野에서 구마가야熊谷로 빠지는 방법, 이렇게 전부 세 가지 코스가 있는데 어느 길로 가나 요리이鳥居를 넘어서면 지치부秩父 철도의 신세를 져야 한다. 구마가야에서 출발한 열차는 아라카와 강을 따라 물줄기를 거슬러 올라, 요리이를 지나 기슈紀州 도로핫초澁八丁의 이름을 딴 지치부 나가토로長瀞를 지나서도 한참을 달려 이윽고 가게모리影森라고 하는 고즈넉한 작은 역에 도착한다. 구마가야에서 출발해 한 시간 반의 여정이다. 이곳에서 내려 다시 미쓰미네구치三峰口 쪽으로 20분쯤 걸어가면 그제야 겨우 리라장에 도착한다. 청류에 앉아 아름다운 개구리 울음소리를 거저 들으려면 다소의 불편은 감수해야겠지만 아무리 그래도 우에노에서 두 시간이라는 거리는 다소 먼

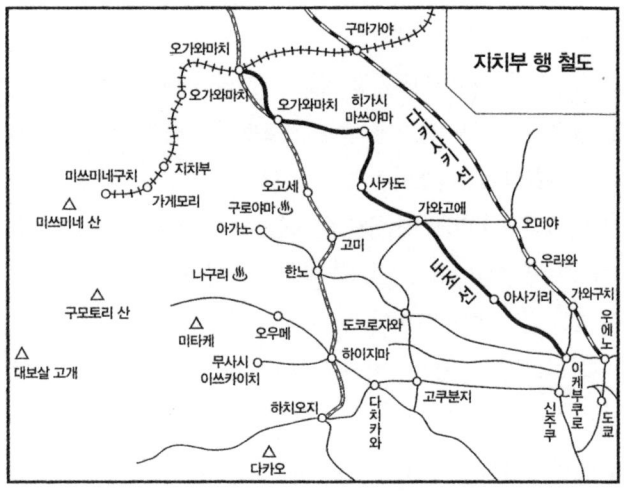

탓에, 모처럼 마련한 숙소이건만 오죽했으면 여름방학 기간에도 이곳을 이용하는 학생은 얼마 되지 않았다. 듣자하니 자살한 후지사와 씨는 여름 주말을 어김없이 이곳에서 보냈다는데, 그 근면한 성격은 칭찬받아 마땅할 정도였다.

소위 맨사드 지붕이라 부르는 지붕 형태는 프랑스인 'Mansard' 씨의 고안에 따른 것이라 하니 '망사르'라 불러야 올바를지 모르겠으나, 리라장은 이 형식을 택해 지붕을 구리로 덮었는데 그 구리 지붕에 푸른 녹이 잔뜩 끼어 보는 이에게 한층 묵직한 인상을 주었다. 또한 가장자리 경사가 가파른 지붕 북쪽에 튀어나온 잿빛 사각 굴뚝이 훌륭한 악센트라는 점도 간과할 수 없는 사실이었다.

역에서 외길 도로를 터벅터벅 걸어가면 이윽고 왼편에 판자로 만든 푯말이 보이고 '리라장'이라는 글씨가 나온다. 말뚝이 짧은 난쟁이 푯말이라 자칫하면 놓치고 만다. 사실 수다에 정신이 팔린 여학생들은 쉬 지나치는 바람에 4킬로미터나 더 가서야 겨우 알아차리고 징징거리며 되돌아오는 경우도 있었다.

푯말 지점에서 왼쪽으로 들어가 약 2미터 폭의 길을 100미터쯤 가면 돌기둥에 달린 철책 문과 만난다. 문이 닫혀 있을 때는, 기둥에 붙은 '리라장'이라고 적힌 큼직한 문패 밑의 단추를 누르면 안에서 집지기 소노다 만페이가 헐레벌떡 나온다. 만페이 영감이 집을 비웠을 때나 혹은 지병인 류머티즘이 악화되어

걷지 못할 때는 부인인 하나 씨가 앞치마에 젖은 손을 훔치며 종종걸음으로 달려온다.

부부는 서로 닮는 법이라는데 만페이 영감과 하나 씨는 하나부터 열까지 정반대였다. 남편은 180센티미터 가까운 키다리인 주제에 몸무게는 45킬로그램밖에 나가지 않았고, 부인은 160센티미터나 될까 말까 한 주제에 75킬로그램이나 나간다. 성격 역시 남편은 소심한데 부인은 어찌나 느긋한지 모른다. 닮은 데라고는 부부가 나란히 사람 좋고 친절하다는 점뿐이었다.

-2-

여름방학도 막바지에 다가선 8월 20일 해질 무렵, 일곱 명의 학생이 이곳 리라장을 찾았다. 그들의 학교는 제2차 세계대전 이전까지 각기 미술학교와 음악학교로 따로 떨어져 있었지만 전쟁 후 학제 개혁으로 통합되었다. 따라서 한 학교로 정리된 지 아직 얼마 되지 않았고, 그 때문에 예전의 학풍이나 전통이 학생 저마다의 내면에 배어 있었다. 지금 리라장에 도착한 한 무리의 젊은이들만 보아도 어딘지 모르게 나태해 보이는 여성이 미술학부 학생이고, 세련된 옷차림을 한 사람이 음악학부 학생들이라는 사실이 한눈에 보였다.

"어머, 싫다. 벼락부자 취향하고는. 저 현관 처마 꼬락서니 좀 봐."

철문 앞에 서서 숙소의 경치를 훑어보며 동의를 구하듯이 중얼거린 사람은 쇼트커트에 테가 굵직한 남성용 안경을 쓴 히다카 데쓰코였다. 옆구리에 캔버스를 낀 채, 물감으로 극채색 무늬를 그린 치마를 입고 마도로스파이프를 뻐끔뻐끔 빨아대고 있다. '블랙 여사'라는 별명은 피부가 검은 탓이 아니라 검은색에 심취해 시커먼 그림을 그리기 때문에 붙은 것이다. 얼굴색은 오히려 하얀 편이라 할 수 있었다.

"흥, 속물 냄새가 풀풀 풍기는군. 이놈들하고 똑같아."

유키타케 에이이치가 긴 머리를 흔들며 턱짓으로 가리킨 것은 음악학부 패거리였다. 그 역시 음악학부 학생이면서 자기 친구들을 헐뜯는 모습이 이상해 보이겠지만 전에는 미술학부 서양화과에서 그 독특한 터치와 풍부한 색채 감각으로 장래를 촉망받았을 정도였으니, 음악학부로 과를 옮긴 지금도 그는 역시 미술계 사람들과 죽이 잘 맞는다.

학생들 사이에는 대항 의식이라는 감정이 바닥을 흐르고 있다. 누가 뭐래도 미술학교 선배 중에는 오카쿠라 덴신沖會天心을 비롯해 세계적으로 유명한 인사가 몇이나 되는 데 비해 음악학교를 나와 해외 음악계에 이름을 떨친 인물이라고 하면《나비 부인》의 미무라 다마코三村たま子 여사 한 명이 전부다. 미술학부

학생이 갖는 우월감의 근거는 그 점에 있었다.

　음악학부 학생은 굳이 따지자면 부잣집 아들딸이 많아, 특히나 여학생 중에는 고급 차로 통학하면서 아가씨의 고상한 취미 삼아 음악을 배우는 이도 있었다. 그에 비해 미술학부는 힘겹게 사는 고학생이 적지 않다. 특히 유키타케의 경우, 미술학도였을 무렵의 이야기지만 목탄화 데생을 지우는 데 사용한 식빵 부스러기를 모아 거기에 마가린을 발라 저녁 대신 먹은 적도 있을 정도였다. 그가 여태껏 음악학부 학생들과 어울리지 못하는 이유는 가슴속에 그런 감정이 엉켜 있기 때문이다. 하지만 유키타케가 그 재능을 버려가면서까지 음악과로 옮긴 이유에 대해서는 단순히 심경의 변화라는 말뿐, 자세한 설명을 꺼렸다.

　이 두 학생에 비해 음악학부 학생은 구김살이 없는 탓인지 아까부터 큰 소리로 신나게 떠들어댔다. 그중에서도 남들 두 배는 수다스러운 사람이 아마 릴리스이다. 음악과에서 소프라노를 공부하는 그녀는 비프스테이크를 먹으라는 이탈리아인 선생의 권유를 따른 덕분에 눈 깜짝할 새에 살이 쪄서 최근 65킬로그램이 되었다. 키가 168센티미터나 되니 크게 눈에 띄지는 않는데, 어렸을 때 비염을 앓은 탓에 앙증맞은 코맹맹이 소리가 어떻게 보나 철딱서니 없는 부잣집 아가씨 목소리로 들린다. 굳이 설명할 필요도 없지만 아마 릴리스는 당연히 본명이 아니

다. 원래 이름은 미나미 가메南ヵﾒ라고 하는데 다소 어수룩한 느낌을 주는 그 이름'가메'는 일본어로 거북이를 뜻한다.—옮긴이을 싫어해 아마 릴리스라는 이름을 사용했다. 언젠가 무대에 섰을 때 사용할 예명을 일찌감치 마련해놓은 것이다.

"어머나, 잠깐. 저 발코니 좀 봐. 넝쿨이 얽혀 있어 멋지네. 저기서 루치아 광란의 아리아를 불러보고 싶어. 마키, 자기가 상대역이야."

약혼자인 마키 가즌도는 싫지 않은 기색이었지만 유키타케는 기가 차다는 표정으로 고개를 돌리고는 피식 웃음을 흘렸다. 웃기고 있네, 이런 뚱보 루치아가 어디 있어. 관객이 웃음을 터뜨려 오페라가 엉망진창이 될 것 아냐?

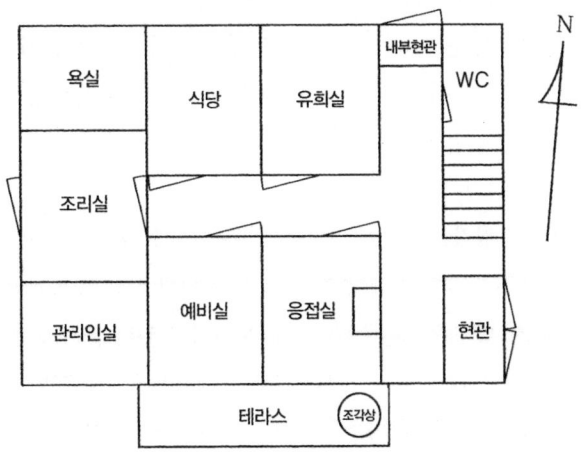

일동이 제멋대로 떠들어대고 있을 때 겨우 만페이 영감이 나와서 문을 열어주었다. 벌써 저녁때가 가까워 라일락 잎은 맑은 진초록빛으로 물들었고 숲 속에서 쓰르라미가 앞 다투어 애절하게 울었다.

완만하게 휜 자갈길을 걸어 현관에 도착했다. 철평석을 깐 그 자리에는 커다란 소철 화분이 놓여 있었다.

"취향하고는."

데쓰코가 속삭이더니 앞장서서 홀로 들어갔다. 벼락부자의 취향을 헐뜯는 주제에 부자의 저택은 신기한지 눈을 휘둥그레 뜨고 주위를 둘러보고 있다. 복도는 바로 오른쪽으로 뻗어 있고 막다른 곳이 내부 현관이다. 그 앞에서 T자 모양으로 복도가 한 줄기 더 갈라지는데 이 길은 건물을 동쪽에서 서쪽으로 가로지른다. 왼편, 즉 남쪽에 응접실과 예비실이, 오른편에는 유희실과 식당이 나란히 있다. 그 앞은 조리실을 사이에 두고 남쪽이 만페이 노부부의 개인실, 북쪽이 욕실이다.

"다덜 여기서 쉬슈."

만페이 영감은 그렇게 말하며 왼쪽 문을 열었다. 열 평쯤 되는 양실로 복판에 카펫이 깔려 있고 그 위에 하얀 덮개를 씌운 안락의자 몇 개가 둥근 테이블을 둘러싸고 있다. 학생들은 그것이 저네들 숙소라는 사실을 잊고 마치 손님으로 초대받은 듯한 착각이 들었는지 얌전한 얼굴로 안으로 들어갔다. 난로 위와 그 반대편 벽에는 유화가 걸려 있고, 정원과 맞닿은 벽에 수채화 유리 액자가 장식되어 있다. 데쓰코와 유키타케 두 사람은 그 그림이 신경 쓰이는지 세 장의 그림 앞을 한 바퀴 돌더니 서로 감상을 주고받았다. 그 표정으로 판단하건대 아무래도 대단한 그림은 아닌 모양이다. 특히나 수채 풍경화의 치졸한 수준은 아마추어의 눈으로도 뻔히 가늠할 수 있었다.

"이 방, 인상이 어두워."

안락의자에 앉은 아마 릴리스가 감상을 주절거렸다. 분명 그녀의 말마따나 하얀 벽은 먼지라도 뱄는지 거무스름하니 지저분했고 마찬가지로 세 장의 그림도 색채가 칙칙했다. 널찍하고 호화롭기는 해도 음침한 느낌이 든다는 사실은 부정할 수 없었다.

노크도 없이 문이 열리더니 하나 씨가 늘 그렇듯 앞치마에 손을 훔치며 나타났다. 그녀는 눈을 뜨고 있는 한 무슨 일이라도 찾아내 바지런히 움직였고, 또한 바쁘다는 말을 입에 달고 살았다.

"어머나, 다들 일찍 도착하셨네. 도쿄는 한창 더울 때지요?"

둥그런 몸을 비틀어가며 고상한 척하는 품이 우스꽝스럽다. 사이타마 사투리가 구수한 남편과 달리 그녀가 도쿄 말을 능숙하게 구사하는 이유는 예전에 도쿄 어느 저택에서 가정부로 일했기 때문이다.

"편지를 주신 터라 솜씨를 부려 저녁식사를 준비하고 있답니다. 이제 30분만 있으면 식사 시간이니 조금만 더 참아주세요……."

그렇게 말하고 있을 때 만페이 영감이 들어와 그들을 2층 방으로 안내하겠다고 했다.

"난 북쪽 방이 좋아. 더운 남쪽은 딱 질색이야."

아마 릴리스가 여왕처럼 오만하게 주장했다. 2층은 1층과 마찬가지로 복도 하나가 동서로 가로지르고, 그 양쪽에 침실이 늘어서 있다. 아무리 산간 지방이라지만 낮에는 태양빛이 쨍쨍 내려쬐니 다들 북쪽 방에 들어가고 싶던 참이었다.

"그건 안 돼. 배정은 제비뽑기 같은 걸로 공평하게 해야지."

유키타케가 굵은 목소리를 높여 정면에서 반대했다. 기타큐슈北九州에서 태어난 이 남자는 창백한 피부에 머리카락과 눈썹이 짙어, 보기에도 신경질적인 인상인데다 비쩍 말랐어도 목소리는 의외로 거친 베이스였다. 게다가 그 저음의 목소리에는 일본인으로서는 드물게 깊이가 있어 언뜻 러시아 사람 같기도 했다.

그의 성격도 척 보기에는 예술가 특유의 예민한 인상을 주지만 실제로는 전혀 달라서 뚝심 있고 심술궂으면서 때로는 냉혹하기도 했다. 따라서 이의가 있으면 한 조각 거리낌도 없이 반대를 주장하며 사람 가리지 않고 충돌한다. 특히 아마 릴리스와는 세상에서 흔히 말하는 견원지간이었다. 눈을 부라리며 노려보는 싸움은 늘 있는 일이었다.

"왜? 왜 안 된다는 거야?"

아마 릴리스는 그렇게 곧잘 덤벼든다. 철부지 외동딸이라 어쩔 수 없다 할 수도 있겠지만 살이 찐 탓인지 입을 비죽거리면 부어오른 복어처럼 보였다.

"문명인이라면 레이디퍼스트를 알아야지. 뭐, 호텐토트라면 알 턱이 없겠지만."

"뭐? 호텐토트라니, 말 다 했어? 엉? 호텐토트라니!"

유키타케는 술을 마시거나 화를 내면 창백해지는 체질이다. 그는 관자놀이에 핏줄을 세우고 콧구멍을 벌름거리며 우뚝 서서 상대를 위압하듯이 쏘아보았다. 아마 릴리스는 콧방귀를 흥 뀌고는 유난히 차분한 태도로 주머니에서 껌을 꺼내 종이를 벗겨 입 안에 던져 넣더니 소리를 내며 질겅질겅 씹기 시작했다.

유키타케는 화가 난 나머지 그저 부들부들 떨기만 할 뿐 말을 하지 못했다. 사람 알기를 우습게 여기는 아마 릴리스의 태도는 늘 보는 일인데도 유키타케는 그 뻔뻔한 성격에 완전히 압도당하고 말았다.

"그만, 그만. 싸움은 그만 해."

유키타케의 패배를 인정한 듯 중재하러 나선 사람은 다치바나 아키오였다. 그는 도수 낮은 무테안경을 번쩍번쩍 빛내며 녹색 반소매 셔츠에 하늘색 바지를 입고, 머리카락 한 줌을 굳이 이마에 늘어뜨린 아니꼬운 남자로, 전공은 피아노인데 학기 말 시험에서 바흐의 '평균율'에 묘한 당김음을 붙여 연주했다가 시험 감독 교수를 개탄하게 만들었다는 에피소드가 있다. 졸업 후 꿈은 카바레에서 재즈 피아노를 연주하는 일이다. 그 편이 클래식 피아니스트보다 수입이 많아서 그런다는데, 참으로 다치바나다운 합리적인 사고방식이었다.

평소 같으면 유키타케도 이런 경박한 남자의 중재를 기꺼워할 리가 없지만 패색이 짙은 지금은 다치바나도 고마운 존재일 따름이었다. 그는 말을 듣고 얌전히 물러났지만 영 분하기 짝이 없다는 표정이었다.

결국 남자들은 기사도 정신을 발휘해 여성들에게 북쪽 방을 양보했고, 학생들은 만페이 영감의 안내로 2층으로 올라갔다.

-3-

식사 시간은 디너 차임으로 알린다. 만페이 영감이 차임을 왼팔에 끌어안고 계단 밑에 서서 오른손에 든 막대기로 금속판을 두드리는 모습은 유럽의 회화나 이야기에 나오는 길거리 음악가의 현대판이라 할 수 있었다.

그날 저녁은 모두 허기가 졌는지 일곱 개의 문이 일제히 열렸다. 남자들은 대부분 실내복으로 갈아입었는데 마키 가즌도만은 가슴에 손수건을 꽂은 세련된 차림이었다. 거기서 그의 꼼꼼한 성격의 한 단면을 엿볼 수 있었다. 차림새에 신경을 쓰는 일이 신사의 조건이라면 마키야말로 리라장 으뜸가는 신사라 할 수 있었다. 175센티미터의 늘씬한 몸집에 귀공자 같은 테너, 그는 재학 중에 이미 세 개의 오페라에서 주역을 맡았다. 늘 자작이나 백작 역할이었는데, 올 4월에 히비야日比谷 공회당에서 선보인《마르타》의 젊은 농부 라이오넬 연기가 또 제대로 성공해서 '꿈과 같이'는 앙코르를 해야만 했다. 일본의 오페라 공연은 역사가 짧아, 보는 이도 연기하는 이도 익숙하지가 않다. 그 익숙하지 않은 관객이 열광한 나머지 아리아 앙코르를 요청한 경우는 마키가 맡은 라이오넬이 처음이어서, 그 무대 모습이 유난히 두드러졌음은 물론이거니와 그의 노래와 연기가 두말할 나위 없이 뛰어나다는 사실이 입증된 것이다. 그와 동시에 그 사실은 재학생들 사이에 수많은 적을 만들어냈다. 질투와 반감은 특히나 예술가 인종에게 강렬한 감정이기 때문이다.

　마키의 뒤에서 차림새에는 아무 관심 없는 유키타케 에이이치가 걸어왔다. 실로 좋은 대비라 할 수 있는데, 유키타케의 경우 겉모습에 신경 쓰지 않는 태도가 오히려 멋스럽다는 사실을 본인은 모르고 있다.

일곱 명의 남녀는 한 덩어리가 되어 식당으로 들어갔다. 식당은 방금 전의 응접실 앞을 지나서 오른편에 있었다. 그곳은 북쪽을 바라보는 방이었지만 옅은 복숭앗빛 벽지가 응접실과는 달리 밝은 인상을 주어 데쓰코도 유키타케도 만족스러운 표정이었다. 뒤뜰을 향한 창문에는 그물망을 붙여놓았는데 이 산간 지방에는 모기는 물론이고 파리도 없다.

유키타케는 절대 아마 릴리스와 나란히 앉기 싫다는 듯이 큰 걸음으로 성큼성큼 들어가더니 입구에서 가장 안쪽 자리에 앉았다. 다치바나 아키오는 헤어토닉 냄새를 풍기면서 무테안경을 빛내며 마쓰다이라 살로메를 에스코트하려 했지만, 한발 먼저 의자를 빼서 그녀를 부른 사람은 아비코 히로시였다.

"살로메, 이쪽으로 와. 괜찮다면 내가 옆에 앉지."

면도 자국은 시퍼런 주제에 그는 일행 가운데 가장 키가 작고 얼굴도 앳되었다. 그를 본 사람은 누구나 아이와 어른이 함께 있는 듯한 어색한 인상을 받는다. 그런데 그 목소리가 또 뜻밖에도 걸걸한 베이스였다. 음악학부 합창단 중에서는 저음부의 유력 멤버지만 체격이 밑받침해주지 않는 탓인지 유키타케에 비하면 성량이 부족했다. 가슴소리의 반대말로 그와 같은 목소리를 머리소리라고 하는데, 그 점이 아비코가 저음 가수로서 갖는 고민거리였다. 어린아이 같은 주제에 자존심은 세서

웬만한 일로는 머리를 숙이지 않는다. 길에서 마주쳤을 때 나누는 인사만 해도 상대가 먼저 말을 걸지 않으면 모르는 척한다. 그렇게 거만한 아비코 히로시였지만 다치바나 아키오와 사랑의 결투를 하려니 뻗대고 있을 수만도 없는지 서투르게나마 애써 마쓰다이라 살로메의 비위를 맞추는 것이었다.

"어머, 고마워요."

살로메는 고개를 살짝 숙이고 의자에 앉았다. 눈앞에서 먹잇감을 가로채인 꼴이 된 다치바나는 멀뚱한 표정으로 서 있었지만, 이윽고 아비코의 얼굴을 보더니 차가운 표정으로 코웃음을 치고는 살로메를 사이에 두고 아비코의 반대편 자리를 차지했다. 아비코는 그의 묘한 웃음을 아는지 모르는지 입이 닳도록 살로메에게 찬사를 보내고 있었다.

남성용 안경을 쓰고 마도로스파이프를 빨아대는 데쓰코는 그러한 남녀 사이의 미묘한 문제에는 초연할 터이나 다치바나의 앞자리에 앉으려 안달하는 모습을 보면 내심은 꼭 그렇지만도 않다는 것을 알 수 있다.

히다카 데쓰코는 결코 미인이 아니다. 솔직히 표현하자면 못생긴 축이었다. 하지만 아무리 추녀라 해도 사랑하지 말라는 법은 없지 않은가. 고급 포도주는 10년이고 20년이고 저장해서 참맛이 나기를 기다린다고 한다. 데쓰코도 올해 스물하고도 또 세 살, 그 23년 세월을 들여 마련한 호르몬이 이제야 겨우 무르익어, 포도주에 비유한다면 실로 감칠맛 나는 때였다. 자기를 마셔줄 상대를 원하는 나이였다. 하지만 자신이 추녀라는 사실을 자각하고 있기 때문에 본의 아니게 마음을 속여 이성에 관심이 없는 양 행동할 수밖에 없었다. 추녀의 비애를 통감하는 데쓰코는 미인을 보면 마음이 편치 않았다.

하지만 다치바나 아키오가 그녀의 마음을 헤아려줄 턱이 없었다. 이따금 데쓰코가 드러내는 호의를 대개는 눈치 못 채고 넘어가지만 때로는 그런 줄 알면서도 이 못생긴 여자의 영문 모를 행동을 기분 나쁘게 여길 따름이었다. 때문에 그는 이때도 나중에 들어와 마키와 아마 릴리스를 부르더니 자리를 정해버렸다.

"너희들 여기 앉으면 어때? 마키는 내 앞에, 릴리스는 그 옆……."

데쓰코는 굳어버린 표정을 억지로 누르고 시무룩하게 유키타케 옆에 앉았다.

요리를 맡은 하나 씨의 솜씨는 기름진 혀를 가진 후지사와 간타로 씨를 모셨을 정도니 일정 수준은 된다고 볼 수 있다. 민물생선을 삶고 굽고 튀긴 그날의 저녁식사도 제법 학생들의 위장을 즐겁게 해주었다. 식탁의 청자 항아리에 꽂아놓은 정원의 화려한 꽃들도 그냥 마구잡이로 꽂은 것이 아니라 한 송이 한 송이가 제대로 조화를 이루고 있었다. 유키타케나 아마 릴리스가 방금 전의 말다툼을 잊은 것처럼 온화하게 식탁을 둘러싸고 있는 이유는 분명 위장을 상대하느라 바빴던 탓도 있겠지만 식탁 위의 들꽃이 사람들의 마음을 달래준 덕도 있으리라.

그건 그렇고 저녁식사는 지금 말한 바와 같이 온화하게, 그리고 떠들썩하게 끝났다. 이윽고 그들 앞에 식후의 과일이 나왔을 때, 느닷없이 아마 릴리스가 벌떡 일어나더니 헛기침을 한 번 하고는 사람들의 얼굴을 쭉 훑어보았다.

"실은 여러분……."

그렇게 말하며 재차 헛기침을 하더니, 그 뒤로는 청산유수처럼 연설을 시작했다.

"오늘 밤은 여러분께 몹시 즐겁고도 기쁜 뉴스를 알려드리겠어요. 이번에 다치바나 아키오 씨와 마쓰다이라 살로메 양이 약혼을 하게 되었습니다. 다치바나 씨는 장래가 기대되는 재즈 피아니스트로 장차 일본의 폴 화이트맨이 될 분이고, 살로메 양은 일본의 르네 슈메, 아니 에리카 모리니, 아니 지네트 누브가 될 여류 바이올리니스트로……."

"잠깐만."

마키가 끼어들었다.

"누브는 재수가 없어. 그냥 슈메나 모리니에서 끝내."

지네트 누브는 프랑스의 젊은 여류 바이올리니스트로 유명한 사람이었다. 그 옛날 어느 콩쿠르에 나가 젊은 날의 오이스트라프를 누르고 당당히 영예로운 1위의 왕관을 거머쥔 적도 있는 명수이다. 그리고 그 여류의 이름에 걸맞은 섬세한 프랑스식 주법은 많은 이들의 절찬을 받았지만 연주를 하러 미국으로 향하던 도중 여객기가 대서양에 추락한 탓에 애석하게도 참사를 당했다. 마키는 그런 뜻으로 말했던 것인데, 얼마 후 발생한 일련의 살인사건을 생각해보면 그의 말도 일리가 있었다.

아마 릴리스는 천성이 지기 싫어하는 철부지 아가씨지만 연모하는 마키 가즌도에게는 무엇 하나 거스르지 않았다.

"어머, 그래? 어쨌든 여기 두 분은 한 쌍의 인형처럼 아름답고 행복한 부부가 되겠지요. 결혼 날짜는 아직 미정이지만 내년 봄 황도길일이라는군요."

다치바나는 아마 릴리스의 테이블 연설을 즐거이 듣고 있었다. 때때로 손을 뻗어 포도 알을 떼어내 쪽 소리를 내며 입에 넣는다. 몹시도 버릇없는 신랑 후보다.

마쓰다이라 살로메라는 이름은 도가 지나친 장난 같지만 이것은 문학에 빠진 그녀의 아버지가 붙여준 본명이었다. 핑크빛이 감도는 붉은색의 발랄한 투피스, 뒤로 넘긴 둥근 옷깃 사이로 보이는 노란 블라우스가 인상적이다. 아마 릴리스와는 반대로 자그마하고 가녀린 몸에 얼굴도 편편해서 양복보다 기모노가 잘 어울릴 듯하다. 하지만 눈이 커서 화장을 하면 얼굴이 화려해진다.

"두 사람, 축하해. 그래, 건배하자. 기다려."

마키가 간단히 축복의 말을 남기고 일어섰다. 최근 젊은 사람 사이에서는 홈바 설비가 유행하고 있다. 그 역시 온갖 양주를 갖춘 세트를 가지고 있었는데 지금도 그것을 택배로 미리 보내 이 식당 한 구석에 놓아두었다.

마키가 떠난 식탁에는 김빠진 어색한 공기가 파문처럼 번져나갔다. 앞서 말한 아마 릴리스와 유키타케의 갈등이 발랄한 전주곡이었다면 이것은 우울하고 축축한 간주곡이었다. 데쓰코는 허를 찔린 사람처럼 맹렬하게 눈을 깜빡이면서 아마 릴리스의 연설을 듣고 있다가 바로 고개를 떨어뜨리고 말았다. 유키타케가 말을 걸자 엉뚱한 대답을 하고는 다시 고개를 숙여버렸다.

아비코도 놀라기는 마찬가지였다. 천성이 오만불손한 성격이니만큼 데쓰코처럼 맥을 못 추지는 않았다. 그는 면도 자국이 시퍼런 얼굴을 힘껏 비틀어 살로메와 다치바나의 옆얼굴을 잡아먹을 듯이 번갈아 쏘아보았다. 자존심 강한 남자이니 원통해하는 심정은 미루어 짐작할 수 있었다. 천박한 다치바나에게 한방 먹었다는 사실도 분하지만 그런 가벼운 남자를 남편으로 선택한 살로메 본인에게도 격심한 분노를 느끼는 듯했다.

재즈 피아니스트가 과연 예술가인지는 별개의 문제지만, 아비코는 재즈 피아니스트를 연예인으로 여겼다. 그는 이 연예인과 예술가인 자신을 천칭에 달아 견주었을 때, 살로메가 틀림없이 자기를 선택하리라는 절대적인 신념을 품고 있었다. 그러나 그 자신감이 지금 시원스러울 정도로 찌익 소리를 내며 떨어져나가 살로메의 작은 구두 밑에서 무참히 짓밟히고 말았다. 그런 줄은 꿈에도 모르고 애인이라도 되는 양 그녀의 의자를 빼서 앉혀준 방금 전 자신의 얼빠진 행동에 더없이 화가 치밀고 분통이 터져 참을 수가 없었다.

아마 릴리스는 이 자리의 공기를 가리켜 며칠 후 사건이 발생했을 때 출동한 경찰에게 다음과 같이 털어놓았다.

"다른 분들이 그 정도로 충격을 받을 줄은 몰랐어요. 뭐라고 할까, 거무칙칙하고 탁한 공기가 실내 가득 퍼져가는 것만 같아서, 무심결에 뭔가 불길한 일이 일어나지 않기를 마음속으로 빌었어요……."

그녀는 그 자리의 분위기를 민감하게 감지한 탓인지 이윽고 마키가 양주 케이스를 끌어안고 자리로 돌아오자 이어받듯이 제 발로 앞장서서 글라스를 늘어놓고 포도주 병을 꺼내 쭉 돌아가며 다른 사람들에게 따랐다.

"나는 안 마셔, 나는 안 마실 거야……."

손을 저어 거절한 사람은 유키타케였다. 아까부터 묵묵히 이쑤시개로 이를 쑤시고 있던 그는 이때 처음으로 입을 열었다. 예전의 유키타케는 주당으로 이름을 날렸는데 음악학부로 옮기기 전부터 술잔과 인연을 뚝 끊어버렸다.

"축하주인데 뭐 어때?"

"마시기 싫어."

"보통 때랑 다르단 말이야. 이건 에티켓 문제야."

두 사람의 분위기가 또다시 험악해졌다. 유키타케가 눈을 부릅뜬 이유는 아까의 호텐토트 이야기를 떠올린 탓인지도 몰랐다.

"어이, 유키타케. 마시는 시늉만 하면 돼. 고집 부리지 마."

마키의 말을 듣고서야 그는 마지못해 술을 받았다.

이윽고 글라스에 포도주가 차오르자 그들은 잔을 들어 다치바나와 살로메의 약혼을 축하했다. 그렇다고는 하나 프로짓prosit이라고 겉멋을 부려 건배를 외치는 사람은 아마 릴리스와 마키 두 사람뿐, 아비코의 앳된 얼굴은 죽상이었고 데스코는 완전히 의기소침한 기색이었다. 유키타케는 입술을 비죽 내밀고 하나씨가 따라준 엽차를 후후 불고 있다. 약혼 발표 따위는 철저하게 무시하는 듯했다.

축복하고 축복받으며 유쾌해 보이는 사람은 나머지 네 사람뿐이었는데 특히나 다치바나와 살로메 두 사람은 행복에 취한 탓인지, 아니면 남들 기분을 개의치 않는 성격을 타고났는지 거리낌 없이 웃고 떠들며 침울한 식탁을 수놓았다.

하룻밤이 밝아 8월 21일.

편히 잠들지 못했던 아비코는 일찌감치 침대에서 내려와 창을 열었다. 어젯밤은 별빛이 달처럼 환했는데 오늘 아침은 부연 가랑비가 소리 없이 내리고 있다. 잔디 위에서 함빡 젖은 해시계가 묘하게 가련해 보였다.

세면도구를 들고 1층으로 내려가니 세면소에서 인기척이 났다. 문을 연 아비코는 그곳에서 데쓰코의 모습을 발견했다. 그녀 역시 잠을 못 이룬 눈치였다. 어젯밤 아비코는 크나큰 충격을 받은 나머지 다른 이들을 관찰할 여유가 없었지만 침대 위에서 몸을 뒤척이다가 문득 데쓰코의 원망 가득한 눈동자를 떠올리고 그녀 또한 피해자 중 하나라는 사실을 깨달았다.

"안녕."

아비코는 일부러 쾌활하게 말을 걸었다. 자존심 센 이 남자가 먼저 인사를 하다니 드문 일이다.

"어머, 안녕."

데쓰코는 안경을 벗은 얼굴에 은근히 수줍은 기색을 띠며 대답했다. 그것은 여자가 아니면 지을 수 없는 요염한 표정이라, 아비코는 그제야 비로소 데쓰코가 여성이라는 사실을 인식한 것처럼 눈을 휘둥그레 떴다.

그건 그렇고 리라장에서의 두 번째 날, 최초의 갈등은 아침 식사 후에 터졌다. 어젯밤의 어색한 분위기가 조금이나마 옅어진 이유는 시간이 흐른 탓도 있겠지만 데쓰코와 아비코가 서로의 입장을 가엾이 여겨 상대의 상처 입은 마음을 보듬어주었기 때문이기도 했다.

그런데 식사를 마치고 차를 마시고 있을 때, 살로메가 문득 생각났다는 듯이 이런 말을 꺼냈다.

"방 입구에 서로 이름표를 붙여두기로 해요. 여객선처럼 멋질 거야."

여자란 몇 살이 되어도 여학생 기분을 내고 싶은 모양이다. 아마 릴리스가 그 자리에서 찬성했다.

"그래, 그래. 일주일이나 있을 거잖아. 이름표를 다는 편이 낫겠어. 방이 줄줄이 있어서 이름표가 없으면 내가 마키 방에 가려다가 유키타케 방에 들어갈 수도 있고, 그러면 대번에 난리가 날 것 아냐?"

그런 철없는 이야기가 발단이 되어 만페이 영감의 벼루 상자를 빌려 유키타케가 붓을 쥐게 되었다. 요즘 젊은이들이 으레 그렇듯 다들 하나같이 글씨가 엉망이었다. 그런데 유키타케만은 어찌 된 영문인지 비쩍 마른 손으로 제법 그럴싸한 글씨를 쓴다. 학교에 있을 때는 아르바이트 가는 학생들의 이력서 대필이 그의 아르바이트이기도 했다.

유키타케는 붓 끝을 풀더니 의젓한 표정으로 각자의 이름을 종이에 담았다.

"잘 쓰네."

"정말. 운치 있는 글자야."

주위 사람들이 입이 마르도록 칭찬했다. 이윽고 완성한 일곱 장의 카드를 테이블 위에 쭉 늘어놓고 유키타케가 한숨을 놓았을 때, 사람들 사이에서 갑자기 폭소가 터졌다. 놀라서 뒤를 돌아보니 아비코가 두 손으로 배꼽을 잡고 작은 몸을 웅크리고 아이처럼 동그란 얼굴을 새빨갛게 물들이고 웃고 있었다.

"왜 그래? 왜 그러는 건데?"

"뭐가 웃기다고 그래? 엉?"

저마다 한마디씩 묻는 소리에 겨우 발작이 멎었지만 그래도 여전히 치밀어 오르는 웃음을 누르느라 애쓰면서 아비코가 띄엄띄엄 대답했다.

"시리야, 시리……. 릴리스가 시리……."

"내 엉덩이_{'시리'는 일본어로 엉덩이를 뜻한다.—옮긴이}가 뭐 어쨌다고 그래? 똑바로 말해!"

당황한 아마 릴리스는 고함을 지르며 자기 치마를 붙잡고 살찐 허리께를 보았다.

"아니, 아니. 저 글자 말이야……. 이름표 글자……."

그 말에 그제야 깨달았다. 명필 홍법대사도 글자를 틀릴 때가 있다는 말처럼, 유키타케는 '아마尼'라고 쓰려다가 '시리尻'라고 썼던 것이다.

이번에는 유키타케가 당황했다. 그 모습을 쳐다보던 아비코는 또다시 웃음을 터뜨렸다.

"와하하하, 아마 릴리스가 시리 릴리스라면 비웃에도 콩과자에도 엉덩이가 달리겠네! 하하하, 태양신 아마테라스가 엉덩이를 비춰주신다니 황송해서 이를 어쩌나!'아마'라는 음이 들어가는 단어들을 '시리'로 바꾸어 빗댄 말장난이다.―옮긴이 이게 전쟁 전이었다면 유키타케 넌 황실 모욕죄로 교수형감이다, 와하하하……."

그가 이때다 작정하고 웃어대는 이유는 어젯밤부터 쌓인 울적한 마음을 토해내려는 욕구도 있었지만 또 하나는 유키타케에 대한 반감이 한꺼번에 폭발한 것으로 볼 수도 있다. 아비코가 보기에 미술학부에서 전입한 유키타케가 베이스 가수로서 재능도 뛰어나고 교수의 평가도 좋다는 사실은 틀림없이 견딜 수 없는 일이었으리라. 그 배출구를 찾아낸 그는 신나게 폭소하고 조소했다. 하지만 그는 아마 릴리스가 곁에 있다는 사실을 까맣게 잊고 있었다.

"뭐야? 내가 시리 릴리스고 콩과자에 엉덩이가 달려? 땅꼬마가 무슨 소리를 하는 거야? 난쟁이 똥자루 주제에!"

아마 릴리스는 새빨간 입술을 일그러뜨리며 밉살스럽게 욕지거리를 했다. 이제까지 입이 찢어져라 웃어대던 아비코는 얼빠진 표정으로 그녀를 쳐다보더니 이어서 대번에 낯빛을 바꾸었다. 역린을 건드리면 용이 미쳐 날뛰는 것처럼 아비코는 난쟁이라는 소리를 무엇보다 싫어했다.

"우, 우, 우!"

얼굴이 확 달아오르면서 동시에 혀가 굳어 신음만 낼 뿐 말이 나오지 않는다. 아비코는 테이블 위의 찻잔을 움켜쥐더니 상대를 향해 집어던졌다. 찻잔은 아슬아슬하게 여자의 머리카락을 스치고 뒷벽에 부딪쳐 요란한 소리를 내며 깨졌다.

훗날 생각해보면 나중에 문제의 초점이 된 그 남자가 아마릴리스의 레인코트를 훔쳐간 것은 이 소동이 한창일 때가 분명하다는 판단이 서지만, 학생들은 두 남녀를 달래느라 정신이 없었다. 그런 침입자가 있었던들 눈치챌 수가 없었던 것이다. 다치바나와 마키, 유키타케가 하나가 되어 아비코를 붙들었고 데쓰코와 살로메가 아마 릴리스의 팔을 붙잡았다. 간신히 두 사람을 떼어냈을 때는 말리는 사람이 더 땀에 홀딱 젖었다.

그보다 이날을 시작으로 사건이 줄줄이 일어나니, 당일 이야기는 최대한 상세히 서술할 필요가 있으리라. 훗날 되돌아보면 별것 아닌 말 한마디, 사소한 행동에도 수수께끼를 풀기에 충분한 커다란 의미가 숨어 있었기 때문이다.

아마 릴리스라는 여성은 어딘지 모르게 남을 업신여기는 면이 있었다. 유키타케와 다투는 와중에 껌을 입에 넣은 행동도 상대를 얕봐서 그런 것이 아니라 그저 갑자기 껌이 씹고 싶어서 씹었을 따름이다. 유키타케가 그 뻔뻔한 행동에 풀이 꺾이고 만 것은 오히려 그가 순수한 성격을 지녔기 때문이라 할 수 있다. 아비코와 대판 싸운 후에 말짱한 표정으로 사람들을 둘러보며 트럼프나 하며 놀지 않겠냐고 한 것도 몹시 그녀다운 태도여서 저마다 속으로 기가 막힌다고 생각하면서도 감탄했다.

누굴 바보로 알고 있군. 아비코는 그런 표정으로 어깨를 곧추세우고 식당에서 나갔다.

"흥, 마침 잘됐네. 여섯이서 할 수 있는 게임을 하자. 살로메, 미안하지만 카드 좀 가져다줘. 거기 선반 위에 있을 거야."

아마 릴리스가 부탁하자 살로메는 바로 일어서서 카드 상자를 찾아 마키에게 건넸다. 그녀가 고분고분한 태도를 보이는 상대는 마키 가즌도와 아마 릴리스, 그리고 미래의 남편뿐이다.

"고마워."

인사를 하고 받아든 마키는 바로 의아한 표정을 짓더니 카드 상자를 귓가에 대고 흔들어보았다.

"왜 그래?"

그 말에는 대답하지 않고 마키가 뚜껑을 열어보니 묘하게 수가 적었다. 장수가 모자라서야 아무 짝에도 쓸모가 없다. 마키는 "하나, 둘, 셋……." 하고 입 속으로 중얼거리며 헤아리더니 이상하다는 듯이 아마 릴리스의 얼굴을 보았다.

"이상해, 이건."

"어디 봐."

아마 릴리스는 상자를 받아들고 조사하더니 이내 테이블 위에 확 집어던졌다.

"이게 무슨 짓거리야. 스페이드만 쏙 빠졌잖아!"

젊은이들은 말없이 서로 얼굴을 마주 보았다. 하지만 범인을 제외하면 이 지붕 밑에 있는 사람 중 누구도 그 시점에서 잃어버린 스페이드 카드가 그렇게 불길한 목적으로 사용될 줄 몰랐다.

"그럼 별수 없네. 트럼프는 포기해야지."

아마 릴리스는 그렇게 말하며 한숨을 쉬었다. 창밖의 비는 어느덧 짙은 안개로 바뀌었다. 살로메는 일어서서 전등 스위치를 켰다.

-5-

히다카 데쓰코가 아침식사를 마친 뒤 도쿄로 돌아갔기 때문에 그날 저녁 식당에 모인 사람은 여섯 명이었다. 아마 릴리스는 살로메와 맞춰 구입한 레인코트를 도둑맞았다면서 시무룩한 표정을 지었다.

일동이 텔레비전 뉴스를 보고 있는데 등이 구부정한 만페이 영감이 들어와서 가까이 있던 마키의 귀에 뭐라 속삭였다.

"다들, 경찰이 우리를 만나고 싶다는데 어떻게 할 테야?"

"경찰? 무슨 용건이지?"

마키의 물음에 유키타케가 캐물었다.

"몰라. 뭐 중요한 얘기라나 봐."

"응접실에서 만나도록 하죠."

살로메가 제안했다. 들뜬 목소리로 말한 사람은 그녀 하나뿐이고, 나머지 사람들은 경찰관이 무슨 목적으로 찾아왔는지 자꾸 의심했다.

그들이 응접실 안락의자에 막 앉으려는 찰나, 문 쪽에서 인사하며 매끄러운 동작으로 들어온 사람은 정력적인 인상을 주는 서른 안팎의 남자로, 키가 크고 몸집은 군살 하나 없이 탄탄했다. 눈은 가늘고 콧구멍은 한껏 부풀어, 유키타케의 말을 빌리자면 '하드보일드에 흔히 등장하는 찌그러진 생김새'의 형사였다. 그는 의자에 앉더니 자기는 지치부 경찰서의 유키 형사라고 소개를 했다. 이어서 그는 보따리 속에서 100엔짜리 지폐와 야마노테山手 선 회수권 다발, 만년필 한 개를 꺼냈다.

"여러분 중에 이 만년필을 본 적 있는 분 계십니까?"

그는 일동에게 보이도록 손가락으로 집어 들었다. 여성용 소형 만년필이었다. 아마 릴리스는 평소보다 다소 흥분한 목소리로 대답했다.

"제 물건이에요, 그거."

그러자 유키 형사는 회수권을 그녀 쪽으로 내밀면서 다음 질문을 했다.

"이건?"

"그것도 제 거예요, 어디에 있었죠?"

형사는 그 질문에는 대답하지 않았다.

"당신이 아마 릴리스 양 맞습니까?"

아마 릴리스는 침을 꿀꺽 삼키고 드물게 유순한 표정을 지었다.

"그런데요."

"그렇다면 이것도 당신 물건이겠군요?"

그는 보따리 속에서 하얀 레인코트를 꺼냈다.

"아마 릴리스라는 이름이 박혀 있습니다."

"제 거예요. 오늘 아침 잃어버려서 도둑맞은 줄 알고 포기하고 있었어요."

형사는 코트를 다시 보따리 속에 넣더니 만년필과 지폐, 회수권을 아마 릴리스에게 건넸다.

"이 코트는 증거물품으로 잠시 맡아두겠습니다."

"어머, 어째서요?"

"사실은 말입니다, 여기서 200미터쯤 올라간 상류 낭떠러지 밑에서 사람이 하나 죽었는데, 그 시체 옆에 이게 떨어져 있었습니다."

실내 공기가 대번에 긴장감을 띠는 듯했다. 유키 형사는 그들의 표정을 재빨리 훑어보더니 말을 이었다.

"죽은 사람은 스다 사키치라고 하는 숯쟁이인데, 사인은 낭떠러지에서 떨어져 머리를 부딪친 탓으로 밝혀졌습니다. 낭떠러지 중간에는 굴러 떨어진 흔적도 있더군요. 이 부근에서는 안개 때문에 길을 잘못 드는 사고가 드물지 않습니다. 그런 이유로 저는 사고사로 보았습니다. 비가 내렸으니 어디서 레인코트를 슬쩍해서 이걸 머리에 뒤집어쓰고 걸어가다가 발을 헛디뎌 추락했다고 생각했던 겁니다. 그런데……."

형사는 다시 그들의 표정을 재빨리 훑어보더니 주머니에서 종이 한 장을 꺼내어 테이블 위에 놓았다.

"시체 옆에 이런 게 떨어져 있었습니다."

살로메가 숨을 집어삼켰다. 놀랄 만도 했다. 그것은 잃어버린 카드 중 '스페이드 A에이스'였기 때문이다.

"여러분과 달리 저는 시골뜨기라 트럼프 놀이는 거의 모릅니다. 하지만 스페이드 A가 스페큘레이션speculation이라고 부르는 강력한 비장의 카드라는 사실 정도는 알고 있는데다가……."

형사는 거기서 말을 끊더니 다시 일동의 표정을 살피면서 이야기를 이어나갔다.

"……스페이드 A가 죽음을 의미하는 카드라는 사실도 알고 있습니다. 때문에 저는 혹시 이게 살인이 아닐까 하는 생각이 들었습니다. 오늘 밤 이렇게 찾아뵌 이유도 그런 사정 때문입니다."

"저희가 그랬다고 말씀하시는 겁니까?"

마키가 물었다. 온화한 말투였다.

"아니, 아닙니다. 그런 말씀을 드리는 게 아닙니다. 다만 그저 형식적으로 여러분의 오늘 행동을 여쭙고 싶습니다."

"저부터 말하지요. 오전에는 방에서 나가지 않았습니다."

아비코가 가슴을 펴고 대답했다.

"불쾌한 일이 잔뜩 있어서 침대에 드러누워 도쿄로 돌아가 버릴까 고민하고 있었습니다."

"오후에는요?"

"오후에는 잠깐 나갔습니다. 역 앞으로 담배를 사러 갔는데요."

"오전 내내 방에 있었다는 사실을 증명해줄 사람이 있습니까?"

"글쎄요. 어쨌든 혼자 있었으니까요."

형사는 뜻밖에 그 대답을 선뜻 인정하고는 수첩을 펼쳤다.

"알겠습니다. 다음 아무 분이나……."

"전 한 9시부터 산책을 나갔어요."

살로메의 커다란 눈이 흥분한 것처럼 유난히 반짝였다.

"혼자서 말입니까?"

"아뇨, 이 사람하고 함께요. 저어, 어젯밤에 막 약혼했거든요……."

유키 형사는 덩달아 미소를 지으며 그녀와 다치바나의 얼굴을 보았다. 다치바나는 무테안경의 렌즈를 쉴 새 없이 닦으면서 태연한 척했다.

"도쿄는 안개가 끼는 일이 별로 없으니까요. 왠지 낭만적인 기분이 들어 여기저기 걷다가 점심식사를 하러 돌아오니 1시가 지났더군요. 오후에는 날이 맑아 정원 벤치에서 이야기를 나누었습니다."

"과연, 그거 즐거웠겠군요. 그럼 다음……."

"저는 점심식사를 마치고 사진을 찍으러 나갔어요. 오전에는 비가 내린데다 레인코트도 잃어버렸으니 방에 있었고요."

아마 릴리스가 대답했다. 그녀는 컬러 사진에 푹 빠져서 이번에도 필름을 세 통이나 가져왔다. 그리고 그것을 어느 필름 회사 콘테스트에 응모할 작정이었다. 전에도 2등에 입상해 트로피를 받았을 정도로 솜씨가 있었다.

"중간까지 갔다가 필터를 깜빡 잊고 온 게 생각나서 가지러 한 번 돌아왔어요."

입구의 철책 문 앞에서 담배를 사러 나가는 아비코와 마주쳤지만 서로 외면했다는 이야기는 하지 않았다.

"잠깐. 레인코트는 어디에서 도둑맞았습니까?"

"1층 복도예요. 화장실 입구 옆 선반에 올려놓았어요. 얼룩이 묻어서 식사를 마치면 씻을 요량으로 꺼내놓았었거든요."

"내부 현관으로 훔쳐보고 슬쩍했군."

형사는 혼잣말처럼 중얼거렸다.

"오전 내내 방에 있었다는 사실은 누가 증명해줄 수 있습니까?"

"그건 저희, 그러니까 저하고 데쓰코……."

그렇게 말하던 마키는 데쓰코가 도쿄로 돌아갔다는 사실을 깨달았다.

"제가 증명할 수 있습니다. 제 방에서 이야기도 나누었으니까요. 저는 하루 종일 한 번도 외출하지 않았습니다."

"그렇다면 남은 사람은 당신이군요."

형사는 유키타케에게 시선을 옮기더니 메모를 쓰던 연필로 귀를 긁었다. 베이스 유키타케는 길게 늘어진 머리카락을 쓸어 올리고는 형사 쪽으로 창백한 얼굴을 돌렸다. 죽 찢어진 눈매가 차가웠다.

"살로메나 다치바나보다 조금 뒤늦게, 10시 전부터 산책을 나섰습니다. 안개가 얼굴에 닿아 시원하더군요. 역 근처까지

어슬렁어슬렁 걸어갔다가 점심시간에는 돌아왔습니다. 그런데 형사님, 가령 누군가 그 남자를 떠밀었다고 칩시다. 살해 시각은 몇 시쯤입니까?"

"11시 전후요."

형사는 퉁명스럽게 대답했다. 유키타케는 끅 하는 소리를 내며 안락의자 손잡이를 움켜쥐었다. 그 시간에 밖에 나가 있었던 사람은 자신과 살로메, 다치바나 세 사람뿐이지 않은가.

유키타케는 침착하지 못한 눈빛으로 살로메의 표정을 살폈다. 기분 탓인지 그녀도 다치바나도 태연해 보였다. 형사는 유키타케의 얼굴을 날카롭게 흘깃 쳐다보고는 마키를 돌아보더니 조용히 물었다. 그도 마키의 온화한 성격을 꿰뚫어보고 호감을 품은 것처럼 보였다.

"그런데 마키 씨, 당신은 어떻습니까?"

"저요? 지금 말씀드렸듯이 하루 종일 여기 있었습니다."

"과연. 그렇다면 한 발짝도 외출하지 않은 사람은 당신뿐이로군요."

"예."

"그걸 증명해줄 사람은?"

"오전에는 릴리스와 함께 있었지만 오후에는 혼자 있었습니다."

"산책은 싫어하십니까?"

"아니요. 다만 안개 속을 걷는 일은 가급적 피합니다. 목이 상하니까요."

매끄럽고 아름다운 목소리였다. 신출내기 성악가이니 목을 아낀다는 이유도 설득력이 있다. 형사는 고개를 크게 끄덕이며 수첩에 써넣었다. 그리고 처음부터 되읽는 듯하더니 별안간 고개를 들어 날카로운 눈으로 마키를 바라보았다.

"또 한 분, 여성이 있었다는 말씀……."

"아, 데쓰코는 도쿄에 갔습니다. 물감을 사러……."

"몇 시쯤 나갔습니까?"

"아침식사 후였으니 8시 반쯤이었겠군요."

"그렇다면 다시 돌아오겠군요. 그런데 화가가 물감을 챙겨 오지 않다니 이상하지 않습니까?"

"글쎄요."

마키는 어깨를 움츠렸다. 그는 충격이 컸을 블랙 여사의 기분을 나름대로 헤아릴 수 있었다. 어젯밤에도 카드를 들고 2층으로 올라가는 모습을 보았는데, 그것은 자기 연애운이라도 점칠 셈이 아니었을까? 그런 데쓰코가 남몰래 마음을 주었던 다치바나를 빼앗기고 패배자 신세로 떠나갔으니 그 처지가 가엾기는 하다. 물감을 산다는 말도 이곳에서 달아나기 위한 구실에 지나지 않으리라.

하지만 형사에게 그런 소리까지 할 필요는 없었다.

"저는 물감을 잘 모르지만 프러시안블루라는 물감이 굳었다 나 뭐라나 하더군요."

형사는 말없이 고개를 끄덕였다. 그러자 대화가 끊길 때를 기다렸다는 듯이 아비코가 끼어들었다.

"형사님, 가령 그 숯쟁이를 죽인 범인이 이 안에 있다 칩시다. 그런데 동기는 뭐라고 설명하실 겁니까? 저희는 만난 적도 없는 남자를 죽일 정도로 정신 나간 사람들이 아닙니다."

"그건 말입니다."

형사는 조용히 대답했다.

"스다가 여기 아가씨의 레인코트를 입고 있는 모습을 본 범인이 그 옷을 되찾으려 했던 건지도 모릅니다."

"하지만 말이지요."

작은 몸집의 아비코는 물러서지 않았다.

"살로메나 다치바나 두 사람이라면 몰라도 유키타케에게 그런 친절한 마음이 있을 것 같지는 않군요. 왜냐하면 유키타케와 릴리스는 원래도 견원지간인데 어젯밤 한바탕 싸우기까지 했거든요."

"그렇다면 이렇게 생각해볼 수도 있지 않겠습니까? 범인은 릴리스 양을 죽이고 싶었다. 우연히 하얀 레인코트를 입고 걸어오는 사람을 목격한 그 인물은 그만 상대를 릴리스 양으로 오인한 거지요. 그리고 발작처럼 살의에 사로잡혀 죽인 겁니다. 어쨌든 안개가 그렇게 짙었으니 착각할 수도 있겠지요."

"어머나, 무서워라. 그만 하세요, 그런 이야기는……."

아마 릴리스가 겁을 집어먹었는지 눈을 휘둥그레 뜨고 외쳤다. 두 손을 심장께에 얹어 가슴을 끌어안고 있다. 그 손등은 살갗이 거칠어 딱딱해 보였다.

"절 죽이다니…… 잔인해요."

형사는 고분고분 고개를 숙였다.

"불쾌하셨다면 용서하십시오. 단순한 가정입니다."

그러자 지금까지 용의자 취급을 받았던 유키타케가 다소 노여운 목소리로 말했다. 그는 흥분하면 점점 창백해지는 체질이었다.

"단순한 가정으로 족하다면 한 가지 해석이 더 있습니다."

"뭡니까, 그건?"

유키타케는 될 대로 되라는 듯 입가에 웃음을 띠고 두 여성을 향해 턱을 까딱거렸다.

"마쓰다이라 살로메와 아마 릴리스는 서로 똑같은 하얀 레인코트를 가지고 있다더군요. 다시 말해 범인은 숯쟁이를 릴리스로 잘못 본 게 아니라, 여기 살보네로 오인해서 죽였을지도 모릅니다. 미리 말씀드리지만 제가 한 짓은 아닙니다. 제게는 살로메를 죽여야 할 동기가 없으니까요."

그는 말을 마치고는 들으란 듯이 소리 내어 웃었다.

이번에는 살로메가 겁을 먹고 자그마한 몸을 한껏 움츠렸다. 그런 그녀의 손을 다치바나가 영화 속 미남 배우가 그러듯 움켜쥐고 어루만지고 있다.

형사는 펼친 수첩으로 눈길을 떨어뜨렸다. 간단한 메모이기는 했으나 각자의 행동을 한눈에 알 수 있도록 표로 만들어놓은 것이다.

	오전	오후
아비코 히로시	자기 방에 있었음. 증인 없음.	담배를 사러 외출.
마쓰다이라 살로메	9시부터 산책을 나감.	1시에 돌아옴.
다치바나 아키오	상동	상동
아마 릴리스	방에 있었음. 증인은 마키.	점심식사 후 외출.
유키타케 에이이치	10시 전에 산책을 나감.	점심식사에 맞춰 돌아옴.
마키 가즌도	자기 방에 있었음. 증인은 아마 릴리스.	방에 있었음.
히다카 데쓰코	8시 반에 출발, 도쿄로 돌아감.	도쿄로 돌아간 상태.

원주) 숯쟁이가 살해당한 시각은 오전 11시 전후이다.

유키 형사는 고개를 한 번 끄덕이더니 수첩에서 얼굴을 들었다.

"그건 그렇고 2층 방에 있는 사람이 아무에게도 들키지 않고 외출하는 일은 가능합니까?"

유키 형사가 아비코를 염두에 두고 물었다는 사실은 누구나 금방 알 수 있었다.

"불가능하지는 않지요."

화난 목소리로 대답한 사람은 당사자인 아비코였다.

"누가 보지 않을 때를 노리면 당당히 나갈 수도 있고, 창문에서 물받이를 타고 내려갈 수도 있겠지요. 더군다나 저는 동기도 있어요. 어젯밤 살로메에게 실연당했거든요. 사랑할수록 미움도 커진다고 하지 않습니까? 제 심경이 바로 그랬으니 말입니다……."

하트 3과 클로버 잭

-1-

형사라는 직업은 어떤 의미에서 심리학에 통달하지 않으면 하기 어려운 일이다. 이 지치부 경찰서의 형사는 아비코의 마구잡이식 발언을 정면에서 추궁하지는 않고, 마치 그의 마음을 달래는 표정으로 가볍게 고개를 끄덕이더니 질문의 방향을 싹 바꾸었다.

"그런데 이 카드 말입니다만."

그는 그렇게 말하며 시체 옆에 떨어져 있었다는 스페이드 A를 손가락으로 퉁겼다.

"누구, 보신 적 있습니까?"

"……."

그들은 곧바로 대답하지 않고 서로 얼굴을 마주 보았다. 본적이 있느냐 없느냐 하는 문제가 아니다. 그들이 지금까지 몇 번이나 가지고 놀았던 카드인 것이다.

"제 카드예요."

아마 릴리스가 목멘 소리를 냈다.

"당신 카드? 이게 말입니까?"

"네."

형사는 몸을 돌려 상체를 아마 릴리스 쪽으로 내밀었다.

"그게 어째서 시체 옆에 떨어져 있었던 거지요?"

"그런 걸 어떻게 알아요!"

뚱보 소프라노 가수가 버럭 소리쳤다. 형사는 대뜸 목을 움 츠리고는 순순히 사과했다.

"이거 실례, 당신이 알 턱이 없겠지요. 그렇다면 나머지 카 드를 보여주십시오."

형사의 질문에 울컥했는지 아마 릴리스는 부루퉁한 뺨을 하 고 일어서서 응접실을 나가더니 곧 식당 선반에서 카드 상자를 꺼내 들고 왔다.

"이거 죄송합니다."

가볍게 고개를 숙이며 받아든 형사는 상자의 느낌으로 보아 내용물이 얼마 되지 않는다는 사실을 깨달았는지, 의아한 표정 으로 뚜껑을 열더니 카드를 테이블 위에 좌르륵 쏟았다. 일동의 시선은 형사가 이어서 어떤 표정을 지을지 자못 궁금하다는 듯 일제히 그의 얼굴로 쏠렸다. 카드를 테이블 위에 펼칠수록 점점 미심쩍은 표정을 짓던 형사는 이윽고 고개를 들더니 고함치듯 말했다.

"이게 어떻게 된 겁니까? 스페이드 카드가 전부 빠져 있지 않습니까?"

"그렇습니다. 저희도 오늘 아침 눈치챘습니다만."

형사는 몸을 쑥 내밀고 마키의 설명을 듣더니 이야기가 끝나자 흥분한 기색으로 다시 질문을 시작했다.

"마지막으로 트럼프를 한 게 언제입니까?"

"어젯밤이었습니다."

형사는 차분하게 대답하는 마키의 얼굴을 잡아먹을 듯이 날카로운 눈동자로 뚫어져라 쳐다보면서 연필 끝을 핥았다.

"멤버는 누구누구였습니까?"

"저하고 다치바나, 그리고 릴리스하고 마키, 그렇게 네 사람이었어요."

옆에서 살로메가 끼어들었다. 가녀린 몸에 어울리게 가느다란 목소리였다.

"그때는 이상한 점이 없었던 거지요?"

"없었어요."

"게임이 끝난 후에 카드는 어디에 두었습니까?"

"식당 선반에요."

"그렇다면 그 후로부터 오늘 아침 사이에 누군가가 그걸 빼냈다는 뜻이군요. 식당에는 아무나 들어갈 수 있습니까?"

"네, 잠그지는 않으니까요. 게다가 누가 카드를 훔쳐갈 줄은 꿈에도 몰랐고……."

유키 형사는 말없이 고개를 끄덕이고는 사람들의 얼굴을 서슴없이 쭉 훑어보았다. 리라장을 찾기 전까지는 형사도 숯쟁이의 죽음이 사고인지 살인인지 확신하지 못했으리라. 하지만 시체 부근에 떨어져 있던 카드가 아마 릴리스가 잃어버린 열세 장의 스페이드 중 한 장이라는 사실을 안 순간, 분명 이 사건이 단순한 사고사가 아니라는 점을 깨달은 것이다. 볕에 그을린 그의 뺨이 후끈 달아오른 이유는 마음속의 흥분이 드러났기 때문이리라.

형사의 시선이 유키타케에게 이르자 그는 장발을 흔들며 의견을 말했다. 러시아 농노가 떠오르는 야성적인 저음이었다.

"저는 이 점을 고려해보고 싶군요. 그러니까 형사님 말씀대로, 범인은 훔친 레인코트를 뒤집어쓴 숯쟁이를 살로메 혹은 릴리스로 오인하고 낭떠러지에서 떠밀었다. 그런 다음 열세 장의 카드 중 스페이드 A를 골라 시체 옆에 던져놓았다. 문제는 그것이 무엇을 뜻하는가 하는 점입니다."

"그래, 당신은 어떻게 해석하겠습니까?"

"다시 말해 제가 경고하고 싶은 바는 범인이 연쇄살인을 계획하고 있을지도 모른다는 점입니다."

"뭐?"

튀어오를 듯한 목소리를 낸 사람은 다치바나였다. 도수 없어 보이는 렌즈가 천장의 불빛을 반짝 되받아쳤다.

"연쇄살인······?"

"그래. 연쇄살인이야, 연쇄살인."

유키타케는 재즈 피아니스트를 지망하는 이 남자를 놀리듯 말꼬리에 힘을 실어 말하더니 형사 쪽을 돌아보았다.

"그렇지 않다면 스페이드 카드를 열세 장이나 빼낼 이유가 없잖습니까?"

"그렇다면 당신은 앞으로 사건이 더 일어날 거라고 말씀하시는 거로군요?"

"그렇습니다. 범인이 아마 릴리스를 죽이려 했는지, 마쓰다이라 살로메를 죽이려 했는지, 그 점은 지금 말씀드린 바와 같이 알 수 없지만 자기 계획이 실패한 이상 끝까지 목적을 완수하려 덤벼들 게 분명해요. 그래서 저는 다음 희생자가 릴리스나 살로메일 거라고 생각합니다."

아마 릴리스가 비명을 지르며 마키에게 매달렸다. 살로메는 창백하게 질려 꼼짝도 하지 못했다.

"그만 해! 난 남에게 미움 살 일 없어!"

"없지는 않지. 너처럼 건방지게 굴면 그러는 본인은 즐거울지 모르지만 곁에 있는 사람은 짜증스러워. 화를 내는 사람도 적지는 않을 텐데?"

"그럼 네가 범인이겠네. 그래, 분명히 그래. 날 싫어하는 사람은, 나를 증오하는 사람은 바로 너야!"

"이봐, 릴리. 흥분하지 마. 형사님 앞에서 섣부른 소리 하면 못써."

보다 못한 마키가 아마 릴리스의 어깨를 붙들고 가볍게 흔들며 타일렀다.

"아니, 싫어. 말리지 마. 이 사람이야, 이 사람이라고. 날 죽이려는 사람은 유키타케야."

아마 릴리스는 떼쟁이처럼 소리 높여 아우성치더니 마키의 가슴에 얼굴을 묻고 엉엉 울기 시작했다. 깜짝 놀란 다치바나는 휘둥그런 눈으로 그녀를 쳐다보았다. 살로메는 얼굴 근육 하나 움직이지 않고 가만히 벽을 바라보고 있었다.

"그럴지도 모르지, 내가 범인일지도 몰라. 사실 나는 네가 너무 싫고, 무엇보다 나는 오전에 알리바이가 없으니까."

될 대로 되라는 식으로 말한 유키타케는 다시 형사에게 시선을 돌렸다.

"한마디 더 제가 드리고 싶은 말씀은, 범인은 아마 릴리스나 마쓰다이라 살로메 살해에 성공해도 그것으로 살인극의 막을 내리지는 않을 거라는 사실입니다. 알겠습니까, 형사님? 첫 번째 살인은 실수였습니다. 범인은 숯쟁이를 죽이는 일은 계산에 넣지 않았어요. 그러니 아마 릴리스든 마쓰다이라 살로메든, 그가 누굴 죽일 계획을 세우고 그 시체에 스페이드 A를 남겨놓으려 했다면, 이 상자 속에서 A 한 장만 빼가면 그만입니다. 단 한 장만 가져가면 되었어요. 그런데도 스페이드 카드를 전부 가져갔다는 말은, 희생자가 서너 사람으로는 그치지 않으리라는 점을 암시하는 것 아니겠습니까?"

작은 연필로 귓구멍을 벅벅 긁던 유키 형사가 입도 떼기 전에 아비코가 이를 드러내고 콧등을 실룩이며 유키타케의 이야기에 거세게 반대했다.

"난센스야. 추리소설을 너무 많이 읽어서 노이로제에 걸렸나 보군. 네 논법으로 따지면 희생자 수와 카드 수가 맞지 않아. 설령 우리가 모두 살해당한다 해도 범인을 빼면 여섯 명밖에 없잖아. 살해당한 숯쟁이를 더해서 일곱이다. 그런데 스페이드 카드는 열세 장이야."

입씨름을 좋아하는 유키타케는 얼씨구나 싶었는지 창백한 얼굴로 슬며시 웃었다. 어디로 보나 여유로운 표정이었다.

"내 기우라면 그걸로 그만이지. 나는 그저 수사 관계자에게 한마디 주의를 주고 싶었을 따름이야. 그렇지만 범인은 수하자가 아니야. 예술가 범주에는 들지도 모르지만 수학자가 아니란 말이다. 카드가 두 장 남든, 세 장 남든, 그런 점을 신경 쓸 리 없어. 범인이 우리 안에 있고, 그놈이 여섯 명을 전부 죽이려고 스페이드 카드를 여섯 장 빼냈다고 치자. 그때 이번처럼 초반에 예기치 못한 실수가 벌어지면 당장 카드가 한 장 모자라잖아? 그러니까 범인이 카드를 스페이드 A부터 킹까지 전부 홈친 이유는 미리 예측할 수 없는 사태를 염두에 두고 그랬다고 생각해볼 수도 있지."

두 사람 다 목소리가 낮아 대화가 묘하게 드라마틱하게 들렸다.

아비코는 잠시 입을 다물었다. 하지만 바로 고개를 들더니 씨익 웃었다.

"묘하게 자세히 아는군, 응?"

유키타케는 빈정거리는 아비코의 말을 묵살하고 형사의 얼굴을 보았다.

"떨어져 있던 카드에 지문은 없었습니까?"

그들의 카드는 때가 타면 씻어낼 수 있도록 비닐로 코팅되어 있었다. 그와 동시에 그 카드에는 지문도 묻기 쉬웠다.

"지문은 발견하지 못했습니다. 범인이 자기 지문을 손수건으로 꼼꼼히 닦아냈다고 생각해볼 수 있겠지요."

"과연."

유키타케는 천천히 팔짱을 끼고 고개를 꺾었다. 창백한 이마 위로 머리카락이 흘러내렸다.

-2-

유키 형사는 9시가 되기 조금 전에 돌아갔다. 일동은 나란히 식당으로 돌아갔다.

"그 형사 엉덩이 한번 참 무겁네. 8시 반부터 FEN에서 시나트라를 틀어주는데 못 들었잖아."

다치바나는 투덜거리면서 라디오 스위치를 켜고 주파수를 맞추었다. 그러자 대번에 스피커를 뒤흔드는 프랭크 시나트라의 요란한 재즈가 들려왔다.

"아키오, 부탁이에요. 그만 해요……."

"오케이."

살로메가 머리가 지끈거린다는 표정으로 외치자 그는 즉각 라디오를 끄고 옆자리에 앉았다.

하나 씨가 엽차를 가져왔다. 산속이라 차와 함께 들 간식거리는 기껏해야 밀가루 반죽을 튀긴 설탕 과자뿐이었다. 유키타케는 재빨리 과자를 입에 넣고 우적거리기 시작했다.

"다들 어떻게 생각해?"

갑자기 마키가 고개를 돌려 일동을 보았다.

"어떻게 생각하냐니, 뭘 말이야?"

다치바나는 그렇게 말하고는 엽차를 꿀꺽 마셨다가 혀를 데어 얼굴을 찌푸렸다.

"뻔하잖아. 유키타케의 발언 말이야."

"내 의견은 아까 말한 대로야. 난센스라고 생각해."

아비코가 끼어들었다. 그의 본심은 난센스라고 생각한다기보다 덮어놓고 유키타케의 말을 반대하고 싶은 듯했다.

"그렇게 단순히 생각할 수 있다면 누가 고생하겠어? 나는 유키타케의 가설에 찬성해."

"그렇다면 마키, 우리가 차례로 살인귀에게 희생되어 살해당할 거라는 뜻이야? 말도 안 돼. 나는 아비코 말에 찬성이야."

재즈 피아니스트를 지망하는 이 남자는 그렇게 말하더니 눈썹을 찌푸리고 설탕 과자를 집어먹었다. 다치바나의 응원을 얻은 아비코는 기세가 등등했다.

"마키, 너는 여기 있는 여섯 명 속에 살인귀가 섞여 있다는 거로군."

아비코는 뺨을 일그러뜨리며 불쾌한 표정으로 웃더니 말을 이었다.

"너는 날 단순하다고 비판했지만 유키타케의 가설에 쉽사리 찬성하는 게 더 단순하지 않아? 사람을 죽일 때마다 시체 옆에 카드를 남겨두고 간다는 사실 자체가 난센스야. 무슨 의미가 있다는 거지?"

"너는 살인자의 심리를 몰라."

마키는 곧장 반박했다.

"흉악무도한 살인귀가 작은 동물을 애지중지했다는 사례는 얼마든지 있어. 사람은 아무렇지도 않게 죽이는 남자가 카나리아 한 마리를 구하려고 시뻘건 불길 속에 뛰어들었다는 이야기도 있어. 법정에서 그 이야기를 발표했을 때, 방청인들은 일제히 웃었어. 난센스라는 거지. 이놈이나 저놈이나 다 너 같은 남자였던 모양이야. 하지만 언뜻 모순돼 보이는 이 행위도 그들의 심리에 입각해서 보면 결코 모순이 아니야. 극악무도한 범죄자는 세상에 섞이지 못하는 대신 작은 동물을 사랑하는 경향이 있어. 내가 하고 싶은 말은 그거야. 범죄자의 심리를 상식으로 따질 수 있다는 생각이 바로 난센스야. 이번 경우 역시 범인이 시체 옆에 카드를 남기고 갔다는 말은, 살인자들이 공통으로 가지는 허영심의 발로로 보면 이해할 수 있어. 이런 사례는 숱하게 많아."

"그런 불길한 이야기는 그만 해요."

살로메가 말리듯이 둘 사이에 끼어들었다. 그녀는 과자에도 차에도 손을 대지 않았다.

"나는 굳이 불길한 소리를 한 게 아니야. 서로 조심하는 편이 낫다고 주의를 준 것뿐이지."

마키는 그렇게 대답하고 찻잔을 들었다.

살로메가 주머니에서 손수건을 꺼내 설탕 과자를 다 먹은 다치바나의 손끝을 닦아주었다. 아비코는 불쾌한 눈길로 그 모습을 쳐다보았지만 이윽고 시선을 휙 돌려 담배에 불을 붙이고 맛없다는 얼굴로 연기를 토해냈다.

평소 같으면 누구보다 더 들뜬 목소리로 떠들어댔을 아마릴리스도 오늘 밤은 겁에 질렸는지 입도 벙긋하지 않았다.

그날 밤 마키는 침대에 누워도 바로 잠들 수가 없었다. 설마 유키타케의 예언에 흥분했을 리도 없는데, 이렇게 잠 못 이루는 꼴을 보면 역시 신경이 날카로워진 것이 틀림없다.

마키는 침대에서 내려와 슬리퍼를 신고 창문의 그물망 너머로 밤하늘을 올려다보았다. 별이 쏟아질 것만 같은 하늘이다. 가슴속 가득히 밤공기를 들이켜보니 폐 세포에 닿는 공기가 지저분한 도쿄와는 전혀 딴판으로 달콤했다.

그는 스탠드 불을 켜고 읽다 만 책을 꺼내 페이지를 펼쳤다. 그리고 눈이 불빛에 익기를 기다렸다가 읽기 시작했다. 세 쪽쯤 읽었을 때 복도에서 희미한 발소리가 들리더니 누군가 문을 두드렸다. 주위를 경계하는지 작은 소리였다.

"누구야?"

마키도 그렇게 작게 대꾸하며 문을 열어보니 다치바나 아키오가 서 있었다. 반소매 셔츠를 입은 그는 방에 들어오더니 가만히 문을 닫았다.

"잠이 안 와?"

"그래, 네 방 불빛을 보고 찾아온 거야."

아까는 유키타케의 연쇄살인 가설을 부정했던 주제에 잠 못
이루는 꼴을 보니 역시나 마음에 걸리는 모양이다. 그는 주머
니를 뒤져 담배를 꺼내더니, 마키에게 한 대를 내밀고 자기도
입에 물고는 그대로 불도 붙이지 않고 뭔가 생각하는 기색으로
눈을 감았다. 겉멋과 스타일에 죽고 사는 이 남자치고는 평소
와 다르게 기운이 없었다.

마키가 성냥을 그어주었다.

"아, 고마워."

"무슨 일 있었어?"

"아니, 그냥······."

다치바나는 짤막한 대답을 끝으로 연기를 토해내다가 반쯤
피운 담배를 재떨이에 버리더니 느닷없이 마키를 돌아보았다.
렌즈 너머로 그의 눈동자가 묘하게 심각한 빛을 띠고 있었다.
그는 무슨 말을 하려고 숨을 삼키는 듯하더니 다시 그 숨을 조
용히 토해냈다.

"왜 그래, 대체?"

"······."

"유키타케의 연쇄살인 가설이 신경 쓰여?"

"아니, 그런 게 아니야."

재즈 피아니스트는 말이 끝나기가 무섭게 고개를 저었다.

"나는 말이야, 여자가 마물이라는 이야기를 통감하고 있어."

"여자가 마물? 하하하, 그야 그렇지. 여자가 있기 때문에 이 잿빛 세상이 아름답게 보이는 거야. 인류가 아메바처럼 단성생식을 한다면 아마도 예술은 존재하지 않았겠지. 여자의 마력이란 참으로 위대하도다!"

"그게 아니야. 가면을 쓰고 뻔뻔스럽게 남자를 속이려는 여자의 비열한 근성, 나는 그 점을 비난하는 거야."

평소 다치바나의 경박한 성격으로 볼 때 전혀 상상할 수 없는 침울한 말투였다. 마키는 얼이 빠져 한참 상대의 얼굴을 바라보았다.

"어이, 왜 그래? 자타가 인정하는 페미니스트가 무슨 소릴 하는 거야?"

마키는 그를 다독여주려고 테이블 위에 진이 든 병과 글라스를 올려놓았다.

"자, 한 잔 마셔."

"고마워. 하지만 여자란 정말 방심할 수 없는 존재야."

"그만, 그만. 그런 일에 얽매여 봤자야."

다치바나는 대답 대신 진을 벌컥 들이켜더니 글라스를 테이블에 탁 내려놓았다.

살로메와 뭔가 옥신각신한 모양이다. 마키는 생각했다. 여자에 대한 불신을 주절거리는 모습으로 보건대 그녀가 뭔가를 고백했고 다치바나는 일단 용서했지만 가슴속에 뭔가가 응어리져 끙끙 고민하는 것이리라. 지금은 일단 남자의 우정으로 어떻게든 기운을 북돋워줘야겠다.

마키가 그렇게 생각하고 있는데 앞지르듯이 다치바나가 입을 열었다.

"하지만 말이야, 명색이 남자로서 아내의 부정을 알아챘을 때 어떻게 해야 좋을까?"

"뭐라고?"

"아니, 꼭 아내가 아니더라도 말이야, 약혼 중인 남녀라도 상관없어. 상대 여성의 불륜을 깨달았을 경우, 너라면 어떻게 하겠어?"

마키는 불륜이라는 케케묵은 단어를 끄집어낸 그가 우습기도 했고, 동시에 이마에 머리카락을 늘어뜨린 이 친구가 의외로 멀쩡한 도덕관을 지니고 있다는 사실에 묘하게 마음이 놓였다.

그는 불쑥 손을 뻗어 스탠드 불을 껐다. 눈이 어둠에 익자 그물망 너머로 네모나게 잘린 별빛 가득한 하늘이 뚜렷하게 시야에 떠올랐다.

"어이, 다치바나. 저 별을 봐. 나는 뭔가 정신적인 타격을 받을 때마다 별을 바라보지. 그리고 끝없는 우주에 마음을 쏟아.

그러면 인간 사회의 하찮은 문제가 어리석다는 생각이 들어. 한두 번 실연한들 어떠랴, 배신한 연인도 용서해줄 수 있겠다 싶어. 시험을 망쳐서 안절부절못할 때 환한 밤하늘을 바라보면 금세 마음이 새로워져."

다치바나는 잠자코 듣고 있었다. 그도 밤하늘을 올려다보는 것 같았다. 방울벌레가 울어댔다.

"그렇구나……. 넌 늘 그래?"

"그래, 그래서 내 정신은 늘 건전하지. 내 사전에는 타격이라는 단어도 없어. 실망이라는 단어도 없지. 어때, 내 사전을 나눠줄까?"

다치바나는 또다시 입을 다물었다. 어둠 속에서 그가 일어서는 기척이 느껴졌다.

"알았어, 잘 알겠어."

그 표정은 보이지 않았지만 기운을 차린 목소리였다. 문을 여는 소리가 났다.

"그만 갈게."

"그래."

마키가 어두운 문 쪽으로 몸을 돌렸다.

"마음을 대범하게 가져. 여자에게 그걸 요구하기란 불가능한 일이야. 하지만 남자는 가능하니까."

다치바나는 고개를 끄덕이는 듯했다. 문이 가만히 닫히더니 발소리가 멀어졌다.

-3-

아마 릴리스는 침대 위에서 일어나 두 팔을 뻗으며 하품을 했
다. 65킬로그램이라는 체중을 견디기 힘들었는지 스프링이 삐
걱거렸다.

　바깥에는 안개가 온통 짙게 끼었다. 창문 그물망에 물방울
이 잔뜩 맺혀 있었다. 방 안에 흘러들어온 안개 물방울이 목을
자극해 얼결에 기침이 나왔다. 어젯밤 유리문을 깜빡 잊고 닫
지 않았다. 목을 아끼는 성악가 지망생으로서는 결코 바람직하
지 못한 일이었다.

　손으로 만져보니 이불도 옷도 축축하게 젖었다. 얼굴을 찌
푸리며 슬리퍼를 신고 수트케이스를 열어 투피스를 꺼내보니
그 옷은 무사했다. 잠옷을 벗고 옷을 입으며 아마 릴리스는 가
만히 한밤중의 묘한 경험을 떠올렸다.

　그것은 2시쯤이었을까. 그녀는 화장실에 가고 싶어 잠이 깼
다. 상야등常夜燈이 켜져 있는 복도를 지나 계단을 내려가 볼일
을 마치고 돌아가려고 했을 때, 식당 쪽에서 희미한 소리가 났
다. 기분 탓인가 싶어 1층 복도를 살펴보았지만 그다음에는 찍

소리도 나지 않았다. 응접실 문도 식당 문도 조리실 문도 꼭꼭 닫혀 있었고, 쥐 죽은 듯 고요한 통로에 진홍색 카펫만이 길게 한 줄기 뻗어 있었다.

살은 쪘지만 아마 릴리스의 신경은 민감했다. 실내에 딱 들어가기만 해도 액자 뒤에 숨은 거미의 존재를 감지할 수 있다. 아니, 거미뿐만 아니라 저 오싹한 모든 절지동물의 존재에 대해 그녀의 신경은 이상하리만치 민감하게 작용했다. 그늘에 숨어 이쪽을 노려보는 그들의 시선을 시각에 의존하지 않고 온몸에 둘린 피부 감각으로 느끼는 것이다. 설령 부잣집 아가씨의 취미라고 해도 음악을 전공하는 이상 당연히 그 정도 민감한 신경은 필요할지도 모른다.

어젯밤의 아마 릴리스도 그러했다. 복도 양쪽에 늘어선 문을 보았을 뿐인데, 식당에 숨어 숨죽이고 있는 존재의 기척을 똑똑하게 느꼈다. 그러자 자연히 공포라는 감정이 파도처럼 밀려왔다. 그녀는 뒤도 돌아보지 않고 계단을 올라가 자기 방에 뛰어들어, 재빨리 자물쇠를 걸어버렸다.

아마 릴리스는 옷소매에 햄처럼 굵은 팔을 끼우면서 그 일을 생각했는데, 새삼 되짚어보니 꿈이었는지 생시였는지 아리송했다. 화장실에 내려갔던 일이나 복도를 들여다본 일은 현실이지만 식당 문 안쪽에 누가 숨어 있다고 느낀 일이 꿈이었는지 생시였는지는 아무리 생각해도 분명치 않았다.

세수를 마치고 머리를 빗는 사이 하나둘 잠에서 깼고, 아침 식사 차임이 울린 것은 8시였다.

햄에그의 햄은 그들이 도쿄에서 가져온 재료였다. 빵이나 달걀은 역 앞까지 가면 구할 수 있지만 맛있는 햄을 파는 가게는 전철을 타고 요리이까지 가야만 있었다.

눈을 뜨자마자 바로 하는 식사인데도 역시나 젊은 만큼 식욕들은 왕성했다. 아마 릴리스도 두 번째 빵에 버터를 바르면서 가만히 사람들의 얼굴을 둘러보았다. 하나같이 무심하게 턱을 움직이고 있다. 그들의 얼굴을 보고 어젯밤 이 식당에 숨어 있었던 인물이 누구인지 짐작하기란 어려웠다. 아니, 그 인간이 식탁을 둘러싼 일동 속에 있다고 꼭 단언할 수도 없었다. 어쩌면 하나 씨였을지도 모르고, 잠에 취한 만페이 영감이었을지도 모른다. 혹은 좀도둑이 숨어들어 뒤적거렸을 수도 있다.

식사가 끝나자 저마다 늘어졌다. 라디오로 아침 음악을 듣는 이, 담배를 피우는 이, 제각각이었다.

아마 릴리스는 또 카드 상자를 쥐었다. 그녀는 그들 중에서 가장 놀기 좋아했고 카드놀이도 포커부터 옥션브리지에 이르기까지 모조리 꿰고 있었다.

"어때, 카드놀이 하지 않을래?"

"마흔 장밖에 없는데 뭘 할 수 있겠어?"

"그렇지 않아, 방법은 얼마든지 있어."

주거니 받거니 하는 마키와 아마 릴리스를 유키타케가 눈을 치뜨고 흘깃 보았다. 부르기만 해봐라, 하는 표정이다.

"자기의 결혼운을 점처줄게. 나하고도 상관있는 일이니까 신중하게 해야겠네."

아마 릴리스는 카드를 테이블 위에 늘어놓기 시작했다. 한동안 실내가 조용했다. 그렇게 생각하기가 무섭게 아마 릴리스가 붕긋한 가슴을 흔들며 거친 숨을 몰아쉬었다.

"어머, 이상해."

그녀는 카드를 한 장 한 장 세기 시작했다.

"어쩐지…… 이상하다 했어. 서른여덟 장밖에 없어."

"서른여덟 장? 어제 셌을 때는 마흔 장이었잖아?"

"맞아, 스페이드가 전부 빠졌으니까 마흔 장이야. 그런데 그게 지금 세니까 두 장이 또 줄었어."

두 사람의 얼굴을 번갈아 견주어보던 살로메가 말을 걸었다.

"왜 그래? 뭐가 없는데?"

"하트 3하고 클로버 잭."

"이상하네. 하룻밤 지날 때마다 카드가 줄어들다니 기묘해. 아라비안나이트 같아."

"뭐? 또 없어졌어?"

아비코도 끼어들었다.

"하트 3하고 클로버 잭이야."

"하트하고 클로버……? 묘한 짝이네. 유키타케 선생께 여쭤
보면 어때? 틀림없이 기상천외하고 진기한 가설을 피력할 거
야. 안 그래도 선생은 뭔가 발표하고 싶어서 근질근질할 테니."

앳된 얼굴에 어울리지 않게 아비코는 뒤끝이 상당했다. 어
젯밤의 말다툼이 아직도 속에 맺혔는지 빈정거리는 태도로 유
키타케를 향해 턱짓했다.

하지만 그 유키타케도 이번에는 누가 무슨 수작으로 카드를
가져갔는지 전혀 짐작하지 못하는 눈치였다. 그가 고개를 갸웃
거리자 별안간 아마 릴리스가 외쳤다.

"그래, 알았다!"

"뭐야, 사람 간 떨어지게. 뭘 알았다는 거야?"

"어젯밤 일이야. 나, 화장실에 갔었거든. 그랬는데 누군가
이 식당에 숨어 있는 기척이 났어. 릴리는 그만 겁이 나서 허둥
지둥 방으로 돌아와 문을 잠그고 자버렸어. 지금 생각해보면
바로 그때 카드에서 하트 3하고 클로버 잭을 골라내고 있었던
거야."

그들은 얼굴을 마주 보고 입을 다물었다. 그 인물의 목적이
무엇인지 모르는 만큼 묘하게 소름끼쳤다.

창밖에는 짙은 안개가 소용돌이치고 있었다.

마키는 넌지시 다치바나의 모습에 주의를 기울이고 있었다. 하지만 어젯밤의 고민을 싹 잊어버린 것처럼 밝은 그를 보자 마키도 마음이 놓였고, 자신의 정신요법이 효과를 거두었다는 점이 은근히 뿌듯했다.

다치바나는 식탁 앞에 살로메와 나란히 앉아 평소처럼 즐거이 이야기를 나누고 있다. 오붓한 저 모습을 보면 아무도 두 사람 사이에 문제가 있었다는 사실을 눈치채지 못하리라. 그렇게 생각한 마키는 그 점에 대해서는 자신도 입을 다물기로 했다. 그는 입이 여물고 자기 발언에 책임질 줄 아는 남자였다.

카드 소동이 잠잠해지자 다치바나는 홀로 2층으로 올라갔다. 그가 살로메를 내버려두는 순간은 낚시에 빠져 있을 때뿐이었다. 유행을 즐기는 천박한 플레이보이인 다치바나의 취미가 낚시라니, 상상하기 어려운 일이다.

"살로메, 조심해. 낚싯대를 사려고 널 전당포에 맡길지도 몰라."

다치바나가 나가자 아마 릴리스는 그렇게 말하며 살로메를 놀렸다. 살로메는 입 안으로 가볍게 웃고는 아무 대답도 하지 않았다. 졸린지 갸름하게 뜬 눈이 영락없이 행복에 취한 여자의 모습이었다.

"뭘 낚는 거야? 송사리?"

"은어래."

"혜, 민물낚시를 하는 거야?"

마키가 물었다.

"뭔지 모르겠어. 난 낚시에는 관심 없는걸."

"제법 오래 했다면서?"

"작년부터 시작했어. 여기서 만페이 영감님한테 배웠다지 아마. 오늘은 점심을 먹고 나서 나간다고 하던데."

미끼나 도구는 만페이 영감에게 부탁한 터라 다치바나는 도쿄에서 낚싯대 두 개와 낚싯줄만 챙겨왔다. 매사 전문가 흉내 내기를 좋아하는 남자라, 낚싯대도 신바시新橋의 유명한 낚시점 주인에게 주문해 만들었다.

마키가 위층으로 올라가보니, 아니나 다를까 다치바나는 속셔츠 한 장 차림으로 낚싯대를 닦고 있었다.

"어때, 이 윤기 좀 봐. 웬만한 장인들도 좀처럼 낼 수 없는 색이야. 명인의 솜씨지."

몽롱한 눈으로 손잡이부터 끝까지 바라보는 품이 마치 도검이라도 감정하는 모양새다. 무슨 말만 나오면 폼 잡기를 좋아하는 다치바나의 성격이 마키의 눈에는 더없이 우스꽝스럽게 보였다. 좋게 말하면 천진난만하다고 할 수 있지만 심술궂은 눈으로 나쁘게 말하면 겉치레만 차리는데다 단순하고 역겨웠다.

다치바나는 마키가 그런 생각을 하는 줄은 꿈에도 모르고 어디서 주워들었는지 낚싯대 강의를 주절주절 떠들고 있었다. 슬슬 지겨워지려는 찰나에 아마 릴리스가 고개를 내밀어 마키는 노골적으로 살았다는 표정을 지었다.

"무슨 일이야?"

"나 잠깐 밖에 나갔다 올게. 우체국에 다녀올 일이 생각났어."

우체국은 역 근처까지 가야만 한다.

"이제 곧 식사 시간인데?"

"괜찮아. 아침을 많이 먹어서 아직 생각 없어. 잠깐 산책하는 편이 나을 것 같아."

"그럼 점심시간이 되면 우리 먼저 먹는다."

"그래, 그럼 다녀올게."

그녀는 손을 흔들며 나갔다.

이윽고 점심시간이 되어 식당에 고개를 내민 마키는 평소의 말상대가 없는 탓인지 몹시 멀뚱해 보였다.

"마키, 유난히 기운이 없네."

평소 같으면 그런 말을 들으면 바로 대꾸를 할 텐데 오늘은 그럴 기력도 없다는 표정으로, 잠자코 아비코의 어린애 같은 얼굴을 노려보았다.

"무사는 굶어도 굶은 티를 내지 않는다잖아. 그렇게 굶주린 표정 짓지 마. 나까지 눈물 나려 하네."

신이 난 아비코가 계속 조잘거렸다. 마키는 잠자코 턱을 쓰다듬었다.

"그만 괴롭혀요."

보다 못한 살로메가 타일렀다. 늘 그렇지만 그녀는 마키를 편드는 경향이 있다.

"그만두지. 네가 그렇게 말하면 그만두고말고."

아비코는 놀리는 기색으로 말했다. 살로메에게 차인 뒤로 아비코는 어딘지 모르게 상식의 틀에서 벗어난 듯했다.

식사가 끝나자 재즈 피아니스트는 자기 방으로 올라가더니 면직물로 짠 모자에 하늘색 오픈셔츠, 흰색 반바지의 가벼운 복장으로 갈아입고 한 손에는 낚시도구를 들고 내려왔다. 그는 새하얀 손수건을 목에 둘러 한껏 강태공 기분을 내면서 '스타더스트'의 멜로디를 흥얼거렸다.

다가선 살로메가 또 아내 같은 얼굴로 바지런히 시중을 들었다.

"자기, 이 손수건은 너무 새거라 이상해요. 모자는 이렇게 쓰는 편이 나아요. 빨리 돌아와요."

"정말 샘나는군. 나도 이런데 상대가 없는 유키타케나 아비코의 속은 어떨지 헤아리고도 남겠어. 어디 눈뜨고 보겠나."

마키가 현관 입구에 나와서 웃었다. 다치바나는 운동화를 신고 살로메의 손을 옴켜쥐더니, 마키에게는 손을 흔들었다.

"저녁식사는 준비할 필요 없다고 전해줘. 잔뜩 낚아올 테니."

그는 키스를 던지고 떠났다. 누가 다치바나 아니랄까봐 아니꼽기 짝이 없는 동작이었다.

"큰소리를 쳤으니 돌아오는 길에 생선 가게에서 고래 고기라도 사오는 것 아니야?"

마키가 살로메를 놀리면서 식당으로 돌아오니 그 발소리를 들은 하나 씨가 앞치마에 손을 훔치며 고개를 내밀었다.

"그 아가씨는 아직 안 돌아오신 건가요?"

"왜 그러죠? 릴리가 뭐 선물이라도 사오겠다고 약속했어요?"

"그게 아니라 제가 지금 장을 보러 나가야 하거든요. 점심식사가 식어버릴 텐데 어쩌죠?"

"어쩌긴요. 오늘은 별로 먹고 싶지 않다고 했으니 식어도 별 상관없어요. 시장 다녀와요. 거리가 좀 있으니 주부는 매일 고생이네. 자전거가 있으면 좋겠지만 아주머니가 타려면 탱크쯤 되어야지, 안 그러면 망가져버리겠지요?"

"어머나, 몹쓸 사람이네."

놀림을 받은 하나 씨는 갓난아이처럼 포동포동한 손으로 마키를 때리는 시늉을 했다.

"그럼 다녀올게요. 아가씨가 돌아오시면 전열기로 데워서 드시라고 말씀 좀 해주세요."

하나 씨는 그렇게 부탁하고 나갔다.

마키가 식당에 들어가니 그곳에서는 식사를 마친 살로메와 유키타케, 아비코가 차를 마시면서 잡담을 나누고 있었다. 라디오에서 탱고가 흐르고 있었다.

"아르헨티나 탱고를 포르테냐 음악이라고 하는 이유가 뭐지?"

유키타케가 느닷없이 고개를 들고 물었다.

"포르테냐라는 건 항구를 뜻해. 이 경우 항구는 부에노스아이레스를 가리키는 말이지."

"아아, 그래? 아무래도 난 통속음악은 잘 몰라서."

유키타케는 평소 버릇처럼 심술인지 그냥 하는 말인지 모를 혼잣말을 했다. 예술가 흉내를 내는 그들 사이에서 대중음악에 정통하다는 소리는 일종의 모욕이라고도 할 수 있다. 역시나 아비코는 발끈한 표정으로 입을 다물어버렸다.

유키타케의 심술은 의식하지 않아도 입으로 나오는지, 지금도 악의가 있어서 한 말은 아닌 듯했다. 그것은 태연한 표정으로 "지금 나오는 곡은 뭐야?"라고 묻는 모습을 보아도 알 수 있다.

아비코가 떨떠름하니 말이 없자 유키타케는 마키와 살로메를 쳐다보았다. 밴드네온의 리듬을 타고 흘러나오는 노래는 '아디오스 팜파 미아안녕, 초원이여'였다.

"유명한 곡인데 몰라요?"

"몰라."

"모르면 알려주죠. '블루 선셋', 즉 푸른 노을이라는 뜻의 곡이에요."

유키타케의 말투에 그녀도 화가 났는지 대드는 기색이었다.

"뭐? 블루 선셋?"

"그래요, 왜 그런 표정을 지어요?"

"날 놀릴 셈이야?"

"어머, 싫어라. 무슨 소리를 하는 거람. 제목을 알려달라니까 푸른 노을이라고 말해주는 거잖아요?"

살로메가 또박또박 쏘아붙이자 유키타케는 자기 잘못을 깨달았는지 입을 다물고 말았다. 하지만 여전히 마음을 다잡을 수 없는지 호흡은 거칠고 평소의 창백한 얼굴은 더욱 하얗게 질렸다.

마키는 그가 어째서 사소한 일에 정색하는지 알지 못하고 두 사람의 얼굴을 번갈아 쳐다보았다. 아비코도 같은 마음인지 어린아이 같은 눈을 둥그렇게 뜨고 멀뚱히 있었다. 네 사람이 우뚝 서 있는 사이에 음악이 끝났다. 훗날 생각해보면 짐작 가는 바가 있지만 그때의 마키는 유키타케가 어째서 푸른 노을이라는 단어에 화를 냈는지 전혀 짐작할 수 없었다.

네 사람의 어색한 침묵을 깬 것은 외출에서 돌아온 아마 릴리스였다. 서둘러 걸어왔는지 뺨은 달아올라 불그스름했고 땀이 송골송골 맺혀 있었다.

"어머, 다치바나는?"

"낚시하러 갔어."

"그렇구나. 살로메, 조심해야 해. 벌써부터 그러면 앞날이 뻔해. 까딱하다가는 골프가 아니라 낚시 때문에 독수공방하겠어."

"걱정할 필요 없어. 결혼만 하면 내 애정으로 낚싯대를 꺾게할 테야. 자신 있어."

"그런 소리를 공짜로 듣다니 싫다, 얘. 도쿄로 돌아가면 뭐든 한턱 쏴."

아마 릴리스는 뭐가 그리 신이 났는지 들뜬 기색으로 말했다.

"마키, 나 왔어."

"그래, 어서 와. 하나 씨가 식사가 식는다며 걱정했어. 전열기로 데우라더군."

"식어도 상관없어."

그녀는 손을 씻고 머리 모양을 약간 신경 쓰면서 거울을 들여다보더니 자리에 앉아 홀로 점심식사를 시작했다. 하지만 식어빠져서 맛이 없는지 광동식 볶음면은 거의 건드리지 않았다.

"데우면 되잖아?"

"됐어, 귀찮단 말이야. 그만 먹을래. 그보다 내일 다 함께 미쓰미네 산에 오르지 않을래? 아비코는 어때?"

아마 릴리스는 가라앉은 자리의 분위기를 보고 또 무슨 일이 있었는지를 감지했는지 일부러 밝은 목소리로 말했다.

"그래, 여기까지 왔으니 한 번은 가보고 싶네."

아마 릴리스의 의도를 알아차렸는지 아비코는 바로 동의했다.

"유키타케, 너도 갈 거지?"

"그래."

"살로메도 가는 거야."

"하지만 도중에 케이블카가 멈추면 무섭단 말이야."

그녀는 진지한 얼굴로 발뺌했다. 한 1년 전에 케이블카가 계곡 상공 수십 미터 지점에서 멈춰버리는 바람에 승객들은 구출될 때까지 허공 줄타기의 스릴을 맛보았던 사건이 있었다. 더군다나 그때는 해가 져서 깜깜하기까지 했다.

"무슨 소리람. 다치바나랑 단둘이면 기뻐할 거면서."

아마 릴리스는 서슴없이 놀렸다.

"살로메는 다치바나를 설득해."

"어이, 나는 따돌리는 거야?"

"그래, 마키한테는 집이나 보라고 할까?"

"정말 야박하군."

뜻이 하나로 모이자 한차례 미쓰미네 산으로 이야기꽃을 피

운 뒤에 아마 릴리스는 휘파람을 불며 그릇을 치우고는 조리실
로 갔다.

　작은 풍파는 있었지만 이때까지 리라장은 평온 그 자체였
다. 범인을 제외한 누구 하나 그 평온이 순식간에 깨지리라는
사실을 미리 알지 못했다.

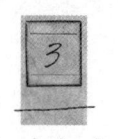

두 번째 살인

-1-

"어때, 유키타케. 체스 토너먼트나 한번 할까?"

귀공자 같은 자태로 마키가 제안했다.

"그거 좋군. 유키타케는 도전을 받고도 도망칠 사람이 아닐 텐데, 응? 그렇지?"

앳된 얼굴의 아비코도 그 자리에서 찬성했다. 아비코도 마키도 지루해 못 견디던 참이었다. 그들이 리라장에 온 이유는 뚜렷한 목적이 있어서가 아니라 마침 아르바이트가 끝난 무렵 가혹한 늦더위가 이어진 탓에 다 함께 피서나 즐길 요량에 지나지 않았다. 아마 릴리스는 마키의 뒤를 따라온 것이었다.

"소용없어, 그만두는 편이 나아."

유키타케는 긴 머리를 쓸어 올리며 잘난 척했다. 그는 장기를 잘 두었다. 초단 정도 되는 실력이다. 마키도 아비코도 도저히 당해낼 재간이 없었다. 하지만 막상 체스는 그들이 쥐꼬리만큼 나았다.

"큰소리치는군, 그렇게 나와야 재미있지."

"하지만 유키타케, 체스는 생각처럼 안 될 거야. 미국 선수가 세계 일주를 하다가 일본에 왔을 때, 기무라木村 명인이 데이코쿠帝国 호텔까지 겨루러 갔다가 단판에 지고 말았으니까."

"그건 상대가 다르잖아. 너희하고 겨뤄서 지면 어쩌라는 소리야. 판은 있어?"

"있어. 상아하고 흑단으로 만든 말이 있는데 후지사와 씨가 애용했다지."

"누가 벼락부자 아니랄까봐. 우리 플라스틱 말은 꺼내지도 못하겠네. 얼른 하지? 손가락이 근질거리는군."

그들은 목욕물을 데우던 만페이 영감에게 부탁해 보관해두었던 판을 꺼내어 응접실 테이블을 둘러싸고 대국을 벌였다.

"너도 할래?"

"정세에 따라서. 자기가 지면 설욕전에 나설게."

뚱보 아마 릴리스가 말하자 살로메는 살로메대로 "마음 내키면 할게."라고 얌전히 대답했다.

눈에 익은 탓인지 응접실은 어제만큼 어두운 느낌이 없었다. 소용돌이치던 그 짙은 안개는 말끔히 개어, 정원에 쨍쨍 내리쬐는 늦여름 햇살의 반사광이 실내를 밝혔다. 화단의 새빨간 칸나 꽃잎이 눈부실 정도였다.

은화를 던져 순서를 정했다. 첫 번째 승부는 마키와 유키타케가 겨루게 되었다. 아비코와 두 여성에게 둘러싸여 대국을 벌이는 두 사람의 표정은 진지했다. 유키타케는 흘러내리는 긴 머리가 거추장스러웠는지 손수건으로 머리띠를 둘렀다.

선수를 잡은 마키는 뭔가 꾀가 있는지 폰을 움직였고, 유키타케도 침착하게 첫수를 두었다. 그러자 마키의 뺨 근육이 별안간 부들거리기 시작했다. 처음에는 억지로 참으려 하더니 그는 급기야 억누르지 못하고 껄껄 웃었다.

"체크 메이트다."

"엉?"

"장군이야."

겨우 두 수만에 장군에 걸리자 유키타케는 믿을 수 없다는 표정으로 자기 진영을 보았다. 뜻하지 않게 왕은 벌써 적의 여왕에게 사로잡혀 옴짝달싹할 수 없었다.

"아차, 당했구나!"

머리띠를 바닥에 내던지며 울화통을 터뜨렸지만 이제 와서 딱히 별수도 없었다. 겨우 두 수로 몰아세우는 이 묘수는 흔히 '얼간이 공격'이라 부른다. 조금이나마 체스를 둘 줄 아는 이는 결코 이런 어리석은 공격에 당하지 않을 터였다. 오늘 유키타케는 어지간히 정신이 나갔던 것이 틀림없다. 일동은 그의 분해하는 얼굴을 보고 배를 잡고 웃음을 터뜨렸다. 간신히 그들 사이의 응어리가 녹은 듯했다.

떨떠름하게 자리에서 일어선 유키타케의 뒤를 이어 아비코가 앉았다. 이번 승부는 쉽사리 결판이 날 것 같지 않았다. 정원의 소나무 줄기에 붙어 끈질기게 살아남은 유지매미가 풍성한 목소리로 울기 시작했다.

"살로메, 목마르지 않아? 커피라도 끓여주지 않을래?"

살이 찐 탓인지 아마 릴리스는 갈증을 자주 느끼는 모양이었다.

"좋아, 끓여줄게."

"고마워. 각설탕도 백설탕도 조리실에 있어."

"커피는 어디?"

"조리실 선반에. 난 코코아로 부탁해."

아마 릴리스가 그렇게 주문을 달았다. 살로메 역시 커피가 위에 받지 않아 코코아만 마신다. 나머지 사람들은 저마다 모카니 산토스니 자바니 하는 취향 차이는 있지만, 하나같이 커피 애호가였다.

원래 마쓰다이라 살로메는 아마 릴리스와 달리 집안일을 즐기는 여성이라 주방에서 꼼지락거리기를 좋아했다. 때문에 이런 부탁을 받으면 오히려 기꺼이 조리실로 달려간다. 사실 어설픈 장기를 구경하기보다 주방에서 커피를 끓이는 편이 훨씬 즐거웠다.

살로메는 프로판가스 풍로에 불을 붙이고 물을 담은 주전자를 얹었다. 선반 위에서 상카 커피와 피터 코코아 캔을 꺼내고 물이 끓기를 기다렸다. 그리고 좋아하는 이탈리아 민요 '바다에 오라'를 흥얼거렸다. 성악 전공자들 앞에서는 아무래도 부르기가 껄끄러웠다. 그들과 공동생활을 하노라면 그 점 하나가 더없이 갑갑했다. 그래서 살로메는 혼자 있을 때 사슬에서 풀린 개가 자유로이 뛰놀듯이 닥치는 대로 좋아하는 노래를 불렀다. 바이올린 연습은 힘들지만 노래는 즐겁다. 노래할 때는 시간 가는 줄도 모른다.

두세 번 되풀이하는 사이에 벌써 물이 끓었다. 커피를 넣고 졸이자 좋은 향기가 조리실에 가득 차올랐다. 커피를 싫어하는 그녀도 이 냄새만은 무척 좋아했다. 향기로 따지자면 코코아는 도저히 커피의 적수가 못 된다.

이어서 물을 조금 끓여 풀어놓은 코코아를 녹였다. 코코아가 두 잔에 커피가 석 잔. 코코아에는 백설탕과 우유를 넣고, 커피에는 각설탕을 곁들여 쟁반에 올렸다.

"어머, 떼를 써서 미안해."

살로메가 방에 들어가자 아마 릴리스가 수고에 고마움을 표했다.

"거기 올려놔."

"누가 이겼어?"

"마키가 졌어. 이번에는 너하고 나야. 네가 오기를 기다렸어."

아마 릴리스는 적극적으로 말하며 살로메를 억지로 앉혔다.

"너랑 나랑은 처음 해보는 거지?"

"나 잘 못해."

"알아, 한수 가르쳐줄게."

"여전히 기세 하나는 등등하다니까. 이랬다가 지면 뭐라고
변명할 셈일까? 재미있겠어."

테너인 마키는 말쑥한 얼굴에 하얀 이를 드러냈다. 살로메
가 검은 말을 쥐고 아마 릴리스는 흰 말을 쥐어 자기 진영에 세
웠다.

"기가 차는군. 검은 말은 킹하고 퀸 위치가 바뀌었어. 저런
실력으로 이기겠다니 가련하기도 해라."

아비코가 한심하기 짝이 없다는 투로 말했다. 살로메는 깜
찍한 혀를 날름 내밀더니 황급히 두 말의 위치를 바꾸었다.

"이 임금님이 약간 중성적이라 그래요."

"오호라, 부부가 성전환이라도 하셨어?"

종알거리는 사이에 준비를 마치고 살로메의 선제공격으로
승부가 시작되었다. 둘 다 말 움직이는 법을 겨우 뗀 터라 하는

짓이 어설펐다.

"잠깐. 룩이 위험하잖아, 살로메."

"이번에는…… 네 비숍이 위기일발이야. 어차피 땡추중이니 차라리 죽여버려."

"시끄러워. 좀 조용히 해."

"이게 어디 두고 볼 일이야? 봐, 당했지."

여류기사들보다 곁에 있는 아비코와 마키가 더 애를 태웠다.

아비코는 팔을 뻗어 커피 잔을 들더니 각설탕을 넣고 스푼으로 저어서 한 입 마셨다.

"맛있다는 말이라도 한마디 해. 잠자코 마시지만 말고."

"음, 빨리 마시지 않으면 식겠어."

아비코는 아마 릴리스의 말에 대꾸도 하지 않았다. 자신을 거부한 여자가 끓인 커피를 칭찬하는 행위가 자존심 센 이 베이스 가수에게는 몹시 화가 나서 참을 수 없는 모양이다.

"혼자만 마시지 말고 내 잔도 좀 줘."

아비코는 마지못해 일어서서 쟁반을 들고 각자에게 찻잔을 돌렸다. 아마 릴리스는 그대로 단숨에 마셔버렸고, 살로메는 말을 움직인 뒤에 천천히 저어서 맛있게 한 입 홀짝였다. 마키는 설탕 없이 마셨고, 유키타케는 신경질적으로 입만 살짝 댔다. 그는 어이없는 공격에 당해서 분한지 아까부터 한마디 말도 없이 열심히 작전을 짜는 눈치였다.

"자, 이걸로 장군이야. 움직일 수 있으면 움직여보시지."

아마 릴리스가 이겼다는 듯이 말했다. 살로메의 킹은 두 개의 나이트 사이에 포위당했다.

"졌어."

살로메가 순순히 말을 던졌다.

"아아, 다행이다. 만약 내가 졌으면 잘난 척 떠들어놓고 어떤 얼굴을 할지 고민하던 참이었거든."

아마 릴리스는 솔직하게 그렇게 고백하고 자리에서 일어섰다.

대신 유키타케와 아비코가 대전을 벌였다. 평소에도 사사건건 대립하는 두 사람이었으니 체스판 위에 어떠한 풍운을 부를지, 관전하는 이도 크게 관심을 가지고 지켜보았다. 아니나 다를까 처음부터 난전이 되어 아비코의 킹은 벌써부터 피신 채비를 했다.

자그마한 살로메는 한 손으로 입을 가리고 선하품을 삼키더니, 갑자기 일어나 테라스 문가에 서서 사람들에게 등을 돌리고 화단을 바라보는 척했다.

조금 지나 그녀는 "이 계절은 정말 날씨가 좋아."라고 혼잣말을 하더니 귀라도 기울이는지 잠깐 입을 다물고, "어머, 뻐꾸기인가?" 하고 중얼거렸다.

초가을을 바라보는 이 무렵에 뻐꾸기가 울 턱이 없다. 아마도 산비둘기 소리나 들었을 테지만 아마 릴리스도 마키도 대꾸하지 않았다. 유키타케와 아비코는 소리 하나 귀에 주워 담을 여유가 없었다. 주거니 받거니 열전에 혼신의 힘을 쏟고 있었다.

그런 상태가 한참 이어진 후에야 문 앞에 멀거니 서 있던 살로메가 빙글 몸을 돌리는 기척에 마키가 뭔가 이상한 낌새를 느꼈는지 문득 그쪽을 쳐다보았다.

"왜 그래?"

"왠지…… 머리가…… 아파."

기운 없는 목소리에 아마 릴리스도 의아한 얼굴로 그녀를 보았다. 살로메는 눈을 번쩍 뜨고 몽유병자처럼 두 손을 앞으로 쭉 뻗어 위태로운 발걸음을 뗐다.

"왜 그러는 거야, 살로메?"

"현기증이 나……. 어질어질해서 앞이 안 보여."

"뭐라고?"

아마 릴리스는 헐레벌떡 달려가 두 팔을 뻗어 살로메의 몸을 부축했다. 마키도 거들어서 의자에 앉혔다. 유키타케와 아비코도 깜짝 놀라 말을 집어던지고 살로메의 얼굴을 쳐다보았다.

"아픈 거지? 2층 방으로 데려가는 게 낫겠어."

"살로메, 부축해줄 테니 위로 올라가서 좀 쉬어."

그녀는 유키타케와 아비코의 말에 고개를 끄덕이더니 비틀

비틀 일어서려다가 다시 털썩 주저앉고 말았다. 동시에 별안간 그녀의 손발에 경련이 일더니 얼굴 근육이 실룩 일그러져 웃는 것 같은 표정이 되었다.

"머리가…… 아파. 머리가……."

그렇게 말한 순간 살로메는 몸을 크게 부르르 떨더니 두어 번 신음하다가 가슴께 옷자락을 쥐어뜯을 기세로 두 손을 비틀면서 바닥 위에 벌렁 쓰러지고 말았다.

-2-

"살로메, 정신 차려. 살로메!"

아마 릴리스는 무릎을 꿇고 살로메를 끌어안았다. 또다시 경련이 손발부터 시작되어 살로메는 아마 릴리스의 팔 안에서 격렬하게 몸을 떨었다. 그 바람에 펜던트를 쥐어뜯었는지 굳게 움켜쥔 왼손 주먹에서 가느다란 금줄이 축 늘어졌다.

남자들은 망연한 얼굴로 멀뚱히 서서 뭘 해야 할지 정신을 못 차리고 있었다.

"너희는 뭘 멍하니 있는 거야!"

"침대로 데려갈까?"

"이렇게 괴로워하는 사람을 움직일 수 있을 것 같아? 마키,

얼른 대야 좀 빌려와! 그리고 만페이 영감님더러 의사 좀 불러
오라고 하고!"

마키는 허둥지둥 나갔다. 살로메는 여전히 경련하면서 짬짬
이 헛소리를 했다.

"괴롭지? 조금만 참아. 곧 의사 선생님이 오실 거야."

아마 릴리스는 상냥하게 어르듯이 말했다. 이런 경우 간호
는 역시 둔한 남자보다 만사에 눈치 빠른 여성이 해야 한다.

살로메는 억양 없는 목소리로 띄엄띄엄 의미 없는 말을 중
얼댔다.

"다치바나를 찾는 것 아니야?"

"맞아, 그 사람은 어디서 태평하게 놀고 있는 거람. 아비코,
부탁이니 당장 불러와."

"그래, 알았어. 어디 있는지 알아?"

"강 하류에서 낚시할 거라고 했어."

"좋아, 다녀올게."

아비코가 헐레벌떡 뛰쳐나간 뒤에도 살로메는 다시금 경련
을 일으켜 격심한 고통을 참느라 입술을 바르르 떨었다. 그 바
람에 가슴 주머니에서 흘렀는지, 작은 펜나이프가 바닥 위에
달칵 굴러 떨어졌다. 자루에 흰색으로 'M'이라는 이니셜이 쓰
여 있었다.

"어머, 유키타케. 아직 거기 있었어?"

"뭐 도울 일 없어?"

"그래, 만페이 영감님 대신 네가 좀 갔다 와야겠다. 자전거로 가. 그편이 빨라."

"의사는 어디 있지?"

"아마 역 근처일 거야. 아, 그 빨간 나이프 주워서 여기 테이블에 올려놔."

유키타케가 나가자 교대하듯이 마키가 대야를 들고 달려왔다.

"미안해, 심부름을 시켜서. 그럼 내가 토하게 할게."

"좋아, 도울게."

"안 돼, 문밖으로 나가 있어. 여자는 지저분한 꼴을 보이면 수치스러우니까."

남자들은 하나같이 정신을 못 차리고 그저 아마 릴리스의 빠릿빠릿한 지시에 우왕좌왕 움직였다. 마키가 고분고분 나가려는데 교대하듯이 복도 저편에서 만페이 영감이 헐레벌떡 달려왔다. 평소의 사람 좋은 얼굴이 지금은 근심에 젖어 마치 화난 것처럼 보였다.

"아아, 다행이다. 영감님이라면 도와달라고 해도 되겠네."

아마 릴리스는 안심했는지 그렇게 외치더니 마키의 등 뒤에 대고 부탁했다.

"마키, 나가면 문을 꼭 닫아줘."

문이 닫히기를 기다린 다음 아마 릴리스는 노인의 손을 빌려 살로메가 속을 게우도록 했다. 살로메는 이미 반쯤 의식을 잃었는지 몸을 축 늘어뜨리고 있었다.

"이거 버리구 와야겠네."

찝찝한 일이 끝나자 노인은 대야를 잡았다.

"의사 선생님한테 보일 거니까 그대로 두세요."

"무신 병인겨?"

"일본뇌염이 아닐까 싶어요."

"여기 모기는 없는디."

"그러니까 도쿄에서 물려서 온 거죠."

"도쿄는 참말루 위험헌 곳이구먼."

노인은 도시를 질색하는 듯이 말했다.

살로메는 완전히 의식을 잃고 말았는지 희미하게 가르랑거리며 혼수상태에 빠졌다.

"마키!"

아마 릴리스는 문을 향해 외쳤다.

"이제 됐어?"

"그래, 많이 안정됐어. 2층 침실로 데려갈까? 여기서는 의사 선생님한테 보일 수도 없으니까. 도와줄래?"

"그럼."

마키가 병자의 윗몸을 붙잡고 만페이 영감이 다리를 잡아

살며시 들어올렸다. 경련은 뚝 그쳤지만 살로메는 눈을 살짝 감은 채 아무것도 느끼지 못하는 듯했다.

아마 릴리스가 앞장서서 문을 열고 계단을 걸어 2층으로 올라가 살로메의 방문을 열었다. 그녀는 담요를 걷고 베개를 매만졌다. 침대 위에 누인 자그마한 살로메는 깃털처럼 사뿐했다. 낯빛은 백짓장 같았고 파마한 머리카락은 가엾게도 엉망이었다. 아마 릴리스는 살며시 담요를 덮어주었다. 혼수상태인데도 극심한 통증이 밀려오는지 이따금 살로메의 입가가 바짝 일그러졌다. 여섯 개의 눈동자가 안쓰럽게 그 모습을 지켜보았다.

"늦네."

마키가 손목시계를 보았다.

"의사 선생님?"

"의사도 그렇지만 다치바나도 늦어."

"의사 선상님은 자동차가 있으니께 한 10분만 있으믄 올 거여."

"어머, 그래요? 그럼 응접실을 치우는 편이 낫겠어요."

"아녀, 내가 치울 테니께 아가씨는 계속 간호혀."

만페이 영감은 꿈지럭꿈지럭 일어서서 나갔다.

마키는 거의 30초마다 손목시계를 보았다. 잘생긴 눈썹 사이에 파인 깊은 주름이 초조한 심정을 잘 나타내주었다.

6, 7분이나 지났을까, 현관에서 인기척이 났다.

"왔다."

두 사람은 안도한 듯이 얼굴을 마주 보고는 방에서 뛰쳐나갔다. 계단을 뛰어 내려가보니 의사가 아니라 아비코였다. 그의 앳된 얼굴은 불안에 떨고 있었다. 영락없이 울다 웃는 표정이었다. 아마 릴리스가 물었다.

"왜 그래? 다치바나는?"

"없어, 없단 말이야."

"이상하네, 잘 찾아봤어?"

"찾고말고. 하류를 따라 양쪽 물가를 쭉 걸어보았어. 그래도 없기에 누구 다른 녀석이 불러서 간 줄 알고 일단 돌아온 거야. 살로메는 어때?"

"조금 진정된 것 같아. 이제 곧 의사도 올 거야."

"그거 마음이 놓이네. 그럼 잠깐 이것 좀 봐주겠어?"

그는 한 장의 카드를 내밀었다.

"뭐지?"

마키의 눈썹 부근이 대번에 험악하게 변했다.

"어디에 있었던 거야!"

"저기야, 우편함 속. 돌아오는 길에 언뜻 봤더니 뭐가 들어 있는 것 같아서 손을 넣어보니 이거였어."

아비코의 목소리는 베이스라서 이런 경우에도 묵직하게 들렸다. 하지만 결코 침착한 상태는 아니었다.

"어머, 스페이드 카드잖아?"

아마 릴리스가 떨리는 목소리로 말했다.

"그래, 스페이드 2야."

"2라고? 그럼…… 그럼……."

"그래, 이건 두 번째 살인을 뜻하는 카드야. 살로메는 병이 아니라 범인에게 살해당할 뻔한 거야. 만약 그녀가 죽는다면 이건 두 번째 살인이 돼."

아비코는 재빨리 그렇게 말하더니 문득 생각났다는 듯이 안색을 바꾸었다.

"그래, 그 코코아 안에 독이 들었던 건지도 몰라."

"그럴지도 모르겠네. 컵을 보관해둬야 해, 살로메의 컵을."

세 사람은 허겁지겁 응접실로 달려갔다. 다행히 컵은 아직 누가 건드린 흔적이 없었다.

"살로메의 컵이 어느 거지?"

"코코아였으니 이거겠지. 저쪽이 네 컵 아니야?"

두 개의 컵에는 아마 릴리스의 연분홍색 립스틱과 살로메의 오렌지색 립스틱이 묻어 있어 간단히 식별할 수 있었다.

"그거 엄중하게 보관해야 해. 나머지는 씻어도 상관없지만…… 영감님!"

아마 릴리스는 목욕탕 아궁이를 향해 외쳤다.

"잉?"

"다른 컵들을 씻어줘요. 그리고 이 컵."

그러면서 아마 릴리스는 살로메의 찻잔을 가리키며 진지하게 말했다.

"어디에 단단히 보관해줘요."

"이, 이 찻잔을 말이여?"

"그래요, 금고가 있다면 그 안이 가장 좋아요. 그리고 누가 뭐라고 해도 절대로 건네주면 안 돼요."

아마 릴리스는 그 말만 하고는 2층이 마음에 걸리는지 계단을 올라갔다. 마키도 바로 뒤를 따랐다. 만페이 영감은 살로메가 마신 컵을 조심스레 들고 사정을 통 이해하지 못하겠다는 표정으로 나갔다.

응접실에는 자그마한 아비코가 홀로 남았다. 그는 분한 얼굴로 의자와 테이블 주위를 어지러이 돌기 시작했다. 그의 앳된 얼굴에는 불안과 초조, 그리고 분노의 빛이 차례로 짙게 퍼졌다.

"내가 집어준 컵에 독이 들어 있었어……. 내가 집어준 컵에 독이……."

그는 같은 말을 몇 번이나 중얼거리더니 손톱을 잘근거리며 자꾸 걸었다.

두 번째 살인은 이렇게 이루어졌다.

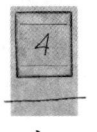

비소

-1-

"실례합니다!"

현관에서 굵직한 남자 목소리가 들렸다. 그 소리를 듣고 응접실 안에서 빙글빙글 돌던 아비코가 바로 달려 나갔다.

코밑에 수염을 기른 동그란 얼굴의 중년 신사와 낡아빠진 가방을 옆구리에 끌어안은 백의의 간호사가 서 있었다. 의사가 타고 왔는지 문밖에 녹색 콜로나 승용차가 보였다.

"급한 환자라고 하기에 서둘러 왔소만……."

"예, 증상이 심각합니다. 어서 이쪽으로."

안도한 표정을 지으며 아비코가 슬리퍼를 두 켤레 내놓았을 때, 만페이 영감과 아마 릴리스가 헐레벌떡 나왔다. 아마 릴리스는 가방을 낚아채듯이 받아들고 앞장서서 방으로 안내했다. 아비코는 의사의 파나마모자를 모자걸이에 걸고 뒤를 따랐다.

살로메 옆에 앉아 환자를 지켜보고 있던 테너 마키는 의사가 들어오는 모습을 보자 다급히 일어서서 예의 바르게 목례를 하고 자리를 양보했다.

"전 대야를 가져올게요."

의사는 복도로 나가려는 아마 릴리스를 말리더니 간호사가 내민 소독기 뚜껑을 열고 알코올을 적신 탈지면으로 재빨리 꼼꼼하게 손가락을 닦았다. 간호사는 익숙한 솜씨로 능숙하게 환자의 옷 단추를 풀어 가슴을 풀어헤쳤다.

"우리는 나가 있자."

마키는 그렇게 말하며 아비코를 불러 복도로 나갔다. 아비코는 소리 없이 닫힌 문을 걱정스럽게 바라보며 내내 말이 없었다. 마키도 같은 심정인지 역시 묵묵히 연방 새끼손가락의 손톱을 잘근잘근 씹고 있었다.

이윽고 만페이 영감이 뜨거운 물을 담은 대야를 들고 올라왔는데, 진찰이 이미 시작되었다는 말을 듣고는 침울한 표정으로 문 앞에 서서 기다렸다. 실내에서 흘러나오는 희미한 소리에 세 남자는 이상하리만치 열심히 귀를 기울였다.

응급처치가 10분쯤 이어졌을까, 마침내 안쪽에서 문이 열리더니 아마 릴리스가 뻣뻣한 얼굴을 내밀고 짧게 말했다.

"들어와……."

방에 들어가자마자 마키도, 아비코도 환자의 상태가 절망에 가깝다는 사실을 민감하게 알아차렸다. 눈을 반쯤 뜨고 턱 밑까지 타월 재질의 여름 이불을 뒤집어쓴 살로메는 의식을 완전히 잃은 듯했다.

"어떻습니까, 선생님?"

마키가 묻자 의사는 침대에 흘깃 눈길을 던지더니 복잡한 표정으로 가볍게 고개를 저었다. 그리고 만페이 영감이 내민 대야의 뜨거운 물로 손을 씻고 수건으로 차분히 닦은 후에 가방을 한쪽으로 밀었다. 테이블 위에는 청진기와 몇 개의 주사기가 어지러이 놓여 있었다.

"독극물에 당했다는 점은 분명합니다. 당신들이 좋든 싫든 의사의 의무이니 경찰에 신고해야겠어요. 잠깐, 당신. 주재소 와다和田 씨한테 좀 가주겠소?"

만페이 영감이 나가자 의사는 새삼 남녀 대학생들을 돌아보았다.

"주재소는 바로 코앞에 있습니다. 전화로 본서에 신고하면 머지않아 담당 경찰이 달려오겠지요. 그전에 예비지식을 얻고 싶은데, 대체 어찌 된 영문으로 이리 되었습니까?"

의사는 일의 중대성에 긴장하면서도 동시에 어찌하여 환자가 독극물을 먹기에 이르렀는지 그 경위가 몹시 궁금한 눈치였다. 그는 마키가 짤막하게 들려주는 이야기에 열심히 귀를 기울였는데 이윽고 다 듣고 나더니 고개를 들었다.

"그 코코아 컵은 보관해두었습니까?"

"네, 만페이 영감님한테 부탁해 보관해두었어요."

"그거 참 적절히 조치하셨군요. 잠깐 실례."

의사는 하나 씨가 곧바로 가져온 컵을 받아들고 새끼손가락 끝에 코코아를 묻혀 냄새를 맡더니 이어서 혀로 맛을 보았다.

"증상으로 보아 대충 짐작은 했지만 역시나 비소 계통의 독이로군요. 맛도 없거니와 냄새도 없어요. 열이면 열, 깨닫지 못하고 삼켜버릴 겁니다."

의사는 그렇게 목소리를 낮추어 속삭이듯 말했다.

마키와 아비코와 아마 릴리스의 시선이 불똥을 튀기며 격렬하게 맞부딪쳤다. 아비코가 무슨 말을 하려고 입을 열었을 때, 문이 열리면서 한발 늦게 도착한 유키타케가 들어왔다.

"어머, 고생했어."

아마 릴리스의 치사가 귀에 들어오지 않는지 유키타케는 성큼성큼 침대에 다가서더니 살로메의 얼굴을 가만히 들여다보고 나서 의사에게 아무 말도 묻지 않고 무표정한 얼굴로 방구석에 가서 섰다. 하지만 마키의 주머니에서 고개를 쏙 내민 카드 위에 시선이 멎더니 대번에 놀란 표정을 지었다.

"어이, 그 카드는 뭐야?"

"우편함에 들어 있었어. 스페이드 2다."

유키타케가 어떤 반응을 보이는지 시험하려는 듯 마키는 말꼬리에 힘을 실어 대답했다.

"이런 자리에서 농담은 그만둬."

그는 당장이라도 덤벼들 기세였다.

"농담 아니야. 사실이야."

마키는 온화하게 대답했다.

사정을 모르는 의사는 유키타케의 험악한 태도에 눈살을 찌푸리며 비난하는 눈길로 올려다보았다. 그 시선을 깨달은 유키타케는 황급히 화제를 바꿀 속셈인지 "다치바나는?" 하고 물었다.

"아직 돌아올 생각을 안 해. 어디서 낚시를 하는지, 원."

"찾아봤어?"

"내가 갔어. 아무리 찾아도 보이지 않아."

마키를 대신해 아비코가 퉁명스럽게 대답했고, 유키타케는 그 말을 쳐낼 기세로 "찾을 줄을 몰라서 그렇지, 찾을 줄을."이라고 말했다.

"나눠서 찾아보면 어때? 피앙세가 당했는데 속 편하게 물고기나 잡고 있다니 이해가 안 돼."

아마 릴리스의 비난이 옳다. 환자의 용태에 정신이 팔려 까맣게 잊고 있었지만 빨리 다치바나를 불러 약혼녀의 머리맡을 지키게 해주어야 한다. 이대로는 살로메도 가여울 뿐더러 그런 줄은 꿈에도 모르고 낚싯줄을 드리우고 있을 강태공도 안됐다.

네 사람이 복도로 나와 할 일을 정하고 있는데 입구 홀에 누가 찾아온 기척이 나더니 남자 목소리가 들렸다. 한 명이 만페이 영감인 줄은 바로 알겠는데 또 한 사람, 귀에 익은 목소리가 섞여 있었다.

"요전에 왔던 형사잖아?"

아비코의 목소리는 비명에 가까웠다.

"엄청 빨리도 왔군."

마키도 불안한 표정으로 말했다.

이윽고 앞장서서 계단을 올라온 사람은 역시나 그 형사였다. 그 뒤에 덩치 좋은 중년 남자가 따라왔다. 형사는 이미 면식이 있기에 가볍게 고개를 숙이더니 유키타케의 어깨를 살짝 두드리며 말했다.

"당신 말대로 되었군요. 안 그렇소?"

방에 들어온 남자들은 한동안 의사와 이야기를 나누더니, 이윽고 다소 긴장한 얼굴로 나와 남녀 학생들을 돌아보았다.

"지난번 그 응접실에서 잠깐 여쭙고 싶은 말씀이 있습니다만……."

그러고는 대답을 기다리지 않고 일동을 채근해 계단을 내려갔다.

응접실의 둥근 테이블 위에는 아직 체스판이 놓여 있고 말이 서 있었다. 승부를 겨루던 유키타케와 아비코가 놀라서 일어난 의자도, 살로메가 고통에 몸부림치며 굴러 떨어진 의자도 그대로였다. 남녀 학생들은 옛 전쟁터를 바라보는 단체 관광객 같은 얼굴로 입구에 멀거니 섰다.

"자, 잠깐 거기서 기다려주십시오."

형사와 또 한 명의 남자는 문가에서 그들을 막더니 주위 상황을 머릿속에 새겨 넣을 듯한 기세로 사방팔방에 날카로운 시선을 쏘아대면서 테이블 주위를 한 바퀴 돌았다.

"됐습니다. 자리에 앉으십시오. 이런, 의자가 모자라군. 별수 없지. 저는 이 불길한 의자로 참겠습니다."

형사는 살로메가 앉았던 의자를 가져와 걸터앉더니 일동의 창백한 얼굴을 칼날 같은 눈으로 둘러보았다.

"사실은 말입니다, 요전번 숯쟁이가 괴사怪死한 사건을 조사하려고 사이타마 현 경찰본부에서 오신 겐모치 경감님 일행이 주재소에서 쉬고 계시던 차에 만페이 영감이 신고하러 달려왔지 뭡니까. 소개하겠습니다. 이쪽이 겐모치 경감님입니다."

경감은 앉은 채로 이마가 훤한 큼직한 얼굴을 일동 앞에 내밀어 고개를 숙였고, 학생들도 마찬가지로 앉은 채 답인사를 했다. 겐모치 경감은 이목구비가 뚜렷하고 개성 넘치는 얼굴에 키가 6척에 가까운 거한으로, 튀어나온 아랫배를 두 손으로 끌어안은 모습이 게을러 보이기 짝이 없었다.

"우편함 속에 스페이드 2가 들어 있었다지요? 어느 분이 가지고 계십니까?"

"접니다."

마키가 주머니 속 카드를 테이블 위에 놓았다. 형사는 자기 주머니에서 아마도 참고용으로 압수했을 스페이드 A를 꺼내어 재빨리 두 장을 비교한 뒤 경감에게 건넸다.

"범인이 마침내 두 번째 살인에 나섰다는 점은 분명하군요. 어느 분이 코코아를 탔습니까?"

"그건 살로메 본인입니다. 제 손으로 탄 코코아에 독이 들어 있었던 셈입니다."

곧바로 대답한 사람은 아비코였다.

"제 손으로 탔다?"

형사는 뜻밖이라는 표정이었다.

"설마 자살은 아닐 텐데."

"자살일 가능성도 고려해볼 수 있지 않습니까?"

아비코는 애써 물고 늘어졌다.

"이건 제 상상이니 감안하고 들어주셨으면 하는데, 그 숯쟁이를 살해한 사람은 살로메가 아닐까 싶습니다."

"이거 새로운 가설이로군. 하지만 당시 그녀는 다치바나 씨와 함께 산책을 했다고 하지 않았던가요?"

형사는 다치바나의 모습이 보이지 않는다는 사실을 깨달았다.

"허? 다치바나 씨는요?"

아비코는 그 질문에 대답하지 않고 다급한 말투로 자기 추리를 펼쳤다.

"하지만 형사님, 살로메와 다치바나가 과연 시종일관 함께 있었는지, 거기까지 추궁하지는 않았잖습니까? 두 사람이 산책할 때, 살로메는 문득 낭떠러지 길가를 걷는 릴리스의 모습을 보았습니다. 릴리스라고 생각한 이유는 말할 필요도 없이 숯쟁이가 릴리스의 레인코트를 머리에 뒤집어쓰고 있었던 탓에 오인했던 것인데, 살로메는 릴리스를 상대로 뭔가 우리가 모를 살해 동기를 가지고 있었을지도 모릅니다. 그래서 적당히 구실을 대고 잠깐 다치바나 옆에서 떨어져 나와 릴리스에게 다가가 낭떠러지 밑으로 떠밀고 스페이드 A를 던져놓은 다음, 뻔뻔한 얼굴로 다치바나 곁으로 돌아왔다…… 이겁니다. 다치바나는 살로메에게 홀딱 빠졌으니 설마 그녀가 범인이라고는 생각도 않을 테고, 짧은 시간을 이용해 살인을 했다 쳐도 알아차릴 턱이 없어요. 혹은 사랑하는 여자를 위해 그도 한패가 되었을 가능성도 없지는 않습니다."

"그럴지도 모르겠군. 제법 재미있는 견해입니다."

형사는 볕에 그은 얼굴에 미소를 띠며 말했고, 한편으로 겐모치 경감은 말없이 눈을 빛내고 있었다.

"그렇다면 말이죠, 언젠가 발각되리라 예상한 살로메가 재판관의 손길이 닿기 전에 자살을 결심했을 가능성도 생각해볼 수 있지 않겠습니까?"

"굳이 스페이드 2를 우편함에 넣어가면서 말입니까?"

형사는 이해가 가지 않는다는 표정으로 반론했다.

"그러니까 범인의 심리를 분석하면 금방 알 일인데, 자기가 살인자라는 사실을 들키고 싶지 않았던 겁니다. 특히나 사랑하는 다치바나에게는요. 그래서 자기가 두 번째 희생자인 양 꾸며야 했던 겁니다."

그러자 유키 형사가 대답하기 전에 유키타케가 끼어들었다.

"자살설도 성립하지만, 그렇다면 사고사일 가능성도 생각해볼 수 있지 않겠습니까? 살로메가 릴리스를 죽일 작정이었다는 사실은 숯쟁이를 잘못 살해한 사건을 보면 명백합니다. 그런데 두 번째 사건의 경우, 코코아를 마신 사람은 살로메와 릴리스 두 사람뿐입니다. 살인을 계획한 살로메가 미리 독약을 준비했다는 점은 당연히 짐작할 수 있습니다. 주방에서 릴리스의 컵에 독을 넣고 나머지는 하수도에 흘려보냈을 게 분명합니다. 증거가 될 독극물을 버리지 않고 가지고 있다가 나중에 신체검사를 받을 때 들키면 큰일이니까요."

형사는 가볍게 맞장구를 쳤다.

"그런데 이 방에 돌아와 코코아를 나누어주려 했을 때, 이건 다른 사람들도 다 기억하겠지만, 릴리스가 살로메가 돌아오기를 기다려 바로 체스 놀이에 끼었습니다. 마쓰다이라 살로메는 이 점에 분명 난처했을 겁니다. 싫다고 하면 오히려 의심을 사겠지요. 하는 수 없이 순순히 상대를 했는데, 이것이 실수의 원인이었습니다. 그런 줄은 꿈에도 모르는 아비코가 다른 사람들에게 음료를 돌릴 때, 릴리스가 아니라 주모자인 살로메에게 독이 든 컵을 건네고 만 것이죠."

"음? 당신이 찻잔을 돌렸습니까?"

형사가 묻자 아비코는 순간 아차 싶은 표정을 지었지만 유키타케는 꿋꿋이 그대로 이야기를 이어나갔다.

"살로메로서는 모 아니면 도라는 상황에 몰린 셈입니다. 아니, 모 아니면 도가 아니라 이리 되면 자기가 당할지 릴리스가 쓰러질지, 생사의 기회는 반반입니다. 그렇다고 해서 망설이면 의심을 사고 말 테지요. 그것은 자기가 범인이라는 사실을 고백하는 꼴이나 다름없으니까요. 그때 살로메는 한두 모금 홀짝이고 말았지만 릴리스는 단숨에 들이켰잖아? 그렇게 진한 코코아를 용케 마시는구나 싶어 감탄했기 때문에 기억해."

유키타케는 뭐에 홀린 사람처럼 이야기를 마치더니 반응을 살피려는 듯이 아마 릴리스의 얼굴을 똑바로 쳐다보았다. 하지만 그녀는 의심이 깃든 냉담한 눈빛으로 이 심술궂은 규슈九州 남아의 창백한 뺨을 바라볼 뿐, 한마디 대꾸도 하지 않았다. 유키타케는 민망했는지 아비코에게 시선을 돌렸지만 이쪽 역시 입을 꾹 다물었다. 그는 더더욱 당황해 구원을 요청하는 얼굴로 마키에게 눈을 돌렸다.

"응, 그랬지. 나도 기억해."

마키는 미소를 지으며 대답했다.

"그렇다면 뭡니까, 아비코 씨. 코코아를 끓인 사람은 살로메양 본인이지만, 그 코코아는 일단 그녀의 손을 벗어나 당신 손으로 건너갔다는 뜻이군요?"

"그, 그렇습니다. 아, 아주 잠깐이었지만요."

"당신 외에 찻잔을 건드린 사람은 없습니까?"

유키 형사는 거침없는 눈으로 일동을 둘러보았다. 아까부터 질문은 형사 혼자서만 하고 뚱보 경감은 입을 다문 채 말 한마디 없었다. 그 차분한 태도가 그들에게는 왠지 으스스하게 비쳤다.

"저는 건드리지 않았습니다."

"저도요."

"살로메는 들고 온 쟁반을 그 작은 테이블에 올려놓고 체스를 시작했습니다. 작은 테이블 바로 옆에 아비코가 앉아 있었으니 그가 찻잔을 돌리게 된 것은 지극히 자연스러운 일이었고, 또한 다른 사람이 굳이 잔을 만졌다면 반드시 누군가의 눈에 띄었을 게 분명합니다."

마키가 설명했다. 유키 형사는 일동을 당시의 자리에 앉혀 작은 테이블과 그들 사이의 거리를 실제로 확인했다.

아비코 이외의 인물이 독을 넣으려면 반드시 의자에서 일어나야만 한다. 하지만 그 당시 자리에서 일어선 사람은 아무도 없었다는 사실이 모두의 기억으로 밝혀졌다.

"살로메 양이 실수로 독이 든 코코아를 마셨다는 가설에는 동의할 수 없군요. 두 찻잔 중 하나에 독이 들었을 경우, 그녀가 코코아를 마셨을 리가 없습니다. 아마 릴리스 양 혼자 마시게 하고 과연 독이 들어 있는지 그 효과가 나타나기를 남몰래 기다리는 게 당연하잖습니까? 바로 마시지 않았다고 해서 누가 의심하겠습니까? 무엇보다 자기까지 목숨을 걸고 위험한 다리를 건널 필요는 전혀 없지 않습니까?"

형사는 단숨에 살로메 범인설을 반박했고, 그로 인해 찻잔을 돌린 아비코의 입장은 한층 불리해졌다.

"그러고 보니 아비코 씨, 당신은 어제 묘한 말씀을 했지요. 살로메 양에게 실연당해 사랑할수록 미움도 커진다는 말씀이었지요? 그렇지 않았습니까?"

위험한 소리를 지껄였다고 생각했는지 아비코는 동글동글 앳된 얼굴을 찌푸렸다.

"어제 당신은 살로메 양이 숯쟁이를 릴리스 양으로 오인해 낭떠러지에서 떠밀었다고 말씀하셨는데, 이 이야기는 범인과 범행 대상을 바꾸어도 설명이 되지 않습니까? 다시 말해 범인은 다름 아닌 바로 당신이고, 숯쟁이를 마쓰다이라 살로메 양으로 오인해 떠밀었다고 생각해볼 수도 있지 않을까요? 당신은 사건 당시 자기 방에 있었다고 말씀하셨지만 홈통을 타고 지상으로 내려가는 일은 남자라면 꼭 불가능하지만도 않습니다."

형사는 그렇게 단서를 달고는 문득 말투를 바꾸어 다른 사람들을 돌아보았다.

"어떻습니까, 아비코 씨 외에 피해자와 트러블이 있었던 분은 없습니까?"

그러자 아마 릴리스가 심술궂게 웃으며 싸움이라도 걸듯이 말했다.

"내가 우체국에서 돌아왔을 때, 살로메하고 유키타케가 묘하게 매서운 눈으로 서로 노려보고 있던데 무슨 일 있었던 것 아니야?"

"아니, 그건 별일 아니었어. 트러블이라고 할 만큼 떠들썩한 일이 아니었다고."

마키가 얼버무리듯이 부정했다.

"뭡니까, 그게?"

"시시한 일입니다. 유키타케하고 살로메가 사소한, 아주 사소한 말다툼을 했을 뿐입니다."

"그거 꼭 좀 듣고 싶군요."

"형사님, 여기 유키타케는 천성이 변덕쟁이에 심술쟁이라, 하루에 몇 번은 반드시 말다툼을 벌입니다. 굳이 이렇다 할 만한 일은 없었습니다."

"마키 씨, 저도 일단 사람이다 보니 숨기면 숨길수록 호기심이 이는군요. 사소한 일이라도 상관없습니다. 아무나 그 이야기 좀 해주십시오."

그러자 시든 꽃처럼 고개를 숙이고 있던 아비코가 갑자기 기운을 차려 고개를 들더니 유키타케의 창백한 얼굴에 적의가 깃든 시선을 던지며 천천히 입을 열었다.

"그 사정은 제가 말씀드리지요. 마침 라디오에서 아르헨티나 탱고가 나왔을 때, 유키타케가 곡 이름을 물었습니다. 그에 대한 살로메의 대답이 마음에 들지 않았는지 느닷없이 화를 내기 시작한 겁니다."

"그건 아닙니다, 형사님."

유키타케는 가만있지 못하고 일어섰다.

"그저 단순히 대답이 마음에 들지 않아서 화를 냈다고 하면 제가 몹시 성급하고 사려 깊지 않은 남자 같지 않습니까."

"호. 그렇다면 화를 낼 만한 정당한 이유가 있었다는 뜻이군요. 그게 뭡니까?"

"그전에 제가 궁금한 것은 그런 시시한 문제도 살인 동기가 되느냐는 점입니다. 우발적인 흉행은 그렇다 쳐도 이번처럼 계획적인 살인을 저지른 이상 범인도 발각되었을 경우 최고 수준의 법적 제재를 받을 각오를 하고 있을 겁니다. 자기 목숨을 걸고 이만한 범행을 저지르려면 그에 상응하는 커다란 동기가 있어야 할 텐데요. 어리석기 짝이 없는 일로 사람을 해칠 만큼 저는 바보가 아닙니다. 아니면 이런 제 생각이 틀렸다고 말씀하시렵니까?"

이마에 흘러내린 머리카락을 거칠게 쓸어 올리는 유키타케의 표정은 분하기 그지없었다.

"확실히 그 말씀이 맞습니다."

형사는 담배를 꺼내 불을 붙이더니 느긋하게 한 모금 빨았다. 그리고 유키타케가 앉기를 기다려 타이르듯 말했다.

"다만 범인은 백퍼센트 자신이 있는 듯하니, 만일의 경우에 대한 각오는 하지 않았을지도 모릅니다. 그리고 거듭 말씀드리지만 이런 사건이 발생했을 경우 수사관 입장에서는 사소한 점 하나라도 놓쳐서는 안 됩니다. 그것이 사건 해결에 아무 연관도 없다고 단정할 수는 없으니까요. 그래서 다시 묻겠습니다만, 살로메 양이 탱고 곡명을 알려줬을 때 당신이 화를 낸 까닭, 그 정당한 이유는 뭐였습니까?"

말꼬리를 잡히자 후회가 되는지 유키타케는 불편한 표정을 지었다.

"입을 다물고 있으니 알 수가 없군요. 마키 씨, 당신이 말씀 좀 해주십시오."

"바라신다면 어쩔 수 없지요."

마키는 귀찮다는 표정으로 유키타케 쪽을 쳐다보았다.

"유키타케 말대로 대답한 살로메의 태도에 화를 낸 게 아니라 대답의 내용에 화를 냈던 겁니다."

"대답의 내용이라 하면? 그녀가 뭐라 대답했습니까?"

"푸른 노을, 블루 선셋……. 분명 그렇게 말했어요."

"블루 선셋? 들어보지 못한 곡이군요."

"아니, 원곡을 들으면 누구나 알 겁니다. '아디오스 팜파 미아'라고 하는……."

"아아, 그 노래 말입니까? 그게 미국에서는 '블루 선셋'이 되나 보군요."

"'엘 초클로'가 '키스 오브 파이어'로 바뀌는 거나 마찬가지 겠지요."

훗날 되돌아보면 이러한 사소한 대화 속에 수수께끼를 풀기에 충분한 열쇠가 숨어 있었지만, 형사치고는 드물게 지적인 유키 형사도 거기까지는 알아차릴 재간이 없었다.

"유키타케 씨, 그 탱고의 뭐가 당신 마음에 거슬렸습니까?"

질문을 받은 유키타케는 정원의 붉은 칸나만 바라볼 뿐, 대답하지 않았다.

"안 들립니까, 유키타케 씨?"

형사가 연달아 두 번을 부르자 그는 이쪽으로 빙글 몸을 돌려 힘차게 두드리는 팀파니처럼 격렬한 목소리로 고함을 질렀다.

"싫습니다. 대답하지 않겠어요. 뭐라 해도 대답하고 싶지 않습니다!"

"그렇다면 굳이 묻지 않겠습니다. 시간은 다소 걸리겠지만 결국 밝혀낼 겁니다."

"마음대로 하시지요. 양해를 구하실 필요는 없습니다."

그렇게 유키타케가 어깨를 들썩이자 경감은 묵묵히 날카로운 시선을 그에게 쏟았다. 마키가 그 어색한 분위기를 무마할 요량으로 끼어들었다.

"하지만 형사님, 유키타케와 살로메의 충돌은 오늘 정오 이후에 있었던 일입니다. 그런데 첫 번째 사건은 훨씬 전에 발생하지 않았습니까? 따라서 탱고 문제에 얽매일 필요는 없을 텐데요."

"그도 그렇군요."

유키 형사는 뜻밖일 정도로 순순히 물러났다. 이 자리의 분위기를 풀어 조사를 별 탈 없이 서두르고 싶었기 때문이리라.

"어떻습니까, 여러분? 그밖에 살로메 양에게 동기를 가진 분은 없습니까?"

"그 사람은 어떨까요?"

아마 릴리스는 용의자를 탈탈 털어낼 작정인지 형사의 질문에 바로 대답했다.

"틀림없이 살로메를 원망하고 있을 거예요."

"그 사람이 누굽니까?"

"다치바나를 빼앗기고 만걸요. 원한이 뼈에 사무칠 테죠. 하지만 지금은 도쿄로 돌아갔으니 사건과 상관없으려나?"

"아하, 히다카 데쓰코 양 말이로군요. 다치바나 씨를 빼앗겼다는 그 이야기를 자세히 말씀해주십시오."

아마 릴리스가 지난밤의 약혼 발표 이야기를 재빨리 떠들자 두 경찰관은 연방 고개를 끄덕였다.

마키는 말 많은 아마 릴리스가 다소 불쾌했는지 남자답게 짙은 눈썹을 찌푸렸다. 한편 유키타케와 아비코는 저마다 데쓰코에게 호의를 품고 있어서 그런지 조잘거리는 아마 릴리스의 입술을 증오가 깃든 눈동자로 노려보았다.

훗날 그녀가 살해당했을 때, 형사는 대뜸 이때 그들이 저마다 드러낸 다양한 표정을 떠올렸다.

붉은 펜나이프

-1-

응접실 문을 거칠게 두드리는 소리에 사람들은 일제히 그쪽을 돌아보았다.

"들어오시지요."

형사의 목소리에 답하여 문이 열리더니 아까 왔던 간호사가 한 손으로 손잡이를 움켜쥐고 재빨리 말했다.

"환자 분의 용태가 갑자기 나빠졌습니다. 말씀 중에 죄송하지만 당장 와주세요."

"그거 큰일이군. 여러분, 가보십시오."

형사는 일동에게 그렇게 말하고는 자기도 일어섰다. 네 학생의 얼굴이 대번에 창백해졌고 그중에서도 아비코는 뺨을 부들부들 떨었다.

병실 앞에 선 간호사가 조용히 문을 열었다. 오른손에 텅 빈 주사기를 쥔 의사가 침대 위로 몸을 숙이고 살로메의 용태를 살피고 있었다.

"안 되겠습니다. 앞으로 5분도 못 버틸 겁니다. 비소 중독은 보통 경과가 긴 편인데 이 사람은 심장이 별로 튼튼하지 못한 모양입니다. 어차피 시간문제였지만요."

의사는 거침없이 큰 소리로 말했다. 빈사의 살로메에게 그 소리가 들릴 리 없다는 듯이 구는 그 태도를 보고 사람들은 가슴속에 품고 있던 한 줄기 희망이 무너져가는 것을 느꼈다. 살로메는 베개에 머리를 깊게 묻고 있었다. 고통의 시간은 이미 지났는지 혼수상태가 이어졌다.

마키도, 아마 릴리스도, 유키타케도, 그리고 아비코도 살로메의 머리맡에 둘러서서 말없이 학우의 얼굴을 바라보았다. 네 명의 남녀는 다들 근심에 젖은 표정으로 바야흐로 사위어가는 살로메의 생명의 불꽃을 안타깝게 지켜보았다. 두 경찰은 침상의 희생자에게는 아무 관심도 보이지 않고 미리 입을 맞춘 것처럼 마키 일행의 얼굴을 가만히 바라보았다. 하지만 경찰의 시선이 아무리 날카로워도 그들의 표정에서 범인을 알아내기란 도저히 불가능했다.

앞으로 5분이라고 했던 의사의 판단은 미미한 차이였지만 틀렸다. 3분 후에 살로메가 마지막 숨을 거두었기 때문이다. 의사도 간호사도 모든 수단을 동원했기 때문인지 특별히 당황하는 기색 없이 침착한 태도로 그녀의 영혼이 승천했음을 알렸다. 살로메의 뺨에 아련히 남아 있던 생기가 그 순간 풀썩 사라진 것처럼 보였다. 이리하여 범인은 두 번째 살인에 성공하였다.

간호사가 살로메의 얼굴에 새하얀 거즈를 덮은 것과 마키가 입을 연 것은 거의 동시였다.

"어이, 다치바나를 불러와야 해."

"그래, 바로 알려야 해."

"그것도 그렇지만 뭐라고 알릴지 그 내용을 생각해야 해."

"그건 릴리스 말이 맞아. 다짜고짜 살로메가 독살당했다고 전하면 다치바나는 미쳐버릴지도 몰라."

"급환이었다고 하면 어때? 식중독 같은 걸로 의사 선생님께 진찰을 받았다는 식으로……."

"그래, 그러는 수밖에 없겠지."

마키와 아마 릴리스, 유키타케는 머리를 맞대고 의논했지만 아비코는 그 속에 끼지 않고 창문으로 정원을 굽어보며 뭔가 가만히 생각하는 눈치였다. 그가 건넨 컵에 비소가 들어 있었다면 아비코는 누구보다 불리한 입장에 서게 된다. 평소에는 오만불손한 태도로 작은 몸을 떡 젖히고 걷는 아비코가 큰 충격을 받아 기운을 잃은 모습은 보기 드문 일이었지만 그것도 어찌 보면 당연할지 모른다.

그런 아비코가 자신에게 쏟아지는 집요한 시선을 의식했는지 훌쩍 몸을 돌렸다. 그러더니 젠모치 경감의 날카로운 시선이 그를 꿰뚫자 허둥지둥 고개를 돌렸다. 목덜미가 대번에 붉게 물들었다.

"어이, 아비코. 넌 어디 부근을 찾았지?"

마키가 묻자 안도한 듯이 그쪽을 쳐다보았다.

"강 하류야. 그래, 양쪽 물가를 300미터쯤 찾았어."

"놓친 것 아니야?"

"그럴 리 없어. 하늘색 셔츠에 하얀 반바지니까 바로 눈에 띌 텐데."

마키는 턱을 괴고 생각에 잠기더니 이어서 아마 릴리스의 살찐 얼굴에 시선을 던졌다.

"릴리, 확실하게 강 하류에서 낚시한다고 했어?"

"그래, 그쪽에 구름다리가 있잖아? 그 하류에서 낚을 거라고 했어. 하지만 거기 없다면 어딜 간 걸까……."

"낚시꾼은 좋은 자리를 찾아 옮겨 다닌다고 하니까, 하류에서 낚는다고 했다고 거기에만 있으라는 법은 없겠지."

"그건 그러네. 그러면 마키는 나하고 한 번 더 하류를 찾아보자. 아비코하고 유키타케는 분담해서 상류를 찾으면 되겠네."

아마 릴리스는 척척 지시를 내렸다. 아비코와 유키타케는 서로 반발하듯 슬쩍 얼굴을 보았지만 짝이 싫다고 불평하고 있을 겨를이 없었다. 이윽고 그들은 두 패로 나뉘어 하류와 상류를 향해 리라장을 떠났다. 네 학생이 사라지자 대번에 저택 안이 고요해졌다.

"해부하려면 서두르는 편이 나을 거요. 아직 기온이 높으니까."

의사가 주의를 주었다.

"바로 연락하겠습니다. 저녁 전에는 일행이 도착할 테니 그때까지 기다려주실 수 있겠습니까?"

"그래요. 꾸물대다가는 부패하겠지만 저녁때까지면 괜찮을 겁니다. 제가 보기에는 비소 계통 독극물에 의한 중독이지만, 전문가가 오면 정말 그게 맞는지 바로 알 테지요. 하지만 비소 화합물 중 어느 물질에 의한 중독인지는 분석을 해봐야 답이 나올 테니 다소 시간이 걸릴 겁니다."

의사는 그렇게 말하며 손가락을 소독하고 쪼글쪼글한 낡은 가방을 잡아당겨 열더니 진료 도구를 쑤셔 넣었다. 시신을 수습할 간호사 한 명만 남고 의사와 경감은 계단을 내려가 응접실로 들어갔고, 형사는 연락을 취하기 위해 주재소로 달려갔다.

응접실의 두 사람은 만페이 영감이 끓여준 진한 차를 맛있게 홀짝였다. 의사야 당연한 일이지만 경감 역시 시체를 보아도 아무렇지 않았다. 시체를 주무른 직후라고 해서 차 맛이 떨어질 일은 없다.

"아차차, 설마 이 차 속에는 비소가 들어 있지 않겠지요? 맛도 향도 없다 하니 까다롭군요."

두어 모금 마시고 나서야 경감이 갑자기 생각났다는 듯이 외치며 찻잔을 황급히 테이블에 내려놓았다.

"하하하, 그리 걱정할 일 없습니다. 사용한 독은 아마 아비산이 아닐까 싶은데, 그건 코코아에는 녹지만 차나 커피 같은 타닌 성분을 만나면 잘 녹지 않습니다. 이렇게 속을 들여다보아 하얀 가루가 떠 있지 않으면 일단 마음을 놓아도 될 겁니다, 하하하."

말수 적은 경감이 허둥거리는 모습이 어지간히 우스웠는지 의사는 통통한 배를 붙잡고 한바탕 웃었다. 하지만 그 웃음이 멎자 죽음의 저택은 또다시 고요한 정적 속에 가라앉았다.

경감은 찻잔 바닥의 찻잎 줄기를 가만히 바라보면서 묵묵히 생각했다. 비소는 코코아에는 녹지만 커피에는 녹지 않는다고 했다. 그렇다면 가령 살로메가 커피를 싫어하지 않았다면 이번 같은 꼴을 당하지 않았을 터였다. 커피 표면에 비소가 하얗게 떠 있었다면 그녀도 의심을 품고 입에 대지 않았을 테니 말이다. 물론 범인은 다른 수단으로 그녀의 목숨을 노렸겠지만, 적어도 분명 이런 식으로 죽지는 않았을 것이다.

두 사람이 비소를 화제 삼아 한동안 잡담을 나누고 있을 때,

수습을 마친 간호사가 내려오자 의사는 바로 자리에서 일어섰다. 불쾌한 작업이었을 텐데도 그녀의 얼굴에는 어두운 표정이 조금도 없었다.

이 간호사에게 시신을 수습하는 일은 화가가 그림을 그리고 음악가가 악기를 다루는 일과 조금도 다르지 않은 듯했다. 가무잡잡한 피부에 가냘픈 그녀의 어디에 그렇게 굵은 강철 같은 신경이 숨어 있는 것일까? 경감은 반은 경이롭고 반은 기가 막힌 표정으로 그들을 보내고 다시 응접실로 돌아왔다.

늦여름 햇살이 쏟아지는 정원에서 칸나의 붉은빛이 눈에 아리게 불타올랐다. 겐모치 경감은 눈을 세차게 깜박이고서 시선을 돌려 해시계를 보았다. 둥근 받침 위에 검은 삼각형 그림자가 오후 시간을 뚜렷하게 새기고 있었다.

경감은 다시 눈을 테라스 끝에 놓인 동자상으로 돌렸다. 발가벗은 소년 셋이 물그릇처럼 생긴 항아리를 두 손으로 받치고 바깥쪽을 향해 세 방향으로 서 있는 조각상이었는데, 원래 경감은 썩 미술을 감상할 줄 모르는 탓에 이 백색 시멘트 조각상이 어느 정도 가치가 있는 물건인지 짐작도 못했다. 우리 같은 사람은 부자의 취미를 도통 이해할 수가 없어……. 그렇게 말하고픈 표정으로 여전히 그 지루한 조각상을 뚫어져라 쳐다보았다.

하지만 훗날 그 불길한 사건이 터지고 보니, 경감이 그 조각상에 잠시나마 시선을 주었던 까닭은 거기에 뭔가 눈에 보이지 않는 실이 달려 있어 그의 눈동자를 사로잡았던 게 아닌가 싶기도 했다.

"늦는군."

중얼거리면서 시계를 보았다. 4시에서 20분이 지났다. 겐모치 경감은 그 날렵한 형사를 상대로 차분히 사건을 검토해보고 싶었지만 그 소망은 한참 후로 미루어질 수밖에 없었다. 사건의 빠른 전개가 그에게 그럴 여유를 주지 않았기 때문이다.

유키 형사가 돌아온 것은 약 10분 후였다. 시간이 걸린 만큼 우라와浦和의 본부에 상세한 정보를 전하고 경찰의와 감식반 요청까지 깔끔하게 마쳤다.

형사가 그 보고를 마치자 경감이 그에 대해 격려를 늘어놓았다. 두 사람은 한동안 말없이 엽차를 마셨다. 더울 때는 뜨거운 차가 최고다.

유키 형사는 수첩을 펼치고 방금 전에 들은 이야기를 정리하기로 했다. 살로메 살해에 동기를 가진 자는 다음의 세 사람이다. 그는 이해를 돕기 위해 표로 만들어보았다.

완성한 그 표를 겐모치 경감에게 보여주었지만 그는 한번 훑어보고 말았다.

	동기	가능성
아비코 히로시	실연.	직접 독이 든 컵을 건넸다. 가능.
유키타케 에이이치	탱고 곡명 때문에 말다툼을 했다.	컵을 건드리지 않았다. 독을 넣는 일도, 독이 든 컵을 건네는 일도 불가능.
히다카 데쓰코	연인을 빼앗겼다.	현장에 없었으므로 불가능.

"나름대로 동기는 있군. 다만 이 정도 문제로 과연 살인을 저지를지 따져보면 의문이지만……."

"그렇지요. 게다가 비소를 준비해온 점으로 판단하건대 아무리 보아도 계획적 범행 같습니다. 제가 보기에도 어제오늘 생긴 일이 동기일 것 같지는 않습니다."

"이 표의 재미있는 점이랄까, 참고가 될 부분은 누구에게 독을 넣을 기회가 있었는가 하는 문제가 뚜렷이 드러나 있다는 점이야."

겐모치 경감이 새삼스럽게 수첩에 눈길을 주었다.

"그렇게 되면 아비코라는 남자 말고는 없지. 비소 가루를 타면 하얀 물질이 떠오른다니 의심을 사겠지만 스포이트든 뭐든 써서 수용액을 넣어두었다가 몰래 떨어뜨리면 알아차릴 도리가 없어."

"저도 아비코를 주목하고 있습니다. 그 남자는 뭔가 욕구불만이라도 있는 것 아닐까요? 뭔가 젠체하기는 하는데, 역량이 그에 미치지 못해 초조해하는 인상을 받았습니다."

"그렇군."

"저는 이번 범인이 정신이상자 아닐까 싶습니다. 사람을 죽일 때마다 숫자가 새겨진 카드를 두고 가다니, 제정신을 가진 범인이 할 짓이 아니에요."

"제정신을 가진 범인이 있기는 한가?"

형사의 실언을 뚱보 경감이 심술궂게 웃으면서 타박했다.

"누구 말마따나 학생 친구들을 모조리 죽일 계획이라면 동기를 추궁해본들 무슨 소용 있겠나. 그렇게 되면 상대는 정신이상자인 셈이니 말이야. 하지만 연쇄살인이라는 말은 못 믿겠어. 요즘은 영화에도 그런 내용은 없잖나."

평온한 한때를 즐기듯 두 사람은 그런 이야기를 나누었다. 겐모치 경감이 아직 사이타마 현 경찰본부에 들어가기 전, 둘은 오미야大宮 경찰서에서 한솥밥을 먹은 사이였다. 속을 훤히 아는 것이다.

유키 형사가 무슨 말을 하려던 찰나였다. 현관 쪽에서 몹시 다급한 발소리가 들리나 싶더니 이윽고 응접실 문가에 창백하게 질린 유키타케가 나타났다. 평소에도 얼굴색이 창백하니 차가운 인상이었지만 그때의 그는 치아노제Zyanose, 호흡장애로 일어나는 청색증—옮긴이 증세를 일으킨 심장병 환자처럼 핏기가 하나도 없었다. 입을 벌리고 괴로운 기색으로 숨을 몰아쉬고 있었다.

"무슨 일입니까?"

형사는 윗몸을 비틀고 크게 외쳤다. 겐모치 경감은 입을 다문 채 따져 묻는 시선으로 유키타케를 바라보았다.

유키타케는 입술을 부들부들 떨었지만 목소리를 내지 못했다. 어깨를 크게 들썩이며 비틀비틀 들어오더니 가까운 의자에 털썩 주저앉았다. 뺨도 가슴도 팔뚝도, 송골송골 맺힌 땀에 젖어 있었다.

"무슨 일입니까, 유키타케 씨?"

형사는 다시 한 번 물었다. 유키타케는 재차 입술을 떨었지만 그래도 역시나 목소리는 흘러나오지 않았다. 땀은 끝없이 배어나와 턱 끝에서 바닥 위로 뚝뚝 떨어졌다. 이마에 흘러내린 머리카락도 흠뻑 젖었다.

"마셔요."

유키타케는 형사가 내민 찻잔에 달려들어 단숨에 차를 들이켜고서야 간신히 정신을 차린 듯했다.

"혀, 형사님."

유키타케가 헐떡였다.

"다치바나가 당했습니다."

"뭣이?"

형사는 저도 모르게 벌떡 일어났고 겐모치 경감은 앉은 채로 눈을 번쩍 뜨고 유키타케의 뒷말을 기다렸다.

"어디에서? 어디에서 당한 겁니까?"

"사자바위…… 근처입니다."

"갑시다. 당신이 안내해요."

형사는 유키타케의 소매를 붙잡았다. 하지만 그는 내내 달려온 탓에 무척 지쳤는지 차마 현장으로 되돌아갈 기력이 없어 보였다.

"그래, 당신은 여기서 기다려요. 장소를 알려주십시오. 사자바위 어느 부근입니까?"

사자바위는 리라장에서 강 상류로 600미터쯤 올라간 지점의 오른쪽 낭떠러지에 있는데, 그 이름처럼 사자가 드러누운 형상이었다. 아라카와 강 상류에는 코끼리 코니, 호랑이 어금니니 해서 짐승에 빗댄 바위 이름이 많다.

"……그 맞은편입니다. 아비코가 지키고 있으니 금방 찾을 수 있어요."

"누가 발견했습니까? 그의 시체를 발견한 사람은 누구지요?"

"접니다."

"시체 상태는?"

"글쎄요…… 자세히 본 게 아니라 모르겠습니다. 몸이 절반

이상 물에 잠겨 벌렁 쓰러져 있었습니다."

"목을 졸랐다거나 단도로 찔렀다거나 하는, 그런 흔적은 없었습니까?"

"그런 흔적은 없었습니다. 어쨌든 빨리 가주세요. 그리고…… 형사님!"

유키타케가 떠나려는 경찰의 등에 대고 말했다.

"뭡니까?"

"시체 옆에 카드가 놓여 있었습니다."

"뭐라고요? 어떤 카드였습니까?"

"'스페이드 3'였습니다."

"뭣?"

유키 형사와 유키타케는 말없이 노려보듯 얼굴을 마주 보았으나 형사는 이윽고 어깨를 들썩이며 몸을 돌리더니 경감과 함께 황급히 나갔다.

유키타케는 아직 심장 고동이 가라앉지 않았는지 괴로운 숨을 되풀이했다.

-2-

이 부근은 강폭도 확 줄어들고, 가파른 양쪽 낭떠러지 위에는 소나무와 너도밤나무 가지가 아비코를 집어삼킬 기세로 우거졌다. 시체를 지키면서 서 있으려니 양쪽 절벽이 눈에 보이지 않는 속도로 스멀스멀 다가오는 듯한 착각을 일으켰다. 그 사이에 끼어 납작 눌려 죽는 자기 시체를 뇌리에 그려본 아비코는 그답지 않게 겁을 집어먹고 주위를 둘러보았다. 이쪽 낭떠러지도, 그리고 강을 사이에 둔 맞은편 낭떠러지도 화강암과 유문암으로 이루어져 있었다. 점점이 붉은 반점이 흩어진 바위 표면을 보고 있노라니 그것이 눌려 죽은 희생자의 피 같다는 생각이 들었다.

지금 아비코가 서 있는 지점은 둥그스름한 돌덩어리가 강 복판에 튀어나와 있어 물살도 빠르고 물소리도 요란했다. 재즈 피아니스트는 그 바위 위에서 낚시할 자리를 찾아내 낚싯바늘을 드리웠던 모양인데, 술렁거리는 물소리를 듣고 있자니 마치 다치바나의 영혼이 뭐라 속삭이는 것만 같았다. 아비코는 오싹한 표정으로 경찰관이 달려오기를 기다렸다. 실로 45분이라는 시간을 그는 이렇게 겁에 질려 다치바나의 시체와 함께 보냈던 것이다.

이윽고 낭떠러지 위에서 남자가 말하는 소리가 들리나 싶더니 형사의 목소리가 내려왔다.

"어이! 시체는 어디 있나아……."

"여기요, 여기! 여기예요오……."

아비코는 두 손을 입에 대고 메가폰을 만들어 죽다 살아난 사람처럼 기운찬 목소리로 대답했다. 낭떠러지 끝 댓잎이 흔들리더니 바싹 엎드린 형사가 그 사이로 곰처럼 고개를 내밀었다.

"오오, 거깁니까? 시체는 어디 있죠?"

아비코가 대답도 하기 전에 형사는 시체를 알아보고 시선을 집중했다.

"어디로 내려갑니까?"

"조금 더 상류로 올라가면 길이 이어집니다."

아비코가 손가락으로 가리키자 형사는 고개를 한 번 까딱 숙이고는 대숲으로 쏙 물러나버렸다.

3분쯤 지나서 두 경찰은 아비코 옆에 무릎을 꿇고 다치바나의 시체와 주위 정황을 꼼꼼히 조사했다. 고작 세 시간 전까지만 해도 살아 있었던 이 플레이보이는 털이 숭숭한 정강이를 드러내놓고 볼품없는 모습으로 쓰러져 있었다. 허리 위가 물속에 잠겨 머리는 완전히 물 밑에 가라앉았다. 낚싯대와 살림통, 모자는 울퉁불퉁한 바위 위에 널브러져 있었다.

하지만 경찰이 찾는 물건은 그런 낚시도구가 아니었다.

"카드는 거기에 있어요. 모자 옆입니다."

아비코의 말을 듣고 다가가보았다. 예쁘게 채색된 작은 스페이드 카드는 바로 눈에 들어왔다. 누름돌로나 쓸 법한 두 개의 돌덩어리 사이에 끼워둔 이유는 바람에 날려 잃어버릴까 조심하느라 그런 것 같았다. 형사는 그 카드를 잡으려고 손을 뻗다가 딛고 있던 바위가 덜컥 움직이는 바람에 중심을 잃고 그만 엉덩방아를 찧었다.

"젠장!"

형사는 바위에 대고 욕하면서 카드를 조심스레 집었다. 틀림없이 그것은 잃어버린 일련의 스페이드 카드 가운데 한 장이었다.

"묘한 짓거리를 하는군요. 무엇 때문에 일일이 카드를 남기고 가는 걸까요? 마음에 걸립니다."

"살인자의 서명이지. 일종의 허영심을 드러내는 거야."

겐모치 경감은 받아든 카드와 주머니 속에서 꺼낸 두 장의 카드를 비교하면서 언젠가 마키가 했던 주장과 똑같은 소리를 했다. 하지만 말은 그래도 두 경찰 역시 범인이 남긴 카드가 단순히 허영이라고는 생각하지 않았다. 범인이 시체 옆에 카드를 두고 가는 참뜻은 결코 그런 단순한 이유가 아니라, 좀 더 합리적이고 납득할 수 있는 목적이 있어야 마땅하다는 생각이 들었다. 하지만 그 이유가 뭐냐고 물으면 통 짐작이 가지 않았다. 형사는 문득 범인의 정체를 이 겉멋 든 멋쟁이에게 물어보고픈 충동에 휩싸였다.

이미 저녁 무렵이 가까웠지만 나뭇잎 새로 쏟아지는 햇살은 여전히 밝았고, 강물을 파고드는 광선은 물속에서 꺾여 물에

잠긴 다치바나의 죽은 얼굴에 기묘한 물결무늬를 그렸다. 물
밑에 잠긴 다치바나의 표정은 쉬지 않고 한없이 바뀌었다. 분
노, 한탄, 경악, 울음, 짜증, 웃음, 그리고 또 화를 내며 한숨짓
고 익살을 떤다. 그의 입가가 불룩 일그러져 이를 드러내려는
것처럼 보였을 때, 형사는 자신의 무능함을 비웃는 것 같다는
생각이 들었다.

주재소에서 전화를 걸어놓은 터라 30분쯤 지나자 의사가 자
전거를 몰고 달려왔다. 하지만 그 어떠한 명의를 데려온들 다
치바나를 되살릴 수는 없었다. 의사를 부른 이유는 그의 시체
를 확인하기 위해서였다.

긴장해서 굳은 얼굴로 낭떠러지에 난 가파르고 좁은 길을
내려온 의사는 커다란 바위를 딛고 다가가서는 인사고 뭐고 생
략한 채 곧바로 시체 옆에 몸을 숙였다.

"누가 좀 도와주십시오."

그는 퉁명스럽게 뒤도 돌아보지 않고 말했다. 화가 난 듯한
그 목소리에도 세 번째 변사에 놀란 의사의 심정이 잘 드러났
다. 아비코와 유키 형사가 손을 뻗어 다치바나의 시체를 물속
에서 끌어내 자갈밭에 누였다. 차갑게 젖은 다치바나의 손끝에
고추잠자리가 톡 내려앉더니 눈동자를 바삐 굴리다가 곧바로
날아올랐다.

의사는 익숙한 손길로 얼굴과 사지의 외상을 조사하고, 형

사의 도움을 받아 셔츠와 바지를 벗겼지만 아무것도 발견하지 못하고 다시 형사의 손을 빌려 시체를 반 바퀴 빙글 돌려 엎드리게 했다. 다치바나는 낚아 올린 방어처럼 어이없이 찰방찰방 가벼운 소리를 내며 뒤집어졌다. 물방울이 튀었는지 불쾌한 표정을 지으며 셔츠 소매로 입술을 문지르던 아비코는 그 동작을 도중에 멈추고 눈동자에 힘을 실어 시체의 뒤통수를 뚫어져라 쳐다보았다.

다치바나의 숨골에 펜나이프 하나가 우뚝 박혀 있었다. 창백한 뒷덜미에 꽂힌 새빨간 나이프 자루는 사람들에게 실로 뚜렷한 인상을 주었다.

"여기를 당하면 도리가 없지. 즉사입니다. 소리 지를 겨를도 없어요. 전기에 감전되는 거나 마찬가지입니다."

"어떻습니까. 자살 가능성은요?"

"말도 안 되는 소리. 자살이나 사고사는 절대 아닙니다. 이건 살인이에요. 차분하게 목표를 노려서 푹 찌른 겁니다."

의사는 한마디로 부정하고는 손수건으로 자루를 감싸 힘껏 뽑으려 했지만 쉽게 빠지지 않았다.

"근육이 얽혀 있군요. 살아 있는 육체에 찔러 넣었다는 증거입니다. 죽은 후에 찔렀다면 쑥 빠져요."

의사는 나이프 뽑기를 포기했는지 일어서려다가 문득 뭔가 생각난 듯 다시 앉더니 시체 뒤통수에 손을 대고 쓰다듬었다.

"여기에 혹이 났군요."

이번에는 머리카락을 헤집어가며 피부를 조사했다.

"그렇다면 생전에 구타당했다는 뜻입니까?"

"당연하지요. 죽은 후에 얻어맞았거나, 혹은 숨골에 칼을 맞고 쓰러지는 결에 부딪쳤다면 이런 피하일혈은 생기지 않습니다."

"그렇다면 범인은 등 뒤에서 뒤통수를 가격해 정신을 잃게 만든 다음 유유히 숨골을 찌른 셈이 되는군. 그렇게 상상해도 틀림없겠습니까?"

"가장 타당한 해석일 겁니다."

"범인이 방심할 만한 상대였다는 점은 알겠어. 이 남자는 살해당할 줄은 꿈에도 모르고 적에게 등을 돌린 채 완전히 마음을 놓고 낚시를 했던 거야."

형사는 혼잣말처럼 중얼거리면서 새끼손톱을 잘근잘근 깨물었다. 하지만 그런 발견이 무슨 소용 있겠는가. 범인이 남은 네 명의 대학생 가운데 하나라는 사실은 처음부터 뻔하지 않았던가. 그 네 명 가운데 누가 등 뒤에 섰던들 다치바나는 한 조각 의심도 없이 낚시를 했을 것이다.

"흉행 시각은 언제쯤입니까?"

"글쎄, 아무래도 어려운 질문이군요. 외부에서 본 정보만으로 판단을 내리기는 일반적으로도 곤란한 문제인데다 시체가 이렇게 차가운 물에 잠긴 경우는 한층 더 어려워집니다. 어쨌든 이 강의 수온은 한여름에도 1분도 손을 담글 수 없을 만치 차가우니까요. 시체도 냉동된 거나 다름없습니다. 뭐, 1시부터 4시까지 세 시간 사이라는 엉성한 대답으로 넘어가주십시오."

의사는 대단히 막연한 숫자를 들었다.

이 말을 바꾸어보면 다치바나가 리라장을 떠난 후부터 그의 시체가 발견된 사이에 살해당했다는 뜻이 된다. 그런 추정이라면 특별히 의사의 판단을 기다릴 필요도 없이 뻔히 아는 사실이었다. 유키 형사는 놀림을 받았다고 생각했는지 살짝 기분 상한 표정을 지었다.

겐모치 경감은 무릎을 꿇고 손수건을 치우더니 목 뒤에 꽂힌 펜나이프를 상세히 관찰하다가 이윽고 형사를 돌아보았다.

"여성용 나이프 같군. 남자는 이런 색깔의 물건을 지니지 않을 테지."

"꼭 그렇지만도 않습니다. 요즘 남자 중에는 붉은 와이셔츠를 입는 녀석들도 있으니까요."

"붉은 셔츠라면 예로부터 있었지 않나. 소세키夏目漱石, 나쓰메 소세키. 일본 근대소설의 선구자로, 대표작으로는《나는 고양이로소이다》등이 있다.─옮긴이 의 소설에 나오지. 하지만 이 'M'이라는 머리글자는 뭔가 암시적이로군."

두 사람이 작은 소리로 나누는 대화를 듣고 있던 아비코는 이야기가 끊기기를 기다려 끼어들었다.

"저, 그 나이프를 본 적 있습니다."

"누구 물건입니까?"

"리라장에서 죽은 마쓰다이라 살로메의 나이프입니다. M이라는 건 마쓰다이라의 머리글자예요."

"이게 말입니까?"

형사는 얼빠진 목소리를 냈다. 독살당한 여인의 나이프가 그 약혼자의 숨골에 꽂혀 있다니, 괴담에나 나올 법한 인과응보 같은 이야기였다.

별안간 낭떠러지 위에서 발소리가 나서 일동은 일제히 고개를 들었다. 유키타케를 길안내로 내세워 마키 가즌도와 아마릴리스가 달려온 것이다. 잠시 후 만페이 영감이 주재소 순경과 함께 들것을 가지고 물가에 내려선 일행의 뒤를 따라왔다. 그들은 그곳에 엎드린 시체를 보더니 똑같이 얼굴을 굳혔다. 점심식사를 마치고 휘파람을 불며 가벼운 발걸음으로 나갔던 학우가 이렇게 참담한 모습으로 변한 사실에 그들은 공포나 애도를 느끼기보다 그저 놀란 마음으로 바라볼 따름이었다.

그때 아마 릴리스가 입 속으로 앗 하고 작게 외치더니 유키타케에게 황급히 말을 걸었다.

"유키타케. 저 빨간 펜나이프, **그거** 아니야?"

"그래, 아까 살로메 주머니에서 굴러 떨어진 그거야."

학생들의 그런 대화를 형사가 놓칠 리 없었다.

"이 나이프가 어떻게 됐습니까?"

"아뇨, 특별히 어떻다는 건 아닌데, 단지……."

"단지 어떻다는 겁니까?"

"저기, 아까 살로메를 간호했을 때 주머니에서 굴러 떨어졌어요. 유키타케한테 주워달라고 해서 테이블 위에 올려놓았는데……."

"어느 방 테이블 말입니까?"

"응접실 테이블이에요."

"그게 어느 틈에 다치바나 씨의 숨골에 꽂혀 있었다는 말이군요? 그래, 펜나이프가 테이블 위에서 사라졌다는 사실을 알아차린 건 언제였습니까?"

형사는 날카로운 목소리로 캐물었다. 말뿐만 아니라 그의 눈도 날카롭게 빛났다.

"글쎄요, 몰라요. 그 소동으로 나이프는 까맣게 잊었는걸요. 지금 이걸 보고서야 겨우 생각났어요."

"유키타케 씨, 당신은 어떻습니까?"

"저도 마찬가지입니다. 테이블 위에 놓았을 때까지는 기억하는데, 그다음은 생각해보지도 않았어요."

형사는 유감스러운지 입술을 일그러뜨리며 다른 이들을 돌아보았다.

"여러분은 어떻습니까?"

마키도 아비코도 만페이 영감도 얼굴을 마주 볼 뿐이었다.

"아무래도 모르겠습니다."

"그 후에 응접실에 들어간 사람은 누구누구입니까?"

"저희 모두가 들어갔습니다. 그래요, 형사님에게 신문을 받기 위해."

마키가 대답했다. 옷매무새가 단정한 이 테너가 이런 장소에 서니 뭔가 엉뚱한 인상을 주었다.

"그래요. 하지만 그때 테이블 위에 나이프는 없었습니다. 이미 범인이 가져갔다는 뜻이지요. 제가 묻는 건 그보다 전을 말하는 겁니다."

"제가 들어갔어요."

아마 릴리스가 말했다.

"살로메를 2층 방으로 데려간 다음 독이 든 컵을 만페이 영감님한테 보관해달라고 부탁했어요."

"그렇지, 그때는 저도 들어갔습니다. 아비코도 함께 있었고 만페이 영감님도 들어갔지요."

마키가 그렇게 말하자 앳된 얼굴의 아비코는 마지못해 그 점을 시인했다.

"그때 나이프는 어땠습니까?"

"글쎄요…… 있었다면 있었던 것도 같고, 없었다면 없었던 것도 같고."

마키의 대답은 요령이 없었다. 하지만 범인을 제외한 그 누구도 마키와 마찬가지였으리라. 그렇게 허둥거릴 때 나이프의 존재를 알아차린 이가 있다면 그게 더 이상한 일이다.

형사는 실망한 기색을 숨기지도 않고 화난 얼굴로 담배를 물더니 불을 붙이고는 성냥개비를 물 위에 던졌다. 만페이 영감은 느릿한 걸음으로 나동그라진 살림통에 다가가 뚜껑을 열고 은어를 헤아리더니 살짝 고개를 저었다.

"열여섯 마리를 낚았구먼. 죽은 양반헌티는 미안헌 말이지만서두, 아무리 가르쳐줘봤자 낚시 실력이 별루 늘지를 않드라구. 살림통두 낚싯대두 물건은 좋은디, 제일 중요한 실력이 별로였으니께 말여. 그 양반 실력으루다가 열여섯 마리나 잡을라 했으믄 꼬박 세 시간은 걸렸을 거여."

시체가 들으면 귀가 간지러울 법한 통렬한 비판이었지만 그 속에는 어딘지 모르게 스승이 제자를 염려하는 온정이 느껴졌다. 한동안 다들 말이 없었다.

만페이 영감의 이야기로 거꾸로 따져보건대 범행 시각을 추정하기란 지극히 간단한 문제였다. 다치바나가 낚싯대를 메고 리라장을 나간 것이 12시 반이었다. 이 낚시터에 도착해 낚싯줄을 드리운 것이 30분 후인 1시라고 볼 때, 살해당한 시각은 4시경이라는 답이 나온다.

"유키타케 씨, 당신이 시체를 발견했다면서요?"

"예."

유키타케는 퉁명스럽게 대답했다. 그 목소리에는 분명히 그런 질문을 받기를 꺼리는 기색이 깃들어 있었다.

"그때 상황을 자세히 말씀해주셔야겠습니다."

형사는 거리낄 것 없다는 말투였다. 유키타케는 다소 딱딱한 표정을 지으며 연방 입술을 축였다. 할미새 한 마리가 그 침묵을 깨고 한 차례 울더니 긴 꼬리를 흔들며 파란 돌멩이처럼 강물을 가로질러 날아갔다.

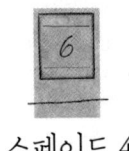

스페이드 4

-1-

유키타케의 이야기를 정리하자면 다음과 같다.

약혼녀가 독사했다는 사실을 다치바나에게 알리기 위해 리라장에서 나간 네 명의 대학생은 자귀나무 숲 아래로 이어진 오솔길을 따라 강가로 나갔다. 거대한 식칼로 쳐낸 듯이 가파른 낭떠러지 밑에 투명한 물이 하얀 거품을 일으키며 시커먼 바위를 삼키고 굽이굽이 꿈틀거리며 뒤엉켜 세차게 흘렀다.

"그럼 우리는 하류 쪽을 찾아볼게."

물소리에 지지 않으려고 마키가 크게 소리쳤다.

"만약 너희가 찾아내면 둘 중 아무나 우리한테 알리러 와. 우리 쪽에서 발견하면 내가 너희한테 알릴 테니. 서로 괜한 수고를 들일 이유는 없으니까."

마키는 그렇게 제안하더니 강물을 굽어보면서 아마 릴리스에게 말했다.

"릴리, 너는 이쪽으로 갈래? 나는 맞은편으로 건너갈게. 둘다 이쪽에서 걸으면 이 낭떠러지 밑이 사각이라 보이지 않거든. 다치바나를 그냥 지나칠지도 몰라."

"그건 그러네. 나도 맞은편으로 건너갈게."

아비코는 죽이 맞지 않는 유키타케와 콤비를 이루어 걷기가 얼마나 불쾌한 일인지, 다시 말해 자기가 상대를 얼마나 싫어하는지 기회만 되면 본인에게 알리고 싶어 못 견디는 모양이

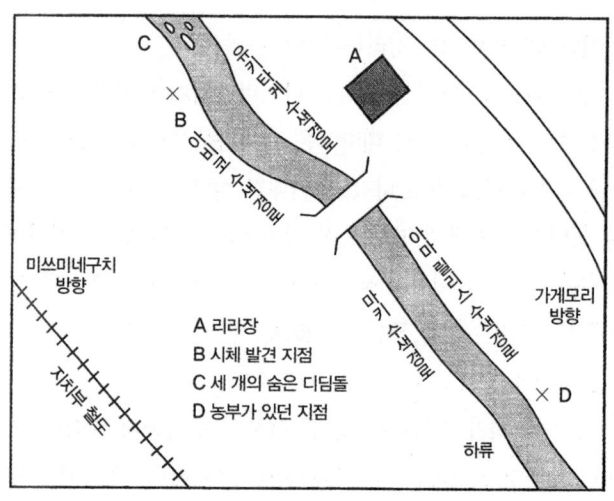

A 리라장
B 시체 발견 지점
C 세 개의 숨은 디딤돌
D 농부가 있던 지점

다. 그 때문에 유키타케가 화를 낸다면 그나마 속이 후련하겠다는 표정이었다. 민감한 유키타케가 심술이 담긴 노골적인 그 태도를 모를 리 없었다. 그는 누가 너하고 같이 갈 성싶으냐는 듯이 눈썹을 움칫 찌푸리더니 어깨를 펴고 긴 머리카락을 휘날리며 재빨리 상류를 향해 걸음을 뗐다. 아비코는 실실 웃으며 그 뒷모습을 지켜보다가 얼빠진 표정으로 서 있는 마키와 아마릴리스를 재촉해 하류로 향했다.

강물을 건너려면 100미터쯤 아래쪽에 있는 구름다리를 건너야만 한다. 아비코는 축축이 젖은 낭떠러지 가장자리 길을 따라 구름다리로 가서 그곳에 아마 릴리스를 남겨두고 마키와 둘이서 다리를 건넌 다음 다시 마키와 헤어져 홀로 강 상류로 향했다.

유키타케는 적어도 5분 먼저 맞은편 낭떠러지 길을 걸은 셈이다. 그런 그가 현장에서 형사의 질문에 대답한 이야기는 다음과 같은 내용이었다.

매미 소리와 물소리 외에는 아무 소리도 듣지 못했다. 그가 가는 길은 물길에 찰싹 붙어 있나 싶으면 바람둥이 아가씨처럼 홱 멀어지기도 하면서 구불구불 길게 이어졌다. 따라서 때때로 수풀 속으로 들어가 맞은편 물가의 상황을 살펴보아야 했기 때문에 생각보다 시간이 걸렸다. 가시나무에 걸려 하마터면 바지가 찢어질 뻔했을 때는 이런 고생까지 해가면서 다치바나를 찾는 일이 짜증스럽기까지 했다.

"……처음 사자바위 앞을 지났을 때, 다치바나의 시체를 전혀 알아보지 못했습니다. 저는 다치바나가 물가에 서서 낚싯줄을 드리우고 있는 모습만 머릿속에 그리고 있었으니, 이런 모습의 시체가 눈에 들어오지 않은 것은 당연한 일입니다. 그런 이유로 그대로 지나쳐서 한참 상류 쪽으로 걸어갔습니다. 그런데 아무리 찾아도 나오지를 않아 그만 단념하고 돌아가기로 했습니다."

"그러면 돌아오는 길에 시체를 발견했군요?"

"예, 하지만 처음에 봤을 때는 다치바나의 시체인 줄 몰랐습니다. 물이 넘쳤을 때 외나무다리가 무너져서 그 통나무가 떠내려오다가 뭍에 올라왔나, 그런 식으로 생각했습니다. 그런데 자세히 보니 통나무가 아니라 사람 다리 같더라 이겁니다. 하지만 다치바나인 줄은 몰랐습니다. 나무꾼인지 뭔지 몰라도 변사체가 있구나, 그렇게 생각했어요. 심장이 덜컥 내려앉더군요. 한 1분…… 아니 5, 6초쯤 되는 짧은 시간이었을지도 모르지만, 어찌해야 할지 판단을 내리지 못하고 멀거니 서 있었습니다. 그리고 다치바나를 찾는 일도 중요하지만 변사체가 있다는 소식을 아비코에게 알릴 필요가 있다고 느꼈습니다. 그래요, 생각했다기보다 느꼈다는 편이 적절할지도 모릅니다. 어쨌든 그때 저는 여전히 정신이 반쯤 나가 있었으니까요."

"그런 다음 어쨌습니까?"

형사는 냉혹한 눈길로 유키타케의 뒷이야기를 다그쳤다. 적어도 거짓말이나 불확실한 점이 있으면 가차 없이 캐물으려고 작정한 듯 기분 나쁜 시선이다. 방금 전 리라장 복도에서 유키타케의 어깨를 두드렸을 때와는 전혀 다른 사람처럼 시선도 태도도 모질었다.

"그래서 저는 맞은편 물가를 향해 아비코의 이름을 불렀습니다. 보다시피 물소리가 시끄러워서 좀처럼 목소리가 들리지 않습니다. 바로 맞은편에는 들리겠지만 조금만 상류나 하류에 있어도 들리지 않아요. 그래서 하는 수 없이 한 번 더 위로 올라가 한참 아비코의 이름을 부르면서 걸었습니다."

"아비코 씨는 바로 찾아냈습니까?"

"운 좋게 근처에 있어서 3, 4분 만에 찾았습니다. 그는 제 이야기를 듣고 바로 이 돌밭으로 내려가보았습니다. 시체가 다치바나라는 사실을 알고 아비코도 깜짝 놀란 모양이지만 저도 놀랐습니다."

"그야 그렇겠지요. 그래서……?"

"저는 시체를 보려고 맞은편 물가로 건너가고 싶었습니다. 원래는 변사체를 볼 용기가 어디 있겠습니까, 죽은 쥐도 똑바로 쳐다보지 못하는데요. 하지만 상대가 다치바나라면 그런 소리를 지껄이고 있을 수도 없었죠. 하지만 보다시피 물살도 빠른데다가 물길도 깊어서 강에 들어갈 수가 없었습니다. 그래서 시체를 확인하는 것은 포기하고 아비코를 그 자리에 남겨두고 서둘러 리라장으로 돌아간…….”

그의 말끝은 물소리에 묻혀 제대로 들리지 않았다. 형사는 유키타케의 얼굴을 뚫어져라 쳐다보면서 내심 바삐 지금 이야기를 검토하는 눈치였다. 겐모치 경감은 시치미를 뚝 떼고 파이프를 만지작거렸지만, 중간에 도착한 대여섯 명의 경찰관은 의심이 가득한 눈으로 유키타케를 응시했다. 아마 릴리스도 마키의 손가락을 꼭 움켜쥐고 눈을 휘둥그레 뜨고 있었다. 그 안색이 오싹하니 창백하게 보이는 까닭은 낭떠러지 위를 뒤덮은 나뭇가지의 초록에 물든 탓일까. 머리 위 잔가지에서 울어대던 애매미가 그 자리의 긴박한 공기를 감지했는지 울음을 뚝 그쳤다.

두 수사관은 사람들에게서 등을 돌리고 한참 밀담을 나누다가 이윽고 가까이에 있던 순사를 몇 명 불러 뭐라고 명령했다. 그러자 경찰관은 잘 알겠다는 듯이 고개를 크게 끄덕이고는 시체를 앞에 두고 멀거니 서 있는 학생들에게 의미심장한 시선을 던지고 낭떠러지 샛길로 올라갔다. 묵묵히 그 뒷모습을 지켜보던 학생들은 하나같이 얼굴에서 불안한 기색을 감추지 못했다.

“그럼…….”

형사는 말을 꺼내며 바위 위를 건너 왜소한 아비코 앞으로 다가갔다.

"자, 이번에는 당신 이야기를 듣고 싶군요."

아비코가 희미하게 부르르 떨었다. 그러더니 그 모습을 들키지 않으려는 듯이 되레 반항적인 목소리를 냈다.

"할 만한 얘기는 없습니다, 별로……."

"없지는 않겠지요. 당신이 구름다리 앞에서 마키 씨와 헤어진 후의 이야기를 들려주시면 됩니다."

"어차피 사실을 털어놓아도 믿어주지 않을 테니 마음이 내키지 않아요."

"슬슬 해가 저물어가지 않습니까. 언제까지고 이러고 있을 수도 없어요. 자, 말씀해주십시오."

형사는 소름끼칠 정도로 온화하게 재촉했다.

아비코는 자기 입장이 점점 불리해지고 있다는 사실을 충분히 깨달은 듯했다. 방금 전까지는 겁을 내더니 지금은 이제 될 대로 되라는 식으로 자포자기한 심정인지 이전처럼 도도하고 오만한 태도를 되찾았다. 그는 물고 있던 담배를 강물 속에 내던지더니 느릿하게 두 다리를 벌려 몸의 중심을 잡고 두 손을 굳이 바지 주머니에 찔러 넣었다.

"없습니다, 아무것도! 마키와 헤어지고 나서 여기 낭떠러지 윗길을 걸어 사자바위 100미터쯤 앞까지 갔습니다. 그때 유키타케의 목소리가 들렸기 때문에 의심 없이 다치바나를 찾은 줄 알았습니다."

"유키타케 씨는 뭐라고 말했습니까?"

"누가 쓰러져 있다, 내버려둘 수도 없으니 다치바나는 나중에 찾고 네가 좀 봐달라, 그렇게 말했습니다. 그래서 저는 다치바나 녀석이 대체 어디 가서 낚시를 하는 걸까 생각하면서 일단 되돌아와 이곳에 내려와봤습니다."

"바로 다치바나 씨인 줄 알았습니까?"

"예, 눈에 익은 모자가 굴러다녔으니 바로 감이 왔지요. 물속을 들여다보니 틀림없이 다치바나였습니다."

"그런 다음 어쨌습니까?"

"뭘 어쩝니까? 깜짝 놀라서 우뚝 서 있었습니다. 저희는 전쟁에 나간 적이 없어요. 시체에는 익숙하지 않단 말입니다. 그래도 용기를 내어 다리를 건드려보았는데 이미 체온이 느껴지지 않았어요. 이제 와서 상체를 물속에서 꺼내봤자 살아날 가능성은 없다고 생각했습니다. 그래서 그 이상 시체를 건드리지 않고 소식을 알리러 유키타케를 보냈습니다."

"조금 이해가 가지 않는 부분이 있군요. 당신은 다리를 만져보니 차가워서 살아날 가능성이 없다고 판단했다는데, 이 차가운 물에 잠겨 있으면 1분 만에 냉동생선 꼴로 얼어붙습니다. 그러니 당신이 시체를 봤을 때는 아직 다치바나 씨가 물속에 잠긴 지 1분밖에 지나지 않았을지도 모르지요. 그런 경우라면 끌어올려 인공호흡을 하면 되살아났을 수도 있습니다. 한눈에 절망적이라고 추정할 만한 의학적 소양이 당신에게 있다는 생각은 들지 않는데요."

"물론 그렇습니다. 저는 초짜 예술가지 풋내기 의사가 아닙니다. 인공호흡을 어떻게 하는지도 모릅니다."

"하지만 그건 방관에 대한 설명은 되지 않습니다."

"그렇지만 숨골에 나이프가 꽂혀 있는 이상 즉사가 확실하지 않습니까? 어쨌든 다치바나는 죽은 상태였습니다."

"그야 분명 그랬겠지요. 하지만 그때 당신은 숨골에 나이프가 꽂혀 있다는 사실은 몰랐을 텐데요?"

"그건 생트집입니다. 말마따나 저는 숨골에 나이프가 꽂혀 있는 줄은 몰랐습니다. 하지만 그 사람이 죽었는지 살았는지, 우리는 직감적으로 알아차릴 수 있다고 생각합니다."

"과연 그럴까요."

형사는 여전히 회의적이었다.

"여하튼 인공호흡은 모르더라도 다치바나 씨를 물 밖으로 끌어내 물이라도 뱉어내게 해야 하지 않았을까요?"

"형사님, 그렇게 심술궂은 질문은 그만 하시지요. 마치 시어머니가 며느리를 들볶는 꼴이군요."

아비코는 특기인 거들먹거리는 자세를 취하며 형사의 얼굴을 노려보면서 말을 이었다.

"몇 번이나 말했지만 저는 인공호흡에 대한 지식이 없어요. 그러니 끌어올려봤자 구조할 방법을 모릅니다. 그렇게 생각했으니 그대로 둔 거예요……. 아니, 아니지. 저는 사실 아마추어라 알 길이 없지만 한눈에 이거 끝났구나 싶었습니다. 이미 다 늦었다는 느낌을 받았고 그 감각에 지배당했어요. 물 밑에 있는 다치바나의 얼굴에 나타난 죽음의 그림자, 분명 그걸 보고 딱 감을 잡았던 게 아닌가 싶어요. 도저히 걸맞은 말이 떠오르지 않아 충분히 설명할 수는 없지만 결국 그런 겁니다. 그리고……."

아비코는 더더욱 상체를 뒤로 젖혔다.

"당신들은 그런 소리로 저를 괴롭히는데, 만약에 가령 제가 시체를 건드렸다면 현장을 훼손했다느니 하면서 눈에 쌍심지를 켤 것 아닙니까?"

정곡을 찔렸는지 형사는 손가락으로 코밑을 문지르며 지금까지 품었던 의문을 냅다 버린 것처럼 말투를 바꾸었다.

"스페이드 3는 금방 발견했습니까?"

"예, 주변을 둘러보았을 때 바로……."

"시체 발견과 카드 발견은 어느 쪽이 먼저였습니까?"

"시체를 먼저 보았죠. 그것이 다치바나라는 걸 알고 얼이 빠졌습니다. 그러는데 유키타케가 왜 그러느냐고 불러서 퍼뜩 제정신으로 돌아왔어요. 주위를 둘러볼 여유가 생긴 것은 그 후였습니다. 카드가 돌멩이 사이에 끼어 있어서 처음에는 몰랐어요. 이윽고 그걸 알아차리고 다가가서 자세히 봤더니 스페이드 3지 뭡니까. 그때는 어찌나 놀랐는지. 제가 고래고래 그 이야기를 하니 유키타케도 깜짝 놀라더군요."

아비코는 마키와 아마릴리스, 만페이 영감의 얼굴을 하나하나 둘러보았다.

"혹시나 범인의 모습은 보이지 않던가요?"

"유감스럽게도 보지 못했습니다. 어쨌든 그때만큼 놀란 적이 없어요. 형사님도 아시겠지만 유키타케가 도둑맞은 카드 수로 미루어 연쇄살인설을 주장했을 때 저는 그 말에 반대했습니다. 추리소설을 너무 읽어 노이로제에 걸렸다고 했지요. 그 후 형사님이 돌아가신 다음에도 우리 사이에서 그 문제가 다시 불거졌습니다. 유키타케에게 찬성한 사람은 여기 있는 마키였고, 제게 찬성한 사람은 다치바나였어요. 저는 역시 난센스라고 믿었습니다. 유키타케의 주장이 상식을 벗어났다고 생각했어요. 그런데 다음으로 살로메가 독살당했습니다. 그래도 저는 그때까지만 해도 이게 연쇄살인이 될 줄은 생각도 못했어요. 그러던 차에 느닷없이 눈앞에 세 번째 시체가 튀어나왔으니 깜짝 놀랐습니다. 아니, 놀랐다기보다 허둥거렸다는 편이 맞겠지요. 누가 그랬을까 하는 생각과 동시에 범인이 앞으로 또 살인을 저지를지 모른다고 직감했습니다. 저는 어느덧 유키타케의 연쇄살인설을 긍정하고 있었습니다. 그래서 솔직히 말해 시체와 단둘이 기다리기가 무서웠어요. 범인이 위에서 노리면 저는 쉽게 당하고 말 테고, 나이프라도 들고 낭떠러지에서 내려오면 도망칠 길이 없어요. 그런 이유로 여러분이 왔을 때는 솔직히 마음이 놓였습니다."

그는 진심으로 안도한 기색이었다. 하지만 형사는 여전히 차가운 눈동자로 꿰뚫어보듯이 상대를 바라보았다. 내심 평정을 잃어 조잘조잘 떠드는 것인지, 달리 무슨 목적이 있어 주절거리는 것인지 짐작이 가지 않았다.

"본인이 변을 당할까봐 무서웠다고 말씀하셨는데, 그렇다면 뭔가 살해당할 만한 동기가 있다는 뜻이겠군요. 그게 뭡니까?"

아비코는 연방 눈을 깜빡이다가 뭔가 대답하려고 입술을 움찔거렸지만 결국 입을 다물고 말았다.

"동기가 있는 이상 상대가 누구인지 짐작하고 있을 테지요. 그게 누굽니까?"

형사가 슬금슬금 다가가서 추궁했다.

"아닙니다. 저는 살해당할 동기가 없습니다. 그저 상대가 살인귀일지도 모른다고 생각했어요. 이유고 뭐고 없이 그저 재미삼아 사람을 죽이며 돌아다니는 게 아닐까 싶었습니다."

"살인귀라, 하긴 이 범인은 살인귀가 틀림없지."

아비코의 대답에 납득했는지 형사는 혼잣말처럼 중얼거리더니 마키와 아마 릴리스를 돌아보았다. 뚱뚱한 햇병아리 소프라노 가수는 립스틱을 발라 새빨간 입술을 꼭 다물고 마키의 위팔에 매달려 있었다.

"그나저나 마키 씨와 릴리스 양은 어떤가요? 구름다리 앞에서 헤어진 뒤에 당신들은 각자 단독으로 하류의 왼편과 오른편 물가를 찾았다고 말씀하셨는데, 알리바이는 있습니까?"

"있고말고요!"

아마 릴리스는 의심을 받다니 심히 뜻밖이라는 듯 눈썹을 찌푸렸다.

"저희는 걸어가면서 쉴 새 없이 서로를 불렀어요. 다치바나를 죽이러 가다니, 말도 안 되는 얘기예요. 게다가……."

입술을 일그러뜨리고 표독스러운 표정을 짓더니 아마 릴리스는 천천히 타이르는 투로 말했다.

"거기서 잡목을 베는 시골 사람이 있었어요. 모르시나 보죠? 전 그 농부에게 이것저것 물어봤어요. 낚시하러 가는 남자 하나를 못 보았느냐고요. 그랬더니 자그마한 남자 하나가…… 이건 아비코를 말하는 건데, 그 아비코가 사람을 찾는 모습은 보았지만 다치바나를 본 기억은 없다지 뭐예요. 그래서 마키하고 강을 사이에 두고 서로 의논한 결과, 다치바나는 틀림없이 상류에서 낚시를 하고 있을 거라는 결론에 다다라 수색을 포기하고 리라장으로 돌아온 거예요."

"그렇습니다. 리라장에 돌아와보니 유키타케가 지친 모습으로 의자에 앉아 있더군요. 왜 그러나 싶었는데 다치바나가 당했다는 것 아니겠습니까? 저희는 크게 놀랐고 그래서 여기로 달려온 겁니다."

"그러니까 형사님, 저희가 강 하류에 있었다는 사실은 나무를 베던 농부에게 물어보시면 알 수 있어요."

두 사람 다 자신감 넘치는 목소리였다. 형사는 어쨌든 나중에 농부를 만나보아야겠다고 생각했다. 그것이 사실이라면 마키와 아마 릴리스는 현장까지 왕복할 여유가 없다. 먼저 간 아비코에게 들키지 않고 그를 앞질러 현장으로 가기란 절대로 불가능했다.

그 순간, 낭떠러지 위에서 사람 목소리가 나더니 아까 떠났던 두 경찰관이 내려왔다.

"발견했습니다. 바로 이곳 상류입니다. 낭떠러지 위에서 굽어보고 알았습니다만, 수면에 커다란 바위가 징검다리처럼 아슬아슬하게 세 개 나란히 있습니다. 그러니 상어 등을 밟고 바다를 건넜다는 이나바 흰 토끼 이야기처럼 그 위를 뛰어넘으면 간단히 가로지를 수 있었을 겁니다."

형사가 연필로 귓구멍을 후볐다. 경감은 무표정하게 순경의 보고를 듣고 있다가 굼뜨게 몸을 움직이더니 순경의 얼굴을 보왔다.

"어디 보자, 거기로 데려가주겠나?"

"예."

경감은 학생들에게 가볍게 고개를 숙이고 허리를 밀어주는 순경의 도움으로 낭떠러지를 올라갔다.

일동은 그제야 경찰이 무엇을 조사하고 있었는지 깨달았다. 리라장 하류에 있는 구름다리까지 돌아가지 않고 강을 건널 발판을 발견했다는 뜻이다.

모두들 말이 없었다. 그 침묵에 반항하듯 유키타케는 어색한 동작으로 강물을 향해 침을 뱉었다. 하지만 그가 어떤 표정을 짓고 있는지는 알아볼 수 없었다. 계곡 바닥에는 땅거미가 지고 있었으므로.

-2-

해부는 지치부 경찰서에서 실시할 예정이었다. 리라장 문 앞에는 시체를 인수할 경찰의 소형 트럭이 서 있었고, 살로메는 이미 그 위에 실려 있었다. 학우들과 만페이 영감의 손에 실려 온 다치바나의 시체도 바로 살로메와 나란히 놓였다. 학우들은 하나같이 믿을 수 없다는 얼굴로 약혼을 발표한 지 얼마 지나지도 않아 싸늘한 주검으로 변한 한 쌍의 남녀를 지켜보았다.

이윽고 트럭이 출발해 붉은 미등이 커브를 돌아 시야에서 사라지자 어둠 속에서 누군가가 가만히 한숨을 쉬었다. 그것을 신호 삼아 아마 릴리스가 손수건으로 와락 얼굴을 감쌌다. 아까부터 눈물 한 방울 보이지 않았던 것은 드센 성격 탓이었을까, 긴장 탓이었을까. 하지만 지금, 두 구의 시신이 실려 가자 벗의 죽음이 애통하게 가슴에 사무쳤으리라. 손수건 밑에서 흐느끼는 소리가 새어나왔다. 마키가 가만히 어깨를 감쌌다. 그녀는 도리질 치듯이 고개를 저었지만 바로 남자의 가슴에 몸을 내맡겼다.

유키타케는 문의 돌기둥에 기대어 담배에 불을 붙이고는 풀무처럼 연방 뻐끔거렸다. 아비코는 당초무늬 철문에 한 손을 얹고 우리 속의 유인원처럼 의미 없이 그 철문을 흔들었다. 문등에 아련하니 어스름한 불빛이 있었지만 사람들의 표정까지는 뚜렷하지 않았다. 그 네 명의 얼굴을 끈질기게 번갈아 바라보며 거기에 떠오른 표정으로 범인의 정체를 간파하려던 유키 형사는 끝내 포기했는지 그들을 불렀다.

"계속 여기에 서 있어도 소용없으니 집 안으로 들어가지 않겠습니까? 다들 식사를 마친 후에 한 번 더 저희 질문에 대답 좀 해주셔야겠습니다."

그의 말에는 거역할 수 없는 분위기가 있었다. 네 학생은 무거운 걸음을 옮겨 리라장으로 돌아갔다.

휘황히 빛나는 건물의 불빛은 어젯밤과 조금도 다르지 않은데, 그것은 묘하게 어둡고 쓸쓸하며 차갑고 음침해 보였다. 경찰은 아래층 응접실에 들어갔고, 학생들은 나란히 계단을 올라갔다. 평소에는 숨 돌릴 틈도 없이 수다스러운 아마 릴리스도 지금은 말이 없었다. 그들의 뒷모습은 교수대에 오르는 사형수만큼이나 기운이 없었다.

그 무렵, 조리실의 하나 씨는 저녁식사 준비로 몹시 바빴다. 겐모치 경감 일행도 리라장에서 식사할 예정이라 한층 바빴다. 노부부가 단둘이 있을 때 찬밥과 장아찌로 때우는 식사와 다르게 그릇을 놓고 채소절임을 썰고 가마솥 뚜껑을 여는 등 야단법석이었다.

거기에 남편 만페이 영감이 불쑥 들어왔다.

"잠깐. 여보, 목욕물은 어떻게 됐수?"

"5분이면 끓어. 슬슬 봄베를 주문해야겠어."

"정말 무슨 고생이람. 오늘 밤 요리에는 설탕을 쓸 수가 없으니."

"설탕이 뭐 워쨌다고 그려?"

"독이 들었을지도 모른다고 순경님이 가져가버렸지 뭐유. 코코아 캔하고 같이. 그럴 줄 알았으면 장 보러 간 김에 다른 설탕을 미리 사놓는 건데. 아아…… 그래요, 그래. 경찰 나리들

께서 은어를 드시고 싶다니까 살림통 좀 여기로 가져오우."

"살림통이라니 누구 살림통 말이여?"

만페이 영감은 묘한 표정을 지었다.

"그야 죽은 다치바나 씨 살림통이지 뭐유?"

"원 시상에. 죽은 사람이 낚은 물괴기를 먹겠다는 거여, 시
방?"

"경찰 나리가 그런 일로 재수를 따지면 밥벌이를 어떻게 하
누. 자, 빨리 가져와요."

하나 씨가 유난히 요란스럽게 부채로 화덕을 부쳐대자 만페
이 영감은 자기 엉덩이에 부채질을 당한 것처럼 헐레벌떡 뒷문
쪽으로 뛰어갔다. 어찌 된 영문인지 그는 손발의 관절 상태가
나빠 동작이 뻣뻣했다. 그래서 본인은 서두를 심산이지만 그
동작은 몹시 느긋해 보였다.

하나 씨는 바삐 움직이면서 쉴 새 없이 혼잣말을 종알거렸다.

"아무래도 이상해. 나는 도통 영문을 모르겠네. 하도 마음에
걸려서 형사님한테 의논 좀 하려니까 당신하고 얘기할 겨를은
없다. 그보다 은어는 소금구이로 부탁한다는 말이나 하고…….
하긴 형사님 태도가 꼿꼿한 것도 별수 없는 일이지. 숯쟁이 사
키치가 아가씨로 오해를 사서 살해당했나 싶더니, 그 범인을
잡기도 전에 살로메 씨하고 다치바나 씨가 줄줄이 살해당하고
말았으니."

팟! 숯이 터지는 소리에 하나 씨는 깜짝 놀라 펄쩍 뒤로 물러났다. 그리고 중단된 혼잣말을 다시 떠들었다.

"코코아나 설탕에 독이 섞여 있을 턱이 있나. 난 오늘 낮에도 그 설탕으로 요리를 만들었는데 이상한 일은 하나도 없었는걸. 하지만 사키치도 몹쓸 남자라니까. 남의 레인코트를 훔치다니, 그런 사람인 줄 몰랐는데. 정말이지 남은 믿을 게 못 돼. 그것도 모자라 낭떠러지에서 떠밀리기까지. 순경님이 밧줄을 타고서야 겨우 계곡 바닥에 내려갈 수 있었다지? 떨어질 때 기분은 오죽했을까. 아유, 생각만 해도 다리가 벌벌 떨리네."

프로판가스 풍로에 얹은 냄비가 끓기 시작하자 하나 씨는 허겁지겁 뚜껑을 열고 속을 저어 살짝 맛을 본 뒤에 만족스러운 얼굴로 고개를 끄덕이더니 냄비를 내려놓았다. 이어서 주전자를 얹고 다시 화덕 앞으로 돌아가 숯불을 피웠다.

"다치바나 씨도 참 안됐어…… 말끔하고 멋 부리길 좋아하는 사람이었지만 죽어버리면 다 무슨 소용이람. 살해당한 아가씨도 운이 없어. 그저께 막 약혼을 발표했다지 않아…… 그나저나 그건 생각할 때마다 마음에 걸리네. 순경님은 상대를 안 해주고. 어쩌나."

"임자, 은어는 못쓰겠어."

느닷없이 부르는 소리에 하나 씨는 흠칫 놀라 뒤를 돌아보았다.

"못써? 뭘 못쓴다는 거유?"

"뭐긴, 은어를 못쓴다고 허잖여."

"은어인 줄은 알겠는데, 은어가 왜 못쓰게 되었는지 묻는 거 잖우."

"세 마리만 빼구 다 상혔지 뭐여."

"어머나, 벌써?"

"그 자리에서 봤을 땐 다덜 싱싱혔는디. 허긴 여름이니 뭐 상혈 수도 있겠지."

하나 씨는 눈썹을 찌푸리더니 둥그런 얼굴에 짜증스러운 기색을 가득 담고 남편을 노려보았다.

"정말 이게 무슨 일이람. 이제 와서 상했다고 하면 어째. 모처럼 불을 피웠는데."

은어는 프로판가스 풍로가 아니라 숯불에 구워야 제격이다. 그것이 하나 씨의 지론이다.

"숯은 소화용 항아리에다가 넣으믄 금방 꺼질 거인디 뭐가 걱정이랴."

"그게 무슨 소리람. 난 지금 바빠서 당신하고 말하고 있을 겨를 없으니까 그만 저리로 가요!"

커다란 눈을 부라리며 노려보자 만페이 영감은 고분고분 목욕탕 아궁이 쪽으로 물러났다. 아무리 하나 씨가 낙천가라고 해도 식사 준비로 정신없을 때는 역시 신경이 날카로운 모양이다.

손님들의 식사가 끝나고 응접실에서 경찰 신문이 시작된 것이 8시경. 마주 앉은 노부부는 식은 죽을 데워서 겨우 늦은 저녁식사를 했다. 하나 씨는 하얀 통짜 앞치마를 입고 묵묵히 입을 오물거렸다. 평소 남들의 두 배는 말수가 많은 활달한 여성인 만큼 이렇게 입을 다물고 있으니 뭔가 음침했다. 만페이 영감은 머뭇머뭇 하나 씨의 얼굴을 살피며 말을 걸려 했지만, 아내는 믿고 있던 은어가 상해서 헛수고를 하는 바람에 아직 심기가 불편했으므로 엉뚱한 소리를 했다가 욕을 먹지 않으리라는 보장도 없었다. 그는 마음을 바꾸고 차를 마시면서 단무지를 왼쪽 어금니로 잘근잘근 씹었다. 오른쪽 어금니는 위아래가 둘 다 빠지고 없다.

이 늙은 아내는 끝까지 입을 열지 않았다. 그저 이따금 눈을 치뜨고 시계만 노려보았다. 아무래도 만페이 영감은 그 눈매가 약간 마음에 걸렸다.

"임자, 왜 그려? 아까부터 시계만 보잖여."

급기야 참다못해 묻자, 그녀는 살이 쪄서 동글동글한 손을 내저으며 뜻밖에도 상냥한 목소리로 대답했다.

"별일 아니우."

"별일 아닌 것이 아닌 거 같은디?"

예감이라고 해야 할까, 만페이 영감은 집요하게 물고 늘어졌다. 거듭 캐묻자 하나 씨는 그제야 겨우 이야기할 마음이 든 모양이었다.

"어떤 사람을 좀 만날 거라우."

"워떤 사람이라니 누구 말여?"

"어떤 사람이라면 그냥 어떤 사람인 줄 알아요. 이름은 말 못해. 실수로 나불거렸다가 당치도 않은 폐를 끼치면 못쓰니까. 도저히 알 수 없는 문제가 있단 말이우. 순경님께 물으려니 바쁘다면서 귀를 기울이지 않지, 그렇다고 해서 이대로 두기에는 속이 후련치가 않아서."

하나 씨는 그 말을 끝으로 무엇을 물어도 이야기하려 들지 않았다. 사람이 좋은 대신 제법 고집스러운 면이 있다. 아내의 그런 성격을 잘 아는 만페이 영감은 더 이상 물어봤자 헛일이라는 사실을 잘 알고 있었다.

"그보다 당신, 목욕이나 하고 오지 그래요? 난 나중에 씻을 테니."

남편의 간섭이 귀찮아 욕실로 쫓아 보내려는 속셈이 훤히 보이는 말투였다. 하지만 만페이 영감은 선량하고 가련한 수많은 남편들이 그러하듯 아내에게 거역하지 않는 것이 가정의 평화를 유지하는 첫 번째 조건임을 알고도 남았기 때문에 순순히 수건과 비누를 들고 거실에서 나갔다. 훗날 경찰은 그에게 만약 약간의 기개와 시기심이 있어, 나잇값 못하는 소리이기는 해도 이것을 아내가 바람난 거라 오해하고 두말없이 상대의 이

름을 캐물었더라면, 하고 이를 갈며 분해했지만 그것은 경찰의
욕심이었다.

만페이 영감이 반들반들 불그레한 둥그런 얼굴을 하고 욕실
에서 나온 것은 그로부터 30분쯤 후였다. 그는 구깃구깃한 셔
츠를 한 손에 들고 거실로 돌아와 아내를 불렀다. 세탁한 셔츠
를 꺼내달라고도 하고 싶었고, 물 온도가 딱 알맞아 빨리 아내
를 들여보내고 싶은 마음에서였다. 하지만 하나 씨로부터는 대
답이 없었다.

방에 들어가보니 아내는 없었다. 벽시계의 초침 소리만 몹
시도 크게 들렸다. 그는 반사적으로 누구를 만나기 위해 외출
한다던 아내의 말을 떠올리고 혀를 찼다. 어물거리다가는 물이
식어버릴 텐데.

"임자. 어이, 하나……."

만페이 영감은 조리실과 화장실을 살펴보며 이름을 불렀다.
자기가 생각하기에도 불안하고 겁먹은 목소리였다.

"하나, 하나……."

하지만 대답은 없었다. 만페이 영감의 마음속에 별안간 불
길한 예감이 솟았다. 뒷문을 열고 불러보았지만 역시 아무 대
답도 없었다. 가슴속의 불안은 뭉실뭉실 부풀어 올라 더 이상
가만히 있을 수 없었다. 그는 어둠 너머로 주위를 살피며 거듭
아내의 이름을 불러댔다.

"임자, 워디 있는 거여. 하나⋯⋯."

밤하늘에는 별이 가득했다. 가까운 수풀에서 가을벌레가 앞다투어 목청을 돋우고 있다. 하지만 만페이 영감의 눈에는 별도 비치지 않았고, 벌레 소리도 들리지 않았다.

욕실 모퉁이를 빙글 돌아 식당 근처까지 왔을 때, 창문으로 들어오는 희멀건 빛을 받은 한 장의 카드에 시선이 멎었다. 아무리 보아도 그것은 밤바람에 날려 온 듯한 모습으로 구석의 달맞이꽃 밑동에 가만히 쓰러져 있었다. 자세히 보고 자시고 할 필요도 없이 트럼프카드였다.

만페이 영감은 놀란 안색으로 허둥지둥 그것을 집어 들었다. 그는 스페이드가 어떤 형태를 하고 있는지, 하트가 어떤 모양인지, 그런 지식은 전혀 없었다. 하지만 지금까지 세 번이나 발생한 끔찍한 사건에서 그때마다 범인이 카드를 놓고 갔다는 사실은 잘 알고 있었다. 절망스러운 심정에 휩싸인 만페이 영감은 일어서서 거듭 아내의 이름을 불렀다. 카드에 적힌 4라는 아라비아 숫자가 네 번째 변사를 뜻한다는 점은 틀림없었다. 아내는 어디에 있단 말인가.

지금 만페이 영감은 제정신이 아니었다. 그는 그저 마구잡이로 아내의 이름을 부르며 돌아다녔다. 그러던 중 내부 현관 앞을 지나치려다가 물컹한 물체에 발이 걸려 저도 모르게 휘청거렸다. 흠칫 놀라 고개를 들이민 만페이 영감은 그것이 제 아내의 시체라는 사실을 깨달았다. 그는 주춤주춤 그 자리에 주저앉고 말았다. 눈물도 나오지 않았다. 목소리도 나오지 않았다. 축 처진 하나 씨의 몸은 아직 따스했다.

　움켜쥐고 있던 스페이드 4가 만페이 영감의 손에서 어두운 땅 위로 팔락거리며 떨어졌다.

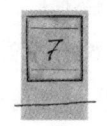

수수께끼 숫자

-1-

식사를 마친 아마 릴리스는 자기 방에 틀어박혀 원피스를 입은 채로 침대 위에 털썩 드러누웠다. 오늘 하루 동안 벌어진 일에 몸도 마음도 녹초가 되었다. 마키가 얘기 좀 나누러 오고 싶다고 했지만 그마저도 거절해버렸다. 허영이고 체면이고 없었다. 그저 평안한 휴식만이 그리워, 대자로 뻗은 채 가만히 눈을 감았다.

되도록 사건을 생각하지 않고 다른 쪽으로 마음을 돌리려 애썼다. 교실 생각, 레슨 생각, 급기야 좋아하는 영화까지 떠올려보았지만 조금이라도 고삐가 느슨해지면 뇌리 속 스크린에는 사건 이미지가 투사되었다. 시력을 잃고 허우적거리며 쓰러지는 살로메. 펜던트를 쥐어뜯으며 몸을 활시위처럼 젖히고 몸부림치는 살로메. 그리고 의식을 잃고 정신없이 잠만 자는 살로메…… 모든 장면이 강렬하고 생생한 감정과 함께 아마 릴리스의 가슴을 세차게 뒤흔들었다.

살로메의 모습이 사라지자, 대신 사자바위의 장면이 떠올랐다. 난데없이 물소리가 귀를 짓뭉개는 반주처럼 들리기 시작하자, 아마 릴리스는 이미 마음을 돌리려는 생각도 잊고 그 속에 몰입했다.

움켜쥔 손바닥에 어느새 촉촉이 땀이 배어나왔다. 휴식을 취하기는커녕 그녀의 신경은 오히려 갈기갈기 쥐어뜯기는 듯했다.

시간이 얼마나 흘렀을까, 문을 두드리는 소리에 그녀는 벌떡 일어서서 허둥지둥 매무새를 가다듬었다.

"릴리, 경감님이 신문하겠다고 좀 와달라는군."

그녀는 서둘러 문을 열었다. 마키가 긴장한 얼굴에 태연한 미소를 띠고 서 있었다.

"자기는 끝났어?"

"아직이야, 너하고 같이 와달래."

"다른 사람들은?"

"아비코도 유키타케도 끝났어. 뭘 그래, 그리 걱정할 필요 없어."

"하지만 불쾌한걸. 입학 때 구두시험을 받는 기분이야. 더군다나 난 피곤하단 말이야."

"그러고 보니 안색이 나쁘네."

마키는 광선을 쏘듯이 아마 릴리스의 얼굴을 쳐다보았다.

"충격적인 사건이 줄줄이 터졌으니 그럴 만도 하지. 자, 가자……."

"잠깐, 카디건을 입고 갈래."

두 사람은 고요한 복도를 걸어 계단을 내려가 응접실 문을 두드렸다. 실내에는 거대한 뚱보 경감과 유키 형사 외에 햇살에 그을린 땅딸막하고 튼튼한 체구의 젊은 남자가 있었는데, 그는 마키와 아마 릴리스가 들어가자 자리에서 일어나 고개를 숙였다.

"안녕하세요."

"안녕하십니까. 아아, 당신이었군요. 양복을 입고 있어서 그만 몰라보았습니다."

"어머, 잘 어울리네요. 제법 멋져요. 센스가 좋군요."

아마 릴리스의 목소리도 환해졌다. 그 남자는 오늘 오후, 구름다리 하류에서 이야기를 나누었던 청년 농부였다. 마키와 아마 릴리스의 알리바이를 확인할 목적으로 불러들인 것이 분명했는데, 단벌 양복을 차려입은 그는 다소 갑갑한 기색이었지만 약간 뿌듯해 보이기도 했다. 포마드 향기가 실내로 퍼져나갔다.

경찰들은 세 사람의 태도를 멀리서 가만히 관찰했는데, 젊은이들의 편한 대화를 지켜보는 사이 그때까지 품었던 의혹도 점차 풀리는 듯했다.

"서서는 아무것도 못하지. 다들 앉으십시오. 자, 마키 씨도 이쪽에……."

유키 형사는 마키 일행에게 의자를 권하고 그들이 앉기를 기다려 결론을 이미 짐작한 투로 농부에게 물었다.

"그래서…… 이분들이 틀림없지요?"

그러자 그는 온몸으로 긍정하듯이 요란한 동작으로 "틀림없고말고요, 분명합니다!"라고 딱 부러지게 잘라 말했다. 사건 내용을 어느 정도나 들었을까? 어쨌든 그 대답에 깃든 호감을 느낀 마키는 고마운 마음을 자연스러운 미소에 담아 가만히 농부를 바라보았다.

"좋소, 수고하셨습니다. 모처럼 식후의 단란한 한때를 보내고 계신데 불러내서 죄송했습니다."

유키 형사는 치사와 함께 농부를 돌려보낸 다음 다시 테이블 앞에 앉았다. 농부의 증언으로 의혹이 말끔히 풀린 탓인지 아마 릴리스와 마키를 대하는 태도도 정중했다.

"유키타케 씨나 아비코 씨에게서도 많은 이야기를 들었습니다. 뭔가 참고가 될 점이 있을까 기대했는데, 두 사람에게서는 전혀 얻을 게 없더군요. 그래서 적잖이 낙담했습니다."

그는 솔직하게 말하더니 피우다 만 담배에 불을 붙이고 뻐끔거리기 시작했다. 형사의 코에서 나오는 잿빛 연기를 말없이 바라보던 마키는 말쑥한 옆얼굴에 이야기를 할지 말지 잠시 망설이는 기색을 보인 뒤에 마음을 다잡은 듯 입술을 축이더니 생각지도 못한 말을 꺼냈다.

"저는 말이지요…… 살로메를 죽인 사람은 다치바나가 아닐까 싶습니다만……."

"다치바나 씨? 그 피아니스트 지망생 말입니까? 허, 그건 또 어째서죠?"

형사는 짤막해진 꽁초를 재떨이에 버리고 마키의 얼굴을 보았다.

마키 가즌도는 대범하달까, 침착한 성격의 소유자인 듯 기괴한 행동이 잦은 다른 친구들에 비해 그 태도도 만사가 중용을 이루는 것처럼 보였다. 아니, 몸집마저도 모나지 않은 중키에 평범한 체격으로 피부색은 투명하리만치 하얬는데, 둥글둥글 살찐 아마 릴리스와 나란히 서면 참으로 어울리지 않았다. 교만한 아마 릴리스가 그저 한없이 숙이고 들어가 마키에게 미움 받지 않으려고 애쓰는 것도 당연했다.

"이 이야기는 다른 친구들은 아무도 모르니 그리 알고 들어주시길 바랍니다만, 다치바나는 살로메의 소행에 대해 어떤 의문을 품고 있는 듯했습니다."

마키는 어젯밤 다치바나가 한 이야기를 간략하게 들려주었다. 그 이야기는 아마 릴리스도 처음 듣는 것이었다. 그녀 역시 경찰과 마찬가지로 눈을 휘둥그레 뜨고 꼼짝도 않고 듣고 있었다.

"하지만…… 그건 조금 묘하지 않습니까? 여자의 정절로 고민할 정도라면 약혼을 할 리가 없을 텐데요?"

"그러니까 약혼을 발표한 후에 살로메가 과실을 고백한 게 아닐까요? 다치바나는 원래 체면을 굉장히 중시하는 편이라, 약혼을 공표한 이상 그것을 취소해 남들 비웃음을 사는 일은 참을 수 없었을 겁니다."

"다치바나는 그러고도 남을 성격이야. 그래서 살로메도 안심하고 고백할 마음이 든 것 아닐까?"

돌연 아마 릴리스가 적극적인 태도로 말했다.

"과연, 이해 못할 일도 아니로군요."

"살로메는 그 정도로 커다란 타격을 줄 줄은 몰랐던 모양입니다. 하지만 다치바나가 받은 충격은 그녀의 예상보다 훨씬 심각했습니다. 실제로 저도 그 말을 듣고 놀랐습니다. 다른 사람은 몰라도 살로메가 그런 짓을 할 리 없다고 생각했으니까요. 그래서 어쨌든 다치바나를 위로해줘야겠다는 생각에 겨우 다독여서 돌려보냈습니다."

"호오, 어떤 식으로 말입니까?"

유키 형사는 세속적인 흥미에 사로잡힌 표정이었다.

"모름지기 과실은 용서해야 하는 법이라 했지요."

"과연, 당신은 도량이 참 넓군요."

"아니요, 뭐……."

마키는 쓴웃음을 지으며 이야기를 계속했다.

"불똥이 자기한테 튀면 누구나 당황하지만 남의 일이 되면 잘난 척 떠드는 법이지요. 여하튼 그때는 그렇게 말할 수밖에 없었고, 또 그걸로 됐다고 생각했습니다. 적어도 일시적으로는 다치바나도 마음이 가라앉은 듯했어요. 살로메를 용서할 마음이 든 것 같았습니다. 그렇게 생각할 수밖에 없도록 다치바나가 자연스럽게 행동했기 때문에 저는 완전히 마음을 놓았어요. 하지만 막상 오늘 같은 사건이 터지고 보니 역시 그는 내심 몰래 자기를 속인 살로메를 증오해서, 코코아 혹은 설탕에 독극물을 섞어 그녀를 독살할 계획을 세우는 한편, 자기는 자살할 각오로 낚시하러 갔던 게 아닐까 싶습니다."

"그런데 살로메 독살이 제대로 이루어졌으니 다행이지만 가령 그게 실패했다면, 다시 말해 내가 독살당했다면 다치바나의 자살은 헛일이 되는 셈이잖아?"

마키는 반문하는 아마 릴리스의 통통한 얼굴을 상냥하게 바라보았다.

"그러니까 말이야, 유키타케나 아비코가 찾아오는 모습을 기다리고 있었는지도 몰라. 그 다급한 표정을 몰래 엿보면 독살이 성공했다는 사실을 바로 알겠지."

"요행살인이라는 뜻입니까? 제법 재미있는 견해로군요. 하지만 다치바나 씨의 죽음은 자살이 아닙니다. 이유는 일단 스스로 자기 숨골에 나이프를 찔러 넣기란 불가능하기 때문이에요. 한발 양보해서 죽을 수 있었다 쳐도 어째서 이런 기묘한 수단을 선택했는지, 그 점을 설명할 수 없습니다. 설마, 자살사에 이름을 남길 작정도 아니었을 텐데요."

"그러네요."

마키는 단정한 얼굴에 쓴웃음을 지었다.

"그리고 말입니다, 마키 씨. 당신은 더 중요한 사실을 무시하고 있어요."

"무시……라고요?"

"그래요. 다치바나 씨가 낚싯대를 메고 나간 것은 체스 토너먼트가 시작되기 훨씬 전입니다."

마키는 아직 상대가 하는 말의 진의를 이해하지 못하는 눈치였다.

"이 응접실에서 독에 당한 살로메 씨가 쓰러졌고, 주머니에서 나이프가 굴러 떨어졌어요. 가령 다치바나 씨의 죽음이 자살이라고 한다면 이 나이프를 멀리 떨어진 사자바위에 있던 다치바나 씨가 어떻게 손에 넣었단 말입니까? 나이프가 없으면 숨골을 찌를 수가 없습니다."

"아아, 그런가."

마키는 또다시 쓴웃음을 지었다. 논리적 사고는 자신 없었다.

"하지만 동기로서는 강력하군요. 대단히……."

유키 형사는 기록하는 손에 너무 힘을 실어 연필심을 뚝 부러뜨리고 말았다. 그는 혀를 차면서 주머니를 뒤지더니, "아차, 나이프를 잊고 왔네." 하고 중얼거렸다. 그 소리를 들은 아마 릴리스가 카디건 주머니에서 나이프를 꺼냈다.

"저, 잘 안 들지만 괜찮으시면……."

"고맙습니다, 잠깐 빌리지요."

나이프를 받아들고 재떨이 위에서 연필을 깎아 심을 다듬던 형사는 문득 뭔가 깨달은 듯 손길을 멈추고 나이프를 뚫어져라 쳐다보았다.

"어라, 어디서 봤다 싶었더니 그 나이프하고 꽤 비슷하군요."

다치바나의 시체에 꽂혀 있던 펜나이프는 증거물로 엄중하게 보관해놓았기 때문에 형사는 아직 그 흉기를 직접 들고 차분히 본 적이 없었다. 당연한 일이지만 그는 아마 릴리스의 펜나이프에 커다란 흥미를 느꼈다.

"예, 그야 비슷하기도 할 테죠. 살로메하고 함께 샀으니까요."

유키 형사는 말없이 고개를 끄덕이더니 연필을 테이블 위에 내려놓고 나이프의 도구를 하나하나 펼치기 시작했다. 펜나이프의 본래 용도는 깃펜을 깎기 위한 것이지만, 이것은 오로지

장식용이라 실용적이지 못한 초소형 귀이개나 송곳, 톱, 가위 등 일곱 가지 도구가 달려 있었다. 단순히 흉기로서만이 아니라 그 구조가 제법 흥미로워 유키 형사는 손바닥 위에서 굴려가며 질리지도 않고 들여다보았다. 플라스틱 자루에는 크림색과 보라색의 선명한 구름무늬가 있고, 그 끄트머리 가까이 아마 릴리스의 머리글자임직한 'A'가 또렷하게 새겨져 있었다.

"제법 잘 만든 물건이군요."

"난부南部에 있는 쇠주전자 공장에서 재미삼아 만들었다더군요. 저도 가지고 있습니다만."

옆에서 마키가 참견했다.

"호, 당신도? 어디에서 구입하셨습니까? 꽤 깜찍한 나이프인데요."

"예전에 다치바나, 살로메와 함께 넷이서 자오우蔵王에 스키를 타러 갔는데, 거기서 돌아오는 길에 모리오카盛岡에 들렀습니다. 거기서 발견해 기념으로 샀습니다. 서비스로 이니셜을 새겨주었어요. 제 것은 녹색이고 다치바나 것은 검은색입니다. 바로 얼마 전까지 가지고 있었는데…… 어디서 잃어버렸는지."

"그때는 눈이 지독하게 내렸지? 눈보라가 몰아쳐서 결국 스키는 한 번도 타지 못하고 내내 숙소에서 청국장 국물만 먹었지 뭐야."

"자오우라면, 그 야마가타山形에 있는……?"

"예, 유황 냄새가 고약한 온천입니다."

"그렇습니까. 저는 스키에 관심이 없어서 가본 적이 없군요."

형사는 그런 말을 하면서 핵심으로 들어갔다. 하나같이 지금까지의 복습 같은 질문들뿐이라 특별히 새로운 발언도 없었고 경찰에 도움이 될 만한 점도 없었던 듯, 15분 후에 그들은 자기 방으로 돌아갈 수 있었다.

마키도 아마 릴리스도 안도한 표정으로 복도로 나왔다.

-2-

학생들이 나간 뒤에 겐모치 경감은 굼뜨게 일어서 허리춤에서 팔짱을 끼고 테이블 주위를 무거운 걸음으로 걷기 시작했다. 유키 형사는 새 담배에 불을 붙이고 그 연기를 깊숙이 들이마시며 경감의 움직임을 가만히 바라보았다.

겐모치 경감은 벽 앞에서 유키 형사 쪽으로 빙글 몸을 돌리더니 다시 걸음을 떼면서 나직이 말했다.

"자네, 마키 가즌도와 아마 릴리스가 한 말은 사실이었어. 그 농부와 이야기를 나눈 이상, 다치바나를 죽이러 갈 여유는 없으니까."

아무리 생각해도 그의 말대로 마키도 아마 릴리스도, 범행 현장까지 왕복하기란 불가능했다. 그 점에는 유키 형사도 이의가 없다.

"두 명의 알리바이가 성립하면 문제는 나머지 두 사람이라는 뜻이 되는군요."

"그래, 유키타케 에이이치 아니면 아비코 히로시의 범행이지."

"동기를 조사하기 위해 도쿄로 가야겠습니다. 과거로 거슬러 올라가 조사하지 않으면……."

"아니, 그건 마쓰다이라 살로메 살해 때 얘기지. 다치바나 아키오 살해는 우발적 범행일 수도 있네."

"유키타케가 다치바나를 우발적으로 습격할 까닭이 있습니까?"

뚱보 경감은 재차 벽 앞에서 방향을 바꾸었다.

"그전에 유키타케가 과연 살로메를 죽일 수 있었는지 조금 더 철저하게 검토해보세. 아직 독의 성분이 확실하지 않고, 코코아인지 설탕인지에 정말 독이 들어 있었는지도 알 수가 없으니 이 논의는 조금 일러. 하지만 가령 유키타케가 범인이라고 치면 독을 넣을 기회는 몹시 한정되지. 살로메가 직접 탄 코코아를 마시는 순간까지, 그사이 정작 유키타케는 그 컵에 손가락 하나 대지 않았으니 이 녀석이 독을 넣는 일은 불가능해."

"맞는 말씀입니다."

"그렇다면 설탕 혹은 코코아 가루에 미리 독을 넣어두었다는 뜻이 되지. 혹은 한 걸음 더 나아가 살로메가 마실 컵에 미리 독을 발라놓았다고 생각할 수도 있네만, 가령 그렇다 쳐도 컵 다섯 개 전부 모양이 똑같았으니 구별할 길이 없어. 그 컵이 과연 목표물인 살로메에게 갈지, 확률은 5분의 1이라는 적은 숫자야. 유키타케가 거기에 기대를 걸었다고 생각할 수는 없네."

형사는 고개를 끄덕였다.

"그렇다고 해서 코코아 가루나 설탕에 독극물을 섞어놓았다면 같은 재료를 사용해 만든 음료를 마신 아마 릴리스도 당연히 변을 당해야 마땅하지. 그런데 보다시피 그녀가 말짱한 것을 보면 재료에 미리 독을 넣었다고 보는 견해는 부정할 수밖에 없어. 다시 말해 유키타케는 범인이 아니라는 뜻이 되지."

"그런 셈이 되는군요."

맞장구는 쳤지만 유키 형사는 간단히 유키타케 범인설을 버릴 마음이 들지 않았다. 창백하고 신경질적으로 보이면서도 의외로 심술궂은 이 장발 남자에게 유키 형사는 처음부터 호감을 품을 수가 없었다.

"아무리 봐도 이 아마 릴리스라는 이름은 장난이 지나쳐. 입에 담을 때마다 바보 취급당하는 것 같아 기분이 불쾌해지는군."

덩치 큰 경감은 얼굴을 찌푸리고 유키 형사의 옆을 걸어가면서 상대의 발언을 하나하나 따져보았다.

"이러한 점으로 보아도 유키타케 범인설은 곤란해. 그렇지만 아비코는 어떨까. 살로메에게 코코아 잔을 건네주었으니 그때 재빨리 독을 넣을 수도 있지. 전에도 말했듯이 스포이트든 뭐든 이용해서 말이야."

겐모치 경감은 100킬로그램에 가까운 거구가 힘겨운지 유키 형사 앞에 털썩 앉아 성냥으로 담배에 불을 붙이더니 타오르는 성냥을 가만히 바라보았다.

"그런 이유로 범행 기회가 없는 유키타케는 제외된다. 따라서 이어서 발생한 세 번째 사건의 범인 역시 아비코라는 뜻이 돼. 게다가 이 다치바나 아키오라는 남자는 아비코의 눈앞에서 먹잇감을 앗아갔단 말이야. 마쓰다이라 살로메라는 먹잇감을 말이지. 그러니 아비코가 볼 때 다치바나는 증오스러운 라이벌이야. 세상에 음식과 사랑 때문에 생긴 원한만큼 강렬한 감정은 없거든."

하지만 유키 형사는 고개를 갸웃거리며 바로 넘어가지 않았다.

"그야 저도 아비코가 미심쩍습니다. 하지만 시체가 있던 지점은 맞은편 물가에서 훤히 보이는 장소예요. 아비코가 범행을 저지르고 있을 무렵 맞은편 낭떠러지 위에서는 유키타케가 다치바나를 찾아 눈에 불을 켜고 서성거렸습니다. 그렇게 보란 듯이 탁 트인 장소에서 살인을 저지를 것 같지는 않군요. 그에 비해 유키타케가 죽었다면 조건은 훨씬 편해집니다. 지금 경우와 달리 범행 장소는 낭떠러지 바로 밑, 소위 사각지대라 아비코의 눈에 띌 염려가 없으니 분명 느긋하게 일을 처리할 수 있었을 겁니다. 강도 멀리뛰기 하는 요령으로 건너면 그만이니까요. 그 디딤돌이 없다면 또 몰라도 그런 바위가 존재하는 이상, 유키타케의 혐의는 확고합니다."

"하지만 말일세, 유키, 아비코 역시 범행은 가능하단 말이지. 맞은편 물가에 있는 유키타케가 그의 범행을 목격할 우려도 있지만 방법에 따라서는 유키타케의 눈에 띄지 않고 해치울 수도 있어."

"그 말씀은?"

"구체적으로 설명하자면 이러네. 다치바나를 발견한 아비코가 낭떠러지로 내려가 농담이라도 한마디 던지면서 그 등 뒤로 다가가네. 그리고 상대를 방심하게 만든 다음 다짜고짜 뒤통수를 내리치는 게야. 머리 뒤에 타박상이 있었다는 점은 의사가 지적했지?"

"예."

"정신을 잃었는지 잘 지켜본 다음 헐레벌떡 낭떠러지로 올라와 모습을 감추고는, 유키타케가 기절한 다치바나의 모습을 발견해주기를 기다렸던 게야. 처음에는 유키타케도 못 보고 지나쳤지만 두 번째에는 제대로 알아차렸지. 그러니까 다치바나는 그때 아직 살아 있었던 걸세. 단순히 기절했을 뿐이지. 범인 인 아비코는 소식을 알려야 한다는 핑계로 유키타케를 리라장 에 보낸 다음 유유히 훔쳐온 나이프로 숨골을 찔렀네. 충분히 표적을 노려서 말이지. 펜나이프를 가지고 있었기 때문에 숨골 을 찔렀는지, 숨골을 찌르기 위해 펜나이프를 가지고 있었는 지, 그 점은 본인에게 물어봐야 알겠지만 그렇다고는 해도 펜 나이프로 숨골을 찌르다니 유례가 별로 없군."

"그렇군요. 확실히 살해 방식이 특이합니다. 하지만 저는 살 해 수단이 기묘하다는 점보다도 말입니다, 거듭 말씀드리지만 범인이 살인 때마다 카드를 남기고 가는 이유가 궁금합니다."

"그렇군."

겐모치 경감은 그러더니 입을 다물고 피스를 담뱃대에 채워 넣었다.

"범인이 누구든 간에 이건 조금 설명하기 어려운 문제로 군……. 하지만 의문점은 아직 더 있네. 어째서 펜나이프를 흉 기로 골랐는가 하는 점이지. 이게 권총이나 단도였다면 그런 의혹은 일지도 않을 텐데."

"하지만 겐모치 경감님, 상대는 상습범죄자가 아닙니다. 아 마추어라고요. 그러니 단도나 총자루를 갖고 있을 턱이 있겠습 니까? 가까이 있던 흉기를, 다시 말해 이 테이블 위에 두고 잊 어버린 펜나이프를 이용할 마음이 들었다고 해서 특별히 이상할 점은 없을 것 같은데요."

유키 형사는 테이블을 손으로 두드리며 말했다. 하지만 겐모치 경감은 완고하게 고개를 저었다.

"그렇게 생각할 수는 없어. 흉기가 꼭 펜나이프여야 한다는 법이 있나? 주방에 가면 식칼도 있네. 또 숨골을 찌르지 않아도 달리 얼마든지 방법은 있을 거야. 다치바나를 죽일 때 범인이 뒤통수를 한 대 내리친 다음 기절한 틈에 숨골을 찔렀다는 점을 상기해보게. 꼭 굳이 펜나이프를 사용하지 않아도 조금 더 힘을 실어서 때리면 죽일 수 있었어. 기절한 녀석을 목 졸라 죽일 수도 있었네. 펜나이프를 사용할 필요는 전혀 없어. 그런데 어째서 일부러 그것을 사용했단 말인가? 이상하다고 생각하지 않나?"

듣고 보니 지당한 소리라 유키 형사는 반론하지 못하고 입을 다물었다. 경감은 계속 이어서 말했다.

"여기서 스페이드 카드를 남기고 가는 이유 말이네만, 이 역시 범인의 허영이 아니라 뭔가 우리가 짐작도 못할, 그래야만 할 피치 못할 까닭이 있는 게 아닐까 싶어. 펜나이프를 흉기로 사용한 것과 마찬가지로 우리는 상상도 못할 이유 말일세."

테라스의 그물망에 붙은 나방 두 마리가 쉴 새 없이 날갯짓을 하여 인분을 날리는 모습을 바라보며 유키 형사는 무겁게 고개를 끄덕였다. 두 사람의 대화가 끊기자 리라장 전체가 침묵의 바닥에 가라앉고 말았다. 2층으로 물러난 학생들은 정신적인 타격이 커서 그런지 조용했다.

유키 형사는 담배를 새로 꺼내 불을 붙이지도 않고 손가락 사이에 끼워 한참 만지작거리더니 목소리를 바꾸어 이야기를 꺼냈다.

"꼭…… 경감님의 아비코 범인설에 반대하자는 게 아니라, 한발 양보해서 그가 범인이라고 한다면 다소 이해할 수 없는 점이 있습니다. 살로메 사건을 생각해보십시오. 그 아비코라는 남자는 숯쟁이를 살해한 범인이 살로메일 수도 있다는 견해를 강력하게 주장했잖습니까?"

"그래, 기억하네."

젠모치 경감은 큼직한 머리를 흔들어 수긍했다.

아비코가 내세운 가설은 이러했다. 살로메와 다치바나가 나란히 안개 속으로 산책하러 나섰다. 그 도중에 레인코트를 뒤집어쓴 숯쟁이를 목격한 그녀는 그만 아마 릴리스가 걸어간다고 착각하고 이 사람을 떠밀었다는 것이었다. 그리고 교수대라는 허상에 겁을 먹고 자살했다…….

"첫 번째, 두 번째 사건을 통틀어 몹시 불리한 입장에 몰린 아비코로서는 살로메를 범인으로 내세우면 더한 핑계가 없으니, 그가 한 이야기도 꼭 뚱딴지같은 소리는 아니었습니다."

젠모치 경감은 잠자코 뒷이야기를 재촉했다. 유키 형사는 상대가 납득하도록 천천히 말을 이었다.

"아비코는 살로메의 죽음이 자살이라고 주장했지요. 사실 자살설을 부정할 근거는 없습니다. 그러니 두 번째 사건 단계에서는 아비코의 입장이 유리했을 터예요. 그런데 마쓰다이라 살로메는 이미 죽었음에도 불구하고 이어서 세 번째 살인이 터졌습니다. 그렇게 되면 이 연쇄살인범은 살로메가 아니라는 뜻이 됩니다. 바꾸어 말하면 첫 번째 사건의 범인도 살로메가 아닌 셈입니다. 살로메를 범인이라고 주장하는 아비코의 입장은 여기서 휘청 흔들립니다. 제가 하고 싶은 말은 이 점입니다. 자기 결백을 위해 살로메 범인설에 매달리던 아비코가 그녀를 살해할 이유가 없지 않습니까? 얼씨구나 제 발로 적지에 뛰어드는 짓을 할 것 같지는 않아서 그렇습니다."

"……상식의 허점을 찔렀을 수도 있네."

얼마간 쫌을 두고 겐모치 경감이 말했다. 유키 형사는 과연 그리 생각할 수도 있겠다 싶으면서도 경감의 대답에 뭔가 오기 비슷한 낌새가 있다는 사실을 깨달았다. 그래서 그는 더더욱 유키타케 범인설을 고집할 마음이 들었다.

"하지만 제가 생각하건대……."

그렇게 말했을 때, 세찬 노크 소리가 나더니 대답할 새도 없이 문이 벌컥 열렸다. 겐모치 경감은 평소의 둔한 표정으로 돌아갔고, 유키 형사는 난입자에게 매서운 시선을 쏘았다.

만페이 영감이 지금 막 목욕을 마치고 나왔다는 사실은 몸에서 풍기는 비누 냄새로 알 수 있었다. 하지만 수염을 깎아 미끈한 그의 뺨은 핏기를 잃어 마치 찬바람을 그대로 뒤집어쓴 사람처럼 창백했다.

"여, 영감님, 무슨 일입니까? 응? 그 카드는?"

유키 형사는 저도 모르게 언성을 높이며 낚아채듯이 만페이 경감의 손에서 카드를 빼앗다.

"앗! 이거 스페이드 4 아닌가? 어떻게 된 일입니까, 네?"

그는 물어뜯을 기세로 험악하게 고함을 지르며 아연히 우뚝 서 있는 만페이 영감의 두 어깨를 우악스럽게 붙잡고 뒤흔들었다.

-3-

하나 씨의 목을 파고든 수건은 뒤에서 단단히 묶여 있었다. 회중전등 불빛에 드러난 하나 씨의 모습은 보기에도 처참했다. 피가 몰려 부풀어 오른 얼굴에 눈은 번뜩 까뒤집혔고 선명한 붉은 피가 오른쪽 콧구멍에서 뺨을 타고 흘렀으며, 살짝 벌어진 입으로 시커먼 혀가 보였다.

겐모치 경감은 그때까지 뒤집어쓰고 있던 묵직한 가면을 내던지고, 재빠른 지시로 재단 가위를 가져오게 하여 목에서 수건을 잘라내자마자 인공호흡을 시작했지만 그 시도가 효과를 거두지 못하리라는 사실은 처음부터 불을 보듯 뻔했다.

"만페이 영감님, 정신 차려요. 네? 이 수건을 잘 봐요. 누구 물건인지 알겠습니까?"

유키 형사는 시체의 목에서 벗겨낸 수건을 만페이 영감의 코앞에 들이댔다. 하지만 그는 넋 나간 사람처럼 멍한 얼굴로 아무 소리도 들리지 않는지 대답을 하지 않았다. 유리처럼 딱딱한 빛을 머금은 눈동자는 깜빡이는 일도 잊고 그저 멍청하게 하나 씨의 시체를 바라보고 있었다.

이윽고 만페이 영감의 퍼석한 입술이 희미하게 움직이기 시작했다. 유키 형사는 귀를 들이대며 외쳤다.

"네? 좀 더 큰 소리로! 뭐라고요? 화장실 수건? 화장실 수건이란 말이지요?"

유키 형사는 한차례 신음하더니 건물 안으로 달려갔다.

평소 만페이 부부는 뒷문으로 출입하지만 학생들이 머물 때는 동쪽의 중앙 현관과 함께 북쪽을 바라보는 내부 현관도 개방한다. 중앙 현관에 비하면 내부 현관은 당연히 폭도 깊이도 대단치 않으나, 그만큼 격식을 차리지 않는 점이 젊은이들의 마음에 들어 지금도 샌들이 대여섯 켤레 늘어서 있다. 며칠 전 아마 릴리스의 레인코트를 훔친 숯쟁이도 이 내부 현관을 통해 저택 안에 침입한 것으로 짐작됐는데, 그야 어쨌든 이러한 건물의 구조를 생각해보면 범인은 계단을 내려와 도중에 화장실에 들러 수건을 빼내 손에 들고 있다가 내부 현관에서 나온 순간 하나 씨를 교살했다는 상상이 가능했다.

유키 형사는 화장실의 두꺼운 문을 밀고 안으로 들어갔다. 천장이 높고 하얀 타일을 발라 청결한 인상을 주는 화장실이었다. 왼편에는 냉수와 온수가 나오는 수도꼭지가 나란히 붙은 세면대가 있고 그 오른쪽 벽에 수건을 거는 금속 봉이 붙어 있었다.

지금까지의 선례를 보아도 알 수 있지만, 유키 형사는 이 범인이 대단히 머리 좋은 녀석임이 분명하다고 생각했다. 수건을 사용하면 지문이 묻을 걱정도 없고, 소리도 나지 않거니와 피도 흐르지 않는다. 실로 더할 나위 없는 흉기라 할 수 있다.

북쪽 창문에는 그물망이 붙어 있는데 하나 씨의 시체는 그 아래쪽에 쓰러져 있는 셈이다. 창문 너머로 겐모치 경감이 가련한 남편을 위로하고 다독이면서 끈질기게 질문을 되풀이하는 목소리가 들렸다.

유키 형사는 내부를 한 바퀴 더 둘러본 후 밖으로 나갔다.

"이보게, 우리는 하나 씨의 원수를 갚아주려는 걸세. 내 질문에 똑바로 대답해줘야 해."

겐모치 경감은 만페이 영감의 어깨를 두드리면서 어떻게든 대답을 끌어내려 했다.

"그래서, 하나 씨가 만나려고 했던 상대가 누군가?"

"몰러유……."

만페이 영감은 힘없이 중얼거렸다.

"모르면 곤란하지. 무슨 용건으로 만난다고 했나?"

"지는 몰러유……. 물어봐두 대답을 안 혔으니께……."

젠모치 경감이 거듭 어르고 윽박지른 결과, 만페이 영감도 겨우 제정신을 되찾았는지 당시 부부 사이에 오갔던 대화를 기억해내고 떠듬떠듬 이야기하기 시작했다.

"기가 막힐 노릇이군……."

젠모치 경감은 팔짱을 끼고 한숨을 쉬다가 유키 형사의 모습을 알아차렸는지 그쪽을 쳐다보았다.

"유키, 전에 하나 씨가 우리에게 뭔가 이야기하고 싶어하는 눈치였잖은가? 그 이야기를 들어줬어야 했어. 바빠서 그만 나도 자네도 귀를 기울이지 않았지. 그래서 하나 씨는 직접 상대와 맞서 그 의문을 풀려고 했던 걸세."

"하지만 무모하군요. 살인범과 대결하다니……."

"아니, 하나 씨는 그 상대가 범인이라는 사실까지는 꿰뚫어보지 못했을지도 모르네. 어쨌든 하나 씨가 무엇을 수상하게 여겼는지 그 점을 알 수만 있다면 도움이 될 텐데."

그때 경찰의 이야기를 듣고 있던 만페이 영감이 갑자기 무슨 생각이 났는지 시체 옆에 무릎을 꿇고 하나 씨의 실내복 주머니를 뒤지기 시작했다.

"생각났슈……. 하나 이 여편네가 소중허게 쥐구 있던 쪽지가……."

"뭐? 쪽지?"

"잉크루다가 쓴 쬐그만 쪽지였는디……."

만페이 영감은 뼈마디가 억센 손가락으로 뭐에 홀린 듯이 주머니 속을 뒤졌다. 형사의 회중전등이 손끝을 비추었다. 하지만 나온 것은 휴지와 판촉용 성냥뿐, 찾는 쪽지는 없었다.

"이상허네, 이것이 어찌 된 일인겨. 주머니에서 고이고이 끄내서 바라보드니만……."

만페이 영감은 고개를 갸웃거렸다. 유키 형사가 회중전등으로 시체 주위의 수풀을 비추었지만 쪽지 같은 물건은 어디에도 없었다.

그렇다면 범인이 빼앗아 달아났다고 생각할 수밖에 없다. 겐모치 경감도 유키 형사도, 그 메모라는 물건에 커다란 관심을 느끼지 않을 수 없었다.

"무슨 내용이 적혀 있었지?"

"모르겠슈……. 마누라가 꼭 무신 증서마냥 품구 있는 걸 봤을 뿐이라."

캄캄한 어둠 속에서 겐모치 경감은 얼굴을 찌푸리고 혀를 찼다. 중요한 대목에서 이 아둔한 남편은 아무 짝에도 쓸모가 없었다.

"유키. 자네, 파출소까지 얼른 달려가서 본서에 연락 좀 해주게. 나는 시체를 지키겠네."

리라장의 전화는 고장난 채로 방치되었기 때문에 불편하기 짝이 없었다. 경감에게는 그 점도 짜증의 원인이었다.

15분쯤 지나 유키 형사가 주재소 순경을 데리고 돌아오니 뜻밖에도 경감은 싱글벙글 웃는 얼굴로 서 있었다. 그리고 시체 감시를 순경에게 맡기고는 유키 형사를 불러 귓가에 입을 바짝 댔다. 미적지근한 입김이 얼굴을 훑자 유키 형사는 조금 불쾌했다.

"어이, 메모를 찾았다네."

"만페이 영감님이 찾던 쪽지 말입니까?"

"그래, 어쩌면 하나 씨가 어디에 보관해두었을지도 모른다는 생각에 책상 서랍이고 뭐고 다 뒤져보라고 했지. 그랬더니 장롱 속에서 나오더군. 보게, 이걸세."

겐모치 경감은 손에 든 쪽지를 회중전등 불빛으로 비추었다. 메모장에서 뜯어낸 한 장의 종이에 하나 씨의 필적으로 짐작되는 치졸한 펜글씨로 여섯 자리 숫자가 나란히 적혀 있었다.

"이 쪽지가 확실합니까?"

"그래, 녹색 잉크로 쓴 글자라 기억한다더군. 만페이 영감은 흑청색 잉크밖에 없거든. 259789…… 이 숫자는 뭘까?"

겐모치 경감은 영문을 모르겠다는 눈치였다. 이 평범한 숫자에서 하나 씨는 어떠한 비밀을 알아냈던 것일까?

하지만 그 메모를 언뜻 본 순간, 유키 형사는 무심코 더듬거리며 크게 외쳤다.

"겨, 경감님. 경감님께선 모르실지 모르지만, 저는 짐작 가는 바가 있습니다!"

"뭣?"

흥분했는지 경감의 목소리도 높아졌다.

무더운 거리에서

-1-

녹색 잉크를 사용하는 경우는 드물다. 때문에 유키 형사도 똑똑히 기억하고 있었다.

"그 아마 릴리스라는 여학생이 가지고 있던 만년필 잉크가 녹색입니다."

살해당한 숯쟁이의 시체 옆에 그녀의 레인코트가 떨어져 있었다. 그 코트 주머니에 만년필이 들어 있었고, 유키 형사는 그것을 회수권 다발과 지폐와 함께 그녀에게 돌려준 적이 있다. 하지만 당시 사건에 개입하지 않았던 겐모치 경감은 그러한 사정을 알 길이 없었다.

"그렇다면 이 메모의 글자는 아마 릴리스의 펜으로 썼다는 뜻이로군? 그럼 빨리 그녀를 만나볼 필요가 있겠어."

그들은 어깨를 나란히 하고 내부 현관을 지나 화장실 앞을 통과해 2층으로 올라갔다. 복도 양쪽의 호두색 문은 꼭꼭 닫혀 있어 말소리는 물론이요, 잡음 하나 새어나오는 일 없이 쥐죽은 듯 고요했다.

오른편, 즉 북쪽 문 옆에는 가까운 쪽부터 마쓰다이라 살로메, 아마 릴리스, 히다카 데쓰코 순으로 이름표가 붙어 있었는데 살로메가 살해당하고 데쓰코가 없는 지금 아마 릴리스는 좌우로 빈방 사이에 낀 꼴이었다. 그 아마 릴리스의 방문을 유키 형사가 주먹으로 가볍게 두드렸다.

달칵 소리가 나더니 아마 릴리스가 겁먹은 얼굴을 내밀었다.

"실례합니다. 당신이 좀 봐줬으면 하는 물건이 있어서 말입니다."

아마 릴리스는 형사의 말을 건성으로 흘려들으며 대답도 않고 떨리는 목소리로 다른 질문을 했다.

"또 무슨 일이 있었던 것 아닌가요?"

"예, 조금 까다로운 일이……."

유키 형사는 이 겁먹은 뚱보 여인의 크게 부푼 가슴께에 시선을 던지며 대답했다. 방의 창문에는 그물망 하나뿐이라, 바로 그 바깥쪽 지상에서 떠들썩거렸던 경찰관의 목소리가 아마 릴리스의 귀에 고스란히 들렸을 터였다.

"누군가…… 살해당했나요?"

"예, 그 문제로 속히 여쭙고 싶은 점이 있습니다만."

그녀는 몸을 비켜 두 사람을 안으로 들였다. 그리고 가만히 문을 닫더니 입구를 등지고 우뚝 섰다.

"끔찍한 일만 터지네요. 전 오늘 밤 당장이라도 그냥 집으로 돌아가고 싶어요……."

아마 릴리스는 바닥 위를 바라보던 시선을 형사에게 돌리더니 질문을 재촉했다.

"그래서, 하실 말씀이라는 게?"

"당신은 녹색 잉크 만년필을 가지고 있지요?"

"예."

"이 숙소 안에서 당신 말고 녹색 잉크를 쓰는 사람이 또 있습니까?"

아마 릴리스는 어째서 잉크 얘기를 묻는지 이해할 수 없다는 표정으로 고개를 저었다.

"저 하나뿐일 거예요. 그 잉크가 어쨌는데요?"

유키 형사는 그 질문에는 대답하지 않고 증거 메모를 꺼내어 보여주었다.

"이 글씨를 본 적 있습니까?"

"글쎄요, 모르겠네요."

"당신 만년필로 쓴 글씨 같습니다만."

"하지만 이건 제 글씨가 아니에요!"

겁은 먹었지만 자존심을 긁으면 울컥할 정도의 여유는 있는지, 서투른 악필을 자기 필적으로 오해하다니 억울하다는 표정을 지었다.

"네, 당신 글씨가 아니라는 점은 압니다. 혹시 누구 다른 사람에게 펜을 빌려준 기억이 없습니까?"

그렇게 묻자 퍼뜩 뭔가 기억이 난 모양인지, 아마 릴리스의 커다란 눈동자가 갑자기 빛났다.

"아아, 하나 씨에게 빌려준 적이 있어요. 이건 혹시 그 아주머니 글씨 아닌가요?"

"그래요, 만페이 영감님도 하나 씨의 필적이라고 인정하긴 했습니다만……."

"어머나, 역시……."

그녀는 눈을 동그랗게 뜨고 다시 겁먹은 표정으로 돌아왔다.

"역시라니, 뭐가 말입니까?"

"하나 씨가 살해당한 거지요? 여러분 말소리를 듣고 아주머니가 살해당한 게 아닌가 싶었는데……."

유키 형사는 고개를 끄덕이며 하나 씨가 어떠한 이유로 이 메모를 몹시 중요시했다는 점을 이야기했다.

"하나 씨의 언동으로 짐작하건대 이것은 이번 연쇄살인에 관계가 있는 물건이 아닐까 싶습니다. 아니, 단순히 관계가 있는 정도가 아니라 사건의 수수께끼를 풀고도 남을 열쇠가 되지 않을까요? 바꾸어 말하면 범인이 누구인지 지적할 만한 중요한 의미가 이 여섯 자리 숫자 속에 숨어 있는 게 아닌가 하는 생각이 듭니다."

아마 릴리스는 잠자코 귀를 기울였다.

"그야 언뜻 보기에는 시시한 메모입니다. 그래서 저희 입장에서는 하나 씨가 어떤 사정으로 이 숫자를 쓸 필요가 있었는지, 그 점을 알고 싶습니다. 숫자의 의미 그 자체를 속 시원히 알 수 있다면 그보다 더 좋은 일은 없겠지만요."

일일이 고개를 끄덕이며 형사의 열성적인 이야기를 듣고 있던 아마 릴리스 역시 몹시 흥분한 표정으로 가쁜 숨을 몰아쉬었다.

"그때 일이 생각났어요."

"말씀해주십시오, 되도록 상세하게!"

"그래요. 저희가 이곳에 도착한 밤이었으니 20일 10시쯤이 아니었나 싶어요. 죽은 다치바나하고 살로메의 약혼 발표로 모두가 떠들썩하게 군 다음이었어요."

두 사람이 약혼을 발표한 뒤, 아비코 히로시와 히다카 데쓰코는 한동안 그 자리에 있었지만 이윽고 자기 방으로 올라가버렸고, 유키타케 에이이치는 밤의 정원을 산책하겠다며 밖으로 나갔다. 그 후로 한 시간 가까이 마쓰다이라 살로메와 나머지 사람들은 웃고 떠들다가 저마다 침실로 들어갔고, 식당에는 아마 릴리스 혼자만 남았다. 잔치의 뒷정리를 하기 위해서였다. 그녀는 와인글라스를 씻고 물기를 닦아 술병과 함께 선반 위에 얹었다.

그때 식탁을 정리하던 하나 씨가 무슨 생각이 났는지 대뜸, "아가씨, 혹시 펜 갖고 계신가요?" 하고 물었다는 것이다.

"있을지도 몰라. 잠깐 기다려봐요."

아마 릴리스는 옷 주머니를 뒤져 펜을 꺼내 하나 씨에게 건넸다. 하나 씨는 고맙다면서 주머니에서 꺼낸 메모지에 그 펜으로 몇 글자 적더니 바로 돌려주었다.

"어머, 벌써 다 썼어요?"

"예, 그냥 메모라서요. 이렇게 적어두지 않으면 금세 잊어버린답니다."

하나 씨는 그렇게 말하며 메모를 통째 앞치마 주머니에 쑤셔 넣은 다음, 둥그런 얼굴에 뭔가 생각났다는 표정을 지으며 이렇게 물었다고 한다.

"보세요, 아가씨. 25번은 어디 국번이지요?"

앞서 말했듯이 하나 씨는 예전에 도쿄에 살았던 적이 있어 도쿄 말을 능숙하게 구사하고, 도쿄의 전화가 어떠한지도 알고 있었다. 하지만 아무래도 갑작스러운 질문이라 아마 릴리스는 재깍 대답하지 못했다.

"국번이라니, 전화국번?"

"아, 예."

하지만 아마 릴리스가 이 주변의 국번을 알 턱이 없으니 하나 씨가 묻는 번호는 아마도 도쿄의 전화번호일 듯했다.

"하나 씨, 지금 도쿄의 국번을 말하는 거예요?"

"예, 그래요. 제가 성미가 급해서 이렇게 늘 혼자 앞뒤 없이 말하는 바람에 남편을 애먹인다니까요."

하나 씨는 그렇게 말하며 웃더니 25라는 국번이 어디인지 새삼스럽게 다시 물었다. 하지만 아마 릴리스 역시 수십 개나 되는 도쿄의 전화국번호를 기억할 턱이 없으므로 재깍 대답하지 못했다.

"잠깐만 기다려봐요. 다마가와玉川도 아니고, 아오야마靑山도 아니고……."

다마가와는 학교가 있는 곳이고, 아오야마에는 자택이 있어서 이 두 곳은 잘 안다.

"음…… 니혼바시日本橋도 아니고 와다쿠라和田倉도 아니고……. 아, 생각났다. 25번은 간다神田 국번*이야. 친구 집이 그쪽에 있으니 틀림없어요."

---

*(원주) 도쿄 도의 국번은 1960년 2월 이후 세 자리수로 변경, 25번은 251번으로 바뀌었다. 따라서 이 사건은 그 이전에 생긴 일이다.

"어머, 간다 국번이에요? 어머나⋯⋯."

하나 씨는 대단히 뜻밖이라는 표정으로 벽을 바라보다가 이 윽고 엽차 잔과 찻주전자를 얹은 쟁반을 들더니 고맙다면서 조리실로 물러났다고 한다.

"간다 국번⋯⋯."

아마 릴리스의 이야기가 끝나자 유키 형사는 무심결에 그렇게 중얼거리면서 메모를 보았다. 말마따나 '259789'라고 적혀 있다. 그렇다면 이 여섯 자리 숫자는 전화번호이고 간다의 9789번이라는 뜻이 된다. 수수께끼 숫자의 정체가 전화번호였음이 판명된 순간 유키 형사도, 그리고 겐모치 경감도 맥이 빠져 한심한 심정이었다. 이런 문제는 실마리만 잡으면 나머지는 비교적 술술 풀리는 법이다. 그래서 유키 형사도 안도한 투로 말했다.

"이거, 덕분에 문제가 풀렸습니다. 그럼 편히 쉬십시오."

"저기."

아마 릴리스는 말이 끝나기가 무섭게 살찐 얼굴을 찌푸리며 탄원했다.

"전 집에 돌아가면 안 될까요?"

"아니, 그건 조금 참아주셨으면 합니다. 당신은 사건의 중요 참고인이니까요. 이곳에 여러분이 함께 머물러주시면 저희도 대단히 편리하거든요."

"그야 그렇겠지만 리라장에 있는 한, 범인이 언제 제 목숨을 노릴지 몰라요."

"괜찮습니다, 더 이상 살인이 일어나지 못하게 할 겁니다. 특히 이번에는 이렇게 중요한 실마리를 잡았으니, 아침이 되면 사건도 해결되겠지요."

아마 릴리스는 여전히 겁먹은 표정 그대로였다.

"아니, 괜찮습니다. 이 이상 사건이 커질 일은 없습니다. 하지만 문단속은 꼭 하십시오."

여전히 걱정스러운 표정의 아마 릴리스를 남겨두고 복도로 나온 겐모치 경감과 유키 형사는 계단을 내려가 식당 앞을 지나, 관리인실을 찾았다. 세 평짜리 방 한가운데에 둥근 탁자를 두고 그 맞은편에서 만페이 영감이 멍하니 턱을 괴고 있었다. 하나 씨의 메모를 찾을 때 열었던 장롱 서랍이 그대로 다다미 위에 널브러져 있다. 뒷정리할 마음도 일지 않는 모양이다.

"만페이 영감님."

"야……."

그 한마디뿐, 고개를 드는 시늉도 안 했다.

"방금 전 그 메모에 적힌 숫자 말인데, 그게 전화번호라는 사실을 알아냈습니다. 도쿄 간다 전화국번 9789번이라는데, 영감님은 그 번호에 뭐 짐작 가는 바가 없으세요?"

"몰러유."

"영감님, 이건 중대한 문제예요. 하나 씨가 그만큼 호기심을 가졌고, 그 때문에 목숨을 잃었을 정도로 중대한 문제라고요. 호기심이라고 하면 실례지만, 다시 말하자면 그게 범인의 정체를 폭로하기 위한 중요한 실마리란 말입니다. 곰곰이 잘 좀 생각해보세요."

유키 형사가 타이르자 만페이 영감도 그럴 마음이 들었는지 고개를 들더니, 마디가 억센 손을 뻗어 쪽지를 받아들고 한참 숫자를 바라보았다. 하지만 이윽고 고개를 내젓더니 한숨을 쉬었다.

"몰러유, 지는 모르겄슈……."

"하나 씨는 도쿄에 전화를 거는 경우가 있었습니까?"

"가끔은 있었지유. 후지사와 어르신이 살어 계셨을 무렵에는 후지사와 어르신허구, 어르신이 돌아가신 후에는 그 댁 소유자인 핵교 사무소허구 이따금 전화루 얘기허는 경우가 있었슈. 지는 이래 사투리가 심혀서 남허구 말허기 구찮았지만 여편네는 씨부렁거리길 좋아혀가지구 전화는 노상 마누라가 걸었슈……."

관리인의 아내이니 당연히 지주와 종종 전화 통화로 이런저런 지시를 받거나 보고를 하는 일이 있었을 것이다. 전화에 익숙한 그녀이니 그 번호를 메모해둔 이유도 나중에 짬이 나면 다이얼을 돌릴 생각이었는지도 모른다.

하지만 경감과 유키 형사가 동시에 생각한 문제는 하나 씨가 이 전화번호를 어디서 입수했을까 하는 점이었다. 메모를 하지 않으면 잊어버린다면서 아마 릴리스의 펜을 빌린 점을 고려하면 그 전화번호를 하나 씨가 입수한 것은 (입수했다는 표현이 맞는지는 모르겠지만, 틀림없이 보거나 들어서 알았을 것이다) 아마도 그 직전이었다고 생각해볼 수 있다.

그렇다면 당시 하나 씨의 주변에 있었던 사람은 누구인가. 우선 아마 릴리스가 있었다. 그 조금 전까지 마키 가즌도, 다치바나 아키오, 마쓰다이라 살로메라는 절친한 친구들이 있었다. 더욱이 산책 나가기 전의 유키타케 에이이치가 있었다. 자기 방에 틀어박히기 전의 아비코 히로시도 있었고, 현재 도쿄에 돌아가 있는 히다카 데쓰코도 있었다. 그렇다는 말은 후에 죽은 살로메나 다치바나도 있었고, 남편인 소노다 만페이도 주방 근처에서 꾸물거리고 있었을 터였다. 하나 씨가 안 전화번호의 출처는 어쨌든 이 모든 이들 중에 있다고 생각해야 한다. 대체 정보원은 누구였을까?

"경감님, 2층 사람들한테 물어보도록 하지요."

"그래, 그게 좋겠군. 하지만 범인이 순순히 대답할 리도 없고, 나머지 학생들도 속이 뒤틀린 인간들뿐이니 기대는 할 수 없겠어."

이튿날 8월 23일, 유키 형사는 우라와 지방 검사국에서 찾아온 검사 일행으로 미어터지는 리라장을 뒤로 하고 도조 선 급행을 타고 이케부쿠로로 향했다. 석 달 만에 가는 도쿄지만 어쩌면 늘 사람이 이리도 많을까 감탄하곤 한다. 아니, 감탄이라기보다 기가 막힌다. 묘한 기분이다. 이만한 인구를 보면 주택 부족 문제도 당연하고, 일자리 부족도 당연하다는 생각이 든다. 빈한한 정치를 비난하기보다는 누가 정권을 잡은들 도저히 만족스러운 해결은 불가능하리라는, 절망적이고 암담한 기분이 드는 것이다. 그렇지만 개개인의 얼굴을 둘러보면 다들 하나같이 느긋해서, 절망적인 표정을 짓는 이는 도통 없다. 아마도 도회인은 불감증이 분명하다. 그렇다면 나는 역시 촌뜨기로구나. 유키 형사는 시답잖은 일에 감탄했다.

국영 전차를 타고 간다에서 내려, 쓰카사마치司町에 있는 간다 전화국을 찾아가 일단 9789번에 가입한 사람이 누구인지 조사를 부탁할 예정이었다. 전화국 카드를 보면 간단히 알 수 있는 일이지만 전화번호 가입자가 누구인지 발설하는 일은 법률로 금지되어 있어, 실제로는 결코 간단히 알아낼 수 없다. 아마 추어가 알려고 하면 먼저 그 두꺼운 전화번호부를 1쪽 1단 1행부터 체크해나가는 방법 외에는 길이 없다.

유키 형사가 신분증명서를 제시하고 정당한 절차를 밟은 후 알아낸 가입자는 간다 네리베이練塀 초 160번지 와카오若尾 빌딩 안, 강철을 판매하는 '텐 상사'라는 회사였다. 다소 뜻밖이라는 생각에 그는 엘리베이터를 타고 1층으로 내려와 전차 도로로 나왔다. 강철 판매라는 딱딱한 느낌의 회사와 리라장 안에서 태연한 얼굴로 가면을 뒤집어쓰고 있는 범인 사이에 대체 어떠한 연결고리가 있는지 상상하기 어려웠기 때문이다.

어젯밤, 그 후로 마키를 비롯한 세 명의 대학생을 찾아가 그 숫자에 대해 물어보았지만 예상대로 다들 판에 박힌 듯이 모르쇠로 일관했다. 때문에 유키 형사는 직접 전화 가입자를 찾아내 사정을 밝힐 작정으로 상경했던 것이다.

전차 길로 나온 유키 형사는 문득 망설이는 표정을 지었다. 국영 전차와 도영 전철, 지하철과 버스가 나란히 달리는데 무엇을 타든 약 두 정거장 거리였다. 그는 결국 터덜터덜 걸어 20분 후에 네리베이 초에 도착했다. 그곳은 그 옛날, 가부키 교겐으로 유명한 고우치야마 소슌河內山宗俊이라는 땡추가 살던 자리다.

큰길에서 살짝 들어간 자리에 있는 와카오 빌딩은 청회색 벽이 아름다운 건물로, 2층 오른편의 활짝 열린 유리창에 '텐 상사'라는 커다란 금색 글자가 쓰여 있었다.

5분 후, 유키 형사는 응접실에 모인 18명의 사원과 사장을 앞에 두고 사건 개요를 설명하며 협력을 요청했다. 한창 업무 중일 때라 가급적 간결하고 요령 좋게 말해야 했다.

"제가 묻는 질문에 예스인지 노인지만 대답해주십시오. 시간을 절약하기 위해서 그러는 편이 나을 테니까요."

관심과 기대가 뒤섞인 시선이 집중되는 가운데, 유키 형사는 분명한 어조로 질문을 시작했다.

"먼저, 소노다 하나라는 여성에 대해 묻겠습니다. 이 부인은 리라장 관리인의 아내인데, 아시는 분 계십니까? 특별히 가깝지 않아도 상관없습니다. 얼굴을 본 적이 있는 정도라도 괜찮습니다. 없다는 말씀이지요? 그럼 다음······."

그는 이런 식으로 준비해온 대학생들의 스냅 사진을 사람들에게 보여주면서 그들 중에 학생들을 아는 이가 없는지 물어보았다. 하지만 통 반응이 없었다. 이 점에는 유키 형사도 실망했으며, 또 한편으로 한 자리에 모인 사원들 역시 소설처럼 스릴 넘치는 장면을 기대했는지 두드러지게 낙담한 표정을 보였다.

유키 형사는 이어서 날카로운 질문을 서너 개 추가한 뒤에 모든 노력이 물거품으로 끝났다는 사실을 깨닫고는 미련 없이 인사를 하고 사원들을 돌려보냈다.

"모처럼 먼 걸음 하셨는데 안됐습니다."

백발 머리를 매끈하게 민 사장이 안경 건너 온화한 눈동자로 미소 지었다.

"아닙니다, 수사는 이런 일이 많은 법이지요. 발품을 팔아 여기저기 돌아다녀도 수확은 좀처럼 없으니까요."

유키 형사는 그렇게 대답하며 담배에 불을 붙였다. 사실 맞는 말이지만, 이번 경우는 큰 희망을 품었던 만큼 낙담도 컸기 때문에 이 대답은 변명이기도 했다.

하지만 생각해보면 이상하기 짝이 없다. 유키 형사는 간다 전화국에서 이 가입자가 과거 7년간 같은 번호를 사용했다는 사실을 확인했다. 그러므로 하나 씨가 메모한 상대는 이 '텐 상사'일 수밖에 없다. 그 메모에 적힌 25국의 9789라는 번호는 하나 씨에게 어떤 비밀을 속삭였을까. 그리고 그것이 범인에게 어떠한 까닭으로 치명적인 의미를 가졌던 것일까. 유키 형사는 전문가이다. 일반인인 하나 씨가 눈치챌 수 있는 비밀이라면 그도 꿰뚫어보아야만 했다. 더군다나 그는 도시로 나와 해당 가입자를 만났으면서도 그 수수께끼를 풀지 못한 것이다.

'텐 상사'에서 나온 유키 형사는 다시 전화국으로 돌아가 '텐 상사' 이전에 그 번호를 사용했던 가입자를 조사해달라고 부탁해 만일을 위해 그곳도 찾아가보았다. 그곳은 니콜라이 대성당 아래에 있는 이비인후과 병원으로, 늙은 원장은 가는 붓으로 진료 카드에 독일어를 써넣으면서 '텐 상사'와 토씨까지 똑같은 대답을 했다.

유키 형사는 한 손에 부채를 들고 시무룩하게 오차노미즈

御茶ノ水 역을 향해 가로수가 짙푸른 잎 그늘을 드리운 포장도로를 걸었다. 리라장과 달리 도쿄는 찜통처럼 더웠고, 조사에 실패한 그에게는 그 더위가 한층 더 모질게 느껴졌다. 카페 앞을 지날 때 아이스크림을 먹고 싶은 유혹을 느꼈지만 간신히 참았다. 조사가 잘 풀리면 큼직한 생맥주 한 잔으로 홀로 축배를 들 작정으로 출장을 온데다가, '텐 상사'를 찾아가기 전에는 그 한 잔을 믿어 의심치 않았다. 보이지 않는 범인을 상대로 유키 형사는 그 나름대로 고집이 있었다. 사건을 해결하기 전에는 아이스크림도 맥주도 건드리지 않겠다. 그는 그런 맹세로 스스로의 기운을 북돋웠다.

유키 형사는 가까운 우체국에 가서 지치부 경찰서에 전화를 걸어, 기다리고 있던 서장에게 결과를 보고했다. 서장은 실망하면서도 그의 노고를 치하했고, 유키 형사의 마음은 그것으로 다소 가벼워졌다. 그는 오차노미즈에서 주오中央 선을 타고 다시금 이케부쿠로로 향했다. 시원한 사이타마 현으로 돌아갈 수 있다는 사실이 기뻤다. 아침나절은 그래도 견딜 만했는데, 한낮의 이 무더운 도쿄는 이제 질색이었다.

리라장으로 돌아오니 저녁이었다. 이튿날의 맑은 하늘을 약속하듯 붉은빛에 물든 리라장은 도저히 연쇄살인이 일어난 불길한 장소 같지 않게 장중한 건물로 보였다. 하지만 문 앞에 나란히 서 있는 경찰차를 보자 대번에 음울한 공기가 몸에 스며

들었고, 문으로 들어가 리라장에 다가갈수록 그 공기는 더더욱 짙어지는 듯했다.

겐모치 경감은 현관까지 나와서 노고를 치하했다.

두 사람은 나란히 응접실로 들어가 마주 앉았다.

"이야기는 서장에게 들었네. 전화를 고쳤거든."

"그렇습니까? 그렇다면 직접 이쪽으로 전화할 걸 그랬군요."

"전화국에 말해서 서둘러달라고 했지."

겨우 열 시간 남짓 자리를 비웠을 뿐인데 유키 형사는 왠지 모르게 장거리 여행이라도 하고 돌아온 기분이었다.

"제법 특이한 일이 있었네. 방금 전까지 여기 있었던 검사 일행이 철저하게 조사를 했지. 숯쟁이가 굴러 떨어진 낭떠러지도 조사하고, 사자바위까지도 가보고. 그런가 하면 한편으로는 해부 결과 보고가 들어오질 않나, 시신도 돌아왔다네. 하나 씨까지 포함해 세 구였으니 이쪽은 정신이 없었어. 지금 드라이아이스를 채워서 각기 다른 장소에 안치해놓았는데, 경야를 치르고 내일 화장터로 보낼 거야. 다치바나, 살로메 두 사람 역시 이런 시골 화장터에서 재가 될 줄은 몰랐겠지. 그들이 만일 말을 할 수 있다면 심정이 어떨까."

겐모치 경감은 험상궂은 얼굴에 어울리지 않게 감상적인 소리를 했다.

"저는 그보다도 범인이 누구인지 말해주었으면 싶네요."

"자네는 현실주의자로군."

"푹푹 찌는 도쿄에서 진을 빼고 왔는데 별수 있나요."

"하하, 그럴 만도 하지. 그런데 말일세, 새로운 손님이 오셨다네. 한 사람은 물감을 사려고 돌아갔었다는 미술학도 히다카 데쓰코야."

"돌아왔습니까?"

"그래, 하지만 이 아가씨도 다루기 힘든 여성이야. 다행히 사건이 발생했을 때 현장에 없었으니 망정이지, 여기에 있었다면 우리도 귀찮았을 게야. 여걸이더군. 게다가 동기도 있거든."

"여걸이라니 무슨 뜻입니까?"

유키 형사가 반문했다. 그도 아직 데쓰코는 만난 적이 없다.

"만나보면 알 걸세. 그리고 함께 왔다는 손님이 또 묘한 인물이야."

"아하, 그 정도로 추녀입니까?"

"여자가 아니야, 남자일세. 예술대학이 아직 통합되기 전에 서양화과를 졸업했다고 하니 리라장에 놀러올 자격은 충분히 있는 셈이지. 멀리 도쿄에서 온 이를 매정하게 내칠 수도 없어 별수 없이 수사를 방해하지 않는다는 조건으로 체재를 눈감아 주었는데, 파리에 유학 다녀온 일이 그치 자랑이라, 몽마르트르Montmartre가 어쩌네, 개선문이 저쩌네 하고 시끄러워서 죽겠네. 그런 타입의 남자는 영 마음에 안 들어."

"호, 상당한 괴짜인가 보군요."

"밥맛 떨어지는 성격이야. 성격이 그렇게 재수 없는데 제 풀에 질리지도 않는 게 용하지 뭔가."

"그야 그렇겠지요. 저는 애벌레를 싫어하는데, 저희가 보면 추악하기 짝이 없는 애벌레도 저네들끼리는 그런대로 잘살지 않습니까. 아무개 씨가 나한테 윙크를 했어, 하고 법석을 떨지도 모르는 일입니다."

"하지만 말일세, 애벌레는 아름다운 나비가 되니 그나마 낫지. 비유하자면 글쎄, 지네나 돈벌레 아니겠나? 나는 돈벌레를 볼 때마다 이놈한테 미적 감각이 있다면 얼마나 제 몸뚱이가 싫을까 하는 생각에 묘한 기분이 든다네. 하지만 아마도 그런 감각은 없겠지. 그러니 그들 사이에 사랑도 있고 알도 태어나는 게지. 그 남자도 그런 의미에서 돈벌레하고 똑같을지 몰라."

남을 비판하는 일이 별로 없는 겐모치 경감이 그런 말을 할 정도니 어지간히 불편한 인물인가 보다.

"아참, 잊고 있었군. 해부 보고서를 보여주겠네. 하나 씨는 수건으로 교살당했을 뿐이고 별문제는 없어. 다치바나는 뒤통수를 얻어맞았지만 그건 역시 기절시킨 정도였고, 치명상은 물론 숨골을 찔린 상처일세. 사망 시각은 그때 경찰의가 말했던 대로 좀처럼 정확한 시간이 나오지 않아."

경감은 가방에서 꺼낸 보고서 페이지를 뒤적이면서 말을 이었다.

"자네에게 들려주려던 게 이걸세. 마쓰다이라 살로메가 마신 독은 비소화합물이었어."

"아하, 역시 의사 말이 맞았군요."

"그리고 코코아나 설탕 속에서도 비소가 검출되지 않았네. 비소는커녕 다른 독극물도 섞여 있지 않더군."

"과연. 그렇다면 살로메의 컵에 독을 넣었다는 뜻이 되겠군요."

"그래, 그 컵에 묻어 있던 코코아 찌꺼기에서도 똑같은 비소화합물이 나왔네."

살로메의 위 속에 있던 독극물과 그녀가 마신 컵 속의 찌꺼기를 분석해 나온 독극물이 똑같은 비소화합물이라는 사실이 밝혀지면 그녀를 독살한 범인이 누구인가 하는 문제에도 자연히 답이 나온다.

살로메의 컵을 만진 남자는 단 한 사람뿐이다.

"역시 겐모치 경감님의 추리가 맞았군요."

유키 형사는 어젯밤 이 응접실에서 나눈 대화를 떠올리며 말했다. 하지만 그가 그것으로 사건을 해결했다고 생각했다면 어처구니없는 착각이라 할 수밖에 없으리라. 연이어 거듭 발생한 살인의 희생자는 한 사람으로 그치지 않았기 때문이다.

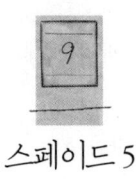

스페이드 5

-1-

경야는 응접실에서 치르게 되었다. 큰 테이블이나 의자 같은 집기들을 빼내고 카펫 위에 방석을 깔아 각자 내키는 자리에 앉자 슬프고 음울한 행사가 시작되었다. 나란히 놓인 세 개의 관은 왼쪽부터 하나 씨, 다치바나 아키오, 그리고 마쓰다이라 살로메 순이었는데 살로메의 관만 약간 거리를 두고 안치된 이유는 그녀가 기독교도였기 때문이다. 목탁 소리의 규칙적인 리듬을 반주 삼아 어디로 봐도 미덥지 못한 희멀건 안색의 젊은 승려가 그 얼굴에 어울리지 않게 탁한 목소리로 독경을 이어나갔다. 이교도인 살로메로서는 이러한 독경이 하나도 고맙지 않겠지만, 그렇다고 홀로 외로이 2층 방에 두기도 가여웠다.

승려 옆에는 몸집 큰 만페이 영감이 구부정한 자세로 앉아 이따금 허리춤에 끼운 꾀죄죄한 손수건으로 땀을 닦는 척하며 눈물을 훔쳤다. 다치바나와 살로메의 관 앞에는 도쿄에서 달려온 노부모가 저마다 고개를 숙이고 아들과 딸의 죽음을 깊이 애도했다. 그들이 오는 길에 사온 조화弔花가 커다란 꽃병에 꽂혀 있었는데, 그 향기가 선향 냄새와 하나가 되어 너른 양실 안에 넘실거렸다.

독경은 끝날 줄을 몰랐다. 평소 사이가 나쁜 유키타케와 아마 릴리스가 얌전히 한자리에 앉아 나란히 고개를 숙이고 있다. 뚱뚱한 아마 릴리스는 앉아 있는 일이 고역인지 치마 밑으로 나온 다리를 살짝 옆으로 뻗었는데 그 소행이 역시 철딱서니 없는 아가씨라는 인상을 주었다. 유키타케는 뭔가 생각난 듯 길쭉하게 찢어진 큰 눈으로 목관을 바라보았다. 그러더니 버릇처럼 한 손으로 머리카락을 쓸어 올리며 또다시 눈을 내리떴다. 규슈 출신이라 피부가 하얀데다가 언뜻 신경질적으로 보이는 남자인 만큼 하얀 목덜미와 푸르스름한 이발 자국이 유난히 눈에 띄었다.

마키는 유키타케와 함께 아마 릴리스를 사이에 두고 맞은편에 앉아 단조로운 목탁 리듬에 맞추어 무심결에 고개로 박자를 헤아리고 있었다. 담배가 그리운지 주머니에서 꺼낸 담배 케이스를 손바닥 안에서 조몰락거렸지만 당연히 불을 붙이지는 않왔다.

조문객 중에는 근처에 사는 농부들도 적지 않았다. 어젯밤 마키와 아마 릴리스의 알리바이를 입증해준 그 청년 농부도 한 자리에서 두 손 모아 독경을 듣고 있다. 가무잡잡하고 우락부락한 농부들과 젊은 학생들이 한자리에 앉아 있는 모습은 어디로 보나 물과 기름처럼 조화를 이루지 못했다.

그러한 광경을 유키 형사와 겐모치 경감은 뒤편에서 가만히 관찰했다. 아마 릴리스 일행에게서 한참 떨어진 반대편 벽 앞에 앉아 있는 아비코가 보였다. 면도 자국이 짙은데도 뺨이 발그레해 소년 같은 얼굴은 한껏 긴장했고, 여전히 윗몸을 뒤로 젖힌 자세는 응석받이처럼 보였다.

아비코 바로 뒤에 굵직한 검은 테 안경을 쓴 머리 짧은 여자가 있다. 오호라, 요게 히다카 데쓰코로구나. 유키 형사는 바로 알아차렸다. 뒷모습만으로는 용모가 어떤지 알 수 없지만 단정치 못한 차림새가 영락없이 미술학도였다.

승려의 독경은 한참 단조로이 이어졌다. 선향의 연기는 데쓰코 주변을 맴돌다가 테라스 그물망 문으로 빨려 들어가 어두운 정원으로 흘러갔다. 무더운 날씨에도 나비넥타이를 꼭꼭 맨 남자가 그 스크린도어 앞에 의자를 가져다놓고 앉아 있었다. 의자에 앉아 있는 사람은 그뿐이라 싫어도 눈에 띄었다. 겐모치 경감이 질렸다는 재수 없는 남자란 이치가 분명했다.

"저 번지르르한 남자는 이름이 뭡니까?"

유키 형사는 경감의 소매를 끌며 물었다.

"니조 요시후사라고 하더군. 어디 자작 나리 사생아 같은 이름 아닌가?"

"히다카 데쓰코와 아는 사이 같군요."

"그래, 데쓰코뿐만 아니라 여기 사람들 모두와 아는 듯하더군."

경감은 그렇게 대답하고는 바지 주머니에 한 손을 넣어 한참 뒤적거리더니 이윽고 먼지 한 줌을 꺼내 침을 발라 이마에 붙였다. 다리가 저린지 민간요법을 쓰고 있다.

보아하건대 다치바나의 부모가 아들의 죽음을 슬퍼한 나머지 독경 비용을 어지간히 얹어주었나 보다. 그에 대한 보답으로 스님의 독경은 끝도 없이 세 시간에 이르러, 11시가 넘어서야 겨우 끝났다.

승려를 돌려보낸 유족들은 다시 응접실로 돌아와 경야를 계속했다. 하지만 젊은 학생들은 역시 지쳤는지 식당으로 물러나 야식을 먹으며 쉬기로 했다.

겐모치 경감 옆으로 줄줄이 나가는 학생들 속에서 아마릴리스가 불쑥 멈춰 서더니 말을 걸었다.

"두 분도 오시겠어요?"

"뭡니까?"

"경야가 우울하게 가라앉으면 안 되잖아요. 술하고 샌드위치를 준비했어요."

"그런가요. 그럼 맛 좀 볼까."

겐모치 경감도 유키 형사도 그 이상 무릎을 꿇고 앉아 있기가 힘들었다. 특별히 식탐이 있는 것도 아니지만 알코올에 살짝 구미도 당겼기 때문에 바로 일어섰다. 하지만 다리가 완전히 굳어 감각을 잃은 경감은 휘청거리더니만 그 자리에 넘어지고 말았다.

"어머나."

"어이쿠야······."

겐모치 경감은 민망했는지 얼굴을 찌푸렸다. 뚱뚱한 사람에게 장시간 무릎을 꿇고 앉아 있기란 상상 이상으로 고역이다.

"유키, 자네 먼저 가게나. 나는 조금 더, 이 다리가 풀린 다음에······. 어이쿠."

경감은 유키 형사와 아마 릴리스를 보낸 뒤에 바지 위로 다리를 문질렀다.

관 앞에서는 유족들이 서로 조용히 속삭이고 있었다. 여성들은 손수건으로 눈시울을 훔치며 이따금 코를 훌쩍였다. 그리고 다시 이마를 맞대고는 만페이 영감을 불러 목소리를 낮추어 이야기했다. 단순한 병사나 사고사도 아니고 살해를 당했으니, 비탄에 빠진 그들이 더 나아가 범인에게 격렬한 분노를 느끼는 것은 당연했다. 더군다나 그 범인이 뻔뻔한 얼굴로 경야 자리에 섞여 있었다고 생각하면 분노는 배가될 터였다. 그리고 흘러넘친 비분의 눈물방울은 손수건을 흠뻑 적셨다.

그러한 정경을 바라보면서 다리를 문지르던 경감은 쥐가 겨우 풀리자 영차 하고 일어서서 발을 두어 걸음 굴러보고 비틀비틀 복도로 나갔다. 이렇게 음울한 장소는 이제 지긋지긋했다. 식당에 들어가자 아비코와 유키 형사가 멀찍이 앉아서 서로 느긋한 표정으로 담배를 피우고 있었다.

아마 릴리스와 데쓰코는 분주한 기색이었다. 식당에 샌드위치와 찻잔을 나르거나 응접실에 홍차를 나르느라 정신이 없었다. 만페이 영감을 포함한 유족 외에 농부가 열 명 남짓이나 되었으니 제법 손이 가는 일이다. 그래도 10분쯤 지나자 데쓰코가 식당으로 돌아와 겐모치 경감 앞에 샌드위치 접시를 차려주었다.

"하나 씨가 그리 되는 바람에 하나부터 열까지 저희가 다 해야 해요."

아마 릴리스는 겐모치 경감에게 그렇게 말하며 손을 뻗어 선반 위 양주 세트를 꺼냈다. 어젯밤은 끔찍이도 겁을 냈지만 동성이 한 명 늘어 마음이 든든해 그런지, 경야라 사람이 많이 모여 있어 긴장해 그런지, 아니면 어젯밤의 겁먹은 모습은 단순한 히스테리 발작에 지나지 않았는지, 어쨌든 지금은 기운을 되찾은 모습이었다.

그와 반대로 데쓰코는 직접 살인의 공포에 맞닥뜨리지 않은 탓도 있어서 그런지 어딘지 모르게 동작이 차분해 보였다. 지금까지 발생한 연쇄살인을 강 건너 불구경하듯 보는 면이 있었다.

아마 릴리스는 세트 덮개를 열고 양주병을 꺼냈는데, 어찌 된 영문인지 갑자기 묘한 표정으로 한 병을 더 꺼냈다. 그리고 때마침 들어온 마키의 얼굴을 보더니 날카로운 목소리로 말했다.

"이상해."

"뭐가?"

"술이 줄었어. 자기가 마셨어?"

"어디, 보여줘봐. 허?"

가까이 있던 병을 한두 개 비추어보고는 마키도 대번에 수상하다는 표정을 지었다.

"이상하네. 누군가 마신 거야. 원래는 아직 가득 남아 있어야 맞아."

"마지막으로 마신 건 언젠데?"

"우리가 여기 도착한 날 밤이야. 그래, 다치바나하고 살로메의 약혼 발표 때 마셨잖아."

그날 밤 다 함께 축배를 든 이후로 줄줄이 터진 사건 때문에 결국 글라스를 손에 들 기회가 없었다. 그것이 줄었다니 역시 누군가 몰래 마신 것이 틀림없다. 쌉쌀한 드라이진이나 프렌치

베르무트, 달착지근한 큐라소, 만다린, 이탈리안 베르무트는 한 방울도 없었고, 그나마 반쯤 남아 있는 술은 단 한 병뿐이었다.

"어머, 그거 페퍼민트지?"

녹색 양주라고 하면 볼 필요도 없이 페퍼민트다.

"하지만 대체 누구지? 기분 나쁜 사람이네. 마시고 싶으면 그렇다고 말을 하면 되잖아. 남몰래 마시다니 근성이 천박해. 난 그런 사람 너무 싫더라!"

아마 릴리스는 빈정거리는 투로 크게 외치고는 부루퉁하게 토라졌다. 하지만 아마 릴리스에게 미움을 받는다고 특별히 겁 낼 사람은 없다. 영락없는 철부지 아가씨 같은 이러한 말투 때문에 결과적으로 오히려 자기가 미움을 산다는 사실을 아마 릴리스는 영 깨닫지 못하는 듯했다. 그녀는 페퍼민트 한 병을 테이블 위에 남기고 빈병을 거칠게 선반 위에 돌려놓았다.

아비코는 그것이 자기를 빗댄 말인 줄 금방 알아차렸다. 늘 으스대며 거드름 피우길 좋아하는 남자인 만큼 이런 일에는 대단히 민감한 체질이었다. 순식간에 그의 얼굴이 붉게 달아올랐다.

"릴리스, 너 지금 내 얘기 한 거야?"

"어머, 실례되는 소리네. 내가 언제 네가 마셨다고 했어?"

"마셨다는 말은 안 했지만 그래도."

"그럼 잠자코 있어. 시비를 걸다니 꼭 불량배 같네. 신사가 할 짓이 아니야."

위압적인 역습을 당하자 아비코는 허둥거리더니 대번에 입을 다물어버렸다. 키가 받쳐주는 65킬로그램의 아마 릴리스가 허리에 손을 짚고 우뚝 서서 콧구멍을 벌름거리는 모습은, 그것만으로도 상대를 위압하기에 충분했다. 47킬로그램의 왜소한 아비코가 의자 위에서 몸을 움츠리자 마치 여선생에게 야단맞은 초등학생 같았다.

아비코가 입을 다문 이유는 분명 겐모치 경감이나 유키 형사라는 제삼자 앞에서 내부의 불화를 보이지 않으려는 고려도 있었을 터라, 애써 감정을 억제하는 모습이 뚜렷이 보였다. 그때 2층에서 내려온 유키타케와 니조가 들어왔기 때문에 이 작은 충돌도 그대로 흐지부지 끝나버렸다.

"그럼 변변치 않은 음식이지만 드세요."

뚱보 여자는 그렇게 권하더니 제 손으로 가장 먼저 샌드위치를 집었다. 한편 우아한 손놀림으로 셰이커를 흔들던 마키는 사람들 사이를 오가며 글라스에 연녹색 칵테일을 따랐다. 마지막으로 마키는 유키타케 옆에 서서 니조와 정신없이 토론에 빠진 그 베이스 가수에게 "너도 마실 거지?" 하고 물었다. 금주 중인 이 남자에게 무심코 권했다가는 지난밤처럼 화를 낼 우려가 있었다.

"그래."

유키타케는 눈길도 주지 않고 무슨 음악 이야기를 소리 높여 떠들고 있었다. 예전에 서양화과에 다녔던 무렵 교수에게 그 풍부한 색채 감각을 칭찬 받기도 했다는 유키타케인 만큼 같은 서양화과를 졸업한 니조와는 대화도 잘 통하고 친근감도 느끼는 모양이었다.

"당신은 그렇게 말하지만, 플루트와 아르프를 위한 콘세르가 유명한 이유는 라이네케Carl Heinrich Carsten Reinecke의 카덴차 때문이 아닙니다. 당신 말고도 그렇게 말하는 사람이 있기야 하지만 그건 역설이에요. 카덴차는 아무런들 상관없어요. 그 화려하기 그지없는 본체 자체를 칭찬해야 합니다. 역시 '모자르Mozart'는 위대해요."

군더더기 많은 밉상스러운 말투에 유키 형사는 비로소 '아하, 이거 밥맛 떨어지는 남자로구나.' 하고 알아차렸다. 일본어로 이야기하고 있으니 굳이 그럴 필요 없을 텐데 프랑스어를 발음할 때는 일부러 콧소리를 내서 파리 물 좀 먹은 티를 내고 있다.

살집 없는 기름한 얼굴에 덴페이天平 시대 불상이 생각나는 감씨 같은 눈이 붙어 있고, 그 부어오른 눈이 근시 렌즈 속에서 졸린 듯이 껌뻑이고 있다. 그것은 아무리 보아도 파리에 어울리는 얼굴이 아니었다.

마키가 페퍼민트 칵테일을 따르려 하자 니조는 우아한 동작으로 손을 저었다.

"나는 비에르가 좋은데, 그건 없나?"

"글쎄, 사둔 게 있나 모르겠네. 맥주를 마시고 싶으면 당신이 주방에 가서 보고 오지그래?"

평소와 다르게 귀공자인 마키가 쌀쌀한 태도로 대답했다. 그 말투를 아마 릴리스가 못 알아들을 리 없었다. 니조가 일어서서 조리실로 나가기를 기다려 그녀는 작은 목소리로 물었다.

"왜 그래, 마키?"

"별일 아니야. 니조 선생이 나를 싫어하는 것 같아서 나도 선생에게 호감을 느끼지 못하는 거지."

"어머나, 어째서?"

그러자 마키는 무슨 생각이 났는지 쿡쿡 웃었다.

"선생은 프랑스어가 제법 능통한 척하는데, 저건 허울이야."

"어머, 왜?"

"일전에 학교에서 샹송을 좋아하는 녀석들이 모여서 조르주 브라상Georges Brassens의 '고릴라'라는 곡을 들었어. 그때 저치가 납시더니만 아니나 다를까 주절주절 샹송 강의를 하지 뭐야. 루시엔느 브와이에Emilienne Henriette Boyer가 넘어졌네, 이브 몽탕Yves Montand이 미끄러졌네, 라켈 멜레Raquel Meller가 바르셀로나에서 죽었는데 뒤룩뒤룩 살이 쪄서 왕년의 얼굴을 알아볼 수가 없었네, 하면서 아는 척 늘어놓더니 끝에 가서는 '고릴라' 레코드를 듣고서 브라상이 직접 지은 가사가 '엘레강'하다고 찬사

를 늘어놓으며 파리에서 돌아온 티를 요란하게 냈지. 그런데
이 '고릴라'라는 샹송은 말이야."

마키는 말을 끊더니 조리실로 통하는 문을 슬쩍 보았다.

"엘레강하다는 소리는 말도 안 돼. 파리 국립방송국에서 금
지를 먹은 곡이거든."

다분히 철학적이라고 평가받는 브라상의 샹송은 그 평가의
대부분이 직접 지은 가사에 한했다.

다른 가수, 예를 들어 브와이에의 '사랑의 언어를'이라든가
자클린느 프랑소와Jacqueline François의 '포르투갈의 빨래하는 처
녀', 혹은 이베트 지로Yvette Giraud의 '작은 구두점'처럼 멜로디 그
자체로 누구에게나 사랑받는 곡들과 달리 프랑스어를 아는 이
가 아니면 묘미를 알 수 없다는 평을 들었다. 일본에서 브라상
의 이름을 아는 이가 거의 없는 이유는 그러한 사정 때문이라
고 볼 수 있었다.

"어머나, 가사가 어떤데 그래?"

마도로스파이프를 뻐끔거리면서 그사이 칵테일을 홀짝이던
데쓰코가 궁금했는지 몸을 내밀었다.

"난 프랑스어는 잘 못하니까 일본어로 바꾼 가사를 읽었을
뿐이지만, 우리 속에 고릴라가 있고 젊은 처녀들이 그 유인원
의 어떤 부분을 황홀하게 바라본다는 가사로 시작하지."

"어머, 싫다."

어울리지도 않게 데쓰코는 새빨개진 얼굴을 숙이고 말았다.

"그만두어야 했는데, 파리 박사 시늉을 내는 저치가 거슬려서 울컥하는 바람에 이 가사의 어디가 '엘레강'한지 설명해달라고 말해버렸지 뭐야."

"어머나."

"그랬더니 저치가 대번에 언짢아하더군. 이후로 소생에게는 골을 내는 거지."

"그 정도 망신은 줘도 돼. 선언하건대, 나도 그렇게 잘난 척하는 사람은 정말 싫어!"

여성 특유의 날카로운 감으로 유키 형사와 겐모치 경감을 포함해 그 자리에 있는 대부분의 사람들이 니조 요시후사를 마뜩치 않게 생각한다는 사실을 눈치챈 아마 릴리스가 대담한 말을 했다.

"맞는 말이야. 모차르트를 굳이 모자르라고 프랑스어 발음으로 읽을 필요가 어디 있어? 가령 영국인들도 베토벤이나 쇼팽을 비소벤이니 쵸핑이라고 부르지 않잖아. 소비에트만 봐도 러시아 문학에서 비제는 발음 그대로 똑똑히 비제라고 적어. 비제트라고 쓰지 않는단 말이야. 그런데 모자르라고 말할 필요가 어디 있느냐 이 말이야."

"그래, 맞아. 맥주를 비에르라고 하다니, 프랑스 물 먹은 자랑도 어지간해야지."

두 사람이 한창 마음껏 깎아내리고 있을 때, 그런 줄도 모르고 당사자가 다소 불만스러운 표정으로 돌아왔다.

"비에르는 없더군."

누구에게랄 것 없이 그렇게 말하더니 니조는 샌드위치를 먹기 시작했다. 아마 릴리스는 또 시작이라는 듯이 마키와 얼굴을 마주 보았다.

"어머나, 그래요? 안됐네."

그때까지 턱을 괴고 눈앞의 글라스를 바라보고 있던 유키타케가 손을 뻗어 박하 맛이 나는 초록색 술을 한 모금 마시는가 싶더니 바로 테이블에 내려놓았다.

"어라, 이거 페퍼민트잖아? 뭐 다른 술은 없어? 난 박하가 싫어."

"유감이지만 다른 술은 없어. 누가 마셔버려서 병이 다 바닥났어."

"마셨다고? 누가?"

"알면 한바탕했지."

"흥, 몹쓸 녀석이네."

유키타케는 기가 막힌다는 듯이 입을 벌리고 천장의 등불을 쳐다보았다. 니조는 무슨 생각을 하는지 정면의 벽을 지긋이 바라보고 있었다.

체포 영장은 이미 청구했지만 아무래도 외딴 곳이라 이튿날이나 되어야 도착할 것으로 가늠한 겐모치 경감과 유키 형사는 멀찍이서 용의자의 모습을 가만히 지켜보기로 했다.

그들은 야식을 먹으며 한 시간쯤 보낸 뒤 다시 응접실로 돌아와 경야에 가담했다. 농부들은 의리가 깊은 건지, 아니면 의리 없다는 말이 싫어서 그런지 경야를 마치고 서둘러 돌아가는 이는 한 명도 없었다. 다들 무릎을 꿇고 앉아 다리도 펴지 않고 하나 씨의 죽음을 애도하는 듯했다.

젊은이들이 자리에 앉는 사이 수런거리던 공기도 바로 잦아들었고, 중단되었던 경야는 다시 계속되었다. 두 경찰은 아까와 똑같은 자리에 앉아 몰래 먹잇감을 감시하기 시작했다.

승려가 독경할 때와 달리 경야에 참석한 사람들은 삼삼오오 작은 목소리로 잡담을 나누고 있었다. 하지만 그 목소리도 12시가 지나자 부쩍 줄었다. 개중에는 졸음과 싸우는 이도 있었고, 이미 무릎을 꿇은 채 꾸벅꾸벅 조는 이도 있었다. 밭일에 지친 농부들이니 그럴 만도 했다.

방금 홍차를 마셨지만 양이 적어서 그런지 유키타케도 잠을 몰아내지 못하고 꾸벅꾸벅 졸기 시작했다. 그는 윗몸을 까딱거리다가 하마터면 균형을 잃고 나동그라질 뻔하고는 화들짝 깨서 저도 모르게 휘둥그런 눈으로 주위를 둘러보았다. 잠에 취한 그 옆얼굴이 어찌나 얼빠져 보이고 우스꽝스러운지, 유키 형사는 무심결에 피식 웃고 말았다.

하지만 남을 보고 웃을 때는 그나마 나았다. 2시, 3시, 밤이 점점 깊어지자 젠모치 경감도 유키 형사도 쏟아지는 졸음을 견디지 못하고 마침내 꾸벅꾸벅 졸기 시작했다. 이러면 안 되는데. 억지로 눈을 뜨고 저항해보았지만 끝내 도저히 참지 못하고 잠들고 말았다.

"나리. 여보슈, 경찰 나리……."

어디선가 부르는 소리가 들리나 싶더니 어깨를 우악스럽게 흔드는 손길에 유키 형사는 퍼뜩 눈을 떴다. 눈앞에 햇볕에 시커멓게 그을고 주름이 자글자글한 낯에 엉킨 실타래 같은 하얀 수염을 기른 늙은 농부의 얼굴이 있었다.

"무슨…… 볼일이라도?"

"잠깐 와보슈."

유키 형사는 잠에 취한 눈으로도 그 범상치 않은 표정을 바로 알아보고 당장 일어섰다. 노인은 앞장서서 복도를 걸어가 계단 밑을 지나 화장실 문을 밀었다. 안을 들여다본 유키 형사는 소리를 지르며 그 자리에 우뚝 멈춰 섰다.

리라장 화장실 위치에 대해서는 앞서 언급한 바 있는데, 문 정면에 변기가 있다. 그 변기 바로 밑 하얀 타일 바닥 위에 유카타를 입은 남자가 고개를 반대편으로 돌리고 엎드린 자세로 쓰러져 있었다.

젊은 학생들 중에서 유카타를 입은 사람은 한 명밖에 없었다. 때문에 유키 형사는 쓰러진 사람이 누구인지 바로 알 수 있었다. 유카타 자락이 흐트러져 정강이에 털이 숭숭한 두 다리가 쑥 드러나 있다. 쓰러질 때 날아갔는지 가죽 슬리퍼 한 짝은 북쪽 창문 밑에 떨어져 있었다.

"나리, 이것이 무신 요지경 속이랍니까?"

농부가 목멘 소리를 낼 만도 했다. 그의 말은 유카타 등 위에 놓인 한 장의 카드를 가리키는 것이었다. 겨우 정신을 차린 유키 형사는 성큼성큼 안으로 들어가 어둠에 익은 시선으로 재빨리 주위를 둘러보았다. 창문 그물망에는 이상이 없었다. 이어서 그는 시체 등에 놓인 카드를 들어 '스페이드 5'라는 것을 확인한 다음 셔츠 가슴 주머니에 넣었다.

피해자가 장발이라 몰랐는데 조심스레 손을 대어보니 뒤통수에 심하게 찢긴 상처가 있었다. 혹시나 싶어 거울 대신 라이터를 콧구멍에 대어보았지만 숨은 이미 거둔 상태였다.

유키 형사의 가슴속에는 죽은 이를 애도하는 마음은 조금도 일지 않았다. 그의 눈앞에서 이런 대담한 짓을 저지른 범인에 대한 분노가 가슴을 가득 채워 다른 생각을 할 여유가 전혀 없었다. 형사들은 용의자를 감시할 목적으로 리라장에 머물었지만 대놓고 그렇다고 할 수도 없어 연쇄살인사건을 미연에 방지하기 위한 경계라고 둘러댔었다.

하지만 유키 형사도 그렇고 겐모치 경감도 더 이상 사건이 발생한다고 믿었던 것은 아니었기 때문에 하나 씨의 죽음으로 끝난 줄 알았다. 따라서 다섯 번째 희생자가 나왔다는 사실은 유키 형사를 몹시 놀라게 했고, 동시에 그들의 경계 하에서 이런 사건이 발생했다는 사실은 두 사람을 궁지에 몰아넣는 셈이었다. 이것은 영락없이 유키 형사와 겐모치 경감의 실수였으므로 학생들이 자신들을 얼마나 경멸하고 비웃을지 안 봐도 뻔했다.

유키 형사는 씁쓸한 얼굴로 뒤를 돌아보았다.

"영감님, 미안하오만 겐모치 경감님을 불러주겠습니까? 그래요, 내 옆에 있던 안경 쓴 뚱뚱한 사람……."

문가에 서 있는 늙은 농부에게 놀란 가슴을 들키지 않으려고 유키 형사는 애써 냉정하게 말했다.

겐모치 경감은 바로 달려와서 화장실 안을 들여다보더니 대번에 벌겋게 달아오른 얼굴로 내뱉듯이 중얼거렸다.

"우릴 우습게보는군."

그리고 유키타케의 시체를 만져보더니, "당신이 발견했나?" 하고 달려들 기세로 물었다.

"예에."

늙은 농부는 경감의 험악한 기세에 겁을 집어먹었는지 어물

어물 대답하다가, 볼일을 보려고 화장실 문을 열었는데 거기에 쓰러져 있는 유키타케를 발견하고 깜짝 놀라 유키 형사에게 알렸다고 덧붙였다.

"그만 간질병인 줄 알구 간뎅이 떨어지는 줄 알았다니께요."

퉁명스러운 얼굴로 시체의 위치를 바라보던 겐모치 경감은 한참 있다가 유키 형사를 돌아보았다.

"범인은 유키타케가 변기 앞에 서 있을 때 뒤에서 때려 죽였군."

"그런 것 같습니다. 마침 볼일을 마친 순간을 노려서 내리쳤겠지요."

"출혈은 적지만 뼈가 박살난 것 같군. 흉기는 뭘까?"

그 흉기는 바로 근처의 내부 현관 입구에서 나뒹굴고 있었다. 평소 목욕탕 아궁이 쪽에 두는 갈고랑이 모양의 철제 불쏘시개였다.

범인은 뾰족한 끝을 위로 들고 마치 칼등으로 내리치는 듯 후려쳤으리라. 그 점은 아직 축축하게 젖어 있는 상처의 상태로도 짐작할 수 있었다.

"그나저나 교묘한 때를 노렸군. 남자가 볼일을 보고 있을 때 공격을 당하면 도저히 막을 재간이 없을 테니 말이야. 나는 바로 본서에 연락을 취하겠네. 자네는 그 녀석을 감시해주게. 그리고 영감."

겐모치 경감은 복도에 서 있는 늙은 농부를 불렀다.

"내가 전화를 마칠 때까지 여기 좀 지켜주겠나? 누가 와도 들여보내면 안 되네."

겐모치 경감은 꺼리는 상대의 얼굴을 무시한 채 대답은 듣지도 않고 억지로 부탁했다.

유키 형사는 태연한 얼굴로 응접실에 돌아갔다. 관 앞의 유족을 살펴보니 다들 잠에 빠져 이변을 눈치챈 이는 없는 듯했다.

복도에서 겐모치 경감이 본서를 호출하는 소리가 들렸다. 분노와 난처함, 낭패한 마음이 뒤섞인 기묘한 목소리였다. 경감이 소리 죽여 말하는 탓에 좀처럼 상대에게 전달되지 않는 모양이었다.

전화를 마치고 5분쯤 지났을 때, 한 여성이 불쑥 일어나 사람들 사이를 헤치고 다가왔다. 히다카 데쓰코였다.

"아, 어디 가십니까?"

유키 형사는 그녀를 허둥지둥 불러 세웠다.

"화장실에요."

"큰일이군. 조금 참아주시면 안 되겠습니까?"

그렇게 막아보았지만 아침까지 시체를 건드릴 수도 없고, 그때까지 사람들의 발을 묶어놓을 수도 없었다.

"데쓰코 양이라고 하셨지요? 저 화장실은 당분간 사용할 수 없습니다. 그래도 관리인용 화장실이 따로 있지 않습니까?"

"네, 만페이 영감님 방 옆에 있는 것 같던데요."

"그럼 그쪽으로 가주셨으면 합니다."

"어머, 왜요?"

데쓰코가 미심쩍은 표정을 지으며 안경을 고쳐 썼다.

"이유는 나중에 알게 될 테니 어쨌든 그쪽으로 가십시오."

"저……."

그녀는 망설이는 기색으로 한참 서 있다가 단호하게 고개를 저었다.

"싫어요."

"어째서죠?"

"이런 초상날 밤에 멀리 떨어진 화장실에 가다니, 무섭단 말이에요."

평소에는 남자처럼 구는 주제에 역시 여자는 여자인가 보다.

"같이 가주실래요?"

"마, 마, 말도 안 되는 소리."

유키 형사는 거품을 물고 말을 더듬더니 손수건으로 콧등을 훔쳤다.

"그래, 릴리스 양을 데려가면 어떻겠습니까?"

"그러네요. 그럼 그럴게요. 그런데 무슨 일이라도 있었나요?"

"아니, 별일 아닙니다. 그저 조금……."

모호한 대답에 데쓰코는 그 이상 묻기를 포기했는지, 다시 사람들 사이를 헤치고 아마 릴리스 옆으로 가 그녀를 깨워 화장실에 함께 가자고 말하는 눈치였다. 아마 릴리스는 가기 싫은지 처음에는 고개를 젓더니만 이윽고 설득에 넘어갔는지 자리에서 일어섰다. 누군가가 이를 갈며 잠꼬대를 몇 마디 하더니 바로 조용해졌다.

니조의 자신감

-1-

그러나 다섯 번째 희생자가 나왔다는 사실을 쉬이 숨길 수는 없었다. 여름밤이라 화장실에 가는 사람 수는 그리 많지 않았지만, 유키 형사에게 관리인 전용 화장실을 사용하라는 지시를 받은 사람들은 다들 의아한 표정으로 제자리에 돌아와 옆 사람의 어깨를 쿡쿡 찌르며 소곤소곤 속닥거렸다. 유키 형사가 진상을 숨기려 애써도 그 심각한 표정을 보면 범상치 않은 일이 터졌음을 짐작할 수 있었다.

시간이 흐르고 새벽녘이 다가올수록 그들 사이에 오가는 속삭임은 차츰 주위로 퍼져나갔고, 그 목소리도 점점 커졌다. 이윽고 그것은 철야에 지친 유족들 사이에도 퍼진 듯했다. 유족은 유족들끼리, 농부는 농부들끼리, 그리고 학생은 학생들끼리 서로 이 이상한 분위기에 대해 논하고 있었다.

등나무 의자에서 내려와 허리를 살짝 굽히고 아비코나 데쓰코 여사와 뭔가 이야기를 나누던 니조 요시후사가 그러던 중에 자꾸 손목시계를 보며 입구를 돌아보기 시작했다. 유키타케의 부재가 마침내 마음에 걸린 모양이다.

그들과 떨어진 장소에 있는 마키와 아마 릴리스 그룹도 역시나 불안한 기색을 보이기 시작했다. 유키타케가 앉아 있던 아마 릴리스 옆의 방석은 아까부터 주인 없이 허전하게 비어 있었다.

"그래, 릴리. 네가 화장실에 간 게 몇 시쯤이었어?"

"글쎄, 한 2시 아니었을까. 확실하게 기억은 안 나지만……."

"그 이후로 계속 돌아오지 않은 건가?"

"글쎄, 난 바로 잠들어버려서 뒷일은 몰라."

마키와 아마 릴리스의 그런 대화가 유키 형사의 귀에 들어왔다. 마키가 일어서서 바지 주름을 매만지더니 사람들 사이를 헤치고 유키 형사 쪽으로 다가왔다.

"무슨 일이 있었던 것 아닙니까?"

"뭐가 말입니까?"

형사는 시치미를 뗐다.

"숨기지 마십시오. 유키타케가 안 보이는데요."

"유키타케 씨? 글쎄, 화장실에 갔나 보지요."

마키는 친구의 신변을 걱정하듯 눈썹을 찌푸리더니 성난 기세로 대들었다.

"농담은 그만두십시오. 저는 진지합니다."

유키 형사가 대답하려는 찰나, 니조까지 고개를 내밀었다. 그도 심각한 표정이었다.

"유키타케가 당했다. 그렇지요? 예?"

단정 짓고 몰아세우는 말투였다.

"확실하게 알고 싶습니다. 저는 범인이 유키타케를 노릴 줄 알고 있었어요. 날이 새면 조심하라고 일러줄 생각이었습니다. 그리고 범인의 가면을 벗겨낼 작정이었어요. 하지만 이렇게 빨리 당할 줄은 몰랐습니다. 그렇지요, 유키 형사님? 유키타케가 당한 거지요? 아닙니까?"

"……."

"압니다, 저는 알아요. 지금까지 네 사람을 살해한 범인이니 어처구니없는 실수는 하지 않을 테지요. 유키타케는 괜찮습니까? 아니면……."

유키 형사는 말없이 고개를 가로저었다.

"그런가, 역시……."

니조는 쉰 목소리로 중얼거리더니 눈을 한 번 깜빡이고서 다시 집요하게 물고 늘어졌다.

"누구 범행인지 알고 계십니까?"

"그야 벌써 옛날에 알아냈지요."

상대의 말투에서 은근히 경찰의 능력을 의심하는 낌새를 느낀 유키 형사는 그것을 되받아치듯이 단호한 어조로 대답했다.

"그럼 어째서 체포하지 않는 겁니까?"

"유감스럽지만 지금까지 증거가 없었습니다. 하지만 이제 증거를 잡아냈어요. 그러니 체포도 시간문제입니다."

"시간문제라. 조금만 더 빠릿빠릿하게 해주시지. 그랬으면 유키타케도 살해당하지 않고 끝났을 텐데 말입니다."

상대의 거침없는 말이 유키 형사의 아픈 곳을 사정없이 찔러댔다. 하지만 감시를 게을리 하여 범인이 힘겹게나마 다섯 번째 범행을 마친 것은 유키 형사의 실수이니 반박할 수도 없었다. 분하지만 잠자코 듣고 있을 수밖에 없었다.

니조는 제 할 말만 하더니 빙글 몸을 돌려 자기 자리로 돌아갔다. 그것을 기다렸다는 듯 이번에는 마키가 물었다.

"시체는 어디에서 발견했습니까? 화장실인가요?"

"그렇습니다."

"어떤 식으로 당했습니까?"

"불쏘시개에 머리가 깨졌어요. 즉사였을 겁니다."

"역시 카드가……?"

"그래요. 스페이드 5가 시체 위에 놓여 있었습니다."

마키는 허공에 시선을 던지더니 거의 혼잣말처럼 말했다.

"모를 일이야……. 대체 누구 짓일까? 우리 중에 살인귀가 있다니, 도저히 못 믿겠어."

마키는 뭐라 중얼거리나 싶더니 인사도 잊고 힘없는 발걸음으로 돌아갔다. 이리하여 유키 형사가 숨겼던 유키타케의 죽음은 순식간에 경야에 참석한 모든 이들의 귀에 들어갔다. 다섯 번째 희생자의 발생은 범인을 제외한 모든 이들을 놀라게 하고도 남을 충격적인 뉴스였다.

새벽 4시 넘어 경찰차가 도착했다. 여름이라 이미 동이 트기 시작해 정원의 바위들도 어렴풋이 보였고, 그물망으로 새어 들어오는 아침의 기척에 천장에서 빛나던 형광등 불빛도 지금은 침침하니 미덥지 못해 보였다.

유키 형사는 그 자리에서 꼼짝하지 않았고, 겐모치 경감이 현관까지 맞이하러 나갔다. 검사가 경찰의와 들것을 든 세 명의 경찰관 뒤를 따라왔다. 그가 겐모치 경감의 얼굴을 보고 살짝 고개를 끄덕인 것은 말할 나위도 없이 체포 영장을 가져왔다는 뜻이었다.

일행은 경감의 안내로 복도를 빠져나가는 거센 바람처럼 말 없이 발소리도 내지 않고 화장실로 들어갔다. 하지만 아무리 조용히 걸어도 경야에 참석한 사람들의 귀를 속일 수는 없었다. 유키타케의 죽음을 안 그들의 감각은 경악과 공포 때문에 신경질적으로 변했고, 수면은커녕 마치 야생 동물처럼 민감해졌다.

농부들 사이에서는 살인범에 대한 공포와는 달리 검찰관의 도착으로 일종의 경외심과 비슷한 혼란 상태가 일었다. 그들은 조개처럼 입을 다물고 한마디 말도 없이 그저 초조하게 눈알만 굴렸다. 그리고 이따금 마키와 아비코를 훔쳐보았다. 그것은 다섯 남녀를 집어삼킨 대담한 범인의 정체가 누구인지 알고자 하는 호기심에 약간의 증오가 섞인 눈초리였다.

시선을 받는 입장이 되어보면 결코 유쾌하지 못하다. 아비코나 마키, 아마 릴리스는 물론이거니와 사건과 상관없는 데쓰코나 니조도 농부들의 시선을 의식하고 불편한 표정을 지었다.

당찬 아마 릴리스는 주머니를 뒤져 껌을 꺼내더니 입 안에 쏙 던져 넣고 소리 내어 씹기 시작했다. 마키는 모르는 척했지만 아비코는 앳된 얼굴을 붉히며 쉴 새 없이 꼼지락거렸다. 니조는 오만한 태도로 천장을 쳐다보고 있었으며 데쓰코는 반대로 아래쪽을 쳐다보았다. 이렇게 저마다 성격에 맞는 가지각색의 반응을 보였다. 농부들은 차츰 대담하고 뻔뻔해졌으며, 그리고 눈초리는 점점 더 고약하게 변했다.

겐모치 경감이 낯선 남자들을 데리고 들어온 것은 그때까지 어두컴컴했던 정원 화단의 칸나 꽃잎이 아침 햇살을 받아 불꽃 같은 붉은색으로 보일 무렵이었다. 농부도 유족도 학생들도,

그 낯선 남자가 무슨 목적으로 찾아왔는지 본능적으로 알아차렸다. 입을 여는 이는 아무도 없었다. 아마 릴리스조차 껌을 오물거리던 입을 다물었다. 응접실 공기는 따가울 정도로 긴장 상태였다.

세 명의 경찰관은 고개를 마주 끄덕이더니 나란히 사람들을 바라보며 정글 지대를 건너는 맹수 사냥꾼 무리처럼 농부들 사이를 헤치고 들어왔다. 그들의 목표는 왼쪽 벽 앞에 있는 듯했다. 아비코와 데쓰코, 니조는 고개를 뒤로 돌려 묵묵히 사냥꾼들을 맞이했다. 어제 막 도착한 데쓰코와 니조가 사건과 아무 상관없다는 사실은 명백했다. 때문에 그들은 당황할 이유가 없었다.

아비코는 그들이 누구를 덮칠 작정인지 바로 알아차렸다. 둥그렇고 앳된 얼굴의 뺨 근육이 부들부들 떨리는가 싶더니 흉측하게 일그러졌다. 처음에는 웃는 것처럼 보였으나 그것도 찰나, 대번에 훌쩍훌쩍 우는 얼굴로 바뀌었다.

세 명의 경찰관은 아비코 앞에 우뚝 섰다. 가무잡잡한 농부들은 입을 떡 벌리고 이 광경을 바라보았다.

"당신이 아비코 히로시 씨 맞습니까?"

겐모치 경감이 엄숙한 목소리로 물었다.

"제가 아비코가 아니면 누구겠습니까……."

그는 남은 기력을 쥐어 짜내 한껏 비아냥거렸다.

"군말은 할 필요 없소. 당신을 스다 사키치와 그 밖의 살인 사건에 대한 용의자로 체포합니다. 이게 영장입니다. 또한 당신은 자신에게 불리한……."

스다 사키치란 바로 그 숯쟁이의 이름이다. 하지만 아비코의 귀에는 경감의 말이 절반도 들어오지 않았다. 체포 영장에는 아직 유키타케의 이름은 없지만 나머지 희생자 네 명의 이름이 쭉 늘어서 있었다. 아비코는 한 번 흘깃 쳐다보았을 뿐, 읽으려 하지는 않았다. 아니, 읽을 수가 없었다. 대뇌가 그의 의지에서 벗어나 시력도 이해력도 완전히 마비되었기 때문이다. 그런 주제에 상상력은 오히려 활발하게 작용하는지, 지저분한 응접실 벽을 캔버스 삼아 그 위에 아직 한 번도 본 적 없는 교수대 모양을 선명하게 그려낼 수 있었다.

경감은 아비코에게 학생이라는 체면도 있을 테니 수갑은 채우지 않겠다고 말하며, 그 대신 엉뚱한 짓은 말라고 그의 팔을 붙잡았다. 유키 형사가 반대편에서 다른 팔 한쪽을 붙잡았다. 완전히 자유를 잃은 아비코는 아무런 저항도 하지 못하고 걸음을 뗐다. 농부들이 좌우로 물러나 통로를 내주었다.

아비코는 복도로 나오자마자 제정신이 돌아온 듯했다.

"아니야, 난 범인이 아니야! 내가 죽인 게 아니야. 아니야, 아니란 말이야. 놔, 놔줘!"

아우성치는 소리가 쉴 새 없이 들렸지만 경찰이 귀담아들을 턱이 없다. 그 목소리도 차츰 작아졌다.

마키를 비롯한 네 학생은 문가에 서서 고개를 맞댄 채 한동안 말이 없었다. 그래도 얼마 지나 아마 릴리스가 떨리는 목소리로 말했다.

"아비코가 범인이었구나……. 왠지 믿기지 않아……."

어쨌든 눈앞에서 살인범이 체포되다니, 누구에게나 충격적이었다. 농부들은 얼이 빠져서 누구 하나 입을 열지 않았다.

-2-

네 명의 친구들은 철문 앞에 서서 연행당하는 아비코를 떠나보냈다. 많은 친구들을 죽이고, 사람 좋은 하나 씨를 죽인 남자라고 생각하면 증오스럽지만 그 또한 한솥밥을 먹은 친구였으므로 모르는 척할 수 없었으리라. 그리고 유키타케의 시신도 함께 실려 나갔다.

아비코는 겐모치 경감과 유키 형사 사이에 끼어 대형 지프 뒷좌석에 앉았다. 아까까지 붉게 물들었던 뺨은 창백하게 질렸고 자기 구두코만 하염없이 쳐다보며 고개를 들 기미가 없었다.

유키타케의 시신은 뒤쪽의 소형 트럭에 안치되었다. 그 역시 다치바나나 살로메와 마찬가지로 해부를 거쳐야 했다. 나흘

전 저녁, 희희낙락 리라장을 찾은 일곱 명의 남녀 가운데 세 사람이 딱딱한 해부대 위에서 차가운 메스에 살이 찢기고, 또 한 사람은 살인범으로 끌려가는 모습을 그 누가 예상했겠는가. 뒤에 남은 두 여성과 두 남성은 복잡한 심경을 얼굴에 드러낸 채 말없이 서 있었다.

이윽고 두 대의 자동차가 나란히 출발해 큰길로 나가 모퉁이를 돌아가자 네 사람은 누가 먼저랄 것 없이 리라장으로 발걸음을 돌렸다. 피에 물든 것처럼 붉게 핀 나팔꽃 대여섯 송이가 돌기둥을 휘감은 모습이 사건 직후인 만큼 유난히 인상적으로 보였다.

모두들 잠이 부족해 식사보다 제 방 침대에서 쉬기를 원했다.

"식사는 어쩔래?"

아마 릴리스가 지쳐서 맥없는 목소리로 물었다.

"나는 자고 싶지만, 만페이 영감님이나 유족 분들에게 아침 식사를 차려주지 않으면 실례겠지?"

"그러네, 그럼 토스트하고 햄에그나 뭘……."

마키와 아마 릴리스가 아침식사 메뉴를 정했다.

"내가 도울게."

그렇게 말하는 데쓰코의 목소리도 메말라 있었다.

"어머, 그래? 그럼 부탁할게. 천천히 하자. 8시까지 한 시간은 남았으니까."

네 사람이 내부 현관을 지나 안으로 들어갈 때, 농부들은 경야를 마치고 잠이 부족해 기름 낀 얼굴로 나와서 중앙 현관으로 돌아가는 참이었다. 졸린 표정은 학생들도 마찬가지였다. 그들은 너나 할 것 없이 서로 인사를 나누며 경야를 함께 한 노고를 다독였다.

2층 각자의 방으로 돌아간 마키 일행은 약속이라도 한 것처럼 칫솔과 세면도구를 끌어안고 세면소로 뛰어들었다. 입을 헹구고 차가운 물로 얼굴을 씻자 그럭저럭 기분도 상쾌해지고 정신도 돌아왔다.

아마 릴리스와 데쓰코가 조리실에서 요리를 시작했을 무렵, 마키는 식당 의자에 앉아 라디오 스위치를 켜고 소리를 작게 줄인 다음 조간을 펼쳤다. 그는 먼저 사회면을 펼쳤다. 나왔다, 나왔어. 리라장의 살인사건이 1면에 큼직하게 실려 있었다. 마키는 어제 낮 검사 일행을 따라온 신문기자가 사건을 어떻게 다루었는지, 한 글자도 빠뜨리지 않고 주의 깊게 기사를 읽기 시작했다.

테이블 맞은편에 앉은 니조는 선반 위에 놓인 신문을 들더니 역시나 이상하리만치 열심히 뒤적이기 시작했다. 그 눈동자는 뭔가에 홀린 사람처럼 대단히 진지했다. 경마장 스탠드에 서서 자기가 돈을 건 말의 막판 스퍼트를 잡아먹을 듯이 바라보는 경마광의 눈이 떠오르는 눈동자였다.

"조간은 이거야."

마키가 아직 접힌 채로 테이블 위에 놓인 다른 한 종류의 조간을 내밀었는데, 어찌 된 영문인지 니조는 쳐다보지도 않았다.

"내가 찾는 건 21일자 석간이야."

니조는 쏘아붙이듯이 말하고 지난 신문을 이리저리 펼쳐보다가 이윽고 필요한 석간을 찾아내자 사회면을 펼치고는 감씨처럼 자그마한 눈을 한껏 부릅뜨고 기사를 훑어갔다. 그러다가 원하는 부분을 발견했는지 외마디 신음을 지르더니 그 신문을 옆구리에 끼고 식당에서 뛰쳐나갔다.

쟁반에 토스트를 담아오던 아마 릴리스가 하마터면 맞부딪칠 뻔했다가 겨우 몸을 피했다. 그 반동으로 접시에서 굴러 떨어지려는 토스트를 가까스로 쟁반으로 받아내고 고개를 드니 니조의 모습은 이미 거기에 없고 계단을 급히 올라가는 발소리만 들렸다.

"왜 저래, 저 사람?"

쟁반을 테이블에 내려놓은 아마 릴리스가 할딱거리며 물었다.

"하마터면 부딪칠 뻔했잖아. 싸우기라도 했어?"

"싸움은 무슨. 저치가 무슨 일인지 지난 신문을 보자마자 흥분해서 뛰쳐나간 거야."

"묘한 사람이야."

"맛이 간 것 아닐까?"

니조가 그런 기괴한 행동을 취한 까닭이 무엇인지, 마키도 전혀 짐작할 수 없었다. 8월 21일 석간은 그도 읽었지만 특별히 이상한 점은 없었던 것으로 기억했다.

"미안하지만 신문 좀 치워줄래? 다치바나랑 살로메 부모님께도 여기서 함께 드시라고 할 거야."

"그래? 그럼 나도 도와야지."

"그래 주면 고맙지. 이제 슬슬 햄에그가 다 되어가. 여기로 가져다줄래?"

철부지 아가씨인 아마 릴리스도 마키 가즌도 앞에서는 마치 어린 양처럼 순했다.

"라디오는 꺼놓는 편이 낫겠어. 그분들이 계시는 동안에 춤곡 같은 건 자제해야지."

마키는 손을 뻗어 스위치를 끄고 접시를 나르기 위해 일어섰다.

데쓰코와 아마 릴리스가 지은 아침식사는 제법 그럴싸했지만 유족들의 식욕을 자극하지는 못했다. 그들은 빵을 깨작거리다가 응접실로 돌아갔다. 만페이 영감은 자기 방에서 혼자 먹었는데, 빵이 익숙하지 않은 만큼 더더군다나 목구멍을 넘어가지 않아 접시 위에는 토스트도 햄에그도 거의 그대로 남아 있었다.

유족들이 함께 하는 동안은 학생들도 말수가 적었다. 다치바나나 살로메의 부모는 자식과 친하게 지낸 이들 학생들과 이런저런 이야기를 나누고 싶은 기색이었지만, 아직 그럴 만한 기력이 없는지 범인이 잡혀야 편히 눈을 감을 것이라는 말만 짧게 했을 뿐이었다.

유족들의 심경은 학생들에게도 민감하게 반영되어 입을 여는 이가 거의 없었다. 때문에 유족들이 응접실로 물러나자 학생들은 해방된 것처럼 말도 많아지고 마음도 가뿐해졌는데, 특히 마키와 니조는 대번에 왕성한 식욕을 되찾아 바삭하게 구운 빵을 두 개나 먹어치웠다.

"아무래도 농가에는 가무잡잡한 여성들만 모여 있나 봐. 나는 가무잡잡한 여자는 질색이라, 남쪽 나라 정글에 잘못 들어선 줄 알고 오싹할 정도였어."

"난 그 스님이 으스스하더라. 이슥한 밤에 대웅전에서 그 스님하고 단둘이 마주 앉아 있는 모습을 상상했더니 소름이 다 끼치지 뭐야."

그들의 가볍고 스스럼없는 수다는, 말하자면 정신을 보호하기 위한 수단이었다. 리라장은 지난 며칠 동안 시커먼 구름에 덮여 있었다. 오늘 아침은 시체 한 구와 살인 용의자를 떠나보냈고, 이제 곧 세 개의 관을 화장터로 보내야만 한다. 오후가 되면 유키타케의 해부된 시체가 돌아올 테고, 또 다치바나를 비롯한 세 사람의 유골을 찾으러 가야 한다. 그리고 오늘 밤은 유키타케의 경야, 내일은 장례. 이런 식으로 숨 돌릴 틈도 없을 정도로 음울한 행사로 스케줄이 꽉 찼다. 억지로라도 우스갯소리를 하지 않으면 숨이 막힌다. 그들이 내는 웃음소리를 무턱대고 때와 장소도 가리지 못한다고 탓할 수만은 없었다.

제 머리카락을 소중히 만지작거리던 아마릴리스가 끝내 한숨을 쉬었다.

"아, 빨리 집에 돌아가고 싶어. 아비코가 잡혔으니 살해당할 걱정은 이제 없지만, 이런 음침한 곳에 있으니 불쾌해!"

"앞으로 2, 3일은 못 떠나. 유키타케 장례도 치러야 하고, 경찰도 증거 확보 때문에 우리에게 이것저것 묻고 싶을 테고. 당분간은 포기해."

"그러다가 2학기가 시작되는 것 아냐?"

"설마. 그전에는 돌아갈 수 있겠지."

"유키타케네 유족은 바로 오실까?"

"아니, 그 녀석은 지방 출신이니까 빨라도 내일 오후나 되겠지. 유키 형사님이 전보로 알린다고 했어."

"그러면 유골을 수습하러 가는 건 그다음이네."

"역시 부모님이 오실 때까지 기다려야겠지. 하지만 아무래도 여름이라."

"드라이아이스를 잔뜩 사둬야겠어."

일부러 가볍게 말하려고 애쓰고 있지만 키를 잘못 잡으면 화제가 어두운 방향으로 굴러가기 십상이었다. 그리고 그 실수를 깨닫고는 허둥지둥 뱃머리를 반대 방향으로 돌리는 것이었다.

니조는 심각한 얼굴로 홍차를 휘젓고 있었다. 아까 지난 신문을 끌어안고 보였던 기묘한 행동은 이미 오래 전에 잊어버린 듯했다. 마키 일행과 이야기하기가 싫은지 그는 내내 말이 없었다. 데쓰코는 홍차에서 솟아오르는 김 때문에 서리가 낀 남성용 안경 렌즈를 닦으면서 불쑥 한마디 중얼거렸다. 그것은 지금쯤 아비코는 어쩌고 있을까, 라는 말이었다.

10시 전에 철문 쪽에서 자동차 경적이 들리더니 이윽고 현관에서 사람을 찾는 소리가 들렸다. 학생들은 부탁한 영구차가 도착했다는 사실을 알았다. 차가 두 대밖에 없다는 젊은 장의사의 말에 결국 차 한 대에 하나 씨의 관을, 나머지 한 대에 다치바나와 살로메의 관을 싣게 되었다.

"다치바나 씨하고 그렇게나 사이가 좋았던 아이였으니, 함께 할 수 있어 오히려 기뻐할 거예요."

살로메의 어머니가 그렇게 말하더니 검은 옷을 두른 어깨를 떨며 또 한 차례 울었다.

"어이, 오른쪽이 남자고 왼쪽이 여자야. 화장할 때 헷갈리면 안 돼!"

젊은 장의사는 운전사에게 고래고래 외치더니 차 앞으로 돌아가 조수석에 탔다.

택시도 한 대밖에 없었다. 다치바나, 살로메의 부친들과 만페이 영감, 친구를 대표해 마키가 화장터까지 따라갔다. 여름날 오전의 강렬한 햇살 속에서, 그것은 슬프고도 쓸쓸한 여정이었다.

-3-

리라장은 단숨에 고요해졌다.

그들이 식당에 멍하니 앉아 있을 때, 유키 형사가 잠은 모자라지만 늠름한 빛이 넘치는 얼굴로 순경 둘을 데리고 나타났다.

"여기로 오다가 역에서 1킬로미터쯤 떨어진 곳에서 영구차하고 엇갈렸습니다. 다치바나 씨나 살로메 양도 그렇고, 그리고 하나 씨도 그렇지만, 다들 가깝게 이야기를 나누었던 분들이라 진심으로 명복을 빌었습니다."

유키 형사는 식당 입구에 서서 니조 일행을 보며 말했다. 어깨의 짐을 내려놓은 탓인지 기운이 넘쳤다.

"어라, 마키 씨는요?"

"저희를 대표해서 화장터까지 따라갔어요."

파이프를 문 데쓰코가 대답했다.

"아비코는 어쩌고 있나요?"

"글쎄요, 그렇게 빨리 자백하는 경우는 없으니까요. 역시 체념하고 털어놓을 마음이 들기까지 하루 이틀은 걸리는 법입니다. 이번 사건은 비소가 든 코코아 찻잔이라는 증거도 있으니 빠르면 모레쯤 검찰청으로 송치하겠지요. 하지만 가급적 나머지 스페이드 카드를 압수해서 찍소리도 못하게 만들고 싶은 터라, 그걸 수색하러 왔습니다."

유키 형사는 그렇게 말하고는 복도에 있던 경찰관들을 재촉해 계단을 올라갔다. 그는 아비코의 방으로 들어가 수트케이스를 뒤집어엎고 빨랫감과 세면도구를 헤집고, 침대 이불을 벗겨내고 매트를 빼내고, 급기야 옷장도 들여다보고 바닥도 두드려보고 천장 밑까지 뒤지면서, 점심도 먹지 않고 철저하게 조사했다. 그럼에도 불구하고 카드는 어디에서도 나오지 않았다.

"젠장, 벌써 처분했군! 하기야 그걸 압수당하면 끝장이니, 방 안에 둘 리가 없지."

세 사람이 이마의 땀을 닦고 있을 때 파리에서 돌아온 니조가 불쑥 찾아오더니 문가에서 방 안을 살펴보았다.

"식당에 식사를 차려놓았다는데 드시지 않을 겁니까? 이제 슬슬 화장터에 갔던 사람들도 돌아올 시간인데요."

그렇게 말하면서 그는 침대 끄트머리에 앉더니 세 사람에게 피스를 한 대씩 권하고 자기도 입에 물고는, "유키 형사님, 몇 가지 여쭤보고 싶은 게 있습니다."라며 웬일인지 공손한 태도를 보였다. 유키 형사는 겐모치 경감에게 꼭 그런 소리를 들어서가 아니라, 잘난 파리 노래를 부르는 상대의 태도가 같잖아서 이 남자가 아무래도 마음에 들지 않았다. 하지만 담배를 받은 이상 매몰차게 대할 수도 없어 무난한 선에서 대답했다.

"제가 아는 범위에서라면 뭐든 물어보십시오."

"누군가 릴리스 양의 레인코트를 훔쳐갔다는 사실을 가장 먼저 알아차린 사람이 누구인지, 그리고 그게 언제였는지 알고 싶습니다."

갑작스레 엉뚱한 질문을 받은 유키 형사는 깜짝 놀라 상대의 얼굴을 쳐다보다가 이윽고 주머니에서 수첩을 꺼냈다.

"글쎄요, 도둑맞은 건 21일 아침인 것 같다더군요. 그날, 아침식사를 마치고 아비코와 아마 릴리스 양이 사소한 문제로 맞붙어 싸우기 시작했다지요. 같이 있던 친구들이 정신없이 두 사람을 떼어놓으려고 진땀을 뺐는데, 그 틈에 도둑맞은 모양입니다. 도난 현장을 목격한 사람이 없는 이상 확실한 시간은 알 수 없습니다만."

"그 코트는 어디에 두었던 거지요?"

"화장실 앞 벽이 오목한 자리에 소형 테이블이 있는데, 그 위에 놓았다고 합니다. 오물이 묻어 세탁할 작정이었는데 그만 그대로 잊어버렸다는 겁니다. 하지만 10시쯤 만페이 영감님이 걸레질을 했을 때 그곳에 코트는 없었다고 했으니, 역시 아침

식사 후에 도둑맞은 셈이겠지요."

"그 사실을 깨닫고 난리를 친 사람은 누구고, 언제였습니까?"

"릴리스 양입니다. 오후에 컬러 사진을 찍고 돌아왔을 때, 퍼뜩 생각이 나서 소형 테이블을 살펴봤는데 없었답니다. 허둥지둥 만페이 영감님에게 물어봤지만 지금 말한 대로 청소했을 때는 이미 없었다고 대답했습니다. 릴리스 양은 어찌나 아까웠는지 저녁식사 때까지 속이 풀리지 않았다고 합니다."

니조는 만족스럽게 고개를 끄덕이더니 거만한 태도로 담뱃재를 떨었다.

"한 가지만 더 묻고 싶은데, 다치바나가 살로메 양의 부정고백을 듣고 몹시 고민했다는 이야기 말입니다만, 살로메 양의 부정이라는 건 구체적으로 어떤 내용이었습니까?"

"그건 모릅니다. 마키 씨의 말에 따르면 구체적인 내용에 대해서는 한마디도 언급하지 않았다고 합니다."

"과연. 하지만 형사님, 살로메 양이 어떤 부정을 저질렀는지, 그 점을 확실하게 파악하지 않고는 사건을 해결하지 못할 겁니다."

또다시 그 오만한 말투로 돌아온 니조는 얼굴에 희미한 조소를 띠며 유키 형사를 마주 보았다.

"그렇지 않습니다. 아비코는 분명 이틀 내에 무너질 겁니다."

"글쎄요, 어떨지. 저는 대단히 의심스럽군요. 그럼 한번 묻겠는데, 그 전화번호의 정체는 뭡니까? 하나 씨가 캐낸 비밀은 무엇이었습니까?"

유키 형사는 눈썹을 추키며 불쾌한 표정으로 나비넥타이를 맨 니조를 쏘아보았다.

"그건 아직 모릅니다. 하지만 반드시 자백을 받아낼 겁니다. 그럴 자신은 있습니다."

"그건 자신이 아니라 자만이로군요. 착각하시는 겁니다. 하지만 전 풀었어요. 뢴트겐 사진처럼 사건의 골격이 어느 정도 훤히 보입니다. 나머지 부분은 도쿄로 돌아가 조사해봐야 합니다. 게다가 이 사건을 풀 자신이 있어요. 진정한 자신감 말입니다. 자만도 아니고 착각도 아닙니다. 진짜로 자신 있어요."

비아냥거리는 말투가 어찌나 재수 없고 불쾌한지 몰랐다. 하지만 '모차르트'를 '모자르'라고 발음했을 때처럼 천박한 인상은 전혀 없었다. 은근한 거부감을 의식하면서도 유키 형사는 이 남자의 말을 무시할 수가 없었다.

"실례지만 아비코를 아무리 다그쳐봤자 당신은 사건 전체의 수수께끼를 풀지 못할 겁니다. 하지만 전 풀 수 있습니다. 하하하."

니조는 분한 기색으로 콧구멍을 벌름거리는 유키 형사의 얼굴을 곰곰이 뜯어보더니 유쾌한 표정으로 이를 드러내고 웃었다.

그 교만하고 오만하며 불손한 태도라니! 유키 형사는 상대의 콧대를 정면에서 뭉개버리고 싶을 정도로 불쾌했다. 정말이지 밥맛 떨어지는 녀석이다. 정말 무례한 녀석이다. 겐모치 경감의 표현은 차라리 미적지근할 정도였다.

하지만 유키 형사는 화내지 않았다. 아니, 화를 낼 수 없었다. 상대의 자신 있는 태도 앞에서는 풍화 작용을 받은 바윗돌처럼 분노의 감정도 스러지고 말았다. 아마 릴리스의 레인코트를 오전 중에 도둑맞았다는 사실에서 니조는 어떠한 추리를 이끌어냈을까? 유감스럽게도 유키 형사는 전혀 짐작도 할 수 없었다. 더욱이 전화번호의 수수께끼가 아직 풀리지 않았다. 자신은 더위 지옥 도쿄로 출장을 가서 하루 온종일 돌아다녔는데도 결국 풀지 못했던 전화번호의 비밀을, 오만한 이 남자는 리라장에서 한 걸음도 나가지 않고, 더군다나 유키 형사보다 훨씬 늦게 시작했다는 핸디캡을 가지고도 벌써 알아냈다고 한다. 불쾌한 일이지만 내심 경탄하지 않을 수 없었다.

두 경찰관의 마음도 유키 형사와 마찬가지였다. 그들은 짤막해진 피스를 뻑뻑 빨면서 분노와 감탄과 의혹이 뒤섞인 복잡한 표정으로 나비넥타이를 맨 남자를 쳐다보았다.

그 자리의 승리자가 된 니조 요시후사는 점점 더 거드름을 피우며 몸을 젖혔다. 그리고 렌즈 속 실눈에 경멸과 연민의 빛을 담아 처량한 세 남자를 굽어보았다.

"니조 씨……."

유키 형사가 약간 주저하는 기색을 보이면서 이름을 불렀다. 말할 필요도 없이 그가 주저하는 이유는 경찰관으로서의 자존심 때문이었다.

"참고삼아 여쭙고 싶습니다만, 당신의 사건 해석은 어떠한 것입니까?"

"아직은 말씀드릴 수 없습니다. 게다가 조건이 하나 있어요."

"무슨 조건입니까?"

"체포된 아비코를 이곳으로 데려와주셨으면 합니다. 아비코를 포함한 모든 관계자들 앞에서 전체 사건의 골격, 배경을 90퍼센트 풀어 보이겠습니다."

"90퍼센트라면, 아직 풀지 못한 문제도 있는 겁니까?"

"있지요. 솔직히 말해 두 번째로 '하트 3'와 '클로버 잭'이 분실된 사건, 이게 무엇을 의미하는지 저도 모르겠습니다. 범인은 이걸 훔칠 필요가 전혀 없었을 터. 그런데도 두 장의 카드가 사라졌어요. 모르겠습니다, 도저히 모르겠어요. 하지만 나머지 수수께끼는 거의 다 풀렸습니다. 풀리지 않은 문제도 이제부터 도쿄로 돌아가 조사하면 해결할 자신이 있어요. 2, 3일 안에는 돌아올 텐데, 만약 제 해석을 듣고 싶다면 아비코를 불러와주십시오."

어쩌면 이 남자는 머리가 좀 이상한 게 아닐까 싶을 정도로 자신 있는 태도였다.

"글쎄, 그게 가능할지. 단순한 절도범이라면야 데려오는 일도 불가능하지 않지만, 아비코는 살인 혐의라서 말입니다."

"하지만 아직 송치된 건 아니니 괜찮지 않습니까?"

"경찰이라는 조직은 절차가 복잡합니다. 당신 생각처럼 간단한 일이 아니란 말입니다."

니조의 자신감 넘치는 태도가 반감을 부르기도 했거니와, 내버려뒀더니 점점 기어오른다는 생각 때문에 아비코를 데려오는 일에 경솔히 찬성할 수 없었다. 관객 수를 하나라도 늘리고 싶다는 것은 쇼맨십의 노골적인 표현 아닌가? 당국 관계자를 제치고 그가 범인을 앞에 두고서 사건 구성을 떠들거나 아비코를 윽박지르려는 속셈도 아무리 봐도 니조에게 어울리는 뻔한 허세였다. 그의 해석도 듣고 싶기는 하지만 당국이 그렇게까지 굽실거릴 필요는 없다.

"그렇다면 저도 해답을 보여드리지 못하겠군요. 다만 말씀드리겠는데 당신들은 엉뚱한 실수를 범했어요. 나중에 후회해도 소용없습니다."

니조도 그렇게 반감을 드러냈다. 한때 다가섰던 쌍방의 거리가 또다시 멀어졌다.

"알겠습니까, 유키 형사님? 이쪽에 귀를 기울이고 잘 들으십시오. 이 사건의 진상을 알고 싶다면 지금부터 제가 말하는 의문점을 처음부터 풀어나가야만 합니다. 먼저 첫 번째로, 범인은 어째서 살인을 저지를 때마다 카드를 남겨두고 가는가."

"물론 그 의문은 저희도 파악하고 있습니다."

"파악만으로는 안 돼요. 해답을 내야지요."

퍽도 얄밉게 말하며 그는 손가락을 꼽았다.

"두 번째로, 유키타케는 어째서 블루 선셋이라는 말을 듣고 화를 냈는가."

형사는 잠자코 고개를 끄덕였다.

"세 번째로, 범인은 어째서 다치바나의 숨골을 찔러야만 했는가. 바꾸어 말하면 물에 빠뜨려 죽이든, 혹은 목을 졸라 죽이든, 방법은 얼마든지 있었는데 어째서 칼로 찔러 죽이는 방법을 택했는가. 이 점 역시 대단히 중요한 문제입니다."

유키 형사는 부득이하게 고개를 끄덕였다.

"아니, 의문점은 아직도 많아요. 하지만 가장 새로운 수수께끼는 어째서 유키타케가 살해당해야 했는가 하는 점입니다. 아비코가 유키타케를 살해할 어떤 동기를 가지고 있었는지, 이를 좀 더 신중하게 생각해주셨으면 좋겠군요. 여기에 사건의 근본적인 비밀이 있습니다. 제가 범인이 유키타케를 노리고 있다고 말했던 것은 이런 의미였습니다."

"아비코는 어째서 유키타케 씨를 죽여야 했습니까?"

"그 질문에는 대답할 길이 없군요. 어쨌든 유키 형사님도 저도 똑같은 것을 보았습니다. 그러니 당신 역시 수수께끼를 풀수 있습니다. 제게 묻지 말고 직접 생각하시지요……. 하지만 못 풀겠지요, 후후후."

니조가 짓궂게 웃으며 어깨를 들썩였다.

"저는 식사를 하고 도쿄로 돌아갈 겁니다."

"도쿄 어디로?"

"글쎄요, 일단 재즈나 댄스 음악 전문가를 찾아가봐야죠."

"재즈 음악가에게 무슨 볼일이 있다는 겁니까?"

무심결에 되묻자 니조는 또 한 차례 웃었다.

"'아디오스 팜파 미아'라는 아르헨티나 탱고가 미국에서 '블루 선셋'이라는 이름으로 불린다는 게 정말인지 아닌지, 일단 그 점부터 확인해봐야겠습니다."

농담인지 진심인지 이해할 수 없는 태도였다.

해결이 눈앞에

-1-

겐모치 경감과 유키 형사는 더없이 불쾌했다. 컵 속에 든 비소 화합물의 존재가 입증되었다는 사실을 들이대도, 아비코는 한 조각 동요도 보이지 않고 고집스럽게 입을 열지 않았다.

"살로메 양이 마신 코코아 찻잔에 비소가 들어 있었다는 사실을 밝혀냈어요. 그 찻잔을 만진 인물은 당신 한 명뿐이라는 사실도 명백합니다."

"그건 저도 인정합니다."

"그렇다면 자백하지 그래요?"

"하지도 않은 짓을 자백할 수 있을 리가 없잖습니까. 그런 억지스러운 주문은 하지 말아주십시오."

경감은 체념할 줄 모르는 이 남자에게 기분이 상했는지 뚜 렷하게 불쾌한 표정을 지었다.

"알겠습니까, 아비코 씨? 찻잔 속에서 독극물이 검출되었다 면 논리적으로 당신 이외에 범인은 없다는 뜻이 됩니다. 이 논 리는 어디에 내놓아도 버젓이 통할 내용입니다. 우선 이 찻잔 에 독극물을 넣을 수 있었던 사람은 코코아를 끓인 살로메 양 본인 아니면 찻잔을 만진 유일한 인물, 결국 당신뿐인 셈입니 다. 여기까지는 알겠습니까?"

"의문이 있습니다. 하지만 그 점에 대해서는 나중에 말하겠 습니다. 말씀을 듣도록 하지요."

"좋습니다. 독을 넣은 인물이 두 명으로 한정된 시점에서 각 각의 가능성을 따져봅시다. 먼저 살로메 양이 독을 넣었다면 그 녀가 독을 먹이려고 노렸던 인물은 A와 B 두 사람 중 하나라는 뜻이 됩니다. 다시 말해 나머지 사람들은 커피를 마셨고, 코코 아를 마신 사람은 릴리스 양과 살로메 양 둘뿐이었어요. 그러니 독이 든 코코아를 먹이려고 노렸던 상대 A와 B란 릴리스 양과 살로메 양 자신, 두 사람이었다는 뜻이 됩니다."

경감은 논리적으로 범인일 가능성을 지워나가 마지막에 남 은 아비코를 달아날 수 없는 막다른 골목에 몰아세울 작정이다.

하지만 아비코도 필사적이었다. 상대의 논리에 실낱 같은 허점이라도 있으면 반격에 나서려고 빈틈없이 열심히 귀를 기울였다.

"먼저 릴리스 양을 죽이려고 독을 넣은 경우를 검토해봅시다."

"그건 예전에 유키타케가 말했습니다."

"그래요, 복습해보면 이런 내용이었지요. 범인은 마쓰다이라 살로메 양이고, 평소 철없는 아마 릴리스 양을 살해하려고 기회를 노리고 있었다. 우연히 낭떠러지 위에서 레인코트를 입은 인물을 발견하고 릴리스 양인 줄 알고 떠밀고 보니, 그것은 숯쟁이 스다 사키치라는 남자였다. 그래서 다시 릴리스 양을 살해하려고 코코아에 독을 넣었지만 운명의 장난으로 자기가 독이 든 찻잔을 받았다는 주장이었습니다. 하지만 지금 와서 보면 그 해석이 옳지 않다는 사실이 한층 더 뚜렷해집니다. 이유는 살로메 양이 죽었는데도 세 번째, 네 번째, 다섯 번째 살인이 연이어 일어났기 때문이지요. 살로메 양의 죽음으로 사건이 멈추었다면 당신 주장도 통할지 모르지만, 지금은 전혀 성립하지 않는 견해입니다. 이의 있습니까?"

아비코는 잠자코 고개를 저었다. 입을 열기도 번거롭다는 표정이었다.

"그렇다면 다음, 이것은 당신 가설인데 살로메 양이 B를 살해하려고 독을 넣었을 경우, 즉 수많은 사람들의 주목을 받으면서 자살을 꾀했을 경우입니다. 하지만 누가 그런 방법으로 자살하겠습니까? 그 후, 제가 자살설을 어떻게 생각하는지 물어보니 릴리스 양이 재미있는 말을 하더군요. 살로메 양은 천성이 로맨티스트라, 꽃이 흐드러진 꽃밭에 홀로 누워 별이 가득한 밤하늘을 우러르며 독을 마셨다고 하면 믿겠지만, 남들 앞에서 목을 쥐어뜯으며 의자에서 굴러 떨어져 바닥에 머리를 쿵 부딪치는 흉한 꼴로 자살할 리는 없다는 것이었습니다. 과연, 정말 그럴지도 모르겠다는 생각이 들더군요. 릴리스 양은 여성이니 여성의 마음을 잘 헤아리겠지요. 분명 심리적으로 보아도 살로메 양의 죽음은 자살이라고 생각할 수 없습니다."

"그렇군요."

"두 번째로, 이것은 제 견해인데 살로메 양이 양심에 눈을 뜨고 릴리스 양을 살해할 결심을 포기했다고 칩시다. 그리고 숯쟁이 스다 씨를 살해한 죄에도 가책을 느끼고 스스로 자신을 단죄한 겁니다. 다시 말해 자살이지요. 하지만 살로메 양이 자살할 작정으로 독이 든 코코아를 탔다면 그 찻잔을 당신이 나 누어주도록 내버려뒀을 리가 없어요. 가령 살로메 양이 잔에 표시를 해두었다 해도 그런 줄 모르는 남에게 찻잔을 돌리게 하면 독이 든 코코아가 자기에게 올지, 릴리스 양에게 갈지, 확률은 반반입니다. 그렇게 무모하고 어설픈 짓을 할 것 같지는 않군요."

"하지만 이런 가능성도 있습니다. 만약 표시를 해둔 독이 든 찻잔이 릴리스 앞으로 돌아갔다면 어떻게든 구실을 대서 그 잔을 마시지 못하게 할 작정이었다. 하지만 실제로는 독이 든 잔이 제대로 자기 앞에 놓였다. 그래서 그대로 마시고 자살한 것 아니겠습니까?"

"아닙니다."

겐모치 경감은 매몰차게 고개를 저었다.

"방금 말한 대로 심리적으로 살로메 양이 그런 방법으로 자살할 리가 없습니다. 더군다나 그녀는 다치바나 씨와 약혼을 발표한 직후라 행복의 절정에 있었으니까요. 자살할 동기가 없어요."

"그거 이상하지 않습니까?"

아비코가 재빨리 끼어들었다.

"살로메는 약혼을 했으니 이제 걱정 없다고 안심했는지, 다치바나에게 지금까지의 과실을 고백했어요. 그 때문에 다치바나가 몹시 충격을 받았다는 점은 마키가 사람들에게 이야기한 바와 같습니다. 당연히 살로메에 대한 다치바나의 애정이 흔들렸을 테고, 살로메가 낙담했다면 자살할 동기가 충분히 됩니다."

"그게 몇 번이나 말하지만 자살이 아니란 말입니다. 지금 내가 말한 건 어디까지나 가정입니다."

경감의 얼굴은 땀으로 번들거렸다.

"경찰은 결코 당신들이 생각하는 것처럼 어수룩하지 않습니다. 살로메 양이 남긴 찻잔을 조사할 때도 단순히 독극물 검출만 유의했던 게 아니란 말입니다. 그 밖에 온갖 미세한 점까지 조사한 결과, 그녀의 찻잔에 어떠한 표시도 없었다는 사실을 밝혀냈습니다. 릴리스 양과 살로메 양의 찻잔을 식별할 수 있는 표시는 일절 없어요. 찻잔은 완전히 똑같았습니다. 구타니九谷 지방에서 구운 도자기 찻잔이라면 하나하나 다른 모양을 그 가치로 꼽는다지만, 서양 찻잔에는 그런 특색이 없으니 당연히 반 다스 세트가 전부 똑같은 모양입니다. 어긋난 무늬도 없고 흠집도 없어요. 그러니 어느 찻잔에 독이 들어 있는지, 본인인 살로메 양도 알 길이 없습니다."

"경감님 말씀대로, 심리적으로 보아 그런 식으로 자살하지 않으리라는 점은 저도 알겠습니다. 하지만 지금 말씀하신 찻잔 이야기는 다소 불확실하지 않습니까? 찻잔 자체에 표시가 없어도 코코아 양으로 구별할 수 있습니다. 한쪽에 7할 정도 넣고 다른 쪽에 8할 정도 넣으면 양으로 간단히 식별할 수 있습니다. 당신은 논리, 논리 하시는데 어딘가 엉성한 부분이 있군요."

아비코는 자그마한 몸을 뒤로 젖히며 그 앳된 얼굴에 냉소적인 웃음을 띠었다.

"아까 제가 의문이 있다고 했던 건 독을 넣을 기회가 있는 인물이 저와 살로메 두 사람이라고 한정한 점입니다. 찻잔에만 집착하지 말고 가령 코코아 가루나 설탕, 그런 재료 속에 독을 섞어놓았다고 생각해도 되지 않겠어요? 그렇게 되면 당시 그 집 내부에 있던 모든 사람에게 기회가 있습니다."

"아니, 그런 소리를 들을 필요도 없지만 재료는 이미 다 조사했습니다. 독이 들어 있었던 건 하나도 없어요."

경감의 말을 듣자마자 아비코는 조소에 가까운 표정을 보이며 코웃음을 쳤다.

"그걸로 안심하기에는 이를 텐데요. 진범 X가 가령 분말 코코아 캔 속에 독극물을 넣었다고 해도 말입니다, 살로메가 쓰러져서 수라장이 된 틈을 타 얼마든지 독이 든 그 코코아 가루를 버리고 무해한 코코아로 바꿔치기할 수 있으니까요."

"한발 양보해 분말 코코아 캔에 미리 독을 섞어놓았다 쳐도, 그런 줄은 꿈에도 모르는 살로메 양은 그 코코아를 타서 비소가 든 코코아를 두 잔 만들었을 겁니다. 그중 한 잔을 마신 한 사람이 죽고, 똑같은 한 잔을 마신 릴리스 양이 무사할 리가 없어요. 그러니 독이 든 찻잔은 단 하나뿐이었다는 뜻이 됩니다. 그러기 위해서는 분말 코코아 캔이나 밀크 병, 설탕 단지, 더 나아가 주전자 물속에 미리 독을 섞어놓았다는 견해는 성립하지 않습니다. 모든 재료에는 처음부터 독극물이 일절 섞여 있지 않았으니 그들 재료를 조합해 만든 두 잔의 코코아 중 한쪽에 독을 넣었을 가능성밖에 생각할 수 없습니다. 알겠습니까?"

재료에 독이 섞여 있었을지 모른다는 견해는 간단히 무너졌고, 이 점은 아비코도 순순히 인정하지 않을 수 없었다. 하지만 그렇게 되면 역시 그의 입장이 불리해진다. 따라서 아비코는 한사코 살로메 자살설에 매달릴 수밖에 없었다.

"아직도 그런 소릴 하는군요. 꽃도 부끄러워 고개를 숙일 아가씨가 그렇게 보기 흉한 몰골로 자살할 리가 없습니다. 모르겠습니까?"

"모르겠습니다. 스스로 원해서 철로에서 손발이 잘려나가는 꼴로 자살하는 사람도 있지 않습니까? 아마 당신도 그렇겠지만, 저 역시 강철 바퀴에 잘려서 목과 몸이 여기저기 굴러다니는 무참한 꼴로 죽고 싶지는 않아요. 또 나뭇가지에 매달려 흰자위를 까뒤집고 코에서 피를 질질 흘리며 목매달아 죽는 방법도 질색입니다. 잘 조합한 수면제를 먹고 자면서 편하게 죽는 편이 차라리 낫지요. 그런데도 말입니다, 철로에서 자살하는 사람도, 목매달아 자살하는 사람도 끊이질 않습니다. 그 이유는 자살하는 사람의 심리가 제각각이기 때문입니다. 당신이 그런 식으로 죽기 싫다고 생각해도, 다른 사람은 손쉽고 빠르고 편리하다고 생각할 겁니다. 그러니 마쓰다이라 살로메가 어떤 방법으로 자살했는지, 경감님 머리로 판단해봤자 알 길이 없다 이 말입니다."

아비코의 반격은 필사적이었다. 막상 듣고 보니 경찰 측은 살로메 자살설을 부정할 만한 준비가 되어 있지 않다는 사실을 깨달을 수밖에 없었다. 아마 릴리스에게 먹일 독 없는 코코아와 자기가 마실 독이 든 코코아 사이에 분량의 차이에 의한 표시를 해두었다면 어떨까? 아비코의 유일한 버팀목이 바로 그점이었다.

"유키, 어쩌겠나?"

"난처하군요……."

유키 형사는 팔짱을 끼고 얼굴을 찌푸리면서 가슴속으로 니조 요시후사의 말을 떠올렸다.

'살로메 양이 어떤 부정을 저질렀는지, 그 점을 확실하게 파악하지 않고는 사건을 해결하지 못할 겁니다…….'

'이틀 내에 아비코의 자백을 받아내겠다고요? 글쎄요, 어떨지. 저는 대단히 의심스럽군요. 그럼 한번 묻겠는데, 그 전화번호의 정체는 뭡니까…….'

'실례지만 아비코를 아무리 다그쳐봤자 당신은 사건 전체의 수수께끼를 풀지 못할 겁니다. 하지만 전 풀 수 있습니다.'

안경 너머 감씨 같은 눈으로 유키 형사를 내려다보던 니조의 표정이 눈앞에 선했다. 니조가 비웃는 소리가 고막 밑바닥에서 선명하게 되살아났다. 이가 갈릴 만큼 분한 심정이 유키 형사의 가슴을 뒤흔들었다. 하지만 현실은 니조의 예언대로였다.

마쓰다이라 살로메가 어떤 부정한 행실을 했는지, 마키 가즌도나 아마 릴리스, 히다카 데쓰코에게 물어보았지만 다들 모르는 일이라며 명확하게 대답하는 이가 없었다. 전화번호가 무엇을 의미하는지도 여전히 밝혀내지 못했고, 하물며 하나 씨가 그 숫자를 보고 어떤 식으로 수수께끼를 풀었는지 전혀 짐작도 가지 않았다. 더욱이 니조가 예언한 대로 사건은 벽에 부딪치고 말았다. 강철처럼 견고한 벽이 아니라, 비닐처럼 반투명하고 쉽게 찢길 듯했지만 살로메가 과연 찻잔에 표시를 했는가 하는 미묘한 점 때문에 아비코를 무너뜨릴 수가 없었다.

"겐모치 경감님, 분하지만 니조 요시후사에게 도움을 청할까요?"

유키 형사는 억울한 얼굴로 경감을 돌아보았다. 꾀죄죄한 벽에 둘러싸인 경찰서 사무실은 걸을 때마다 바닥 판자가 삐걱거렸다. 그 소리가 괜히 경감의 신경을 긁는 모양이다. 더군다나 오늘은 아침부터 줄기차게 가랑비가 내려 날이 무덥고 어두침침했다.

"어리석은 소리! 그렇게 오만한 남자에게 도움을 청하다니 말도 안 되네."

"하지만 데쓰코 양에게 듣기로는 제법 추리에 능한 남자인 것 같던데요. 리라장에서 그런 사건이 일어난 것을 알고, 그걸 추리해 해결할 셈으로 그녀를 따라왔다고 하니까요."

니조가 단순히 놀 생각으로 묵으러 온 줄 알고 있었던 겐모치 경감은 뜻밖이라는 듯이 눈썹을 실룩거렸다.

"뭐, 사람은 누구나 결점이 있는 법이니 건방진 성격은 눈감 아주고 그 남자의 의견을 한번 들어보지 않겠습니까?"

니조의 온갖 망언에 대해서는 겐모치 경감도 유키 형사에게 자세히 들어 알고 있었다.

"하지만 그냥도 그렇게나 오만불손한 놈이야. 우리가 협력 을 요청하면 얼마나 기어오를지. 솔직히 말해 유키, 나는 그치 가 살해당하면 얼마나 속이 후련할까 하는 몹쓸 생각까지 했 다네."

"저도 마찬가지입니다. 하지만 얄미운 놈일수록 세상에 판친 다는 말도 있으니까요. 그런 놈들은 죽여도 죽지 않을 겁니다."

겐모치 경감은 웃지도 않고 새끼손가락 손톱을 잘근거렸다. 이대로 어물쩍거리다가는 구류 기한이 차서 아비코를 석방할 수밖에 없다.

범을 들판에 풀어놓으면 여섯 번째 살인이 일어날 가능성도 있고, 그 점을 고려하면 지금은 수치를 억누르고 니조의 지혜 를 빌려야 할지도 모른다.

"유키, 도리가 없군. 자네 말대로 하세."

경감은 억지로 울화를 참는 목소리로 동의했다. 유키 형사 의 심정 역시 그와 다를 바 없었다.

니조 요시후사는 24일 오후 열차로 도쿄로 돌아갔다. 때문에 유키 형사가 리라장의 마키를 찾아가 연락을 부탁하게 되었다. 과거에는 젊은이들의 드높은 웃음소리가 흘러나왔던 리라장도 지금은 거대한 무덤처럼 음울하고 무거운 인상을 주었다. 지금 이곳에 있는 학생은 마키 가즌도와 아마 릴리스, 그리고 히다카 데쓰코 단 세 사람이다.

"여, 그 후로 좀 어떠십니까?"

현관에 나온 블랙 여사에게 말을 걸자 데쓰코는 눈을 내리뜨고 기운 없는 목소리로 말했다.

"지금 막 유키타케의 유골을 수습해 돌아온 참이에요."

"그러십니까, 바빠서 그만 어젯밤 경야에도 참석하지 못했는데……."

"적적한 자리였어요. 니조 씨도 돌아가는 바람에 저희하고 만페이 영감님하고 너덧 명이서 경야를 치렀어요. 게다가 가랑비도 내리고……."

"그 응접실에서 말입니까?"

"네, 역시 거기서……."

그 넓은 방에서 덜렁 너덧 명이 경야를 치른다. 그리고 밖에는 소리도 없이 비가 추적추적 내린다. 쓸쓸하기 그지없는 정경이 눈에 선했다.

"유키타케 씨하고 아주 인연이 없는 것도 아니니 향을 올리고 싶습니다만."

유키 형사는 목소리를 낮추어 말했다.

"고마운 말씀이시지만, 유키타케네 형님이 오셔서 유골을 받자마자 한달음에 고향으로 돌아가셨어요. 뭐라더라, 업무가 무척 바빠서 경찰에 인사도 못하니 유키 형사님하고 겐모치 경감님에게 말씀 좀 잘 부탁한다면서……."

유키 형사는 유키타케의 형이 작은 유골함을 든 모습을 문득 머리 한구석에 그려보았다.

"아비코는 잘 있나요?"

"예? 아아, 아비코 씨요? 잘 있습니다."

"요즘 경찰은 옛날처럼 잔인한 짓은 하지 않나요?"

"예, 그런 점은 걱정 안 하셔도 됩니다."

이 쇼트커트의 선머슴 같은 여성이 어째서 아비코를 걱정하는지, 유키 형사는 이해할 수 없었다. 아니, 그녀 자신도 어째서 그의 안부를 염려하는지 이해 못할지 모른다. 둘 다 실연해 잠 못 이루는 밤을 보낸 그 이튿날 아침, 세면소에서 뜻하지 않게 얼굴을 마주했을 때 비로소 생겨난 특별한 감정을 데쓰코 스스로도 깨닫지 못했는지 모른다.

마키와 아마 릴리스는 식당에 있었다. 지방이 과다한 아마 릴리스의 얼굴은 기분 탓인지 다소 홀쭉해 보였다.

"어머나!"

"또 이렇게 찾아뵙습니다."

"신기한 일이군요. 이제 오시지 않을 줄 알았습니다."

마키는 음울한 공기를 씻어내려는 듯이 활기찬 목소리를 냈다.

유키 형사와 데쓰코가 앉자 아마 릴리스가 말했다.

"유키 형사님, 저희는 드디어 내일 이곳을 떠날 생각이에요. 정말 생각지도 못한 일들이 있었어요. 무서운 일들만……."

"그래요, 돌아가는 편이 낫겠지요. 하지만 뒤에 남는 만페이 영감님이 쓸쓸하겠군요."

"저희도 바로 그 점이 근심거리입니다."

마키가 끼어들었다.

"만페이 영감님은 근처 농부들 집에서 신세를 지겠다지만, 이렇게 큰 저택에 인기척이 뚝 끊기면 쓸쓸한 건 둘째 치고 스산할 터라."

그야 그럴 것이다. 공상을 뭉게뭉게 부풀린다면 성불하지 못한 하나 씨나 다치바나, 살로메, 유키타케의 망령들이 소리도 없이 한밤중에 이 복도 부근을 헤맬지도 모른다.

"정말이지, 어제까지는 긴장하고 있었는데 다른 분들이 유골을 가지고 떠나버리니 대번에 긴장이 풀려 쓸쓸한 감정이 사무치더군요. 부탁인데 오늘 밤 이곳에서 묵고 가시지 않겠습니까? 여기 여성 분들은 벌써부터 밤에 화장실 갈 걱정을 하고 있어요."

"아이참, 그런 말까지 하면 어떡해."

"하지만 그렇게 말해야 유키 형사님이 묵어주시지."

마키는 농담을 하는 듯했지만 여성들은 진지했다.

"부탁이에요. 오늘 하룻밤만 묵고 가시지 않겠어요? 이렇게 인가에서 떨어진 장소라, 전 잠도 안 올 것 같아요."

"정말 그래요. 유키 형사님, 제발……."

두 여성은 애원하듯이 부탁했다. 유키 형사는 웃음으로 얼버무리며 마키 쪽을 돌아보았다.

"그런데 마키 씨, 니조 씨에게 연락할 방법이 있습니까?"

"있습니다. 전화번호를 적어두고 갔으니까요."

"호, 마침 잘됐군요."

"예, 유키 형사님이나 겐모치 경감님이 연락을 취하고 싶다는 말을 할 테니 그때는 알려주라는 말을 남기고 떠났거든요."

"허!"

그 외마디를 끝으로 유키 형사는 한동안 입이 떨어지지 않았다. 이 얼마나 앞을 내다볼 줄 아는 남자인가. 또한 이 얼마나 자신감 넘치는 남자인가. 어쩌면 니조는 그들과는 두뇌 구조가 한 자릿수 다른 남자일지도 모른다.

"그래서, 어디로 전화하면 됩니까?"

"제가 걸어드리지요. 하지만 아마 외출 중일 텐데, 그러면 간단히 연락이 닿지 않을 수도 있습니다."

마키는 그렇게 말하며 복도로 나갔다.

잠시 후 통화하는 목소리가 들리더니 이윽고 수화기를 내려놓는 소리가 나고 마키가 식당으로 돌아왔다.

"니조 씨 아파트에 걸었는데, 역시 외출 중이랍니다. 하지만 행선지를 아니까 관리인이 그쪽으로 알려주겠다는군요."

"이거 고맙습니다. 그나저나…… 어젯밤 경야는 적적했다고 들었습니다만."

시간이 걸리겠다고 생각한 유키 형사는 가까운 의자를 끌어당겨 잡담을 유도했다.

"그래요, 유키타케는 종교가 없거든요. 그래서 스님도 부르지 않았고 만페이 영감님과 유키타케네 형님, 거기에 저희가 전부였어요. 원래는 같은 과 친구들도 올 텐데 하필 여름방학이라 다들 도쿄에 없는 거예요. 그래서 몹시 적적했어요. 적적했다기보다 처량했다는 편이 맞겠네요."

"그래, 다치바나 쪽 경야에 비하면 그렇지. 살아 있을 때는 너나 할 것 없이 자주 말썽을 일으킨 남자였는데, 죽고 나니 안됐어."

그런 우울한 이야기를 한 30분 나눈 무렵이었을까, 복도 전화벨이 울렸다.

"옳거니, 제가 받지요!"

유키 형사는 잰걸음으로 식당을 나가 수화기를 들었다.

— 아아, 접니다. 니조인데…….

의외로 목소리가 선명했다.

— 제게 뭔가 용건이 있다고 하던데…….

"일전의 그 건입니다. 부탁합니다."

유키 형사는 마키 일행에게 들려주고 싶지 않아 최대한 간략하게 말했다. 니조는 거만하게 웃었다.

— 좋아요, 알겠습니다. 그 대신 제 조건을 들어주실 겁니까?

"아비코 씨를 데려오는 일 말이지요? 알겠습니다."

— 좋습니다. 그럼 바로 여기서 출발하겠습니다. 거의 완벽하게 수수께끼를 풀었어요. 예를 들면 블루 선셋. 거기에는 실로 커다란 의미가 숨어 있었습니다. 유키타케가 화를 낸 것도 당연한 일이었어요.

"그럼 전화번호의 수수께끼도 풀었습니까?"

— 그쯤이야 그쪽에 있을 때 풀었습니다.

여전히 건방진 태도였다.

— 그리고 그 부정 문제, 그것도 완벽하게 파헤쳤습니다. 제가 그쪽에 도착하는 건 6시 반이나 7시쯤 되겠군요. 기다리고 계시지요.

저 하고 싶은 말만 하더니 니조는 이쪽 대답도 듣지 않고 끊어버렸다. 끝까지 무례하고 거슬리는 남자였다.

유키 형사는 그 자리에서 본서에 연락해 겐모치 경감에게 결과를 전하고 아비코를 데리고 리라장으로 와주십사 부탁한 뒤에 식당으로 돌아갔다. 여섯 개의 눈동자가 일제히 그를 쳐다보았다.

"아비코가 오는 겁니까?"

통화 내용이 들렸던 모양이다.

"예."

"석방된 건가요?"

데쓰코가 밝은 목소리를 냈다.

"아뇨, 니조 씨의 부탁입니다."

형사가 하는 말을 이해하지 못한 일동은 의아한 표정을 지었다.

"그러니까 니조 씨가 오늘 저녁 이쪽으로 돌아와서 아비코 씨와 대면한 자리에서 사건의 수수께끼를 전부 폭로하겠답니다. 그 뭐라고 하나, 저희 조사는 일손이 부족해서 다소 만족스럽지 못한 점이 있어요. 니조 씨는 도쿄에 가서 그 부족한 부분을 보충하기 위해 조사를 해준 겁니다."

데쓰코는 확연히 낙담하는 표정을 지었다. 아마 릴리스는 잠자코 벽을 바라보았다.

"불쾌한 얘기로군요. 한 학교의 선배가 후배의 죄를 폭로하다니. 설마 저희도 동석하라는 건 아니겠지요. 그런 장면은 보고 싶지 않네요."

"나도야."

마키의 말에 아마 릴리스가 벽을 바라보며 동의했다.

"하지만 니조 씨는 그러길 바라고 있어요. 관객과 박수는 많을수록 좋다고 생각하는 모양입니다."

"그 인간이 생각할 법한 일이지."

마키가 내뱉듯이 말했다.

유키 형사는 벽시계를 올려다보았다. 3시 15분. 니조가 올 때까지 앞으로 세 시간은 더 남았다. 그가 어떤 식으로 명쾌한 추리를 펼칠지, 생각할수록 불쾌하고 짜증스러우면서도 못내 기다려지기도 했다.

다락방의 매복

-1-

4시 반이 조금 지났을 때, 아비코는 겐모치 경감 일행의 호송으로 지프를 타고 돌아왔다. 철문 앞에 선 이 살인 용의자는 잠시 감개 어린 눈으로 주위를 둘러보았지만 바로 경감의 재촉을 받고 걸음을 뗐다. 두 손에 수갑을 찬 탓인지 동작이 다소 불편해 보였다. 원래 수염이 짙은 남자라서 양쪽 귀밑과 턱 주변이 먹칠을 한 것처럼 거뭇거뭇했지만 그리 야위어 보이지는 않았다.

세 남자가 중앙 현관에 서자 유키 형사가 바로 마중을 나왔고, 그 뒤를 이어 마키와 아마 릴리스, 데쓰코가 나타났다. 아비코는 사사건건 얼굴을 붉히는 체질이라 이때도 역시 대번에 벌게져서 고개를 홱 돌렸다.

"어머, 의외로 기운이 넘치잖아?"

아마 릴리스가 그 자리 분위기에 어울리지 않는 발랄한 목소리로 말했다. 아비코는 더더욱 벌겋게 달아올라 고개를 돌리고 있었다.

"정말, 다행이야."

데쓰코도 짧은 말로 동의했다. 그리고 그의 손을 보더니 대번에 안쓰러운 표정을 지었다.

"어머, 수갑을 찼구나."

"불쌍해. 유키 형사님, 풀어줄 수 없나요?"

아마 릴리스는 웬일인지 동정하는 투로 말하며 형사의 얼굴을 보았다.

"안 됩니다. 중요한 살인 용의자니까요."

무뚝뚝한 대답이었다. 아마 릴리스는 샐쭉한 표정으로 경감 쪽으로 몸을 돌리더니 격렬하게 항의했다.

"이봐요, 여기 있는 동안만이라도 수갑을 풀어줘요. 친구가 저런 취급을 받는 모습을 도저히 보고 있을 수만은 없어요."

"그야 당신들 마음도 이해는 합니다만."

겐모치 경감은 다소 귀찮은 기색이었다.

"어쨌든 중요한 용의자라서 그런 무책임한 짓은 못합니다. 도망이라도 치면 큰일인데다가……."

"하지만 경감님."

아마 릴리스가 재빨리 끼어들었다.

"벌써 사진도 지문도 찍었겠지요? 그럼 도망쳐봤자 결국 벗어나지 못할 것 아니에요. 아비코도 여러분께 폐를 끼치는 짓은 하지 않을 거예요."

아마 릴리스의 뒤를 이어 데쓰코도 열심히 역성을 들고 그때까지 묵묵히 있던 마키까지 부탁을 하니, 함께 따라온 두 명의 경찰도 급기야 양보할 마음이 든 듯했다.

"그럼 이렇게 합시다. 저희는 아비코 씨를 내내 감시 하에 둘 작정이었습니다만, 한발 양보해 이 리라장 내부에 한해서는 자유로이 어디든 갈 수 있도록 하겠습니다."

"어머, 잘됐다!"

"단."

경감은 아마 릴리스를 노려보더니 단호하게 덧붙였다.

"수갑은 풀지 않을 겁니다."

"어머나."

"별수 없군요, 서로 양보한 셈이니."

그렇게 옆에서 마키가 끼어들었다. 말 많은 여성들에 비하면 그는 말수가 적어서 시시한 소리를 해도 여자들이 똑같은 소리를 할 때보다 훨씬 그럴싸하게 들린다. 마키의 한마디로 어쨌든 아비코는 수갑이라는 제한이 있지만 리라장 안에서는 자유로이 행동할 수 있게 되었다.

"그 대신 저희도 아비코 씨가 어리석은 짓은 하지 않으리라 믿고 풀어드린 것이니 아비코 씨도 저희 신뢰를 저버리는 행동은 삼가주면 좋겠습니다. 맹세하겠지요?"

"예."

아비코는 퉁명스러운 목소리로 동의했다. 마키 일행이 교섭해주는 사이, 그는 마치 남 일처럼 무관심한 표정으로 벽만 바라보고 있었던 것이다.

세 남자가 나란히 구두를 벗기 시작하자 아마 릴리스가 눈치 빠르게 슬리퍼를 세 켤레 꺼내어 붉은 양탄자 위에 가지런히 놓았다. 수갑을 찬 아비코가 몸의 균형을 잡지 못하고 비틀거렸다. 그러자 데쓰코가 재빨리 팔을 내밀어 붙잡아주었다. 한 걸음 물러나 벽에 기댄 마키는 특별히 아무 행동도 하지 않았지만 이 살인 용의자를 보는 눈은 결코 차갑지 않았다.

아비코는 그들이 자기를 적대시할 줄 알았던 모양이다. 예상과 다르게 따스하고 친절한 손길을 뻗어주니 보통은 고마워할 일인데, 천성이 남을 업신여기는 성격 때문에 그 호의를 솔직하게 받아들이지 못했다. 그는 사사건건 뒤틀린 반응을 보였다.

한편 마키 일행이 그를 증오하지 않는 이유는 세상에 흔한 살인사건의 범인과는 달리 아비코가 한솥밥을 먹은 친구이기 때문이리라. 아비코를 증오해 문가에도 나오지 않은 사람은 아내를 잃은 만페이 영감뿐이었다. 그렇지 않아도 만페이 영감은 오늘 아침부터 지병인 류머티즘이 악화되어 일어나지도 못했다.

"얘, 데쓰코. 오늘 저녁은 뭐가 좋을까?"

아마 릴리스는 벌써부터 요리 걱정을 시작했다.

"그러네, 모두 모였고 우리도 최후의 만찬이니까 뭔가 맛있는 걸 만들자. 그리고 목욕물도 데우고……."

"좋은 고기는 팔지를 않으니……. 역시 생선 요리가 좋겠지?"

"그래, 서두르지 않으면 늦겠어."

"괜찮아, 마키한테 부탁해서 자전거로 역 앞까지 다녀오라고 해야지."

지나가는 길에 그런 대화를 들은 아비코가 눈썹을 실룩거리더니 뒤를 돌아보며 안색을 바꾸었다.

"최후의 만찬이라니 뭐야?"

자기를 비꼰 말이라고 생각한 모양이다.

"어머, 네 얘기가 아니야. 우리는 내일 여기를 떠나 도쿄로 돌아가거든. 사건도 끝났으니 언제까지 있어봤자 소용없잖아."

아비코는 방금 전의 노기는 어디로 갔는지 어깨를 늘어뜨리고 시무룩한 표정으로, "그래?" 하고 중얼거렸다. 결코 죽이 맞는 친구도 아니었고, 사사건건 으르렁거렸던 동료였지만 막상 다들 도쿄로 돌아가버린다고 하니 갑자기 홀로 남는 쓸쓸함

이 사무친 모양이다.

"난 방에서 쉴게."

아비코는 누구에게랄 것 없이 말하고는 무거운 발걸음으로 계단을 올라갔다. 경감은 그 왜소한 뒷모습을 올려다보다가 이윽고 유키 형사를 돌아보았다.

"이봐, 창문으로 도망치지는 못하겠지?"

"괜찮습니다. 수갑을 채워놓으면 절대 도망가지 못해요. 그보다 자살할 걱정은……."

"없어. 왜 그 있잖나, 저치는 찻잔 표시 문제를 두고 우리를 논파할 심산이라 기세가 등등하니 말이야. 오히려 니조 요시후사가 그의 범행을 빠짐없이 폭로한 다음이 문제야. 그렇게 되면 절망한 나머지 무슨 짓을 저지를지 모르니까."

겐모치 경감의 자신감 넘치는 말투가 일말의 불안감을 말끔히 씻어냈는지, 유키 형사는 안도한 표정으로 앞장서서 응접실로 들어갔다. 이미 경야 자리는 깨끗하게 치워졌고, 방 한복판에는 예전처럼 두꺼운 헝겊을 깐 커다란 원형 테이블과 삼베 커버를 씌운 안락의자가 놓여 있었다. 겐모치 경감은 푹신한 감촉을 음미하듯 깊숙이 걸터앉아 담배를 꺼내어 느긋하게 불을 붙이고는 꿀맛 같은 한 모금을 빨았다.

조리실에서는 두 여성이 채소 껍질을 벗기기 시작했다. 마키는 시장을 봐오라는 부탁을 받고 역 앞 생선 가게로 갔다.

리라장은 고요함 속에 녹아든 것만 같았다. 조리실에서 띄엄띄엄 희미하게 칼질하는 소리가 들릴 뿐이었다. 벌써 몇 개비째 되는 담배를 재떨이 위에 짓뭉갠 경감은 그 고요함을 두려워하는 것처럼 작은 목소리로, "아비코도 얌전하군. 자는 걸까?" 하고 중얼거리더니 손목시계에 시선을 떨어뜨렸다.

"슬슬 니조가 돌아올 시간 아닌가?"

"아니, 아직일 겁니다. 역에 도착하는 게 6시 반이라고 했으니까요."

"그런가, 그럼 아직 한 시간쯤 남았군. 자네 말로는 니조가 몹시 자신만만하게 굴었다지? 대체 어떤 식으로 수수께끼를 풀었을까? 그런 남자에게 추리하는 재능이 있을 줄이야. 사람은 겉보기만으로는 알 수 없는 법이야."

그 후로 한동안 두 사람 사이에 니조에 대한 이야기가 오갔다.

마키가 생선을 사가지고 돌아오자 곧 조리실에서 기름에 튀기는 소리와 함께 먹음직스러운 냄새가 응접실 안까지 풍겨와, 슬슬 속이 출출한 경찰들의 위장은 향수를 느꼈다.

"식사는 어떻게 하실 건가요? 니조 씨가 돌아올 때까지 기다리시겠어요? 아니면 먼저……."

입구에서 고개를 내민 데쓰코가 다소 쌀쌀하게 물었다.

"아니, 저희는 신경 쓰지 마십시오. 하지만 식사를 내주신다면 니조 씨가 올 때까지 기다렸다가 먹는 게 어떻겠습니까? 이

제 슬슬 도착할 때가 됐으니까요."

유키 형사는 손목시계를 보았다. 니조의 오만한 얼굴을 마주하면 식사가 맛있을 턱이 없다. 하지만 먼저 먹고 싶다고 말할 수도 없지 않은가.

데쓰코가 물러나자 식당에서 식사를 차리는 소리가 났지만 그것도 곧 멎었다.

"늦는군……."

6시 40분이 지나자 겐모치 경감이 초조해하기 시작했다. 니조가 돌아오기를 기다리는 이유는 사건의 진상 해명 때문이 아니라 그래야 식사를 할 수 있다는 현실적인 욕구에 기인한 것이었다.

"확실히 늦네요."

맞장구를 치려던 유키 형사는 말하는 도중에 콧구멍을 벌름거리더니 의아한 표정을 지었다.

"어라, 뭔가 탄내가 나는데요."

그 말을 들은 경감도 커다란 콧구멍을 벌름거렸다. 영락없이 타다 만 장작에서 나는 연기 냄새였다.

"조리실 쪽 아닙니까? 불이라도 나면 큰일인데. 아무도 없나?"

유키 형사는 입구에 서서 복도 안쪽을 살피다가 마음에 걸렸는지 밖으로 나갔다. 허기가 극에 달한 겐모치 경감은 일어서기는커녕 입을 열기도 번거로워 뚱뚱한 몸을 힘겹게 의자에 걸치고 노을 진 정원 화단에서 어둑하게 물든 칸나를 바라보고 있었다.

잠시 후 돌아온 유키 형사는 일단 실내에 들어오려다가 멈춰서더니 벽의 스위치를 눌러 천장의 불을 켰다.

"뭐였나?"

"별일 아닙니다. 목욕탕 아궁이에서 때던 장작이 굴러 떨어졌더군요. 콘크리트 바닥이라 불이 날 리는 없었지만요. 그나저나 니조는 뭘 꾸물거리는 걸까. 배고파 죽겠네."

"열차가 연착된 것 아닐까?"

"그러게요, 역에 한번 물어볼까요?"

유키 형사는 군살이 없어 동작이 가볍다. 그는 바로 일어나 복도에서 전화를 걸더니 중얼중얼 주절거리면서 돌아왔다.

"열차는 정시에 도착했답니다. 그 열차를 탔다면 벌써 여기에 돌아왔어야 하는데요."

"다음 열차는?"

"21시 10분 열차니 아직 멀었습니다. 도쿄에서 늦게 출발하면 그렇다고 전화로 알려주면 좋을 텐데 말입니다. 덕분에 저희까지 굶어죽게 생겼네요."

유키 형사는 입을 비죽거렸다.

2층 사람들도 니조의 귀환이 늦어지자 더는 참을 수 없었는지, 아마 릴리스가 그를 기다리지 않고 먼저 저녁식사를 시작하고 싶은데 어떠냐고 응접실을 들여다보며 물었다. 겐모치 경감도 유키 형사도 이의가 있을 리 없었다.

"그럼 바로 준비를 시작할게요. 한 5분만 기다리세요."

아마 릴리스가 그렇게 말하며 식당으로 들어가나 싶더니 요리를 데우는 냄새가 풍겨왔다. 대번에 경찰들은 죽다 살아난 표정으로 한숨을 쉬었다. 디너 차임이 울린 것은 그로부터 정확히 5분 후였다.

식당에서는 수갑을 벗은 아비코를 사이에 두고 그 좌우에 세 명의 수사관이 앉고, 이 네 사람을 마주 보는 자리에 아마 릴리스와 마키, 데쓰코가 앉았다. 아비코가 수상한 짓을 하면 바로 겐모치 일행의 책임 문제가 된다. 때문에 그들은 한 눈으로 요리 접시를 보면서 한 눈으로 아비코의 동향을 감시하는 재주를 부려야 했다. 하지만 정작 아비코는 경찰의 심정은 전혀 아랑곳하지 않았다. 두 손의 자유가 기쁜지 나이프와 포크를 바삐 움직여가며 먹음직스럽게 우물거리고 있었다.

그들과 마주 앉은 세 남녀의 가슴속에 오가는 것은 대관절 어떠한 감정일까. 마침내 내일 리라장을 뒤로 하려니, 지난 일주일이 불쾌하고 끔찍한 날들의 연속이었다 할지라도 그 나름대로 수많은 추억이 있을 터였다. 혀로 요리를 맛보는 동시에 마음으로 그 추억을 곱씹고 있는지도 몰랐다.

그래도 식사를 마치자 그럭저럭 사람들의 이야기도 활기를 띠었다. 예술의 이웅 자도 모르게 생긴 경찰관들과 공통 화제를 찾으려면 좌담 내용도 자연히 한정될 수밖에 없거니와, 또한 자유를 박탈당한 아비코가 앞에 있으니 예전처럼 분방한 대화도 피해야 했다. 때문에 그들 사이를 오가는 대화는 무난했고, 그런 만큼 통 재미없는 이야기뿐이었다.

그들 가운데 데쓰코만 입을 다물고 한참 뭔가를 적고 있었다.

"뭡니까?"

유키 형사가 들여다보며 묻자 데쓰코는 허둥지둥 메모를 숨기려 했다.

"어머나."

"호, 이거 흥미롭군."

그런 말이 튀어나온 뒤에 형사는 말실수를 깨닫고 허둥지둥 입을 다물었다. 데쓰코가 메모에 끼적인 것은 숯쟁이부터 유키 타케에 이르는 희생자들의 이름이었기 때문이다.

"제가 보니까 이 범인은 사람을 온갖 방법으로 죽였지 뭐예요. 절벽에서 떠밀어 떨어뜨려 죽이질 않나, 목을 조르거나 칼로 찌르고, 독을 먹이고…… 한 번도 같은 방법을 쓰지 않았잖아요?"

"어디……."

유키 형사는 쪽지를 손에 쥐었다.

"숯쟁이는 낭떠러지에서 떠밀려서 죽었고, 살로메 양은 독에 당해 죽었다. 다치바나 씨가 칼에 찔려 죽었고 하나 씨는 목을 졸려서, 그다음으로 유키타케 씨는 맞아 죽었다라……. 과연, 한 번도 같은 방법을 되풀이한 경우가 없군요."

"분명 범인의 허세일 거예요. 천박해."

아마 릴리스가 옆에서 코맹맹이 소리로 경멸하듯 말했다. 유키 형사는 이 뚱뚱한 철부지 아가씨는 이런 말을 할 때가 가장 자연스럽다고 생각했다.

"당신 의견이 옳다고 치면 범인은 한동안 점점 더 바빠지겠군요. 무기를 써서 쏘아 죽일 수도 있고 물에 빠뜨려 죽일 수도……. 아직 온갖 방법이 남아 있으니까요."

형사로서 온당치 않은 발언이라고 비난을 받아도 별수 없지만, 유키 형사의 참뜻은 그런 의도가 아니라 데쓰코의 견해를 완곡하게 비난하고 싶었던 것이다. 범인이 설마 멋이나 장난으로 이런 짓을 하겠는가. 거기에는 그래야만 하는, 부득이하고 절박한 사정이 있지 않을까?

"비평가에게 식상하다는 소리를 듣기 싫었나 보지. 놈들은 흔히 그런 말을 쓰려고 드니까."

벌써부터 비평가에게 적의를 품고 있는 마키가 말하자 베이스 아비코는 불쾌한 듯이 고개를 돌렸다.

"이제 이걸로 결판이 났으니 망정이지, 난 걱정돼서 미치는 줄 알았어. 이번에는 누가 살해당할 차례일까 싶어서. 이 살인 사건은 동기고 뭐고 없어 보이는걸."

아마 릴리스의 이 발언은 명백하게 야유였다. 아비코는 더 더욱 눈썹을 찌푸리며 부루퉁한 표정으로 고개를 돌렸다.

"그래, 아직 석간이 안 왔지."

마키가 갑자기 그런 말을 한 이유는 두 사람의 다툼에 질린 탓인지도 몰랐다. 그는 자리에서 일어나더니 철문에 있는 신문함을 살펴보려고 식당에서 나갔다.

"정말 니조 씨는 어떻게 된 걸까?"

문득 생각났다는 듯이 데쓰코가 말하자 아마 릴리스가 "그러게 말이야." 하고 대답했다. 아비코는 고개를 돌리고 마키에게 받은 담배를 피우고 있었다.

유키 형사는 기계적으로 손목시계에 눈길을 떨어뜨렸다. 8시 반을 지나려는 찰나였다. 21시 10분 열차로 온다면 이곳에 도착하는 시각은 10시쯤 된다. 그도 내심 니조의 늦은 귀환이 짜증스러웠다. 냉큼 의문점을 해결하고 후련해지고 싶었다.

"경감님, 경찰서 쪽에 연락 좀 해두겠습니다."

유키 형사가 그렇게 허락을 구하며 전화를 걸기 위해 일어났을 때였다. 어두운 정원 쪽에서 몹시 당황한 마키의 목소리가 들렸다. 유키 형사는 재빨리 창문가로 뛰어가 그물망을 열어젖히고 고개를 내밀어 뒤뜰을 훑어보았다.

"왜 그래요? 무슨 일입니까?"

"큰일 났어요, 니조 씨가 당했습니다. 좀 와주세요. 빨리, 빨리!"

"알았습니다. 아무것도 건드리지 마십시오!"

마키가 당황하는 범상치 않은 모습에서 이변을 감지한 겐모치 경감이 재빨리 식당에서 뛰쳐나갔다. 살은 쪘지만 여차할 때는 역시나 민첩했다.

"자네, 손 내밀어!"

유키 형사도 다짜고짜 난폭하게 아비코에게 수갑을 채우자마자 식당을 뒤로 했다. 내부 현관에서 샌들을 걸치고 달려가자 정문과 중앙 현관을 잇는 어둑한 길 위에 경감이 무릎을 꿇고 있었다.

발소리를 들은 겐모치 경감은 뒤를 돌아보더니 바지 무릎께를 털고 일어서면서 분한 마음을 역력히 드러내며 화난 목소리로 알렸다.

"늦었어. 벌써 싸늘히 식었네."

마키가 급히 뭔가 생각난 듯이 중앙 현관으로 달려가 현관 처마의 전등을 켜준 덕에 유키 형사는 쓰러져 있는 니조의 모습을 자세히 볼 수 있었다. 오만한 이 남자는 죽어서도 여전히 유키 형사를 비웃듯이 콧잔등에 주름을 잡고 이를 드러낸 채 얼굴을 현관 처마 쪽으로 틀고 있었다. 게처럼 꺾인 두 손과 두

다리가 몹시 부자연스러웠지만 사인이 무엇인지는 한눈에 알아보기 힘들었다.

"유키."

경감의 목소리가 분노로 인해 떨렸다.

"여기 좀 보게."

손가락질하는 시체의 그늘진 자리에 가늘고 긴 화살 같은 물체가 떨어져 있었다. 겐모치 경감은 주의 깊게 그것을 주워 불빛에 비췄다. 보통 활의 화살과 달리 깃털이 달려 있어야 할 부분이 원뿔 모양이었다.

"바람총…… 아닙니까?"

유키 형사는 텔레비전인가 어디에서 원주민의 바람총을 본 기억이 있었다. 그것과 이것은 원뿔 모양 부분이나 전체 길이에 상당한 차이가 있었지만 바람총의 공통적 특징을 가지고 있었다.

"그래, 바람총일세. 자네가 한 말이 벌써 실현된 게야. 그렇다기보다 범인이 자네보다 한발 앞선 거지. 비록 바람총이지만 무기를 써서 쏘아 죽였다는 점은 분명하니 말이야."

명백하게 흥분을 억누르지 못하는 말투였다. 어두워서 모르겠지만 유키 형사의 눈에도 낭패한 기색이 역력했다.

"저는 총기로 쏘아 죽이는 방법을 생각했던 터라 깜짝 놀랐습니다. 범인이 권총을 소지했다면 벌써 그걸 사용하고도 남았겠지요. 뭐라 해도 편리하니까요. 그걸 사용하지 않은 이유는 총기류를 휴대하지 않았기 때문이라고 해석했습니다. 그래서 무기로 쏘아 죽이는 일은 일어나지 않을 줄 알고 그런 소리를 했던 겁니다."

스스로도 변명조로 나오는 말이 억울했다. 겐모치 경감은 잠자코 고개를 끄덕이더니 화살을 고쳐 쥐고 그 끝을 눈가로 가져갔다. 꼭 세모꼴 송곳을 크게 만든 형태로, 거기 묻은 검붉게 변색된 자국은 피가 틀림없었다.

"니조는 이것에 당했군."

"그런 것 같습니다. 꽂혀 있던 게 쓰러지는 찰나에 빠졌겠지요."

"독화살이로군. 그렇다면 무슨 독일까."

"쿠라레curare, 방기과나 마전과 식물의 나무껍질에 들어 있는 알칼로이드 성분. 독성이 강하여 남아메리카 인디언이 독화살을 만드는 데에 이용하기도 하였으며 외과 수술 시 근육 이완제로 쓴다.— 옮긴이일지도 모릅니다."

"그렇군, 전쟁 전에는 별로 없었지만 제2차 세계대전 후에는 그리 드문 일도 아니지."

겐모치 경감은 그렇게 말하며 화살을 한 손에 들고 어두침침한 빛 속에서 뭔가를 찾고 있었다. 유키 형사도 경감이 찾는 물건이 무엇인지 금세 깨달았는지 허리를 숙이고 마찬가지로 주위를 살피기 시작했다.

"있다, 있어."

젠모치 경감이 외치는 소리를 듣고 유키 형사가 뒤를 돌아보자 경감은 내부 현관 옆 라일락 화단 속에 손을 뻗어 한 장의 카드를 주워들었다. 그리고 현관 처마 불빛 바로 밑에 서서 자세히 바라보다가 유키 형사를 돌아보며 다급히 말했다.

"'스페이드 6'야. 점점 더 우리를 얕보는군."

빛이 충분하지 못해 확실히 알 수는 없었지만 그 말투로 보건대 젠모치 경감의 뺨은 분노로 시뻘겋게 물들어 부들부들 떨리고 있을 것이 분명했다. 유키 형사와 마키는 동시에 경감이 쥔 카드를 들여다보았다. 틀림없이 도둑맞은 여섯 번째 스페이드 카드였다.

"그나저나…… 시체와 카드가 떨어져 있던 위치 사이에 제법 거리가 있어."

젠모치 경감은 까딱까딱 고개를 끄덕이다가 무슨 생각을 했는지 지붕 밑에서 나와 두어 걸음 나간 곳에서 뒤로 돌아 건물을 올려다보았다.

"유키, 범인은 저 창에서 바람총을 쏜 게 아닐까? 피해자를 쓰러뜨린 뒤에 카드를 던지면 아마도 이런 결과가 되지 않겠나? 범인은 스다를 살해했을 때도 역시 낭떠러지 위에서 카드를 던졌으니 말이야."

"과연."

유키 형사도 처마 밑에서 나와 어깨를 나란히 하고 위를 쳐다보았다. 앞서 말했듯이 리라장은 맨사드 식 건물이라 2층 위에 또 다락방이 있었다. 지금 올려다보는 곳이 그 다락으로, 중앙 현관 위쪽 벽에 두 개의 창문이 붙어 있다.

"그렇군요, 저 창으로 감시하다가 니조가 돌아오는 순간 단한 발로 쏘아 죽였다고 생각해도 되겠네요."

"나는 여기서 감시하고 있을 테니 자네는 주재소에 전화해서 순경을 불러주게. 말할 필요도 없겠지만 본서에도 바로 연락을 취하도록."

이쯤 되자 겐모치 경감 역시 완전히 냉정함을 잃고 다급한 목소리로 명령했다.

-2-

겐모치 경감과 유키 형사는 네 학생을 식당에 몰아넣은 다음, 출동한 주재 순경에게 시체 감시를 명령하고 다락방을 조사하기로 했다.

리라장 내부의 구조는 앞서 잠깐 언급했지만 현관 바로 오른쪽 옆에 계단이 있어 1층에서 2층으로, 다시 다락방으로 통한다. 2층 계단 끝 다락방 입구는 현관 바로 위에 해당하는 위치였다.

두 수사관은 그 문을 열고 스위치를 눌러 전깃불을 켰다. 그곳은 방이라는 관념에서 동떨어진 공간으로 아래층의 세련된 분위기와는 전혀 다르게 휑했다. 멀찍이 떨어진 두 개의 대들보에 전등이 하나씩 달려 있지만 그것만으로는 조명이 충분치 않아 여기저기 빛이 닿지 않는 자리가 어두운 귀퉁이를 만들었다.

중앙 현관 바로 위에 해당하는 쌍여닫이창을 밀어젖히자 대각선 아래쪽 지상에 니조의 시체와 감시 중인 주재소 순경의 모습이 보였다.

"딱 알맞은 각도로군. 바람총이라는 건 바로 밑에 있으면 조준하기 어렵다고 하니까. 여기서 니조가 돌아오기를 기다리다가 사정권에 들어온 순간 처치한 거겠지. 아무리 그래도 용케 정확히 맞혔군. 문명인은 좀처럼 바람총을 만져볼 일이 없을 텐데."

창문을 닫고 진열장 쪽으로 돌아갔다. 예전에 후지사와 간타로가 이곳을 별장으로 사용했던 무렵에는 책상이나 의자도 넣어 그럴싸한 서재 형태를 이루었겠지만 지금은 그런 가구는 거의 다 실려 나가고, 당시 그대로 남은 것이라고는 세 개의 진열장과 벽을 빙 두른 이백 개에 가까운 가면뿐이었다. 그 가면도 추녀, 추남부터 시작해 도깨비 가면에 여우 가면, 덴구天狗, 산속에 사는 일본의 요괴. 얼굴이 붉고 코가 길며 날개가 있다.─옮긴이 가면, 중국 고

대극의 인물을 본뜬 진흙 가면부터 남방 원주민 가면, 현대 멕시코의 화려한 원색 가면도 있는가 하면 그리스 고전 비극의 가면까지 있었다.

후지사와 씨가 권총 자살을 한 뒤 미망인은 죽은 남편의 수집품이 유실되지 않도록, 예술대학 학생들에게 다소나마 참고가 되기를 바란다면서 가면을 통째로 기증했다. 화를 내고, 눈물을 흘리고, 익살을 떨거나 웃는 표정의 무수한 가면에 둘러싸여 있노라니 당장이라도 그들의 속삭임이 들릴 것만 같아 미신이나 속설은 거들떠보지도 않는 유키 형사나 겐모치 경감도 문득 묘한 기분이 들었다.

"이런 가면에 파묻혀 희열에 빠지다니 후지사와 간타로라는 사람도 취미가 유별났군요."

"부인이 상당히 보기 거북한 얼굴이었나 보지. 추녀 가면을 보면서 마음을 돌리려 했던 것 아닐까?"

겐모치 경감은 그제야 농담을 입에 담을 여유가 생긴 듯했다. 아니, 여유가 생겼다기보다 실없는 소리라도 하지 않으면 이 기묘하고 오싹한 분위기에 그만 압도당할 것 같았다.

두 사람은 진열장 앞에 섰다. 원주민 가면을 수집할 때 겸사겸사 입수한 물건인지 남방 제품인 듯한 목걸이나 뼈로 만든 나이프, 활, 그것도 모자라 피리나 징까지 세 개의 진열장에 죽 늘어서 있다. 하나같이 손때를 타서 지저분했지만 오히려 그

점 때문에 원주민의 생활 흔적이 배어 있는 것처럼 느껴졌다.

겐모치 경감과 유키 형사의 주목을 끈 것은 그 수집품들 사이에 있는 하나의 공백이었다.

"유키, 그 화살은 여기 장식품 아니었을까?"

"그러게요, 하지만 바람총도 다른 화살도 없군요. 어디 이 부근에 굴러다니는 것 아닐까요?"

유키 형사는 허리를 굽히고 바닥의 구석구석까지 살피기 시작했다.

"지문을 남기는 실수는 하지 않았겠지만 바람총 입구에 타액이 묻어 있으면 범인을 가리키는 중요한 증거품이 되겠지. 하지만 잠깐. 그놈이 그런 얼빠진 짓을 할까? 유키, 그 영리한 범인이 그런……."

기묘한 표정으로 벽의 가면을 노려보고 있는 유키 형사를 본 경감은 하던 말을 도중에 삼키고 말았다.

"왜 그러나, 유키. 그 가면에 무슨……."

"그게 아닙니다. 제가 말도 안 되는 어리석은 짓을 했다는 사실을 깨달았습니다."

"어리석은 짓이라니, 뭐 말인가?"

"아까 목욕탕 아궁이에서 장작이 굴러 떨어졌다고 했었지요? 그 장작이 나무속을 판, 흔치 않은 통 모양이었습니다. 깜빡 잊고 있었는데 지금 생각해보니 그게 바람총이었습니다. 알 턱이 없다 보니 그 중요한 증거품을 제가 굳이 친절하게 밀어 넣어 태워버렸지 뭡니까."

아쉬움과 황당함, 자조가 뒤섞여 일그러진 유키 형사의 얼굴 반쪽을 대들보 그림자가 검게 물들였다. 만일 범인이 이 사실을 안다면 형사의 얼빠진 행동에 배꼽을 잡고 웃고도 남을 일이다.

"범인은 계획대로 니조에게 바람총을 쏜 다음 몰래 1층으로 내려와 증거를 인멸하기 위해 활활 타는 목욕탕 아궁이에 흉기를 쑤셔 넣고 도망간 게야. 하지만 이보게, 그리 억울해하지 말게. 니조를 살해한 인물이 누군지, 우리는 잘 알고 있지 않나? 니조를 살려두면 안 될 사람은 단 한 명밖에 없어."

겐모치 경감은 그런 말로 격려하더니 옆의 진열장 뚜껑을 열었다.

"보게, 여기에 활이 세 종류 있지? 바람총 같은 물건보다 이쪽이 훨씬 쓰기 편해. 그런데도 그가 바람총을 선택한 이유는 범인이 두 팔을 이렇게 벌릴 수 없었다는 사실을 뜻하는 것 아니겠나?"

그렇게 말하며 경감은 활을 쥐더니 화살 없이 활시위를 힘껏 잡아당겨 덴구 가면을 노리고 휙 쏘았다. 활시위 퉁기는 소리가 먼지 가득한 다락방의 공기를 뒤흔들었다.

"그럼에도 불구하고 바람총을 사용했다는 건 결국 범인의 두 손이……."

거기서 겐모치 경감은 의아한 표정으로 귀를 쫑긋 세웠다.

"자동차 소리 아닌가?"

"글쎄요……."

유키 형사도 귀를 기울이며 창문을 바라보았다. 이번에는 뚜렷하게 경찰 지프의 경적 소리가 들리더니 뒤이어 자갈을 밟는 타이어 소리와 주재소 순경의 목소리가 들렸다.

"유키, 사와무라澤村 씨가 온 모양이야. 여기 조사는 나중에 하세."

사와무라는 전에도 왔던 경찰의다. 두 사람은 다락방에서 나와 계단을 내려갔다.

바꽃

-1-

하나 씨가 살해당했을 때는 거듭되는 사건에 정신을 차리지 못했던 촉탁의囑託醫 사와무라도 이제는 완전히 익숙해졌는지, 먼저 하얀 삼베 바지를 무릎까지 걷어 올리고 바닥에 꿇어 앉아 침착한 태도로 시체를 조사했다. 그 잘나고 오만한 니조 요시후사가 추한 몰골로 자갈길 위에 뻗어 있다. 의사가 그 눈을 까집어 동공을 조사하고 입 안을 들여다보는 모습을 보노라니, 아무리 잘난 척 거드름 피워본들 죽으면 그만이라는 생각이 유키 형사의 뇌리를 스치고 지나갔다.

시체에는 특별한 소견이 없는지, 해부와 화살의 독이 무엇인지 밝혀내기 위한 과학 검사를 서두르게 되었다.

"처음에는 쿠라레 중독이 아닐까 했는데, 이 화살은 아이누 족이 사용하는 물건하고 무척 흡사합니다. 홋카이도北海道에서 학교를 다녀서 이따금 본 적이 있어요. 그렇다면 화살의 독은 쿠라레가 아니라 바꽃일지도 모릅니다. 아실지 모르겠지만 이 독초는 홋카이도뿐만 아니라 혼슈本州에도 야생하니까요."

경감과 유키 형사는 말없이 고개를 끄덕였다. 두 사람 다 바 꽃이라는 식물에 대해서는 소문으로 들은 바가 있다. 키가 1미 터가량 자라며 가을이 되면 이삭 모양의 보라색 꽃이 핀다. 맹 독을 머금고 있지만 꽃이 아름다워 꽃꽂이용으로 쓰는 경우도 있다.

"제법 옛날 얘기지만 어떤 박사가 강장제로 쓰려다가 용량 을 잘못 재는 바람에 독사한 일이 있었지요."

겐모치 경감이 말했다.

"맞아, 그래요. 저는 노년의 그 박사님을 압니다. 실수하면 큰일이지만 강장제로는 영험한 약물이라, 박사님도 청년처럼 혈색이 좋은 분이셨는데……."

의사는 지난날이 그립다는 듯 말했다.

"끔찍한 일입니다. 그런 전문가조차도 중독사했으니까요."

"치사량은 얼마나 됩니까?"

"마른 뿌리라면 0.5그램에서 1그램 사이입니다. 바꽃의 독 은 아코니틴이라고 하는데, 순도가 높으면 0.3그램으로도 충분히 사람을 죽일 수 있어요. 분량이 많으면 쇼크사와 비슷한 상태로 꼴까닥 가버립니다. 아마 이 피해자도 비명 한 번 지르지 못했을 거예요."

의사는 그렇게 말하면서 직업적 흥미에 이끌렸는지 끝에 검붉은 오물이 묻은 흉기를 열심히 살펴보았다.

"아이누도 아닌 범인이 손에 익지 않은 바람총을 써서 단 한 발에 명중시킬 수 있었을 것 같지는 않은데……."

유키 형사는 그렇게 중얼거리면서 주위를 둘러보았는데, 아니나 다를까 조금 떨어진 자갈길 위에 얌전히 떨어져 있는 또 하나의 화살을 발견했다.

"예상이 맞았군. 범인은 몇 발을 쏜 겁니다. 그중 하나가 명중한 거지요. 날이 밝은 다음에 잘 찾아보면 빗맞은 화살이 한두 개는 더 굴러다닐지도 모르겠습니다."

경감은 건네받은 화살을 지그시 쳐다보다가 이윽고 유키 형사를 돌아보았다.

"이보게, 후지사와 씨가 이런 무기를 수집했을 때 위험을 방지하기 위해 화살의 독을 씻어냈을 가능성도 생각해볼 수 있지 않은가? 빈틈없는 범인은 이걸 흉기로 사용하기 전에 그 점을 고려해야 했겠지. 가령 독이 씻겨나갔다면 니조는 긁힌 상처만 입는다 뿐이지 말짱했을 테니, 바로 다락방 창문을 보고 범인의 존재를 알아차렸을 게야. 그러니 범인은 사용하기 전에 미리 독극물이 묻어 있는지 뭔가로 실험해보고 확신을 가졌다고 생각해야 하겠지."

"동물 실험 말입니까?"

"아마도. 그런 기미는 없는 것 같았지만 도둑고양이라도 꾀어내어 실험했는지도 모르지. 나중에 주재소 순경하고 분담해서 다락방과 저택 주변을 조사하는 편이 낫겠어."

경감이 그렇게 말했을 때, 그때까지 잠자코 있던 의사가 끼어들었다.

"잠깐만요. 바꽃 독이라면 알아낼 방법이 있습니다. 그 화살 좀 보여주십시오."

의사는 화살을 손에 들고 신중한 태도로 화살촉을 핥더니 바로 침을 뱉었다.

"아코니틴은 핥아보면 혀가 저릿하니까 바로 알 수 있습니다. 역시 이건 바꽃인 것 같군요."

"오호라. 그게 일반적인 감별법입니까?"

"아니, 그건……."

의사는 부정적인 말투였다.

"식물학이나 독물학에 대한 지식이 없다면 모를 겁니다."

"아비코는 식물학 지식도 독물학 지식도 없을 것 같지?"

겐모치 경감이 그렇게 말하며 유키 형사를 돌아보았다.

"역시 도둑고양이를 좀 찾아주게."

"찾아보지요."

"꼭 고양이라고 할 수는 없지만……. 아니, 왜 그러십니까?"

겐모치 경감은 의사의 태도에 수상한 점을 느낀 듯했다.

"아니요, 이 화살은 제법 오래된 물건인데 그에 비해 화살에 묻은 독은 새것 같습니다. 혀가 아직도 따끔거려요. 이걸 맞으면 바로 저승길로 가겠습니다그려."

그는 그렇게 대답하더니 시체를 운반하기 위해 가까이 있던 경찰을 불렀다. 그리고 5분 뒤, 의사와 니조를 태운 경찰 지프는 어둠 저편으로 사라졌다. 그들을 배웅한 겐모치 경감과 유키 형사는 니조가 밝히려 했던 연쇄살인의 수수께끼가 또다시 비밀의 장막에 뒤덮이고 말았다는 사실이 자꾸만 아쉬웠다.

두 사람은 뒤쪽 현관을 지나 건물 안으로 들어갔다. 소동에 정신이 팔려 까맣게 잊고 있었는데 겐모치 경감도 유키 형사도 샌들 바람이었다. 특히 경감은 남성용과 여성용 샌들을 짝짝이로 신고 있다는 것을 깨달았다. 그는 쓴웃음을 지으며 슬리퍼로 갈아 신었다.

식당 앞 의자에 앉아 감시를 계속하고 있던 젊은 경찰이 두 사람을 보더니 일어서서 경례를 하고 이상이 없음을 알렸다.

경감이 느린 걸음으로 식당에 들어가자 아비코를 뺀 세 남녀가 일제히 불안한 눈으로 이쪽을 쳐다보았다. 평소 차분한 마키 가즌도도 연이은 이번에 냉정함을 잃고 상당히 신경이 곤

두선 상태였다. 그들은 경감의 설명을 숨을 삼키고 들었다. 아비코만은 여전히 제 알 바 아니라는 얼굴로 고개를 돌리고 있었다.

"역에서 여기까지 걸어서 20분 거리니, 범인은 정확하게 시간을 계산해 기다리고 있었던 게 틀림없습니다. 니조 씨 일은 참으로 안됐습니다. 범인은 우리의 맹점을 찌른 셈인데, 니조 씨에게는 실로 미안하게 생각합니다. 그런데 여러분……."

경감은 그들을 둘러보았다.

"니조 씨가 살해당했을 때, 여러분은 모두 2층 방에 계셨습니다. 그래서 기탄없이 말씀해주셨으면 하는데, 범인이 방을 나가는 모습을 보신 분은 안 계십니까?"

"몰라요. 저희 여자들은 줄곧 방에 있었던 게 아니라 가끔 서로 조리실에 내려가거나 목욕물 온도를 보기도 했으니까요."

데쓰코가 아비코의 얼굴을 보지 않도록 시선을 옆으로 돌리며 대답했다.

"마키 씨는 어떻습니까?"

"아비코가 어땠냐고 물으시는 겁니까? 복도를 지나는 모습을 보았습니다. 화장실에 가나 보다 하고 특별히 신경 쓰지도 않았습니다만."

아마 릴리스도 고개를 가로저으며 데쓰코와 비슷한 내용을 간단히 말했다. 하지만 설령 아비코가 3층으로 올라가는 모습을 목격한 사람이 없더라도 더 이상 이 남자를 속세에 풀어놓을 수는 없었다. 잠시 후 앳된 얼굴의 베이스 가수는 경감과 복도에서 감시 역을 맡은 젊은 순경의 호위를 받으며 끌려갔다.

유키 형사가 홀로 남은 이유는 다시 한 번 아비코의 방을 수색해 스페이드 카드를 찾아내기 위해서였다. 형사는 식당으로 돌아갔다.

"또다시 도쿄로 돌아가지 못하게 됐어. 내일이 니조 씨 경야, 그리고 모레가 장례식이고, 그 이튿날은 유골을 수습해야 해. 그때까지 여기 있어야겠네……."

아마 릴리스가 감정 없는 목소리로 마키에게 말했다.

"그렇게 되네. 오늘이 25일이니까 28일이나 되어야 출발할 수 있겠어. 이런 곳에 오래 있어봤자 아무 소용없어. 유골 수습이 끝나면 유족과 함께 돌아가자."

마키도 마음속으로 다른 생각을 하는지 목소리가 흐리멍덩했다. 그 얄밉고 교만하고 거북살스러운 남자가 그만 코앞에서 변을 당하고 말았다는 사실이 비탄이나 동정이라는 감정과는 별개로 각자에게 다양한 술회를 안겨주었다.

"마키 씨."

유키 형사가 불렀다.

"아비코가 평소 독물학이나 식물학에 관심이 있었는지 아십니까?"

"글쎄요……."

마키는 의아한 표정으로 유키 형사를 마주 보았다.

"모르겠는데요."

"당신은 어떻습니까?"

"아무것도 몰라요. 데쓰코는 어때?"

아마 릴리스는 그렇게 말하며 목욕물 온도를 보고 돌아온 데쓰코를 돌아보았다. 데쓰코는 젖은 두 팔을 수건으로 닦으면서 고개를 저었다.

"나도 몰라."

"그럼 혹시 고양이 울음소리는 듣지 못하셨습니까? 아니면 들개라도 상관없습니다."

형사가 하는 말을 이해하지 못했는지 세 사람은 하나같이 당혹스러운 표정을 지었다.

"글쎄요. 고양이라니, 언제 어디서 말입니까?"

"이 리라장에 온 뒤에 말입니다. 장소는 리라장이거나 혹은 그 부근입니다."

아비코가 바람총을 흉기로 사용할 마음을 먹은 것이 반드시 오늘이라고 할 수는 없다. 그렇게 되면 화살 독 실험은 훨씬 예전에 마쳤다고 생각해볼 수도 있다.

그래도 학생들은 서로 마주 볼 뿐, 명쾌한 대답을 하려 들지 않았다.

"한밤중에 멀리서 들개가 짖는 소리는 한두 번 들었지만…… 리라장 부근에서는 그런 소리를 듣지 못했습니다. 고양이 역시 마찬가지입니다."

유키 형사는 복잡한 표정으로 턱을 만지작거렸다. 하지만 생각해보면 아비코가 실험동물에 바람총을 쏘는 흉한 짓을 했을 것 같지는 않았다.

"유키 형사님, 목욕물이 아까부터 데워져 있어요. 오늘 이렇게 복잡한 일이 터져서 아직 아무도 안 씻었는데, 괜찮으시면 들어가시겠어요?"

"아니, 괜찮습니다. 저는 이래봬도 공무 중인 몸이라. 부디 제 걱정은 마시고……."

유키 형사는 미소로 답했다. 겐모치 경감은 이 데쓰코라는 여성을 여걸이라고 했지만 그런 낌새는 보이지 않았다.

"마키는 어때?"

"그럼 블랙 여사가 먼저 씻어."

그런 대화를 뒤로 하고 유키 형사는 계단을 올라갔다. 저택이 거대하다 보니 2층으로 올라가면 아래층의 이야기 소리가 하나도 들리지 않아, 호두색 문이 늘어선 복도는 쥐죽은 듯 고요했다. 유키 형사는 아비코 히로시의 이름표가 나붙은 문을 열고 전등을 켠 뒤 실내를 한 번 쭉 훑어보고 전보다 더 꼼꼼하게 수사하기 시작했다. 담요, 이불, 매트를 철저하게 조사했다.

그러나 여전히 카드는 한 장도 나오지 않았다. 이어서 책상과 의자를 조사했다. 역시 카드는 발견되지 않았다.

유키 형사는 어느덧 이마에 구슬땀을 흘리며 아비코의 트렁크나 옷장을 마구잡이로 뒤졌다. 손이 닿는 곳에 카드를 숨겨 놓았을 텐데, 도저히 찾을 수가 없었다.

실내에 없다는 사실이 분명해지자 수사의 손길을 실외로도 뻗어야 했다. 하지만 이것은 엄청난 시간과 노력을 필요로 하는 작업이라 오늘 밤은 시작할 수 없었다. 그는 창가의 의자에 앉아서 땀을 닦으며 옷장 밑에서 끄집어낸 묘한 물건을 바라보았다.

"카드는 나왔나요?"

목소리가 들려 고개를 드니 목욕탕에서 돌아온 데쓰코였다. 갓 목욕을 마친 미인은 요염한 법인데, 이 여성은 뭘 해도 빛이 나지 않는다. 아마 릴리스도 미인이라는 표현과는 동떨어진 여성이지만 그쪽이 그나마 일반 기준의 외모로 보이는 이유는 곁에 데쓰코라는 여성이 있기 때문이리라. 유키 형사는 미인으로 태어나지 못한 탓에 언제 어디서나 동성을 돋보이게 하는 역할을 떠맡는 히다카 데쓰코의 숙명을 동정하지 않을 수 없었다. 이 정도로 불운하다면 여걸이 되거나 심술쟁이가 된다 해도 별수 없는 일이다.

"어머, 그게 뭐예요?"

데쓰코는 형사가 손에 든 물건을 보고 물었다.

"글쎄요. 옷장 밑에서 나왔는데, 묘한 물건이라 보고 있던 참이었습니다."

"무슨 뿌리 아닌가요?"

데쓰코의 말대로 식물 뿌리가 틀림없었다. 검은 흙이 메말라 만질 때마다 모래가 후드득 떨어졌다. 하지만 뿌리 자체는 아직 수분을 머금어 말랑말랑했다. 나이프나 뭔가로 잘랐는지 단면이 연노란색으로 보였다.

유키 형사는 손톱으로 찔러도 보고 코끝에 대고 냄새도 맡아보다가 문득 이게 바꽃 아닐까 하는 생각이 퍼뜩 들었다. 그래서 끄트머리의 껍질을 벗겨 조심스레 혀를 대어보니 저릿하니 따가웠다. 그는 허둥지둥 손수건으로 혀끝을 닦고 다시 풀뿌리를 뒤집어 이리 돌려보고 저리 돌려보다가 데쓰코에게 말했다.

"혀를 톡 쏘는 걸 보니 어쩌면 이건 바꽃일지도 모릅니다."

"바꽃이라니, 바람총 화살 끝에 묻어 있던 독이었지요? 그렇지 않나요?"

"예. 그 화살에 발라놓은 독이 정말 바꽃이 맞는지는 분석을 해보아야 알겠지만, 지금 당장은 그럴 가능성이 큽니다. 아까 말씀드린 대로요."

"……"

대답이 없다. 어찌 된 일인가 싶어 고개를 드니 데쓰코는 벌건 뺨으로 숨을 집어삼키고 형사를 노려보고 있었다. 지금까지남들에게 보인 적 없는 기묘한 표정이었다.

"왜…… 그러십니까?"

"저, 잠시 실례하겠어요!"

그녀는 냅다 말을 뱉고는 발소리를 요란하게 울리며 나갔다. 데쓰코의 험악한 태도에 밀린 유키 형사는 그녀를 부를 생각도 못하고 그저 얼빠진 표정으로 그 뒷모습을 바라보다가, 그녀가 묵는 방의 문이 쾅 닫히는 소리가 들리자 퍼뜩 정신을 차렸다. 그러고는 혹시 자신이 뭔가 거슬리는 소리를 했나 되짚어보았다. 하지만 도통 감이 오지 않았다. 아무래도 여자는 상대하기 어렵단 말이야. 유키 형사는 쓴웃음을 지으며 다시 손에 든 풀뿌리에 시선을 떨어뜨렸다. 단면의 칼자국은 그 자리에서 나오는 즙을 화살촉에 발랐기 때문이리라.

자꾸 요리조리 돌려보던 유키 형사는 이것이 바꽃인지 아닌지 빨리 확인하고픈 마음이 들었다. 예로부터 풀이나 나무의 이름은 노인들이 잘 아는 법이다. 어쩌면 만페이 영감도 그런 지식이 있을지 모른다. 그런 생각이 들자 가만히 앉아만 있을 수가 없어 헐레벌떡 방을 뛰쳐나갔다.

지병인 류머티즘을 끙끙 앓던 만페이 영감은 자기 방에 요를 깔고 누워 있었다. 리라장 안에서 일본식 방은 이곳뿐이다.

노인의 머리맡에 놓인 하나 씨의 유골함을 감싼 새하얀 헝겊이 눈에 시렸다. 아내의 죽음이 지병을 유발했을 리는 없지만 엎친 데 덮친 격이라 만페이 영감은 시무룩한 얼굴로 천장 전깃불을 바라보고 있었다.

유키 형사는 좀 어떠냐고 인사한 뒤에 손에 든 뿌리를 내밀고 그 이름을 물었다. 역광이라 잘 보이지 않는지 만페이 영감은 그 뿌리를 손바닥에 얹고 팔을 뻗어 돋보기를 썼다.

"이파리가 붙어 있으믄 알겄는디…… 뿌리만 가지고는 잘 몰르겄구면. 그려도 투구꽃허구 많이 닮은 것 같어유."

"투구꽃?"

"아아, 꽃이 둥글둥글허니 꼭 투구처럼 생겨가지구 그런 이름이 붙었슈. 인쟈 한 달만 더 있으믄 보라색 꽃이 피는디, 그게 또 월매나 이쁜지 몰러유."

투구처럼 생긴 보랏빛 꽃이라고 하면 바꽃이 틀림없다.

"어디 이 근처 산에 핍니까?"

야생 식물이니 산에 가면 있을 것이다. 하지만 오늘 리라장에서 한 발짝도 밖에 나가지 않은 아비코가 어떻게 신선한 뿌리를 손에 넣을 수 있었을까.

하지만 유키 형사의 그런 의문도 만페이 영감의 대답으로 바로 풀렸다.

"많지는 않어두 찾으믄 없는 건 아니유. 이 정원에두 심어놓왔으니께."

"예? 정원 어디요?"

"여기저기 심어놨슈. 화단 옆에두 심구, 뒤뜰에다가두……."

유키 형사는 허겁지겁 일어났다. 느려터진 만페이 영감의 이야기에 더 이상 귀를 기울이고 있을 수 없었다. 정원 도처에 바꽃을 심어놓았다면 아비코가 감시의 눈길을 피해 손에 넣기도 간단했을 터였다. 유키 형사는 당장이라도 정원을 조사하고 싶었지만 정신을 차리고 보니 밖은 캄캄했다. 날이 밝을 때까지 기다릴 수밖에 없겠다는 생각에 다급한 마음을 억지로 누르며 만페이 영감의 방에서 나왔다. 만페이 영감을 찾아간 행동이 예기치 못한 수확을 가져왔다는 사실에 유키 형사는 커다란 만족을 느꼈다.

형사가 식당 앞을 지나려는데 아마 릴리스가 새된 코맹맹이 소리로 그를 불러 세웠다.

"무슨 볼일이라도 있습니까?"

"네, 좀……."

아마 릴리스는 복도에 고개를 내밀고 애원하는 눈빛으로 형사를 올려다보았다.

"부탁이에요, 오늘 밤 여기서 주무시고 가지 않겠어요? 안 그래도 무서웠는데, 니조 씨가 또 살해당하고 말았잖아요. 잠도 오지 않아요. 네? 주무시고 가세요……."

"하지만 이제 걱정할 일은 없지 않습니까? 아비코는 유치장에 붙잡혀 있으니까요."

"아뇨, 그런 실질적인 공포가 아니에요. 저는 심리적인 공포를 말하는 거예요. 살해당한 분들의 영혼이라도 튀어나오는 게 아닐까 싶어서……."

아마 릴리스는 자기 표현력이 상대를 이해시키기에 부족하다고 생각했는지 한층 열심히 설득하려 했다.

"아니, 요즘 세상에 귀신이 나올 리 없다고 스스로 타일러보았지만, 그래도 이건 도저히 머리로 해결될 일이 아니에요. 그저 자꾸만 무섭고 불안해서 미칠 것만 같아요……."

상대가 공포와 번민이 뒤범벅된 표정으로 동정을 바라니, 함부로 웃어넘길 수도 없었다. 더군다나 유키 형사에게는 내일 아침 정원에 나가 바꽃을 조사해야 한다는 임무도 있다. 집으로 돌아가 쉬기보다 이곳에서 하루 묵고 날이 새면 바로 정원으로 뛰어나가 조사를 하고 싶었다. 그러기 위해서라면 아마 릴리스의 청을 받아들이는 편이 나았다.

그리 생각한 유키 형사는, 그래도 그런 속셈은 티내지 않고 그저 아마 릴리스를 동정해서 그러는 척, 숙박에 동의했다.

"와아, 든든해라! 틀림없이 데쓰코도 기뻐할 거예요. 제 옆방에서 주무세요. 네? 괜찮지요? 지금 청소하고 올게요."

그녀는 눈을 빛내며 들뜬 목소리로 말하더니 유키 형사를 식당에서 기다리게 하고 자기는 복도의 벽장을 열어 빗자루를 꺼내 그걸 들고 계단을 올라갔다.

"끝내 함락당하셨군요."

마키는 유키 형사를 슬쩍 올려다보며 소리 없이 웃었다. 어딘지 모르게 안도한 표정이었다.

"저도 고맙다는 말씀을 드리지요. 숙녀 두 분께서 나란히 겁에 질려 있었거든요."

-2-

이튿날 26일, 유키 형사는 세수도 하는 둥 마는 둥 정원으로 뛰쳐나갔다. 하지만 소용돌이치는 짙은 안개 때문에 1미터만 떨어져도 아무것도 보이지 않아 짜증스럽게 혀를 차며 식당으로 들어갔다.

여성들은 조리실에서 한창 아침식사를 준비하고 있었다. 마키 혼자 테이블을 마주하고 신문을 읽고 있었는데 유키 형사의 발소리를 듣고 고개를 들었다.

"아, 안녕히 주무셨어요? 안개가 짙네요."

하룻밤 잠을 청해서 그런지 안색도 좋고 기운도 차린 모양이다.

"조간 보시겠어요? 저는 다 읽었습니다."

싹싹한 태도였다.

아침식사는 조용하면서도 차분한 분위기에서 이루어졌다. 오늘은 해부를 마친 니조의 시체가 돌아오는 날이라 경야를 치를 예정이었다. 하지만 마키도 그렇고 아마 릴리스도 그렇고, 하루건너 경야를 되풀이하다 보니 기분상 익숙해져서 일종의 여유가 생겼는지 식탁에서는 가벼운 농담도 했다. 니조의 유족에게는 이미 연락을 취해 아내와 친구들이 올 예정이었다.

안개는 대개 10시면 걷힌다. 유키 형사는 샌들을 신고 화단 앞에 섰다. 복판에 붉은 칸나가 여왕처럼 당당하게 피어 있고, 그 주위에 생강과 글라디올러스, 온갖 크고 작은 달리아와 금불초가 자랐다. 꽃가루에 노랗게 물든 등에가 윙윙거리며 색색의 꽃 사이를 넘나들었다. 가만히 지켜보고 있노라면 졸음이 쏟아지는 평화로운 광경이었다.

허리를 굽히고 바꽃을 찾아다니던 유키 형사는 이윽고 정원 한구석에서 단단한 이삭 모양의 봉오리를 가진 식물을 발견했다. 그는 평소 식물에는 별 관심이 없었다. 하지만 봉오리의 형태와 길쭉한 잎을 보고 이것이 그 독초라는 사실을 기억해냈다. 앞으로 한두 달만 지나면 봉오리는 더욱 성장해 아름답고도 표독스러운 투구 모양의 꽃이 필 터였다.

바꽃은 일고여덟 뿌리쯤 있었다. 하지만 편평하게 깔린 주위의 흙에서 최근에 뿌리가 뽑힌 흔적은 조금도 보이지 않았다. 그래서 유키 형사는 화단 앞을 떠나 다른 장소를 찾아 정원을 방황했다. 만페이 영감이 건강하다면 안내를 부탁할 텐데, 사정에 우둔한 유키 형사 혼자서 넓은 정원 안을 뒤지는 일은 간단한 작업이 아니었다.

네 군데의 바꽃을 찾아내는 데 20분쯤 걸렸다. 하지만 그 밭들 역시 풀을 뽑은 흔적이 없었다. 다소 실망한 마음으로 내부 현관으로 들어가려던 찰나, 현관 왼편의 화단이 문득 유키 형사의 시선을 끌었다. 화장실 북창 바로 밑, 그곳은 하나 씨가 죽어서 쓰러져 있던 장소 바로 옆이었는데, 벽돌로 가장자리를 두른 손바닥만 한 화단이 있었다. 월하향 혹은 투베로즈tuberose 라고도 하는, 밤에만 피는 향기로운 꽃이 자라고 있었다. 이미 바꽃을 수십 줄기 넘도록 본 유키 형사는 그 투베로즈 옆에 너덧 뿌리 모여 있는 식물이 그 독초인 줄 바로 알아보았다. 하지만 그의 관심을 끈 것은 그 옆에 팬 작은 구멍이었다.

숨을 멈추고 쳐다보던 유키 형사는 곧이어 샌들을 슬리퍼로 갈아 신고 복도를 달려 화장실로 뛰어 들어가, 북쪽의 수직 미닫이창을 밀어올리고 몸을 내밀었다. 잔잔한 미풍을 받은 독초의 꽃봉오리가 바로 코앞에서 살랑거렸다. 손을 뻗어 줄기를 붙잡고 적당히 힘을 주어 살며시 잡아당겨보니 약간의 저항과 함께 쉽사리 뽑혔다. 저택 안에서 한 발자국도 나가지 않았던 아비코가 어떻게 바꽃을 손에 넣었는가 하는 의문은 그 순간 깨끗이 사라졌다.

-3-

정오가 지나, 해부를 위해 보냈던 니조의 시체가 겐모치 경감과 젊은 경찰과 함께 돌아왔다. 대문 돌기둥에 엉겨 붙은 나팔꽃의 시든 꽃잎이 마치 그의 죽음을 애도하는 것처럼 보였다.

경찰들이 관을 응접실에 안치하고 돌아가자, 유키 형사는 겐모치 경감을 문가로 불러 주머니에서 독초 뿌리를 꺼내 보여주었다. 그리고 발견 경위를 간단히 설명한 뒤에 내부 현관 옆 투베로즈 꽃밭으로 안내했다.

"옳거니, 여기서 뽑았군. 그런 잔꾀가 발달한 남자는 눈에 보이는 걸 전부 흉기로 이용할 수 있으니 당해낼 재간이 없어."

경감은 만족스러운 기색이었다. 오늘 오전 심문에서 아비코는 특별히 범행을 부정하지도 않고, 그렇다고 해서 물론 긍정하지도 않고, 뭘 물어도 고개를 돌린 채 아무 말이 없었다. 그 고집스러운 저항에는 겐모치 경감도 얼마간 두 손을 들었다.

"화살 독은 분석이 아직 덜 끝났습니까?"

"아니, 끝났네. 사이타마 대학에 막무가내로 부탁했어. 역시 아코니틴이 검출되었다네. 바꽃을 사용했다는 점은 틀림없다는 보고였어. 경야가 끝나면 경찰관을 대여섯 명 데리고 와서 풀뿌리 속을 뒤져서라도 카드를 찾아내야지. 그런 끈질긴 놈한 테는 증거를 갖추어 겁을 주는 방법밖에 없어."

두 사람이 한참 얘기하는 사이에 젊은 장의사가 조화를 짊어지고 철문으로 들어왔다. 그들에게는 리라장만한 단골이 없을 테지만, 연이은 살인사건에 간이 오그라들었는지 물건을 내부 현관에 내려놓더니 고개만 꾸벅 숙이고 허둥지둥 돌아가버렸다.

"마키 씨, 마키 씨. 장의사에서 꽃이 왔습니다……."

유키 형사가 복도 안쪽에 대고 외치자 아마 릴리스가 대답하며 나타났다.

"어머, 죄송해요. 슬슬 니조 씨 부인하고 친구 분들이 도착할 시간이에요. 빨리 응접실에 놓아야 하는데."

"저희도 참석할 건데, 조문객은 몇 분이나 옵니까?"

"부인 말씀으로는 화가가 예닐곱 명 오신다나요……. 하지만 저희들하고 달리 다들 훨씬 전에 미술학교를 졸업한 분들이라, 얼굴도 모르고 이름도 모르는 사람들이에요."

아마 릴리스는 그렇게 말하더니 서둘러 조화를 들고 응접실로 들어갔다. 누가 영전에 앉아 있는지 희미하게 선향 냄새가 흘러왔다. 그러나 아마 릴리스도 그렇고 다른 남녀들도 그렇고, 니조의 갑작스러운 죽음에 충격은 받은 듯했지만 아무래도 그렇게 특이한 남자였던 터라 동정심도 일지 않는지, 어딘지 모르게 개운한 분위기를 엿볼 수 있었다.

니조의 부인과 일곱 명의 화가들은 3시 5분 열차로 도착했다. 부인은 서른을 한두 살 정도 넘긴 나이의 안색 나쁜 여성으로, 썩 미인이라고 할 수는 없었다. 복장도 행동도 세련되지 못해, 오만하고 잘나고 세련된 멋쟁이 니조와는 하나부터 열까지 정반대였다. 화가들은 소풍 나온 초등학생처럼 와자지껄 말이 많았는데, 이따금 미망인에게 위로의 말을 건넸다. 아마 릴리스와 데쓰코는 다치바나와 살로메 때 치른 경야의 경험을 되살려 준비를 척척 마치고 일찌감치 손님들에게 저녁식사를 내놓았다.

식사를 마치자 이윽고 경야가 시작되었다. 겐모치 경감과 유키 형사는 니조의 죽음에 책임은 느꼈지만 직접적으로는 아무 상관도 없는 입장이라, 삼가는 마음으로 뒤쪽에 앉았다. 정신을 차리고 보니 하나 씨의 경야 때와 거의 비슷한 자리였다. 유키 형사는 눈을 감자 그날 경야 자리에서 나비넥타이를 매고 의자에 앉아 있던 니조의 뒷모습을 선명하게 떠올릴 수 있었다. 유키 형사는 결코 감상적인 남자가 아니다. 하지만 고작 며칠 후에 바로 그 남자가 선향을 받는 입장이 되었다는 생각을 하니, 가슴이 꽉 메었다.

늦더위가 기승을 부릴 도쿄를 생각하면 이곳에서 경야를 치르는 편이 낫다. 화가들은 고인이 떠들썩한 분위기를 즐겼으니 자리를 밝게 만들 요량으로 니조의 추억담을 안주 삼아 들고 온 위스키를 홀짝거리기 시작했다. 경감 일행에게도 한 병을 선사했지만 직업상 얼굴을 벌겋게 물들일 수도 없었고, 젊은 미망인을 앞에 두고는 사양하는 것이 예의였다. 하지만 둘 다 술을 좋아해서 위스키를 사양하려니 실로 창자가 끊기는 심정이었다.

시곗바늘이 12시를 가리키자 미리 약속을 했던 모양인지, 마키 일행이 한꺼번에 자리에서 일어났다.

"저희는 피곤해서 이만 실례하겠습니다."

이 이상 니조 요시후사를 상대로 의리를 따질 필요는 없다는 마음이 은근히 드러나는 말투였다.

"그래요, 고생 많으셨습니다."

형사들은 그렇게 인사로 답하기는 했지만 한 무리는 위스키를 마시고, 또 다른 무리는 침대에 누울 거라 생각하니 부러운 마음이 없지 않았다.

그 마음을 아마 릴리스가 재빨리 알아챘는지 그들에게 달콤한 제안을 했다.

"자기 전에 식당에서 주스를 마실 건데, 함께 드시겠어요?

그리고 미지근하게 식은 목욕물도 데울 수 있어요. 등목 하는 셈치고 씻으시면 어때요?"

몸이 땀으로 축축해서 목욕은 몹시 구미가 당겼지만 느긋하게 굴 때가 아니었다.

"그러네요, 그럼 주스만 함께 할까요?"

그렇게 말하며 겐모치 경감과 유키 형사도 뒤를 따라 응접실을 나갔다.

냉장고에서 꺼낸 얼음을 띄운 주스는 슬슬 가을의 기운이 느껴지는 요즘 밤에 마시기에는 조금 차가웠다.

"양주가 있으면 좋았을 텐데, 하필 병이 다 비어서······."

마키가 면목 없는 표정으로 말했다.

"그러게. 자기 술을 대체 누가 몰래 마셨을까?"

"뭐, 됐어. 어차피 별일 아니야."

남자라 그런지 마키는 미련이 없었다. 어디선가 방울벌레가 울기 시작했다.

컵이 바닥을 드러내자 겐모치 경감과 유키 형사는 학생들을 남기고 응접실로 돌아왔다. 마침 자리를 비운 사이 경야 자리에도 술기운이 돌았는지 몹시 떠들썩했다. 하지만 유키 형사는 이 밝은 분위기가 결코 단순히 알코올 때문만이 아니라, 범인의 정체가 밝혀졌기 때문이라고 생각했다. 이에 비해 다치바나 쪽의 경야가 음울했던 이유는 당시에 아직 범인이 누구인지 알지 못한 탓에, 그 점이 사람들의 마음을 우울하게 만들었던 것이다.

하지만 이 쾌활한 자리도 밤이 이슥해지자 말소리가 점차 사라져, 베레모를 쓴 예술가들은 줄줄이 하품을 삼켰고, 개중에는 꾸벅꾸벅 졸기 시작하는 사람도 나왔다. 덩달아 겐모치 경감도 꾸벅꾸벅 졸았다.

어느새 안개가 깔려 실내에도 서늘하고 축축한 공기가 숨어들었다. 유키 형사는 조용히 일어나 테라스 유리문을 닫았다. 깨어 있는 사람은 자신과 시신 머리맡에 앉은 미망인뿐인 듯했다.

그러는 사이 견딜 수 없는 졸음이 밀어닥쳐 유키 형사도 윗몸을 흔들기 시작했다. 그 참혹한 사건이 터진 것은 그로부터 얼마 뒤였다.

장미 침상

-1-

경야는 우윳빛 안개 속에서 끝났다. 불편한 자세로 잠들었던 예술가들은 하나둘 눈을 뜨더니 홀로 단정히 앉아 있는 미망인을 보고는, 아니나 다를까 민망한 표정으로 황급히 일어서서 화장실에 갔다. 사람들의 열기와 선향 연기, 담배 연기로 실내 공기는 몹시 탁했다.

"안개가 지독하네. 아무것도 안 보여."

"유화로는 안개의 묘미를 살리지 못하지. 수묵화로 농담을 표현하는 수밖에 없어."

베레모를 쓴 화가 두어 명이 아침 첫 담배에 불을 붙여 한 모금 빨면서 테라스 밖을 바라보며 속닥거렸다. 다들 잠이 모자라 눈이 퉁퉁 부었고 얼굴은 기름이 끼어 번들거렸다.

유키 형사도 비슷한 때에 눈을 떴다. 유난히 머리가 멍해서 환기를 하려고 테라스 유리문을 조금 열었지만 안개가 스며드는 바람에 허둥지둥 닫았다. 손목시계의 바늘은 6시 반을 조금 지났다. 2층 사람들은 아직 자고 있는지 조용했다.

화가들은 세수를 하고 나서 어젯밤 마신 위스키 병과 잔을 그러모으더니 한 명이 쟁반에 얹어 조리실로 들고 갔다. 그들 대부분은 니조의 시신을 떠나보내고 오늘 오후 도쿄로 돌아간다. 미망인과 친구 두어 명만 화장터까지 따라간다고 했다.

이윽고 8시를 바라보는 시각이 되었다. 바깥은 여전히 깊은 안개가 도사리고 있었다. 2층 학생들은 아직 일어나지 않았다. 피곤할 테니 그럴 수도 있겠지만 여러 손님에게 아침식사를 대접해야 할 터였다. 여자들은 뭘 하고 있는 걸까? 사실은 유키 형사도 슬슬 출출하던 터라 모닝커피 한 잔을 빨리 마시고 싶었다. 더군다나 어젯밤 어딘가에 떨어뜨린 담배 케이스를 여기저기 찾아보았지만 나오지 않았다. 그렇다고 겐모치 경감에게 손을 내밀기도 싫고, 허기를 달랠 길이 없었다.

이제 곧 9시다. 유키 형사는 몇 번이나 계단 밑에 서서 2층 상황을 살폈지만 아무리 기다려도 일어날 기미가 없자 마침내 참지 못하고 직접 올라갔다. 그렇다고 여자 방을 찾아갈 수도 없어서 마키의 방문을 두드렸다.

"마키 씨. 마키 씨."

점점 크게 불러보았지만 대답이 없다. 마키가 얼마나 곤하게 자는지는 몰라도, 이 정도로 부르면 보통 눈을 뜰 법도 하지 않을까.

"마키 씨, 아직 주무십니까?"

다시 한 번 불러보았다. 하지만 여전히 대답은 없었다.

유키 형사는 일전에 아마 릴리스가 수면제를 마시는 것을 본 적이 있었다. 어쩌면 마키도 수면제를 먹고 푹 곯아떨어졌을지도 모른다. 그런 약품에 의한 수면을 어중간하게 방해하면 깨고 난 뒤에 머리가 흐리멍덩해 하루 종일 컨디션이 나쁜 법이다. 그렇게 생각한 그는 문을 두드리던 손길을 멈추고 1층으로 내려와 겐모치 경감과 함께 식당으로 들어가 조간을 읽으며 아마 릴리스 일행이 일어나기를 기다리기로 했다.

"어쩔까요, 제가 커피라도 끓여볼까요? 토스트용 빵은 미리 챙겨놓았다던데, 그건 데쓰코 양이나 릴리스 양에게 부탁하기로 하고 일단 커피만 끓이도록 하죠."

읽던 신문을 테이블 위에 내던지고 유키 형사는 경감의 의견을 청했다. 허기진 나머지 똑같은 기사를 아무리 되읽어도 전혀 이해할 수 없었다.

"그러게 말이야."

"경야 손님들을 굶겨죽일 수는 없으니까요."

"그나저나 2층 녀석들은 언제까지 잘 셈이지?"

"한창 잠이 많을 나이니까요. 어쨌든 커피는 제가 끓이겠습니다."

유키 형사는 힘차게 식당을 나갔다.

커피 향이 조리실 한가득 퍼질 무렵, 창유리 너머로 우윳빛 베일이 일렁이나 싶더니 실내가 약간 밝아졌다. 안개가 걷힐 전조이다. 유키 형사는 거의 열두 개나 되는 컵에 진한 커피를 따르고 설탕 단지와 밀크, 스푼을 접시에 담아 응접실로 가져 왔다.

"아, 이거 고맙습니다."

가까이 있던 베레모 화가가 굽실거렸다. 유키 형사는 억센 손으로 서툴게 쟁반을 내밀면서 엉터리 커피의 맛을 걱정하며 변명했다.

"2층 숙녀들께서 아직 일어나지 않아서요, 우선 커피만 준비해보았습니다. 이렇게 사람이 많으니 분량을 어떻게 조절해야 할지 짐작이 가지 않더라고요. 맛은 없습니다."

"뭘요, 이걸로 족합니다. 저희들 중에 파리에 다녀온 사람은 니조뿐이라서요. 나머지 패거리는 대부분 혀가 둔한 녀석들뿐이라 맛있는 커피인지 맛없는 커피인지 분간 못할 겁니다."

그는 털털하게 말하더니 옆자리의 턱수염 난 친구에게 컵을 돌리는 일을 맡기고는 수다를 좋아하는지 유키 형사에게 바싹

다가섰다.

"슬슬 빛이 드는군요."

"그래요, 대개 10시 전후에는 안개가 갭니다. 하지만 저러다 멈추면 하루 종일 저 모양이라, 축축하고 불쾌한 날이 되지요."

미세한 잿빛 물방울 덩어리가 대기의 흐름을 타고 정원 위를 느릿느릿 헤매고 있다. 보기에 따라서는 무슨 요정이 잔디 위에서 발레를 추는 것 같기도 해서 도시 사람들 눈에는 진귀한 광경이었다.

"도쿄는 안개가 거의 없지요. 겨울이면 도심에 스모그라는 게 낍니다. 그건 이름처럼 건강에 해롭기만 하지, 도저히 여기 안개만한 운치는 없어요."

"이곳 안개는 아라카와 강에서 증발한 수증기가 새벽 기온에 냉각되어 발생하는 겁니다."

형사는 그렇게 설명할 필요성을 느꼈다.

화가는 계속 정원에 시선을 던지며 고개를 주억거리더니 무슨 말을 하려고 입을 떼다가 무슨 일인지 갑자기 숨을 삼키고 암탉 같은 소리를 냈다. 잠이 모자란 눈을 연방 깜빡거리며 뭔가를 분간하려고 애쓰는 모습이었다.

"형사님, 여기 테라스에 서 있던 조각상은 분명 하얀 시멘트 아니었던가요?"

시선을 앞쪽에 둔 채 그가 재빨리 물었다.

남쪽을 바라보는 유리문 앞에 테라스가 있고 그 한쪽 구석에 백색 시멘트 조각상이 서 있다는 사실은 이미 말했다. 바깥을 바라보고 선 벌거벗은 소년 셋이 두 손을 위로 뻗어, 그 여섯 개의 팔로 물그릇 하나를 받치고 있다. 그 물그릇은 주둥이가 넓고 바닥이 얕은 모양이라, 작가는 항아리를 만들 셈이었는지 몰라도 비예술적으로 표현하자면 항아리라기보다는 대야 혹은 커다란 수프 접시라고 하는 편이 적절했다.

"글쎄, 시멘트였는지 회반죽이었는지 모르겠지만 허연색이기는 했지요."

"어제 저녁 제가 봤을 때도 역시 흰색이었습니다."

화가는 묘하게 색을 물고 늘어졌다.

"그게 어쨌다는 겁니까?"

유키 형사가 되물었다. 테라스 위는 다시 똬리를 튼 짙은 안개 때문에 무엇 하나 보이지 않았다.

"밤새 누가 장난을 쳤네요."

"무슨 장난 말입니까?"

"페인트를 발라놨어요."

유키 형사는 의아한 표정으로 상대를 쳐다보았다. 중학생 집단도 아니고 조각상에 페인트칠을 하는 장난을 칠 사람이 있을 것 같지는 않았다.

이윽고 1미터 앞도 내다볼 수 없이 짙게 꼈던 안개가 차츰 투명해지자 현상액에 담근 인화지를 들여다보는 것처럼 정원의 풍경이 어렴풋이 나타나더니 사물의 윤곽이 뚜렷해졌다. 유키 형사는 테라스 한구석에 수정체의 초점을 맞추었다. 그 순간, 그 또한 붉은색으로 얼룩진 동자상을 보았다.

"정말 묘한 장난을 했군요."

유키 형사가 중얼거렸다. 굳이 한밤중에 숨어들어 조각상에 붉은 페인트를 쏟아 붓는 정신 나간 인간의 심리를 이해할 수 없었다.

그렇지만 점점 안개가 걷혀가자 조각상에 묻은 도료가 결코 페인트가 아니라는 사실을 깨달았다. 페인트보다는 붉은 잉크에 가까웠다. 아니, 붉은 잉크보다도 핏빛과 비슷했다.

유키 형사는 일어서서 끌려가듯이 유리문 앞으로 다가갔다. 동자가 받치고 있는 물그릇 안에 새빨간 액체가 그득히 담겨 있었다. 거기서 넘친 액체가 여섯 개의 팔을 타고 동자들의 가슴과 몸, 다리를 새빨갛게 물들이고 있었다. 그리고 떨어져 내린 액체는 발치의 테라스 철평석 위에 시커먼 피웅덩이를 만들었다.

베레모 화가도 어깨를 나란히 하고 겁먹은 표정으로 동자상을 쳐다보았다. 유키 형사는 거칠게 손잡이를 돌려 유리문을 밀어젖혔다. 신발이 없어 양말 신은 까치발로 축축하고 차가운 테라스 위를 걸어가 손끝으로 살짝 액체를 만져보았다.

"설마…… 피는 아니겠지요?"

예술가는 창백한 입술을 덜덜 떨었다.

"피 맞습니다."

"사람 피……일까요?"

"글쎄요, 소나 돼지 피라면 다행인데."

하지만 사람의 피든 짐승의 피든, 대체 누가 무엇 때문에 이런 짓을 했을까. 그것이 당장 궁금한 커다란 의문점이었다. 누가, 무엇 때문에? 유키 형사는 말없이 우두커니 서 있었다. 안개 입자가 뺨을 적시고, 옷을 적셨다.

"형사님!"

별안간 화가가 쇳소리를 냈다.

"저게 뭡니까? 보세요, 저기 있는 저거요. 카드다, 카드야. 카드예요!"

살인 때마다 스페이드 카드가 남아 있었다는 소문은 경야 자리에서도 화제가 되었다.

"어디, 어딥니까?"

유키 형사는 화가가 가리키는 손끝을 따라 시선을 돌렸다. 정말 테라스에서 5미터쯤 떨어진 잔디 위에 뒤집힌 카드 한 장이 얌전히 놓여 있었다. 유키 형사는 움칫했다. 그는 마술사처럼 그 카드의 무늬를 대번에 투시할 수 있었다. 관자놀이에서 핏줄이 지렁이처럼 꿈틀거리나 싶더니 전류가 지나간 것처럼 펄떡였다.

유키 형사는 입을 꾹 다물고 테라스에서 뛰어내려 바짓단이 젖든 말든 아랑곳없이 잔디를 딛고 카드를 주웠다. 작은 백합 무늬를 한 면에 장식한 그 도안은 사건이 터질 때마다 유키 형사가 보았던 눈에 익은 디자인이었다. 그는 서슴없이 카드를 뒤집었고, 앞면에서 예상했던 무늬를 보았다.

아비코가 탈주했다! 그렇게 직감한 유키 형사는 사람들을 깔보는 범인의 괘씸한 행동에 온몸의 피가 거꾸로 솟는 것을 느꼈다. 카드를 쥔 손가락이 바들바들 떨렸다.

잠시 후 약간 냉정한 정신이 돌아오자 다른 생각이 퍼뜩 머리에 떠올랐다. 피해자는 누구인가! 마키 가즌도? 아마 릴리스? 히다카 데쓰코? 그 점을 확인하기 위해 침실을 찾아가려고 두세 걸음 내딛은 유키 형사는 다음 순간 그 자리에 우뚝 못박혀 얼어붙은 표정으로 건물 위쪽에 시선을 던졌다.

유키 형사의 팬터마임을 처음부터 끝까지 테라스 위에서 쳐다보고 있던 베레모 화가는 허둥지둥 허공을 올려다보며 형사의 시선을 좇았다. 그와 동시에 그는 비명을 지르며 펄떡 물러났다.

테라스 위에는 하얗게 칠한 덩굴시렁이 있어, 모서리 기둥을 타고 올라간 장미덩굴이 한 면 가득 엉켜 있었다. 빼곡하게 자란 그 장미덩굴의 이파리 틈새로 시렁 위에 누운 사람 하나가 보였다. 아무래도 여자 같다. 그것도 희멀건 색으로 판단하건대 알몸인 듯했다. 가만히 움직이지 않는 점을 보면 이미 숨을 거둔 것이 분명했다.

경악이 가시자 쭈뼛쭈뼛 시체를 올려다보며 조각상의 위치를 살핀 화가는 물그릇 안에 괸 피가 이 여자의 상처에서 흘러나왔다는 사실을 깨달았다.

"경감님을 불러올 때까지 당신은 여기를 좀 지키고 있어요. 아무도 건드리지 못하게 하고, 주변에서 돌아다니지 못하게 해요. 부, 부탁합니다."

유키 형사는 그렇게 말하더니 상대의 대답도 기다리지 않고 유리문 쪽에 몰려든 사람들을 헤치고 건물 안으로 사라졌다.

겐모치 경감은 식탁에 앉아 텅 빈 커피 잔을 앞에 두고 느긋하게 조간을 읽고 있었다. 펑퍼짐한 엉덩이가 의자에서 비어져 나와 있었다.

"무어라?"

카드를 본 경감은 격렬하게 숨을 헐떡였다. 놀란 그가 신문을 내던지는 바람에 빈 모닝커피 잔이 바닥에 굴러 떨어졌다.

"누가 당한 겐가?"

"여자입니다. 밑에서 본 모습만으로는 알 수 없지만, 아마릴리스 아니면 히다카 데쓰코입니다."

"시, 시, 시, 시……."

그렇게 고함을 지르다가 당황한 자기 모습에 화가 났는지 경감은 바닥을 박차고 일어섰다.

"시렁 위라면 2층 창문에서 집어던진 것 아닌가?"

"3층인 것 같습니다. 바로 위에 창문이 있거든요."

"옳지!"

두 사람은 눈빛을 바꾸고 식당에서 나갔다. 문제의 창문이 건물 어디 부근에 있는지 대충은 짐작이 갔다. 두 사람은 다락방으로 통하는 계단을 뛰어 올라갔다. 뚱뚱한 경감이 뒤늦게 2층에 도착했을 때, 몸이 가벼운 유키 형사는 이미 절반쯤 앞서 달려가고 있었다.

"어떤가?"

다락방 남쪽 창가에 다다른 경감이 숨을 헐떡이며 물었다. 유키 형사가 잠자코 물러나자 대신 겐모치 경감이 창문으로 고개를 내밀었다. 바로 눈 밑에 장미덩굴이 얽힌 시렁이 펼쳐졌고, 그곳에 드러누운 여자 시체가 보였다. 그것도 실오라기 하나 걸치지 않은 완전한 나체였다. 진홍색 귀네, 핑크색 닥터 니콜라스, 연한 크림색의 화이트 골드, 그리고 붉은색, 흰색, 오렌지색, 다양한 색깔의 꽃송이…… 화려한 꽃들에 둘러싸여 호화로운 진녹색 잠자리에 누운 모습은 영락없이 돈 많은 철부지 아가씨의 취향에 걸맞은 죽음처럼 보였다. 아니, 철부지다운 죽음이라기보다 낭만적인 죽음이라는 편이 나을지 모른다.

다만 머리카락이 몹시 젖어 있다는 점이 유키 형사의 관심을 끌었다. 아무리 안개가 짙다고 해도 저만큼 푹 젖을 리가 없다. 마치 머리라도 감은 것 같지 않은가.

형사는 시체와 그 주위를 바삐 살피며 예전에 마쓰다이라 살로메가 감상적인 소녀의 심리로 읊조렸던, 꽃 속에서 별을 품고 죽는다는 말을 떠올렸다. 아마도 그것은 살로메의 말을 빌리기는 했지만 아마 릴리스의 심경이기도 했으리라. 언제 살해당했는지 아직 알 수 없지만 안개가 끼기 전이었다면 어젯밤은 맑았으니 별도 휘황히 빛났을 것이다. 그런 의미로 보면 그녀는 소원대로 죽은 셈이다. 온몸의 피가 흘러나온 탓인지, 아니면 잎사귀의 색깔이 반사된 탓인지, 아마 릴리스의 얼굴은 푸른 기가 감돌아 생전에 비할 바가 못 될 정도로 아름다웠다. 가슴을 붉게 물들인 상처와 부릅뜬 눈을 빼면 조용히 잠들어 있는 것만 같았다.

"유키."

겐모치 경감은 목을 쑥 움츠렸다.

"나는 본서에 전화하겠네. 자네는 남은 녀석들을 깨워서 모아주게."

두 사람은 계단참까지 돌아왔고, 유키 형사는 2층으로 가기 위해 경감과 헤어졌다.

슬슬 10시 반을 바라보는데 어찌 된 영문인지 마키의 방도, 데쓰코의 방도 호두색 문은 꼭꼭 닫혀 있고, 전혀 잠에서 깬 기척이 없었다.

유키 형사는 갑자기 참을 수 없는 불안을 느끼고 마키의 방앞에 서서 힘껏 문을 두드렸다.

"마키 씨! 이봐요, 마키 씨! 일어나요, 일어나란 말이야. 마키 씨! 썩 일어나지 못해, 어이!"

간신히 소리를 들었는지 느릿한 대답 뒤에 마키 가즌도의 멍한 얼굴이 나타났다. 평소 잠에 취한 모습을 아무에게도 보이지 않을 정도로 맵시 좋은 남자인데, 오늘 아침은 표정까지 지독히 칠칠치 못했다.

"무슨 볼일……."

마키가 하품을 삼키며 웅얼거리는 발음으로 말했다.

"속편한 소리를 할 때가 아닙니다. 어젯밤 그 후에 뭘 했습니까?"

유키 형사가 또박또박 추궁하자 마키는 세차게 눈을 깜빡였다.

"뭘 했냐니, 특별히는……. 식당에서 주스를 마신 뒤에 10분쯤 수다를 떨다가 바로 잤습니다."

"아마 릴리스 양과 헤어진 건요?"

"방에 들어왔을 때예요. 그게 어쨌다는 겁니까?"

아직 졸음이 가시지 않았는지 눈매가 흐리멍덩했다.

"한밤중에 무슨 소리를 듣지 못했습니까?"

"글쎄요. 지금 형사님이 깨우기 전까지 푹 자고 있었던 터라 모르겠네요. 무슨 일이 있었습니까?"

"릴리스 양이 누군가에게 원한을 살 만한 일은 없었습니까?"

"릴리스가요? 유키 형사님, 그게 무슨 뜻입니까? 릴리스가 어떻게 됐다는 말인가요?"

유키 형사의 범상치 않은 안색을 보고 그제야 잠기운이 달아난 모양이다. 형사는 그 질문에는 대답하지 않고 몰아세우듯이 물었다.

"릴리스 양과 아비코는 사이가 별로 좋지 않다고 들었는데, 실제로는 어땠습니까?"

"때때로 싸우기는 했습니다. 싸웠다기보다 일종의 말다툼이었지요. 하지만 그게 어쨌다는 겁니까? 유키 형사님, 애태우지 말고 가르쳐주세요. 대체 릴리스가 어떻게 됐다는 겁니까?"

유키 형사는 성큼성큼 방을 가로질러 창문을 열어젖히고 말없이 밖을 보여주었다. 오른쪽으로 대각선 밑에 덩굴시렁이 보였다. 몸을 내민 마키의 상체가 크게 휘청거리나 싶더니 비통한 신음이 새어나왔다.

"제기랄…… 형사님, 이건 당신 책임입니다! 아비코를 허술하게 감시해서 이런 일이 생긴 거예요!"

평소의 그 차분한 신사라고는 생각할 수 없는 야수 같은 목소리였다.

"빨리 의사를 불러요. 처치를 서두르면 살릴 수 있어요. 아니, 반드시 살려야만 합니다!"

"마키 씨, 진정하세요. 안타까운 일이지만 릴리스 양은 가망이 없습니다. 죽은 지 한참 됐어요."

그 말을 들은 마키는 침대 끝자락에 털썩 주저앉더니 두 손으로 머리를 거머쥐었다.

"유키, 유키."

다급하게 부르는 경감의 목소리가 들렸다. 무슨 일인가 싶어 나가보니 경감은 몹시 당혹스러운 표정으로 계단 위에 서 있었다.

"지금 본서에 전화를 걸었네. 이보게, 범인은 아비코가 아니야. 유치장에서 한 발짝도 나가지 않았다지 뭔가!"

유키 형사는 우뚝 멈춰 섰다. 지금 이 순간까지 그들은 아비코의 범행이라고 믿어 의심치 않았다. 아비코가 유치장에서 한 발짝도 밖으로 나가지 않았다면, 그것은 단순히 아마 릴리스를 살해한 범인이 그가 아니었다는 뜻일 뿐만 아니라 연쇄살인을 저지른 범인도 아비코가 아니었음을 뜻한다. 겐모치 경감과 유키 형사는 너무나도 거대한 타격에 말도 못하고 한동안 얼굴만 마주 보고 있었다. 1층 응접실에서 흥분한 예술가들의 요란한 수다가 들려왔다.

한참 지나 경감이 갈라진 목소리로 말했다.

"유키, 이로써 사태가 좋은 쪽으로 굴러간 거야. 적어도 우리 입장은 유리해졌어. 범인은 남은 두 사람 가운데 하나가 틀림없어. 남자냐 여자냐, 즉 마키 가즌도냐 히다카 데쓰코냐일세. 이 두 사람을 끝까지 추궁하면 범인의 정체도 밝혀질 게야. 나는 주재소에 연락을 취하고 옴세."

경감은 아래층으로 내려갔고, 유키 형사는 다시 복도로 돌아가 이번에는 히다카 데쓰코의 방 앞에 섰다.

그녀의 침실 역시 쥐 죽은 듯 고요해 아무 소리도 들리지 않았다. 너덧 번 불러본 다음 한껏 요란하게 문을 두드리고 나서야 겨우 불러낼 수 있었다. 규방에서 눈뜬 미인이 붉은 비단 소매 사이로 달걀처럼 하얀 팔꿈치를 내미는 그림은 풍속화에서 자주 다루는 소재로 참으로 요염하기 짝이 없지만, 눈을 쓱벅거리는 데쓰코의 얼굴은 차마 눈 뜨고 봐줄 수가 없었다.

"왜 그러세요?"

"또 한 명이 살해당했습니다."

짧게 말하고 반응을 살폈다.

여성 미술학도는 숨을 들이켜더니 헐떡였다.

"누가 살해당했나요? 아비코가 탈주한 거예요?"

유키 형사는 마치 야유를 뒤집어쓰기라도 한 듯이 씁쓸한 표정을 지었다.

"범인은 아비코 씨가 아닙니다. 저희가 약간 착각을 했습니다."

빛이 강한지 데쓰코는 눈을 깜빡였다.

"만페이 영감님이 살해당한 것 아닌가요?"

"어째서 만페이 영감님이 살해당했다는 거지요? 무슨 이유라도 있습니까?"

"아뇨, 그냥 왠지 그런 직감이 들었을 뿐⋯⋯."

"살해당한 사람은 아마 릴리스 양입니다."

"어머나!"

데쓰코가 얼이 빠진 듯 입을 쩍 벌렸다. 단도직입적으로 질문을 퍼부어보았지만 그 대답은 마키와 마찬가지로 한밤중에 아무 소리도 듣지 못했다는 것이었다.

"데쓰코 양은 예민한 편인가요?"

"네. 보통은 자그마한 소리에도 바로 눈을 뜨는데, 피곤해서 그랬나 봐요."

"피곤한 줄은 알겠는데, 그렇다고 쳐도 오늘 아침은 너무 늦게 일어난 것 아닙니까?"

"왜요?"

"그야, 벌써 10시 40분이 지났으니까요."

"정말이네. 어떻게 된 거죠?"

손목시계를 쳐다본 데쓰코는 뜻밖이라는 표정을 지었다.

"기분은 어떻습니까?"

"머리가 좀 무거워요."

머리가 상쾌하지 못한 경험은 유키 형사도 오늘 아침에 겪었다. 어쩌면 누가 수면제를 먹인 게 아닐까. 범인이 방해받지 않고 살인하기 위해 사람들을 재웠을 가능성은 충분했다. 단지 1층 사람들에 비해 마키와 데쓰코의 수면이 지나치게 깊었지만, 범행 현장으로 위층을 선택했으니 2층에서 자는 사람에게는 더 많은 양의 수면제를 먹여 다소 소리가 나더라도 깨지 않도록 하는 것은 당연한 일이다.

그렇다면 어떤 수단으로 먹였을까? 유키 형사는 자기가 졸기 시작한 시간부터 거꾸로 헤아려, 약품은 그 주스에 섞여 있었던 것이 틀림없다는 결론을 내렸다. 그가 어젯밤 먹은 음식이나 음료는 저녁식사와 그 주스밖에 없었고, 저녁식사에 섞여 있었다면 좀 더 빨리 잠들었을 터였다.

"데쓰코 양, 어젯밤 제가 마신 주스는 누가 준비해준 겁니까?"

데쓰코는 어째서 그런 질문을 하는지 모르겠다는 표정으로 졸린 듯이 눈을 깜빡였다.

"릴리스예요, 왜요……?"

"릴리스 양 외에는 아무도 건드리지 않았습니까?"

"네, 어젯밤에는 릴리스 혼자서 준비했어요."

"한 가지 더 묻겠는데, 당신들 중에 수면제를 가지고 있는 사람은 누구누구입니까?"

"그것도 릴리스예요. 그렇게 밝은 성격이지만 이따금 흥분해서 잠을 못 이루는 경우가 있거든요. 하지만 그런 밤에는 브로발린 같은 약을 먹고 목욕을 하면 효과가 있댔어요. 다른 사람은 그런 일이 없으니 수면제도 없어요."

"누군가 릴리스 양의 수면제를 훔치려 할 경우, 손쉽게 손에 넣을 수 있겠습니까?"

"글쎄요, 어떨까. 전 릴리스의 방에 들어간 적이 한 번도 없으니 그런 건 모르겠네요."

다소 짜증이 묻어나는 대답이었다.

두서없는 질문을 끝낸 유키 형사는 누가 수면제를 손에 넣을 수 있었는지 추궁하기 위해 다시 마키를 찾아갔다. 그는 여전히 침대 끝자리에 앉아 맞은편을 바라본 채 머리를 감싸 안고 있었다. 유키 형사는 다짜고짜 들어가 창문을 등지고 마키와 마주 섰다.

"고개를 들고 제 질문에 대답해주십시오. 릴리스 양은 수면제를 가지고 있었다더군요."

"예."

"누군가 수면제를 훔치려 한다면…… 어때요, 쉽게 빼낼 수 있겠습니까?"

"어째서 수면제가 문제가 되는 겁니까?"

유키 형사는 간략하게 추리를 설명해주었다.

"그런가…… 그래서 이렇게 졸리는구나."

중얼중얼 혼잣말 같은 말투였다.

"하지만 그건 어렵습니다. 릴리스는 여기서 연쇄살인이 일어난 뒤로 몹시 조심성이 많아졌어요. 다음에는 자기가 목표일지도 모른다며 수면제 병 안에 몰래 청산가리라도 섞어놓으면 큰일이라면서 자물쇠를 건 수트케이스 속에 넣어놓았습니다. 그러니 릴리스가 아니면 수트케이스를 열 수 없어요. 그 조심성도 결국 헛수고가 되고 말았지만……."

참았던 감정을 차마 억누르지 못하겠는지 떨리는 목소리로 말하던 마키는 입을 다물었다.

유키 형사는 난처한 얼굴로 고개를 갸웃거렸다. 지금까지 알아낸 바로는 수면제를 먹인 장본인은 아마 릴리스라는 결과가 될 듯했다. 그것도 그 당사자는 피해자다. 하나부터 열까지 모순되어 앞뒤가 맞지 않는 것이다.

마침내 유키 형사는 포기한 듯이 일어섰다.

"마키 씨, 이 일련의 연쇄살인사건의 진범은 당신과 데쓰코 양 둘 중 하나입니다. 이 문제가 밝혀질 때까지 엄중하게 감시할 테니 그리 아십시오."

유키 형사가 고압적으로 나가자 마키는 눈썹을 움찔 실룩였다.

"뭐라고요? 아비코가 범인이 아니란 말입니까?"

"그게 그러니까, 우리 쪽도 약간 오해를 했는데, 아비코 씨는 상관없다는 사실이 밝혀졌습니다. 결백이 확실합니다."

반쯤 기가 막힌 표정으로 형사의 얼굴을 바라보던 마키는 뭐라 투덜투덜 중얼거리나 싶더니 그것을 끝으로 입을 다물어버렸다. 머릿속이 아직 멍해서 복잡한 문제를 생각할 수 없는 듯했다.

복도로 나온 유키 형사는 두 사람 중 누구를 진범으로 봐야할지 결정을 내리지 못해 난처하기 짝이 없었다. 데쓰코는 아마릴리스의 수면제를 손에 넣기가 어렵다. 한편 마키는 약혼자이니 그 점은 간단하겠지만, 아마 릴리스를 죽일 동기가 없다.

대체 어찌 된 영문일까. 그런 생각을 하면서 주머니를 뒤져 담배나 한 대 피우려 했다. 하지만 담배를 어딘가에 두고 왔다는 사실을 깨닫고 짜증스럽게 혀를 찼다.

유키 형사는 담배 욕심만은 많았다. 한 번 피우고 싶다고 생각하면 참을 수가 없었다. 어디에 두고 왔을까. 어디에서 마지막으로 불을 붙였는지 한참 기억을 더듬는 사이, 겨우 생각해 냈다. 아비코의 방에서 카드를 수색했을 때, 뜻밖에 바꽃 뿌리를 발견하고 그때 한 대 피웠던 것이 마지막이었다.

그렇다, 담배 케이스는 그곳에 두고 왔다! 겨우 깨닫고 복도로 돌아가 그는 아비코의 방문을 열었다. 정면 창문에 커튼이 늘어져 있어 어둑어둑했다. 유키 형사는 어리둥절한 표정으로 방 안을 둘러보았다. 그래, 이 방 어디에서 피웠더라?

아무리 생각해도 그다음이 떠오르지 않았다. 귀찮다. 구석구석 뒤지자! 커튼을 활짝 열어 실내를 밝히고 고장난 굴착기처럼 손에 잡히는 대로 헤집었다. 그리고 옷장 문을 거칠게 연순간, 예상도 못한 물체를 발견하고 그는 제 눈을 의심했다.

옷장 안에는 아비코가 남기고 간 알로하셔츠 두 장과 커터셔츠 두 장이 걸려 있었다. 그 한구석에 숨을 죽이고 잠복한 범죄자 같은 모습으로 몇 장의 카드가 몸을 웅크리고 있었던 것이다. 집어보니 틀림없이 일련의 그 카드였다. 스페이드 8부터 킹에 이르는 여섯 장이 빠짐없이 있었다.

유키 형사는 범인의 뛰어난 두뇌에 새삼스레 감탄했다. 수사가 끝난 이 옷장은 일종의 맹점이므로 아비코가 돌아오기 전까지는 두 번 다시 열릴 일이 없다. 그(혹은 그녀)는 그 점을 충분히 염두에 두고 이곳을 안전한 임시 은신처로 삼았던 것이 분명했다.

불쾌하고도 유감스러운 일이지만 이것을 숨긴 사람이 마키 가즌도인지 히다카 데쓰코인지, 유키 형사는 전혀 짐작할 수 없었다. 그는 한동안 멍하니 그 자리에 서 있었다.

"어이, 유키. 유키!"

아래층에서 겐모치 경감이 부르는 소리가 들려 유키 형사는 제정신으로 돌아왔다. 경감 역시 뭔가를 발견한 모양이었다.

호시카게 류조

-1-

"이쪽이야, 이쪽."

다소 당황한 목소리였다. 고함만 지를 뿐 장소를 말하지 않는다. 목소리를 따라 뛰어가니 경감은 욕실 문가에서 큼지막한 얼굴을 내밀고 있었다. 욕실은 조리실 입구 오른쪽에 있다.

"왜 그러십니까?"

"저걸세, 저걸 보게!"

경감의 굵은 손가락이 등나무로 엮은 탈의 바구니를 가리켰다. 시선을 돌리니 아무렇게나 벗어던진 여자 옷 위에 브래지어와 팬티가 놓여 있었다. 붉은 꽃무늬 원피스는 유키 형사도 본 기억이 있었다.

"아마 릴리스의 옷이로군요."

"그래, 나도 기억하네."

유리문을 열고 안을 들여다보았다. 욕조 덮개는 벗겨진 상태 그대로였고 타일 바닥 위에는 비누와 수건을 담근 대야가 놓여 있었다.

"그렇다면 범행 현장은……."

"여기지."

퉁명스러운 말투였다. 유키 형사에게 화를 낼 이유가 없는데 짜증을 내고 있는 듯했다.

"어쩐지 머리카락이 젖어 있다 했습니다. 한창 샤워기로 머리에 물을 뿌릴 때……."

"뭐, 그랬겠지. 물을 뒤집어쓰고 있으면 다른 소리는 들리지 않으니, 범인은 슬그머니 다가갈 수 있었던 게야."

"그 틈에 푹 찌른 거로군요."

"아니."

경감은 굵은 목을 저었다.

"그게 아닐세. 복도에 핏자국이 없지 않았나. 그러니 기절만 시킨 게야. 그걸 3층까지 옮긴 다음 거기서 찔렀겠지."

"어째서 욕실에서 죽이지 않고 3층까지 데려갔을까요?"

"그야 범인에게 물어보지 않으면 모르지."

경감은 불쾌한 목소리로 대답했다. 큼지막한 얼굴에는 떨떠름한 기색이 가득했다.

유키 형사는 또다시 꽃으로 가득한 침상 위에 누워 별을 우러르며 죽고 싶다던 그 말을 떠올렸다. 범인은 아마 릴리스를 살해한 뒤, 하다못해 그녀가 생전에 꿈꾸었던 낭만적인 바람만이라도 이루어줄 속셈이 아니었을까?

"유키. 자네는 기억하는가, 그저께 히다카 데쓰코 양이 했던 말을?"

"어떤 내용 말씀입니까?"

"범인이 다양한 방법으로 사람을 죽인다며 감탄했던 것 말일세."

유키 형사도 기억해냈다.

"하지만 이번에는 또 세 번째 사건과 마찬가지로 칼로 찔러 죽였네. 데쓰코 양의 주장처럼 만약 범인이 허세로 살인 방법에 변화를 주었다면 벌써 아이디어가 메말랐다는 뜻이 되겠지."

유키 형사는 고개를 끄덕여 동의했다. 그러면서도 두 사람 다 이해가 가지 않는다는 표정이다. 겐모치 경감의 이 생각이 지레짐작에 지나지 않았다는 사실을 안 것은 아마 릴리스의 시체를 해부한 보고서를 받았을 때였다.

유키 형사는 화제를 바꾸어 잊고 있었던 카드 발견 경위를 말했다.

"찾았나?"

겐모치 경감은 화난 얼굴로 낚아채더니 오늘 아침 잔디 위에서 주운 스페이드 7을 주머니에서 꺼내어 숨을 멈추고 비교했다.

"이거 좋은 게 손에 들어왔군. 이봐, 까딱 미적거렸다가는 범인이 이 트럼프를 또 써먹었을지도 모를 일이야."

경감은 스페이드 8을 손가락으로 딱 퉁기더니 만족스러운 표정으로 일곱 장의 카드를 주머니에 넣었다. 지금까지 언짢아하던 모습은 순식간에 사라졌다.

"자, 저쪽으로 갈까? 주재소 순경이 벌써 와 있네. 그나저나 식사가 문제로군. 만페이 영감 상태가 괜찮으면 손을 빌려서 뭐든 만들어주지 않겠나? 손님을 저대로 보낼 수는 없으니까."

겐모치 경감은 애써 척척 지시를 내렸지만 겉모습만 활기찼지, 껍질을 한 장 벗기면 유키 형사와 마찬가지로 머릿속은 온통 혼란스러웠다. 논리적 사고가 전혀 불가능한 상태였다.

조리실 옆 만페이 영감의 방을 찾아갔지만 류머티즘은 도통 회복될 기미가 보이지 않았다. 결국 식사 준비는 세수를 마친 데쓰코가 도맡았다. 그 일거수일투족에 유키 형사가 감시의 눈을 빛낸 것은 말할 나위도 없다.

얼마 지나지 않아 시체를 운반할 대형 지프와 소형 트럭이 도착했다. 둘 다 까맣게 먹칠을 해놓은 것도 아닌데, 보는 이에게는 죽음의 냄새를 맡고 재빨리 모여드는 불길한 까마귀처럼 느껴졌다. 경찰 하나는 아마 릴리스의 시체를 실을 때 경솔하게도 영차, 하는 소리를 냈다. 마키는 넋 나간 얼굴로, 데쓰코는 겁먹은 표정으로 그들을 떠나보냈다. 두 사람은 플러스 자석이 서로 밀어내듯 좌우 돌기둥 옆에 멀찍이 서 있었다.

덩굴시렁 위의 시체를 테라스에 내릴 때 의외의 사실을 알아냈다. 그때까지는 칼로 찌른 후에 창밖으로 던진 줄 알았는데 그게 아니었던 것이다. 아마 릴리스의 등을 꿰뚫은 흉기는 정원사가 덩굴시렁을 지탱하기 위해 붙여놓은 철사였다. 그렇다면 범인은 그곳에 그런 철사가 있는 줄 알고 시체를 던진 것일까?

아침식사는 그 후에 시작되었다. 유키 형사가 거들어 바삭하게 구운 빵을 응접실로 날랐지만 천성이 감수성 예민한 예술가들이다 보니 식욕이 솟을 턱이 없었다. 그에 비해 겐모치 경감과 유키 형사는 참수 시체를 봐도 너끈했다. 아침식사 시간이 늦어진 탓인지 평소보다 입맛이 넘칠 정도였다. 두 사람은 입 한가득 음식을 우물거렸다.

마키와 데쓰코는 서로 조금 떨어진 자리에 앉아 묵묵히 입을 움직이고 있었다. 친구를 잃은 데쓰코와 약혼녀를 잃은 마키 역시 식욕이 왕성할 리 없다. 데쓰코는 제 손으로 빵을 구웠으면서 먹기는 쥐꼬리만큼 먹었을 뿐이다.

붉게 물든 손을 가진 자는 마키 가즌도일까, 히다카 데쓰코일까. 겉모습만으로는 전혀 짐작할 수 없다. 하지만 그들 입장에서는 지극히 간단한 뺄셈으로 누가 범인인지 똑똑히 아는 셈이다. 자기가 결백하다면 당연히 상대가 범인이다. 그러므로 하룻밤이 지난 지금 두 사람의 태도는 서로 데면데면했고, 내리뜬 눈동자 속에는 격렬한 적의와 경계의 빛이 보이는 듯했다.

이윽고 식사를 마치자 마키는 말없이 2층으로 올라갔지만 데쓰코는 거북살스러운 표정으로 한참 동안 의자에 앉아 있었다.

"저기…… 전 마키하고 둘이서 2층에 있기가 무서워요."

"어째서입니까?"

"그야…… 그 사람, 정신이상자 아닌가요? 그런 사람하고 단둘이 있다니, 싫어요."

"그렇다면 당신은 마키 씨가 범인이라고 말씀하시는 거군요?"

경감의 말은 은근히 다짐을 받는 투로 들렸다.

"그야 제가 한 짓이 아니니 그 사람일 게 뻔하잖아요."

데쓰코의 대답에는 불만스러운 기색이 있었다.

"그건 그렇지만…… 하지만 어째서 마키 씨가 사랑하는 릴리스 양을 죽여야 했을까요?"

데쓰코에게 물어봤자 그녀가 대답을 알 턱이 없다. 겐모치 경감은 조금 떨어진 의자에 앉아 있는 유키 형사에게 물은 것이다. 하지만 대답은 데쓰코가 했다.

"제가 그런 걸 어떻게 알아요? 그냥……."

"그냥, 뭡니까?"

"그냥 무서워요. 이번에는 제가 살해당할 차례가 아닐까 싶어서……."

그녀는 겁먹은 눈으로 몸을 움츠렸다. 경감은 그 말을 순수하게 받아들일 수 없었다. 굳이 말할 필요도 없지만 히다카 데쓰코 역시 의심할 여지가 있다고 생각했기 때문이다.

"설마, 대낮에 살인사건이 일어날 리 만무합니다. 제 생각으로는 이제 더 이상 살인은 없을 것 같은데요. 가령 당신이 살해당한다면 남은 마키 씨가 범인이라는 사실이 명백해집니다. 범인이 그런 어리석은 짓을 할 리가 없어요. 아니면 당신은 마키 씨에게 살해당해 마땅할 이유가 있는 겁니까?"

"없어요. 하지만 그 사람이 정신병자라면……."

여전히 근심스러운 얼굴이다.

"뭐, 방에 들어가면 문을 잠그십시오. 그래도 걱정되면 본서에서 경찰이 올 때까지 유키에게 경호하라고 하지요."

"부탁드릴게요."

안도한 표정으로 식당에서 나가려는 데쓰코를 경감이 갑자기 붙들었다.

"어머, 왜 그러시죠?"

"당신은 다른 분들과 함께 이곳에 온 뒤 중간에 한 번 도쿄에 돌아갔지요?"

"네."

겐모치 경감이 무슨 소리를 하는지 몰라 데쓰코는 당혹스러운 표정을 지었다.

"도쿄로 돌아간 게 언제입니까?"

"21일 오전이었어요."

"20일에 와서 다음 날에 돌아가다니, 무슨 이유였습니까?"

"절 의심하시는군요."

추한 얼굴이 겐모치 경감을 경멸하듯 일그러졌다.

"아니, 의심하고 자시고 하기 이전의 문제입니다. 살아남은 사람이 당신하고 마키 씨 두 사람이라면 범인은 둘 중 하나가 분명하니까요. 마키 씨의 행동도 철저하게 조사하겠지만, 당신의 행적도 티 한 점 없이 명백하게 따질 필요가 있습니다."

"알겠어요. 물감이 하나 모자라다는 걸 알고 사러 돌아갔던 거예요."

"그 설명은 유키에게도 들었습니다. 하지만 저는 아무래도 이해할 수가 없어요. 우리 같은 아마추어라면 또 몰라도 당신들 같은 전문가가 물감을 깜빡 잊다니 믿을 수 없습니다. 생각 좀 해봐요, 병사가 총도 없이 전쟁터에 가겠습니까?"

경감은 이야기가 길어지겠다고 생각했는지 앉기를 권했지만 데쓰코는 고집스럽게 고개를 저으며 그대로 서 있었다.

"더군다나 물감을 샀으니 이튿날에라도 돌아올 수 있었는데 당신은 그러지 않았어요. 21일에 도쿄로 돌아가 그대로 23일까지 그쪽에 계셨다지요?"

그렇게 꼬치꼬치 캐묻자 데쓰코는 더욱 태연한 표정으로 상대의 통통한 얼굴을 쳐다보았다.

"솔직히 말씀드리면 이곳 분위기가 재미없어서 돌아간 거예요. 아실지도 모르지만 불쾌한 일이 있었거든요."

불쾌한 일이란, 마음에 두었던 다치바나를 살로메에게 빼앗긴 일을 가리키는 것이리라. 경감은 잠자코 눈짓으로 수긍했다.

"그런 이유로 기분전환 삼아 도쿄에서 어정거리는 사이에 살로메, 하나 씨, 다치바나가 살해당하는 사건이 터졌으니 무서워서 더 돌아오고 싶은 마음이 들지 않았어요. 하지만 짐도 이곳에 그대로 있고, 친구가 살해당했는데 모르는 척할 수도 없겠다 싶어 돌아온 거예요. 니조 씨도 가보고 싶다고 그랬고……."

"짐을 두고 도쿄로 돌아갔다는 말은 나중에 다시 리라장에 돌아올 예정이었기 때문이지요?"

"네."

"그만큼 불쾌한 일이 있었으니, 다시 말해 여기서 뛰쳐나가고 싶을 정도로 불쾌한 일이 있었다면 차라리 그대로 처음부터 짐을 챙겨서 도쿄로 돌아가면 그만 아닙니까?"

겐모치 경감은 상대를 살피며 추궁했다. 데쓰코가 처음으로 서슴거리는 기색을 언뜻 보였다.

"……이곳에서 그림을 그리고 싶었기 때문이에요. 불쾌한 일에서 도망치고 싶다는 세속적인 마음과, 이곳에서 그림을 그려보고 싶다는 예술적인 의욕이 섞여 있었어요."

"몇 장을 그리셨습니까?"

"어머, 그림을 그릴 여유가 어디 있었겠어요? 니조 씨가 살해당하고, 뒤이어 그 피가 마를 새도 없이 이번에는 릴리스가 살해당했어요. 이래서야 차분히 캔버스를 마주할 마음이 들겠어요?"

따지는 말투였다.

"마키나 아비코 역시 한 번도 노래 연습을 못했어요. 저도 똑같아요."

"알았습니다, 알았습니다."

겐모치 경감은 다소 질린 기색이었다.

"어쨌든 방금 전에도 말씀드렸듯이 당신과 마키 씨의 행동은 확실히 따질 필요가 있습니다. 그래서 말인데 당신이 21일에 도쿄로 돌아간 후 23일에 그쪽을 떠나 이곳으로 돌아오기까지 사흘 동안의 행적을 잘 기억해내서 메모해주십시오. 특히 22일, 그러니까 다치바나 씨, 살로메 양, 하나 씨가 살해당한 날의 행동은 꼼꼼하게 적도록. 알겠습니까?"

데쓰코는 의심을 사다니 정말 어처구니없다고 말하고 싶은 눈으로 경감을 쏘아보았지만 말없이 식당에서 나갔다. 유키 형사도 바로 뒤를 쫓아 2층으로 올라갔다. 그 역시 데쓰코의 걱정을 단순한 기우로 묵살할 만한 근거는 없었다. 유키 형사는 복도 끝에 서서 데쓰코와 마키의 방문에 자연스럽게 경계의 시선을 던졌다.

30분도 채 지나지 않아 데쓰코의 방문이 달칵 소리를 내며 열렸다. 그녀는 손짓으로 가만히 유키 형사를 불러 찢어낸 노트에 자잘한 글자로 적은 메모를 내밀었다.

"이거면 되겠어요?"

다소 누그러진 목소리였다.

"어디 좀 봅시다."

유키 형사는 그 종이를 손에 들고 재빨리 지면을 훑어보았다.

"괜찮은 것 같은데, 경감님께 보여드리고 오지요."

"저를 범인이라고 생각하시는 건 자유지만 빨리 돌아오세요. 하나밖에 없는 목숨이니 살해당할 수는 없다고요."

그녀는 작은 목소리로 말하고는 부은 외꺼풀 눈으로 안경 너머 맞은편 마키의 방문을 가만히 쳐다보았다.

데쓰코가 안에서 문에 자물쇠를 거는 소리를 듣고 나서 유키 형사는 1층으로 내려와 겐모치 경감의 모습을 찾았다.

겐모치 경감은 테라스 끝에 장승처럼 서서 지그시 생각에 잠겨 있었다. 범인이 두 명의 남녀로 한정되자, 히다카 데쓰코에 대한 의혹이 한여름 하늘에 뜬 적란운처럼 갑자기 뭉게뭉게 솟아오르는 듯한 감각을 느꼈다. 그녀는 도쿄로 돌아갔다고 하지만 과연 그게 사실일까? 도쿄로 돌아간 척하고 남몰래 이 주변에 몸을 숨겼다면 사자바위에서 다치바나를 습격하기도, 뒤뜰에서 하나 씨를 죽이기도 쉬웠을 테고, 한밤중에 건물 안 1층으로 숨어들어 유키타케를 쓰러뜨리는 일 또한 결코 불가능하지는 않아 보였다. 겐모치 경감은 날카로운 시선으로 유키 형사가 내민 종이쪽지를 살폈다.

메모에 의하면 히다카 데쓰코는 21일 낮, 물감도 살 겸 긴자銀座를 돌아다니다가 저녁에 하숙집으로 돌아왔다. 문제의 22일에는 빨래를 하며 하루를 보내다가 밤에는 자기 방에서 책을 읽었다고 한다.

"유키, 여유가 되는 사람을 도쿄로 보내서 조사를 부탁해야겠네. 자네, 잠깐 주재소에 가서 본서에 전화 좀 해주겠나?"

"전화는 이곳에도 있잖습니까?"

"데쓰코 몰래 하는 편이 나아. 이 메모를 가져가게."

유키 형사는 맥없이 대답하고 바로 떠났다.

영구차가 도착한 것은 그로부터 약 10분 후였다. 갑자기 응접실 쪽이 수런거리기 시작했다. 대기하고 있던 예술가들이 니조의 관을 둘러메고 옮긴 것이다. 경감도 배웅하기 위해 중앙 현관으로 나갔다. 비쩍 마른 미망인은 연이은 변사에 혼이 쏙 빠져 눈물도 나오지 않는 듯했다. 서 있기도 힘들어 보였다.

턱수염을 기른 베레모 화가가 경감의 모습을 보고 다가오더니 미망인과 그 일행은 요리이에 있는 여관에 묵을 거라고 했다. 원래는 오늘 밤 이곳에서 하룻밤 더 묵고 유골을 수습하러 갈 예정이었지만 뒤숭숭한 리라장에 정나미가 떨어진 모양이다. 절대로 다음 희생자가 되지는 않겠다는 마음이 화가의 얼굴에 노골적으로 드러나 있었다. 바꾸어 말하면 그것은 경찰의 능력에 대한 불신을 뜻했다. 겐모치 경감은 민망하면서도 화를 내고 싶은 복잡한 심정을 억누르며 알았다고 대답했다.

니조의 미망인과 친구 대표 두세 명이 택시를 타고 관을 따라가자 그 모습을 지켜보던 예술가들은 응접실로 돌아와 저마다 구긴 담뱃갑 따위를 주머니에 쑤셔 넣고 겨우 해방되었다는 듯이 요란하게 떠들면서 신발을 신었다. 그리고 밖에 서서 새삼스럽게 사건이 벌어졌던 테라스나 덩굴시렁을 멀찍이 바라보더니 나란히 철문으로 나갔다.

대번에 리라장은 모든 소리가 남김없이 쓸려나간 것처럼 죽음의 집에 걸맞은 고요한 상태로 돌아왔다. 그 활달하고 요란했던 아마 릴리스가 사라졌기 때문일까, 그 정적은 유난히 따갑게 느껴졌다. 인기척 없는 식당으로 돌아온 겐모치 경감은 의자에 털썩 앉아 맥이 풀린 표정으로 턱을 괴고 있었다.

이윽고 현관에서 씩씩한 발소리가 들리나 싶더니 연락을 마친 유키 형사가 돌아왔다.

"여, 수고했네. 어땠나?"

"본서에서 사이타마 현 경찰본부에 요청해서 여유 인력을 보내주기로 했습니다. 가급적 빨리 보고해달라고 다짐은 해두었습니다만……."

유키 형사도 고요한 집 안 공기를 바로 눈치챈 듯했다.

"화가 선생들은 돌아갔습니까?"

"방금 돌아갔네. 미망인 일행도 이젠 이곳에 돌아오지 않아. 요리이의 여관에 묵는다더군."

"거참, 저희가 어지간히 미덥지 못한가 보군요."

유키 형사가 입가를 일그러뜨리고 쓴웃음을 지었다.

정오가 지나 하시모토橋本 검사 일행이 세 대의 차를 타고 달려왔지만 너나 할 것 없이 얼굴은 개운치 못했다. 그 원인은 밤새도록 응접실에 앉아 있었는데도 코앞에서 발생한 사건을 막지 못한 겐모치 경감과 유키 형사에 대한 비난일까, 아비코가 범인이라고 잘못 판단을 내린 그들의 미흡한 수사에 대한 분노일까.

겐모치 경감과 유키 형사는 둘 다 다소 불편하고 면목 없는 표정으로 테라스에 이어 덩굴시렁 위의 창가로 일행을 안내했다.

3시가 지나서야 현장 검증이 끝났다. 그리고 곧바로 응접실에서 신문이 시작되었다.

마키 가즌도와 히다카 데쓰코는 따로 엄중한 질문을 받았지만 딱히 수확은 없었다. 주스에 수면제가 들어 있었던 것 같다는 점이 밝혀졌을 뿐, 새로 발견된 사실은 없었다. 그 도중에 경찰 하나가 한 되짜리 병을 가져오더니 깜빡 잊고 빼지 않은 욕조의 물을 담아갔다. 대학 연구실에서 의뢰를 받았다는 말뿐, 목적에 대해서는 자세히 설명하지 않았지만 한창 신문하고 있었을 때라 검사도 꼬치꼬치 추궁하지 않았다.

신문이 끝나자 휴식도 없이 수사회의가 시작됐다. 그들은 숨 가쁘게 부채를 부치고 손수건으로 땀을 훔치면서 열띤 논의를 나누었다. 검사도 서장도 형사들도, 세세한 점까지 빠짐없이 검토해 노을에 물든 칸나가 정원에 기다란 그림자를 드리울 무렵, 히다카 데쓰코 범인설이 대다수 참석자의 지지를 얻는 결과가 나왔다. 그녀가 도쿄로 돌아간 척하고 이 부근에 숨어 있었다고 가정하면 마키 가즌도에 비해 범행 가능성을 훨씬 손쉽게 설명할 수 있다. 아직 알 수 없는 점은 많지만 그것은 향후 조사가 진행되면 밝혀질 것이다. 그런 방향으로 결론의 가닥이 잡히자 한숨 돌리는 분위기가 그 자리에 흘렀다.

해부 결과가 날아든 것은 그때였다. 검사 일행을 놀라게 한 것은 아마 릴리스의 사인이었다. 왼쪽 견갑골 아래쪽을 찌른 철사 때문에 사망한 것이 아니라 익사라는 것이다. 폐와 위 속에 상당한 양의 물이 차 있었다는 점으로 볼 때 범인이 그녀를 욕조 속에서 익사시킨 후 다시 덩굴시렁 위에 내던진 셈이다. 장기 속에 가득찬 물과 욕조에서 퍼낸 물을 분석해 비교한 결과, 그 추정에는 착오가 없다고 했다.

"그렇다면 이미 죽은 뒤에 그 철사바늘에 찔렸다는 뜻인가?"

얼굴이 쪼글쪼글한 서장이 말했다. 그는 자신이 주름투성이인 이유가 장티푸스를 앓은 탓이라면서 그전에는 생기발랄한 미남이었다고 자랑하곤 했다.

"듣고 보니 그렇군요. 만약 살아 있을 때 찔렸다면 현장 일대에 피가 튀었을 테니까요."

겐모치 경감은 거대한 몸을 움츠리고 면목 없다는 투로 말했다. 그때까지 대세를 이루었던 히다카 데쓰코 범인설을 대신해 다시 마키 가즌도에게 주목이 쏠렸다.

"시체를 3층까지 날랐다면 이건 남자가 한 짓이야. 데쓰코는 체력적으로 불가능할 테니."

"하지만 홋카이도 불곰이 말을 습격할 때는 반쯤 죽여놓고 앞다리를 둘러메고 간다지 않습니까? 말은 아직 정신이 반쯤 남아 있어 뒷다리로 걸어간다더군요. 그래요, 고장난 자동차를 끌고 가는 견인차처럼 말이죠."

"과연. 아마 릴리스를 반쯤 살려놓으면 여자라도 3층까지 끌고 갈 수 있다는 말이로군?"

"예, 저희가 술 취한 친구와 어깨동무를 하고 걸어가듯이 하면⋯⋯."

"말처럼 그렇게 쉬울까? 물에 빠진 사람을 다룬 경험은 없어서, 영."

서장은 회의적이었다.

"하지만 상대는 알몸이었어. 그런 광경을 들키면 히다카 데쓰코로서는 설명할 길이 없어."

검사는 전적으로 부정했다.

"그것은 마키 가즌도도 마찬가지 아닙니까? 벌거벗은 여자를 끌어안고 가는 거니까요."

"하지만 마키의 경우 약혼녀를 끌어안고 있는 셈이오. 욕조 안에서 잠이 들어서 끌어내 방으로 데려가는 거라고 변명할 수 있지. 히다카 데쓰코에 비하면 남들 시선을 그리 걱정할 필요가 없지 않았을까?"

대대수가 검사의 의견에 동조했다. 검사가 아마 릴리스가 잠들었다는 발언을 한 이유는 위 속에서 미량의 요소계 수면제가 나온 탓이다. 양이 적은 이유는 거의 흡수되어버렸기 때문이었다. 섭취량 혹은 투입량이 적다는 뜻은 아니다.

"욕조 물에 빠뜨려 죽였다고 하면 제1차 세계대전 때 영국에서 유명한 사건이 있었지. 그땐 남편이 범인이었기 때문에 욕실에 들어갈 수 있었는데, 이번 사건에서도 마키는 약혼자이고 데쓰코는 동성이니까 누가 들어와도 피해자는 안심했겠지. 만약 유키 형사가 들어가기라도 했다면 귀 찢어지는 비명을 질렀겠지만."

유키 형사는 잠자코 쓴웃음을 지었다.

그리고 그가 방 안이 어둑해졌다는 사실을 깨닫고 일어섰을 때, 전화벨이 울렸다. 유키 형사는 복도로 나갔다.

"예, 읽어주십시오. 이쪽에 서장님도 검사님도 모여 계십니다."

유키 형사의 흥분한 목소리는 응접실에도 훤히 들렸다. 처음에는 서로 무슨 이야기를 하는지 몰랐지만 차츰 히다카 데쓰코의 알리바이 조사 보고라는 사실을 눈치챘다. 순간 모두들 숨을 죽였다. 서장도 검사도 경감도, 지원 나온 몇몇 형사들도, 귀를 쫑긋 세우고 유키 형사의 짧은 맞장구로 길흉을 판단하려 애썼다.

이윽고 통화를 마치고 수화기를 내려놓는 소리가 났다. 이어서 유키 형사가 입구에 나타났는데, 흥분했는지 그의 눈이 번쩍거렸다.

"내용 전문은 바로 여기로 보내준다고 합니다만……."

그는 한 걸음 들어와 그 자리에 멈춰 서더니 사람들의 얼굴을 둘러보며 말을 이었다.

"도쿄에 있었다는 히다카 데쓰코의 말은 분명한 사실이라는 대답이었습니다."

검사가 의자에서 주춤 일어섰다.

"21일 도쿄의 하숙집에 돌아와 23일 그쪽에서 출발하기까지 사흘간의 행적은 데쓰코가 메모한 내용과 같다고 합니다. 특히 22일의 행동에 중점을 두고 조사했는데, 이 역시 틀림없답니다."

침묵이 그들을 지배했다. 검사는 유키 형사의 얼굴을 뚫어져라 바라보았다. 다른 사람들은 말없이 얼굴을 마주 보았다.

"믿을 수가 없군."

잠시 후 검사가 혼잣말처럼 중얼거렸다.

"믿어야만 하오."

서장이 힘없이 대꾸했다. 또다시 침묵이 이어졌다.

"그래, 믿어야만 해. 믿지 않으면 안 돼."

검사는 그렇게 결론을 내렸다. 머리는 훌렁 벗겨졌지만 나이는 아직 마흔이라 젊다. 테가 두꺼운 안경을 쓴 탓인지 얼굴을 보고 있노라면 어떤 곤충이 떠올랐다.

"그렇다면 범인은 마키 가즌도라는 뜻이 되는데, 방금 전에도 검토했다시피 그를 범인으로 내세우기에는 곤란한 점이 많아. 너무 많단 말이야……."

검사는 테이블 위에 긴 손가락을 펼치고 하나하나 꼽아가며 난점을 헤아렸다.

"숯쟁이가 살해당했을 때 리라장을 벗어나지 않았다는 알리바이가 있지. 마쓰다이라 살로메의 잔에 독을 넣을 기회가 없었지. 다치바나 아키오가 사자바위에서 살해당했을 때는 강 하류에서 농부와 이야기를 나누었다는 알리바이가 있지."

"게다가 동기도 짐작할 수 없지."

또다시 침묵이 이어졌다. 형광등이 쉴 새 없이 깜빡였다. 검사가 짜증스럽게 한 손으로 만지작거리던 부채를 테이블에 툭 내던지더니 죽 늘어선 찡그린 얼굴들을 둘러보며 입을 뗐다.

"아무래도 이 사건은 우리에게 벅찬 것 같군요. 니조 요시후사라는 남자가 진상을 꿰뚫어보았다지만 유감스럽게도 우리는 무엇 하나 파악하지 못했소. 지금 내게 퍼뜩 묘안이 떠올랐는데, 이 방법을 쓰면 반드시 사건을 해결할 수 있을 것이오."

"그게 뭡니까?"

"내가 도쿄에서 근무할 때 알고 지내던 사람 중에 호시카게 류조라는 아마추어 탐정이 있습니다. 아마추어 탐정이라고 하면 어폐가 있지만 우리하고는 전혀 분야가 다른 사람이오. 하지만 묘하게도 범죄사건 추리에 범상치 않은 재능을 가지고 있어요. 이 선생에게 해결을 의뢰해보면 어떨까 싶소만……. 물론 본인은 사례를 요구하지도 않고, 사건의 수수께끼를 풀었다고 해서 그걸 떠벌리고 다니지도 않소. 그 점은 전혀 걱정할 필요 없어요."

허리띠를 졸라맨 수사비용을 끌어다 쓰기도 난처하고, 경찰의 무능한 실력이 소문을 타도 곤란하다. 사람들은 재차 얼굴을 마주 보며 수군수군 속닥거렸다. 하지만 검사의 자신감 넘치는 설명이 믿음직했는지 반대하는 이는 아무도 없었다.

"호시카게 류조……?"

"그렇소, 호시카게 류조입니다."

"당신 제안에 이의가 있는 건 아니지만 별로 들어보지 못한 이름이군요."

서장은 다소 염려스러운 투로 말했다.

"그 이유가 바로 그는 표면에 나서서 이름을 떨치려는 시시한 생각을 하지 않기 때문입니다."

검사는 설득할 필요성을 느끼고 이 아마추어 탐정이 지식을 빌려준 덕에 해결한 사건 두어 가지를 예로 들었다. 그 사건들 중에서도 어느 의대 해부실에서 벌어진 살인사건의 에피소드가 사람들의 관심을 끈 듯했다. 깊은 밤 해부대 위에서 의대 여학생이 잔인하게 토막 살해당했다. 이 사건은 해부실의 이중문과 창문이 전부 엄중하게 잠겨 있었던 점 때문에 단숨에 수수께끼가 커졌다. 문 자물쇠는 책임자가 보관했으며 아무에게도 건네주지 않았다는 사실이 밝혀졌다. 범인은 어떻게 그 밀폐된 해부실에 출입해 범행을 저질렀을까? 호시카게 류조는 이 어려운 문제를 멋지게 해결함과 동시에 범인의 정체를 훌륭하게 추리해 알아맞혔다.

검사의 이런 이야기가 끝날 무렵, 일동은 마침내 호시카게 류조라는 인물에게 신뢰와 기대와 흥미를 품기 시작한 것처럼 보였다.

"그렇다면 그 호시카게 아무개 씨한테 부탁해볼까요?"

"찬성이야. 하지만 얼씨구나 받아들여줄까?"

겐모치 경감이 불안한 듯이 목소리를 낮추었다. 사실 그는 제삼자에게 사건 해결을 맡기는 일에 찬성을 표할 성격이 아니다. 그 누구보다 더 당국의 체면을 신경 쓰는 사람인 것이다.

"내가 직접 부탁하고, 거기다 본인이 너무 바쁘지만 않으면 어지간해서는 괜찮을 거요. 다만 미리 말해둘 점이 있는데 이 선생이 좀 특이한 사람이라. 아니 사람이 이상하다고 할 정도는 아닌데, 좀 오만불손해요. 마음에 들지 않는 사람하고는 말 한마디 나누지 않는 자기중심적인 면이 있어요. 하지만 그 사람 신세를 지는 거니 웬만한 일은 너그러이 참아주셔야겠소."

검사는 그렇게 말하고는 지친 얼굴로 씨익 웃었다. 이날 수사회의는 호시카게 류조에게 사건 해결을 의뢰하는 문제와 아비코 히로시를 당장 석방하는 문제를 결의하고 끝을 맺었다. 아마 릴리스의 부모가 탄 머큐리가 도착한 것은 마침 그때였다.

검사 일행이 돌아간 후, 겐모치 경감과 유키 형사는 마키, 데쓰코과 함께 아마 릴리스의 유족을 만나 애도를 표했다. 가슴에 요란한 주름 장식을 단 팥색 원피스를 입고 렌즈가 자그마한 돋보기를 쓴 모친은 딸과 달리 몸집도 자그마했고 살빛도 말레이시아 사람처럼 거무스름했다. 하지만 남이야 어떻든 무턱대고 무시하고 저 하고 싶은 말만 하는 점은 역시 아마 릴리스와 쏙 닮았다는 사실을 겐모치 일행도 곧 알게 되었다.

모친이 아마 릴리스의 죽음을 무척 슬퍼하리라는 예상은 불교도인 겐모치 경감 일행의 착각이었다. 이 고집 센 히스테리 타입의 부인은 당당하게 어깨를 들썩이며 콧구멍을 한껏 벌리고는 바리새인을 바라보는 그리스도 같은 표정을 짓더니 딸이 하나님의 부름을 받은 것은 크리스천으로서 진실한 행복이라는 말을 늘어놓아 일동을 몹시 놀라게 했다. 그녀는 그 말을 끝으로 무뚝뚝하게 침묵하더니 입을 열려 하지 않았다.

하지만 그럴 만도 했다. 이 안에 제 자식의 목숨을 앗아간 증오스러운 놈이 섞여 있는데다가, 겐모치 경감과 유키 형사는 머리 위 덩굴시렁에 시체가 떨어지는 줄도 모르고 쿨쿨 잠든 무능한 경찰이니 얼굴만 봐도 신경에 거슬릴 터였다. 아무리 그래도 딸이 살해당했는데 설마 진심으로 행복하다고 생각할 리가 있겠는가.

아마 릴리스의 부친은 부어오른 거뭇한 얼굴에 덥수룩하게 수염을 기른 뚱뚱한 남자로 몸집은 아마 릴리스와 몹시 비슷했지만, 이렇게 피부색이 검은 부모에게서 용케도 피부가 하얀 딸이 태어났다는 사실이 신기하기도 했다. 그는 예전에 중의원衆議院, 일본의 양원제 국회에서 하원에 해당하는 민의원을 뜻함.— 옮긴이으로 지냈을 무렵 뇌물 수수 사건이 발각되어 고스게小菅 감옥에 들어간 경험이 있는데, 그 이후로 통 인기가 없어 선거 때마다 연속 낙선이라는 우울한 결과를 맞았다. 세력을 되찾을 심산으로 손을 댄 경공업 회사도 적자가 이어지는 판국이라 요 2, 3년간 완전히 기가 죽어 있었다. 거기에 사랑하는 외동딸까지 살해당했으니 넋 나간 꼭두각시 상태였다.

"이제 곧 저녁식사를 차리려는데요."

"아뇨, 저희는 샌드위치를 가져왔으니 괜찮아요. 여보, 릴리의 짐을 차에 실어줘요. 뭘 꾸물거리는 거예요, 이쪽이라니까!"

아마 릴리스의 모친은 데쓰코에게 적의를 담은 시선을 퍼붓고 전직 중의원에게 호령을 해가며 2층 아마 릴리스의 방으로 올라갔다. 남의 눈이 없었다면 귀를 붙잡고 끌고 갈 기세였다. 계단 밑에 서서 그저 쓴웃음만 짓는 일동은 여장부에게 완전히 기가 눌렸다.

또다시 저녁식사 시간이 찾아왔다. 식욕도 없을뿐더러 이야깃거리도 흥이 나지 않아 지루하고 우울한 식사가 시작되었다. 똑같은 이 테이블에 일곱 명의 청년들이 다 같이 모여 약혼을 했느니 실연을 했느니 하며 희비가 엇갈리는 청춘극의 막을 연 것이 바로 일주일 전 저녁이었다. 잠깐 사이에 네 명이나 줄어든 그 극심한 변화를 되돌아보면 비애나 공포보다도 먼저 경악이 앞선다.

지금 식탁 앞에는 마키 가즌도, 히다카 데쓰코, 겐모치 경감과 유키 형사 네 명에 방금 전 경찰 지프를 타고 돌아온 아비코 히로시가 앉아 있다. 식탁의 공기가 무겁다고는 하지만 석방된 아비코의 표정은 밝았고, 한편 알리바이가 입증되어 혐의가 풀린 데쓰코도 기쁜 얼굴이었다. 겐모치 경감과 유키 형사가 오로지 자신에게만 감시의 눈길을 쏟고 있다는 사실을 의식한 마키는 아까부터 말없이 입맛 없는 얼굴로 입을 우물거리고 있었다.

하지만 과거에 아비코도 데쓰코도 살인 혐의를 뒤집어썼다가 다시 의혹이 풀렸다는 점을 생각해보면 이것은 리라장에 있는 모든 사람이 한 번은 앓아야 하는 홍역이라 할 수도 있으리라. 그렇다면 이번에는 마키가 앓을 차례이고, 합병증을 일으키지 않는 한 이윽고 회복할 것이다. 합병증을 일으키지 않는 한은……

깜깜한 밤이 되어서야 아마 릴리스의 시체가 하얀 목관에 실려 돌아왔다. 그 활기찬 굴뚝새 같던 수다쟁이, 사람을 사람으로 여기지 않는 오기 넘치던 철부지 아가씨 아마 릴리스가 이렇게 말 못하는 시체가 되어 돌아왔다는 사실을 모두는 차마 믿을 수 없다는 얼굴로 맞이했다. 하물며 사건 당시 그 자리에 없었던 아비코는 그런 심정이 한층 강한 듯했다.

아마 릴리스의 모친은 도우려는 마키 일행의 호의를 일언지 하에 거절하고 자기들 손으로 관을 머큐리 뒷자리에 옮긴 뒤 독기 서린 시선을 일동에게 던지고는 어둠 속으로 사라졌다.

무능한 경찰관을 멸시하는 듯한 찝찝한 눈길을 주며…….

-3-

이 리라장에 호시카게 류조가 모습을 드러낸 것은 이튿날 28일 오후였다. 그때 학생들은 식당 테이블 의자에 앉아 저마다 자유로이 책을 읽거나 멍하니 사색에 잠겨 있었다. 그들을 한 자리에 모은 이유는 젠모치 경감이나 유키 형사가 감시하기 편했기 때문이며, 세 남녀는 경찰의 이러한 지시에 대해 불평하기에는 너무나 기운이 바닥난 상태였다. 마키도 데쓰코도 허탈하니 기력이 없었고, 조금이나마 활기가 남아 있는 사람은 아비코뿐이었지만 그 역시 범인 취급을 받았던 며칠 사이의 어두운 경험 때문에 충격을 받아 심신이 지쳐 있었다.

방금 전 겐모치 경감과 유키 형사는 도쿄로 떠난 하시모토 검사에게 아마추어 탐정의 출마 소식을 들었지만, 당연히 학생들은 한마디도 듣지 못했다. 그러므로 검사가 호시카게를 데리고 도착했는데도 여전히 무기력한 얼굴로 마치 아편 중독자처럼 반응 하나 보이지 않았다.

　겐모치 경감과 유키 형사는 도착한 세 명의 형사에게 식당 감시를 맡기고 응접실로 들어갔다. 경야 뒷자리는 이미 깨끗이 치워 평소처럼 커다란 테이블이 방 한복판을 차지하고 있었다. 오래도록 피어 있던 붉은 칸나도 끝내 철이 지났는지 시들어서, 거뭇한 그 모습은 한창 때를 넘긴 미인을 떠올리게 했다.

　겐모치 경감 일행은 이 방에서 호시카게와 첫인사를 나누었다. 피부가 하얗고 단정한 이목구비에 로널드 콜맨처럼 멋들어진 콧수염을 기른 중년 신사는 어지간히 치장에 신경을 쓰는지 대단히 세련된 차림새였다. 바로 눈에 들어온 것은 테이블 위에 올린 가녀린 손가락이었는데 그것은 예술가처럼 끝이 가늘었고, 곱게 다듬은 손톱은 모양이 좋았다. 검사가 말한 만큼 오만무례한 사람으로 보이지는 않지만 신경질적이고 급한 성미를 엿볼 수 있는 날카로운 기운이 미간에 감돌고 있어, 그것이 마주한 이에게 일종의 경계심을 불러일으켰다. 요컨대 겐모치 경감 일행이 받은 첫인상은 마음 편히 이야기를 주고받을 수 없는 거북한 남자라는 느낌이었다.

호시카게가 수사 담당자의 입을 통해 다시 한 번 사건 내용을 상세히 듣기를 원해 겐모치 경감은 수첩을 펼치고 사소한 점 하나도 놓치지 않으려 주의를 쏟아가며 설명하기 시작했다.

"최초로 살해당한 사람은 숯쟁이 스다 사키치라는 남자인데, 이 사람이 아마 릴리스의 레인코트를 훔쳐서 머리끝까지 홀랑 뒤집어쓰고 돌아다녔다는 사실이 모든 오해의 근원이었습니다. 그는 이곳에서 4킬로미터쯤 더 떨어진 산속 오두막에 살면서 숯을 굽는데, 사건 당일 영림서─국공유림을 관리하는 일본의 관청. 1999년 산림관리서로 개편되었다.─ 옮긴이에 볼일이 있어 산을 내려왔다가 돌아가는 길에 조난을 당한 겁니다."

호시카게는 잠자코 말하는 이의 눈을 바라보고 있었다. 자기 재능에 자신 있는 사람이 흔히 그러하듯 차분한 시선이었다.

"처음에 저는 좀도둑질을 할 목적으로 이곳에 숨어든 줄 알았는데, 살해당한 후 그의 부인이나 숯쟁이 동료들에게 물어보니 결코 그런 악인은 아니었다고 합니다. 그러므로 레인코트를 훔친 것도 아마 우발적인 충동이었겠지요. 우연히 이 근처를 지날 때 안에서 흘러나오는 젊은 남녀의 목소리에 문득 흥미를 느끼고 내부 현관으로 훔쳐보았다. 그런데 코앞에 레인코트가 놓여 있고 아무도 없다. 때마침 비도 내리고 하니 그만 슬쩍 가져갈 마음이 들지 않았나 싶습니다."

"그래서요?"

"그날은 아침부터 가랑비가 내렸으니 스다는 훔친 레인코트를 입고 볼일을 마친 뒤 그것을 머리끝까지 뒤집어쓰고 산으로 돌아간 것으로 보입니다. 마을에서 그런 걸 쓰고 있으면 남들에게 의심을 살 테고, 또 영림서 직원에게 물어보았지만 사무실에 들렀을 때는 아직 레인코트를 입지 않았다고 합니다. 따라서 산길에 접어들어 사람들 눈이 사라진 후에 안심하고 레인코트를 입은 게 아닐까 상상해보는 겁니다. 그즈음 가랑비의 빗줄기도 잦아들어 이 숙소에 놀러온 사람들 중에 산책을 나선 이가 있습니다. 우연히 숯쟁이의 모습을 본 범인은 스다가 여성용 레인코트를 뒤집어쓴 탓에 그를 아마 릴리스 혹은 마쓰다이라 살로메로 오인하고 허점을 노려 낭떠러지에서 떠민 것으로 보입니다. 현장은 절벽 가장자리를 지나는 비좁은 산길로, 비가 오는 날은 특히 위험한 지점이라 해마다 사고가 납니다. 다짜고짜 떠밀면 힘센 남자라도 버텨내질 못합니다. 쭉 미끄러진 흔적이 있었습니다."

"범인의 발자국은 어땠습니까?"

호시카게가 처음으로 질문했다.

"예, 아무래도 나쁜 쪽으로 잔꾀가 튼 놈이라 자기 발자국을 남기는 실수는 저지르지 않았습니다. 풀 위를 밟고 접근하면 어려운 일도 아니니까요."

호시카게는 눈도 한 번 깜빡이지 않고 경감의 얼굴을 바라보다가 잠시 후 물었다.

"질문이 하나 더 있습니다. 스다라는 숯쟁이가 비를 피할 도구가 필요해 레인코트를 훔쳤다고 하셨는데, 그날 아침부터 가랑비가 내렸다면 그 사람은 산에서 내려올 때 이미 도롱이든 비옷이든 걸치고 있었을 겁니다. 그런데 또 레인코트를 훔쳐서 입었을 거라는 생각은 들지 않는군요. 지붕 위에 지붕을 얹는 꼴 아닙니까? 이 점은 어떻습니까?"

"글쎄요, 그건……."

겐모치 경감의 얼굴에 동요하는 기색이 떠올랐다. 부인을 찾아 숯쟁이가 살던 오두막에도 가보았지만 거기까지는 묻지 않았다. 과연, 듣던 대로 두뇌가 명석한 남자다.

"나중에라도 상관없으니 그 점을 확인해주십시오."

"하아, 지금 형사를 불러서 조사를 지시하겠습니다."

다소 체면이 구겨진 겐모치 경감은 식당에서 대기하던 형사를 불러 숯쟁이가 살던 오두막에 다녀오라고 명령했다.

형사가 나가자 호시카게는 다시 입을 열었다.

"한 가지 더, 낭떠러지에서 밑으로 내려갈 수 있습니까?"

"예, 한참 돌아가야 하지만 강가로 내려갈 수는 있습니다."

호시카게는 가볍게 고개를 끄덕이며 뒷이야기를 재촉했다.

경감은 숯쟁이가 살해당했을 당시 각자의 알리바이를 설명한 다음, 순서대로 마쓰다이라 살로메, 다치바나 아키오, 하나 씨의 사건을 언급했다. 동기와 알리바이, 가능성의 문제에 대해 호시카게는 무뚝뚝하지만 날카로운 질문을 던졌다. 경감이 유키 형사의 도움을 빌려 그 질문에 대답하는 장면도 몇 번인가 연출되었다.

겐모치 경감을 상대로 질의응답이 끝나자 호시카게는 자리를 식당으로 옮겨 이곳에서 다시금 학생들을 상대로 좌담을 시작했다.

단정하면서도 어딘가 대하기 어려운 호시카게의 용모를 본 순간, 학생들은 다들 날카롭게 긴장하는 빛을 보였다. 호시카게는 그들의 기분을 풀어주려 애쓰면서 젊은이들에게 이곳을 찾아온 이후에 생긴 다양한 일들을 기억나는 대로 말해달라고 했다. 이야깃거리가 바닥을 드러낼라치면, "더 있을 텐데요. 뭐든 괜찮습니다, 생각나는 대로 이야기해주십시오."라며 세 사람을 채찍질하고, 다그치고, 얼러가면서 하루하루 있었던 충돌이나 불화뿐만 아니라 하나 씨가 웃었다느니 니조가 화를 냈다느니 하는, 겐모치 경감 일행이 들으면 하품이 날 만한 시시한 이야기까지 시시콜콜 캐물었다. 호시카게는 이상하리만치 열의 넘치는 표정이었다.

"슬슬 윤곽이 잡히는군."

식당을 나올 때 이 아마추어 탐정은 만족스러운 표정으로 검사를 돌아보았다.

"22일 새벽녘, 아마 릴리스 양이 화장실에서 돌아오는 길에 겪은 일을 어떻게 생각하나? 그때 식당 안에 숨어 있던 인물은 누구이며, 어째서 하트 3와 클로버 잭을 훔쳐갔는지, 그 점에 대해 설명할 수 있겠는가?"

"아니, 그건 도통……. 니조 요시후사도 그 점만은 풀지 못했다고 했네만."

"그럼 날 따라오게. 자네에게 힌트를 주지."

"어디로?"

"소노다 만페이 영감을 찾아가는 거야. 하지만 다른 사람들은 여기서 기다려야겠어. 그는 소심한 남자라고 하니 우르르 몰려가 놀라게 하는 일은 피하는 게 나아."

검사의 안내로 호시카게는 만페이 영감을 찾아갔다. 아직 류머티즘으로 앓고 있는지 거의 거동을 못한다고 했다. 희끗하니 거친 수염이 뺨에서 턱까지 너저분하게 자란 꼬락서니가 영락없이 늙어빠진 노인네였다.

"만페이 씨."

호시카게는 천천히 이름을 불렀다.

"자네가 술을 좋아한다기에 나중에 술집에서 특주를 한 병 사서 문안 삼아 선물하려는데……."

"아아."

만페이 영감은 불편한 기색으로 누운 채 호시카게의 얼굴을 올려다보았다.

"아니면 양주가 좋은가?"

"양주는 싫어유."

"호오, 일본주가 더 좋나? 양주는 왜 싫지?"

"그런 술은 싫어유. 달구, 박하두 들었구……."

거기까지 말했을 때, 반응이 굼뜬 만페이 영감의 얼굴이 눈에 똑똑히 보일 정도로 화들짝 굳었다.

"나는 약속을 지키는 남자일세. 자네가 일본주를 좋아한다면 일본주를 보내지. 그 대신 자네도 사실을 말해줘야 해."

만페이 영감은 잠자코 힘없이 주름진 눈을 꿈쩍거렸다. 두렵고 난처한 마음이 뒤섞인 불안한 표정이었다.

"그 학생들이 가져온 양주병이 식당 선반에 있는 줄 알고 있었지?"

"야."

"그걸 밤마다 마신 게 자네 맞지?"

만페이 영감은 이불 속에서 몸을 움츠렸다.

"너무 걱정하지 않아도 돼."

호시카게는 웃었다.

"우리가 찾는 건 하나 씨와 학생들을 살해한 범인일세. 겨우 술 좀 마셨다고 그런 문제로 이러쿵저러쿵 잔소리하지는 않아."

"야."

"틀렸다면 바로잡아주면 좋겠는데, 자네는 밤이 깊어 하나씨가 잠들기를 기다렸다 몰래 잠자리에서 빠져나왔지? 그리고 식당에 숨어들어가 그 술을 마신 거지?"

"맞어유."

만페이 영감은 체념한 듯 눈을 꾹 감았다.

호시카게는 온화한 태도로 신문을 이어나가 만페이 영감에게서 하나 씨가 구두쇠라 술을 사주지 않았던 탓에 홈바 세트에 유혹을 느꼈다는 점, 20일 밤부터 22일 새벽에 걸쳐 밤마다 술을 마시러 나갔다는 점, 그 22일에는 누가 화장실에 내려오는 기척이 나는 바람에 들키면 큰일이다 싶어 하얗게 질려 숨어 있었다는 점, 아내가 살해당한 후로는 자제했지만 이미 거의 다 마셔버린 점 등을 캐냈다.

"그때 선반에 놓여 있던 카드를 건드린 사람이 자네인가?"

그러자 만페이 영감은 베개 위에서 절레절레 고개를 저었다.

"정말인가? 그 카드 속에서 두 장을 빼낸 게 자네 아닌가?"

"지가 건드린 건 술병뿐이유."

만페이 영감이 소심해서 거짓말을 못하는 남자라는 점은 한눈에 알 수 있다. 게다가 이 노인이 하트 3와 클로버 잭을 훔쳐서 무엇에 쓰겠는가.

만페이 영감의 방은 이미 어둑했다. 호시카게 류조는 전등 스위치를 켜고 다시 한 번 일본주를 선물하겠노라 약속하고 나서 복도로 나왔다. 지금의 신문으로 얻은 정보를 정리하려는 듯이 두 사람은 잠시 말없이 걸었는데, 이윽고 호시카게가 입을 열었다.

"자네, 어떻게 생각하는가?"

"영감이 꾀병을 부리는 게 아닐까? 아무도 저 영감을 진찰하지 않았으니 정말 움직이지 못하는지 대단히 의심스럽네만."

"내 말은 그게 아니야. 아마 릴리스 양이 화장실에 내려갔을 때 식당에 숨어 있던 인물은 소노다 만페이야. 다시 말해 카드를 도둑맞은 건 그때가 아니라는 말일세."

"그렇다면 그 이후인가?"

응접실 문을 열면서 호시카게가 그 질문에 대답하려는 찰나, 한발 먼저 그 모습을 발견한 겐모치 경감이 일어서서 말을 걸었다.

"호시카게 씨, 지금 숯쟁이 오두막을 찾아갔던 형사가 돌아왔습니다. 그 보고를 받는 참이었습니다."

"결과는요?"

호시카게는 기다렸다는 듯이 약간 들뜬 목소리로 물었다. 이 사람이 감정이라 할 만한 반응을 겉으로 드러낸 것은 리라장에 온 후로 처음이었다.

"부인의 말로는 우산을 가지고 나갔다고 합니다. 고무 비옷이 있지만 바람이 통하지 않아 덥다면서 우산을 쓰고 나갔답니다. 때문에 스다는 아마도 도중에 우산을 잃어버리거나 해서 부득이하게 릴리스 양의 레인코트를 가져간 게 아닐까 싶습니다만."

"고맙습니다. 그걸로 족합니다. 내 생각이 맞았군요."

호시카게는 또다시 표정을 지우고 별 감흥 없이 말했다. 그리고 애용하는 버진 브라이어 파이프를 꺼내 대통에 그랜저 담뱃잎을 채우더니 다소 거드름이 묻어나는 동작으로 담배에 불을 붙였다.

눈을 감고 맛깔스럽게 한 모금 빨아들이는 그 모습은 수수께끼를 푼 뒤의 여유처럼 보이기도 했고, 또한 다음의 비약을 준비하는 짧은 휴식처럼 보이기도 했다. 다른 사람들도 저마다 담배를 물고 연기를 뿜어냈다.

"조사 결과는 어떻습니까?"

유일하게 담배를 피우지 않는 서장이 좀이 쑤신 나머지 아까부터 묻고 싶어서 근질근질했던 질문을 조심스레 던져보았다. 서장뿐만 아니라 그 자리의 모든 이들이 호시카게 류조의 재능에 크나큰 기대를 쏟는 한편, 프로인 자기들도 풀지 못한 수수께끼를 이 아마추어 탐정이 풀 수 있을 리 없다고 생각했다. 호시카게를 추천한 검사마저도 마음 한구석으로는 역시 이런 생각을 버리지 못했다. 그들의 속내를 꿰뚫어보았는지 호시카게는 눈썹을 팔자로 모으며 비난하듯이 사람들을 둘러보더니 불쾌한 기색으로 대답했다.

"모든 수수께끼를 풀려면 도쿄로 돌아가야만 합니다. 하지만 대략적인 윤곽은 압니다."

"범인의 정체도 말입니까?"

"그래요."

"동기 문제도?"

"네."

"범인은 마키 가즌도…… 아닙니까?"

서장은 넘겨짚듯이 말했다. 하지만 호시카게는 부정도 긍정도 않고 그랜저의 푸르스름한 연기를 바라보고 있었다. 서장의 발언이 귀에 들어오지 않는 눈치였다.

"하지만……."

그러더니 그는 한참 후에야 입을 열었다.

"다만 물적 증거가 부족합니다. 가능하면 좀 더 확실한 사실을 잡아내 여러분의 이해를 얻는 편이 나을 줄로 압니다."

"그 말씀은?"

서장은 이해하지 못하는 표정이었다. 열세 장의 스페이드 카드도, 범인이 살인을 저지를 때마다 사용한 흉기도 이미 압수했다. 호시카게는 뭐가 부족하다고 말하는 것일까.

"덫을 쳐서 범인을 유인할 겁니다."

서장은 여전히 감을 잡지 못하는 얼굴이었다. 대체 어떤 덫이란 말인가. 그리 쉽게 걸려들기나 할까.

"오늘 밤은 안 되고 나흘 더 있어야겠습니다. 그사이 저는 도쿄로 돌아가 수수께끼의 나머지 부분을 조사해 빠짐없이 밝혀내겠습니다."

니조 요시후사가 그러했듯이 이 남자 역시 도쿄로 돌아가 조사할 필요가 있다고 한다.

"학생들에게는 어떻게든 양해를 얻어 나흘만 더 이곳에 있으라고 하십시오. 또한."

민감하게 일동의 의구심을 읽어낸 호시카게는 선수를 쳤다.

"제 생각으로는 더 이상 살인은 일어나지 않을 겁니다. 왜냐하면 동기가 없기 때문이지요. 또 범인은 자기 범죄에 대해 자신감을 갖고 있어요. 따라서 자살을 꾀할 우려도 없습니다. 그러므로 여기 남아 경계를 계속하는 건 유키 형사 하나로 충분합니다."

뭐라 항의하려는 유키 형사의 입을 막을 기세로 호시카게가 말을 이었다.

"그것도 작정하고 감시하는 게 아니라 오히려 편안하게 해주시기 바랍니다. 진심으로 그럴 필요는 없지만 적어도 겉으로 보기에는 느긋한 인상을 주도록 해주세요. 범인을 덫에 빠뜨리려면 그러는 편이 낫습니다. 단, 잘 때 문단속 정도는 반드시 신경 써야 합니다."

과연 곧이곧대로 믿어도 될지, 다들 의심할 만도 했다. 하지만 호시카게의 대단히 자신감 넘치는 말투와, 괜히 어리석은 질문을 해서 호시카게가 심통이라도 내면 큰일이라는 걱정 때문에 두어 가지 문답이 오간 뒤 사람들은 그 말을 따르기로 했다.

결론이 났다. 그러자 호시카게는 그 스페이드 카드 속에서 한 장을 빌려달라고 청하더니 그것을 주머니에 넣고 이번에는 주점 위치를 묻고서 자리에서 일어났다. 주점 위치를 물은 이유가 만페이 영감에게 약속한 특주를 선물할 셈인 줄은 알겠는데, 스페이드 카드를 어디에 쓸지는 전혀 짐작이 가지 않았다. 하지만 이 또한 어설픈 질문을 해서 심사가 뒤틀려도 큰일이라 일동은 역시나 아무 말도 묻지 않았다.

호시카게가 애용하는 벤츠를 몰고 리라장을 떠난 후에도 남은 경찰 관계자들은 서로 얼굴만 마주 볼 뿐, 마치 터부라도 되는 양 한동안은 아무도 그 문제를 입 밖에 꺼내지 않았다.

푸른 노을

-1-

8월 30일은 드물게 기상청 예보가 적중해 아침부터 호우가 이어지더니 밤이 되자 산간 지대에 가까운 이 부근의 어두운 하늘을 잡아 찢을 기세로 번개가 내리쳤다. 굳이 따지자면 이런 밤은 집에서 느긋하게 쉬고 싶은 법이지만 본서 응접실에는 서장을 비롯해 겐모치 경감과 하시모토 검사가 조용히 이마를 맞대고 앉아 있었다.

창문을 때리는 격렬한 빗줄기와 머리 위에서 요동치는 천둥소리에 눌려 기둥의 육각시계가 10시 반을 알리는 종소리도 들리지 않았다. 그들은 목적도 듣지 못하고 호시카게 류조의 부름을 받고 모였다.

"무슨 일일까. 호시카게 씨 말로는 다시 리라장에 오는 건 다음 달 1일이라고 했는데……."

"그나저나 늦는군요. 벌써 30분이 지났습니다."

그렇게 수런거리고 있을 때 밖에서 야근하는 경찰이 응대하는 소리가 나더니 귀를 쫑긋 세운 일동 앞에 젖은 코트를 한 손에 든 호시카게가 나타났다. 그는 뒤에 몸집이 탄탄하고 마흔이 조금 못 되는 낯선 남자, 언뜻 보기에 그들과 같은 경찰 쪽 사람인 듯한 인물을 데리고 있었다.

"기다렸나?"

호시카게는 검사를 향해 말하더니 손목시계에 시선을 던졌다.

"이제 시간이 없으니 어물거릴 여유가 없어. 숙소에서 쉬고 있었는데 텔레비전에서 재미있는 방송을 하는 바람에 그만 지각하고 말았지 뭐야. 자, 외출할 준비를 하게."

"호시카게 씨, 당신 계획이 뭔지 말씀 좀 해줄 수 없겠습니까? 우리는 아직 아무것도 몰라서 말입니다."

서장의 말을 들은 호시카게는 특별히 기분 상한 기색도 없이 의자에 앉았다.

"이거 실례, 미안하게 됐습니다. 제 계획은 말할 나위 없이 범인을 덫에 빠뜨리는 일입니다. 그저께 여러분께 말씀드렸을 때 나흘 후에 오겠다고 했지만 그건 범인을 속이기 위한 거짓말이었고 도쿄에서 조사가 끝나는 대로 돌아올 작정이었지요.

소개가 늦었는데, 이쪽은 경시청 수사1과 안에서도 뛰어나기로 이름 높은 미즈하라水原 형사입니다."

호시카게는 미즈하라 형사와 사람들이 목례를 나누기를 기다린 다음 말을 이었다.

"도쿄의 조사는 미즈하라 형사의 도움을 얻어 어제 하루와 오늘 오전 중에 마무리를 지었습니다. 그래서 오늘 밤 예고 없이 리라장을 덮쳐 범인의 허를 찌르려는 겁니다. 사실 저희는 저녁 때 리라장 근처 주재소까지 가서 그곳으로 유키 형사를 불러 셋이서 이것저것 계획을 짜고 왔어요. 그때 제가 도쿄에서 준비해온, 범인을 불러낼 편지를 몰래 범인의 방에 넣어달라고 유키 형사에게 부탁해놓았습니다. 물론 제가 썼다는 사실을 들키면 곤란하니 스릴러 소설에 자주 나오는 지식을 빌려 신문 활자를 오려내 붙였습니다. 편지지도 봉투도 일본예술대학 문장紋章이 들어간 제품을 썼습니다. 그러니 그 편지를 본 범인은 학생 중 하나가 보냈다고 생각할 게 틀림없습니다."

"어떤 내용입니까?"

"범인의 마음을 더없이 뒤흔들 **어느 물건**을 동봉해 단 한마디, 벽난로라고만 썼습니다."

"벽난로라면……?"

검사가 물었다.

"벽난로는 그 커다란 건물 안에서 응접실에만 있지. 그러니

이 한마디로도 가리키는 장소는 바로 알 수 있어. 이것은 범인에게 있어 몹시 소름 끼치는 편지라네. 그와 동시에 반드시 손에 넣어 파기해야만 하는 중요한 물건이 그 벽난로 근처에 숨겨져 있다는 뜻이 되지."

범인에게 충격을 줄 어느 물건이란 대체 무엇인가. 하지만 물어봤자 호시카게가 설명해줄 사람이 아니라는 점은 뻔했다.

"아마도 범인은 그 물건의 발견자이자 편지를 쓴 인물이 단순히 친절한 마음에서 이런 편지를 보냈다고 생각하지는 않겠지. 당연히 뭔가 교환 조건을 들먹일 거라 예상할 게 틀림없어. 하지만 그런 위험을 고려할 수 없을 정도로 중요한 물건이야. 따라서 범인은 모 아니면 도, 죽느냐 사느냐 하는 심정으로 찾아올 테지. 아마도 흉기를 들고 있을 거야."

호시카게는 다시 시계에 눈길을 던졌다. 정면의 기둥에 육각시계가 걸려 있지만 자기의 나르단 시계만 믿으려는 그의 태도에 서장은 가벼운 반발을 느꼈다.

"유키 형사가 응접실에 앉아 11시까지 느긋하게 책을 읽고 있을 거야. 그러니까 범인이 찾아오는 건 11시 이후인 셈이지. 유키 형사가 하품을 하면서 계단을 올라가 자기 방에 들어가는 모습을 보고 잠들 때까지 기다린 후에 응접실에 들어가겠지. 우리는 이제 곧장 리라장으로 가서 테라스를 통해 응접실에 숨어들 걸세. 그리고 범인이 나타나기를 기다리는 거지. 테라스

문은 유키 형사가 열어놓기로 했네."

거기까지 설명을 들은 일동은 일어서서 밖으로 나갔다. 쏟아지는 빗속에 호시카게의 벤츠와 경찰 지프가 서 있었다. 사람들은 그 차에 나누어 타고 비 내리는 어두운 밤길을 뚫고 하염없이 미쓰미네구치 방향으로 달렸다. 시퍼런 번개가 번득일 때마다 언덕과 나무, 집들이 이상한 지옥 풍경처럼 떠올랐고 곧이어 먹물 같은 어둠이 주위를 집어삼켰다.

두 대의 자동차를 주재소 앞에 세우고 그다음은 걸어서 리라장으로 향했다. 도로에 넘쳐 강물처럼 세차게 흐르는 빗물에 겐모치 경감은 발이 미끄러져 물을 튕기며 물웅덩이에 빠졌지만 장화를 신은 덕에 별탈은 없었다.

이윽고 그들의 시선 속에 그 웅장한 건물의 시커먼 모습이 떠올랐다. 어두운 밤이라 그런지 평소보다 훨씬 높아 보여 마치 일행을 위압하는 것만 같았다. 북쪽과 동쪽 몇 군데의 창이 밝은 이유는 복도와 화장실에 불이 켜져 있기 때문이다. 철문 자물쇠도 미리 열어놓은 터라 사람들은 손쉽게 정원으로 들어갈 수 있었다.

현관 처마 앞을 지나 모퉁이를 꺾어 남쪽으로 돌아가면 테라스는 바로 눈앞에 있다. 2층 각 방의 불은 꺼져 있었다. 방의 주인들은 똑같이 꿈나라를 헤매고 있는 것처럼 보이지만 단 한명, 범인만은 자는 시늉을 하며 눈을 번쩍 뜨고 있을 것이 틀림없다. 그 모습을 생각하니 사람들의 가슴은 묘하게 두근거렸다. 기다리고 기다리던 범인의 정체가 밝혀지는 순간이 얼마 후로 다가왔다. 하지만 과연 호시카게의 계획대로 풀릴 것인가.

사람들은 발을 더듬어 테라스를 딛고 유리문을 붙잡아 살며시 밀었다. 미리 경첩에 기름칠을 해두었기 때문에 문은 소리도 없이 열렸다. 그들은 말없이 신발을 벗어 손에 들고 물기를 턴 뒤 줄줄이 응접실로 쏙 들어가 비옷을 벗었다. 마지막으로 들어온 하시모토 검사가 조용히 문을 닫았다. 빗소리가 다소 작아졌다. 그는 안도하면서 기계적으로 손목에 찬 야광시계의 숫자판을 보았다. 11시 5분을 가리키고 있다.

사람들은 저마다 커튼 뒤에 몸을 숨기고 범인이 나타나기를 기다리기로 했다. 큰 줄기는 이미 의논을 마쳤고 세세한 사항은 그 자리에서 각자 판단해 처리하기로 했다. 경감은 유리문을 등지고 벽난로가 오른쪽에 보이는 위치에서 커튼으로 몸을 감쌌고, 검사는 경감과 몇 미터 떨어진 오른편에서 입구 문을 마주 보는 자리에 몸을 숨겼다. 그 입구 문은 유키 형사가 닫고 나간 상태 그대로였다.

빗줄기는 좀처럼 잦아들지 않았다. 이따금 커튼 틈새로 지나가는 번개가 쥐 죽은 듯 고요한 넓은 응접실 안을 대낮처럼 환하게 비추면, 그에 뒤이어 어지럽게 울리는 천둥이 유리문을 부르르 뒤흔들었다. 다들 기침 한 번 하지 않았다. 아니, 조금쯤 꿈지

럭거려도 다행히 빗소리에 가리어 사람 귀에는 들리지 않았다.

이윽고 12시, 그리고 12시 반. 여전히 아무도 나타나지 않았다. 1시. 1시 15분…… 1시 반……. 겐모치 경감은 슬슬 무릎이 쑤셨다. 계속되는 긴장을 풀기 위한 담배가 그리웠다. 하지만 당연히 피울 수는 없었다.

과연 범인은 찾아올 것인가? 호시카게의 계산이 틀린 것은 아닐까? 저 아마추어 탐정을 무턱대고 믿은 일이 애초에 실수 아니었을까? 도대체가 저 남자는 저 혼자만 잘난 줄 안다. 자신들이 아무리 머리를 쥐어짜도 알 수 없었던 진상을 중간에 불쑥 튀어나온 사람이 풀었을 리 없다.

1시 45분……. 그리고 이윽고 2시가 되려는 그 순간이었다. 정면의 새까만 벽에 갑자기 금빛으로 빛나는 한 줄기 세로줄이 나타났다. 움찔 몸을 굳히는 사이에 그 황금 줄은 눈에 보이지 않는 속도로 슬금슬금 굵기를 더해갔다. 그렇다, 범인이 문을 열고 있는 것이다. 그 사실을 깨달은 순간, 경감의 심장은 입 밖으로 튀어나갈 만큼 격렬하게 뛰기 시작했다.

복도에서 들어오는 광선이 응접실을 희미하게 밝혔다. 테이블이나 의자, 벽난로의 모습이 한결 뚜렷하게 보였다. 문은 계속해서 조용히 열리더니 각도가 40도쯤 되었을 때 뚝 멈추었다.

하지만 범인은 모습을 드러내지 않았다. 2, 3분간, 아니 정확히 시계를 보고 잰다면 2, 30초였을지도 모르지만 공백의 시간이 흘렀다. 겐모치 경감은 다른 사람들을 볼 여유도 없이 그저 문 쪽만 뚫어져라 쳐다보았다.

별안간 복도 쪽에서 검은 그림자가 나타났나 싶더니 방 안으로 쑥 들어와 어두운 구석에 녹아든 것처럼 눈앞에서 사라졌다. 그것이 기다리던 범인이라는 점은 이미 의심할 여지가 없었다. 그림자는 한참 그 자리에 우뚝 서서 눈이 어둠에 익기를 기다리는 듯하더니 이윽고 슬금슬금 걸음을 떼기 시작했다.

상대의 모습이 겐모치 경감의 눈과 커튼 틈새를 잇는 선 위에서 벗어나 보이지 않게 되자 경감은 머리 위치를 바꾸어 조절하면서 다시 그 모습을 찾아냈다. 범인은 벽난로 앞에 서서 분주하게 주변을 뒤지는 것 같았다. 빗소리에 섞여 아무 소리도 들리지 않았지만 경감은 살찐 온몸의 땀구멍으로 그런 기척을 느낄 수 있었다. 도중에 장식용 접시가 쓰러지는 소리가 들리자 범인은 한참 얼음장처럼 우뚝 서 있었다.

이윽고 난로 바닥을 뒤지는 금속성 소리가 희미하게 띄엄띄엄 들렸지만 그곳에서 아무것도 발견하지 못했는지, 이번에는 오목한 굴뚝 속에 손을 뻗어 뒤적거리는 기척이 났다. 신중하고 재빠르게, 그리고 대담하게 조사를 계속하던 범인은 마침내 찾는 물건을 발견했는지 그 동작을 멈추었다.

입구에서 비쳐드는 광선 속에 작은 종이꾸러미가 드러났다. 범인은 꾸러미 안을 빛 속에서 확인하려는 듯했다. 하지만 흥분한 탓인지 당황한 탓인지, 종이를 펼치는 데 몹시 애를 먹었다.

그러더니 범인은 어찌 된 영문인지 그 자리에서 흠칫 놀라는 기색을 보이고는 갑자기 뒷걸음질 쳐 벽에 찰싹 들러붙었다.

겐모치 경감은 범인이 어째서 몸을 숨겼는지 이해할 수 없었다. 하지만 그 의문은 바로 풀렸다. 문이 벌컥 열리더니 직사각형으로 잘린 광선을 배경으로 유키 형사가 우뚝 막아섰기 때문이다. 그는 스위치를 눌러 천장 형광등을 켰다. 유키 형사는 속셔츠에 바지 차림으로, 어디로 보나 자다 일어난 모습이었다. 벽에 들러붙은 범인의 모습은 사각지대에 있어 유키 형사는 전혀 그 존재를 알아차리지 못하는 눈치였다. 그는 입구를 등지고 의자에 앉아 피스 담배에 불을 붙이고 한 모금 빨더니 읽다 말고 중앙의 둥근 테이블에 엎어놓은 책을 턱을 괴고 열심히 읽기 시작했다.

호시카게를 제외한 다른 사람들은 형사의 행동이 실제인지 연극인지 바로 판단하기가 어려웠다. 유키 형사는 이따금 피스를 빨면서 열심히 책을 읽고 있었다. 쉽게 자리를 뜰 기색은 보이지 않았다. 겐모치 경감은 문 뒤에서 오도 가도 못하는 범인을 생각하며 유키 형사의 모습과 문을 반반씩 쳐다보았다.

그 후로 4, 5분이나 지났을까. 문 그늘에서 한없이 느릿하게 범인의 팔이 나타났다. 이윽고 몸과 가슴, 목이 나오더니 열린 문을 통해 복도로 도망치려고 발소리를 죽여 걸음을 내딛었다.

유키 형사가 자리를 잡은 이상 언제까지고 문 뒤에 숨어 서 있을 수는 없었던 것이다.

푸르스름한 형광등 불빛을 받으며 커튼 그늘 속 감시자들에게 그 정체를 드러낸 범인이 바야흐로 문지방을 넘으려는 순간, 그 다리는 허공에 붙들린 것처럼 멈추고 말았다.

유키 형사가 뒤를 돌아보며 "잠깐!" 하고 불렀기 때문이다. 흠칫 놀란 범인은 그래도 결단력이 뛰어났다. 그는 몸을 빙글 돌려 이 목격자의 숨통을 끊기 위해 오른손에 숨겼던 나이프를 빛내며 바닥을 박차고 뛰어들었다.

유키 형사가 언제 일어섰는지도 보이지 않았다. 묵직한 소리가 들렸을 때, 범인은 이미 바닥 위에 쓰러져 있었다. 번쩍번쩍 빛나는 나이프가 포물선을 그리며 허공을 날아 카펫에 소리도 없이 내리꽂혔다.

미즈하라 형사가 커튼을 젖히고 튀어나가 재빨리 수갑을 채웠고, 한발 늦게 호시카게와 서장 일행이 나타났다. 이 뜻밖의 복병에 범인은 그제야 자기가 덫에 걸렸다는 사실을 깨달았는지 하얗게 질린 뺨을 실룩이며 사람들을 노려보았다.

호시카게는 몸을 비틀며 저항하는 범인의 주머니에 손을 넣어 꼼지락거리더니 바로 뭔가를 꺼내어 사람들 앞에 펼쳐 보였다. 그것은 범인이 고생해서 벽난로 속에서 꺼낸, 스페이드 8부터 킹에 이르는 여섯 장의 카드였다.

하늘에 구멍이라도 난 것처럼 줄기차게 내리는 빗소리가 모든 소리를 지워, 2층의 두 학생은 지금도 깨지 않고 자고 있었다.

파출소에 세워놓은 두 대의 자동차가 돌아오는 틈을 이용해 호시카게가 간단한 신문을 시도한 뒤, 죄인은 경찰차를 타고 유키 형사의 호송 하에 리라장을 떠났다. 잦아들던 비는 다시 유리창을 깰 기세로 세차게 내렸다.

비에 젖은 머리카락과 옷을 손수건으로 닦으면서 유키 형사가 리라장으로 다시 돌아온 것은 그로부터 약 한 시간 뒤였다. 그가 돌아오기를 기다리던 사람들은 곧바로 유키 형사를 식당으로 끌고 가 머릿수를 빠짐없이 갖춘 다음에야 호시카게의 추리를 듣게 되었다. 범인의 정체가 밝혀진 지금도 그의 설명을 듣지 않고서는 이해할 수 없는 부분이 많았다.

"글쎄, 어디서부터 말해야 좋을지⋯⋯."

호시카게는 한참 그랜저를 뻑뻑 빨며 생각에 잠겼다.

"이 사건에는 수많은 피해자가 나왔지만, 본래 살인 계획의 목표에 올랐던 희생자는 단 두 명에 지나지 않아. 그런데 그 살인을 할 때 예기치 못한 착오가 생기는 바람에 가계부 적자가 불어나듯 부득이한 살인이 이어진 걸세. 전부 다 범인이 제 몸을 지키기 위해 필요에 쫓겨 저지른 일이네만."

"그 두 명이라는 건?"

"마쓰다이라 살로메와 다치바나 아키오야."

"동기는 뭡니까?"

"그래, 그게 재미있는 문제지. 이 사건의 근본적인 동기는 처음부터 여러분 눈앞에 똑똑히 나붙어 있었거든. 그런데도 누구 하나 눈치채지 못했지. 나를 빼면 말이오."

말은 그렇게 해도 호시카게는 별로 잘난 척하는 기색도 없이 사람들을 차례로 둘러보다가 마지막으로 검사의 얼굴에서 시선을 멈추었다.

"어떤가, 다들. 아직 모르겠나?"

"글쎄……."

"21일 밤을 생각해보게. 다치바나가 침실로 물러나 책을 읽던 마키를 몰래 찾아왔을 때를 말이야."

그 말을 들은 사람들은 그날 밤 테너와 재즈 피아니스트 사이에 있었던 에피소드를 떠올렸다. 하지만 그것이 어쨌다는 뜻일까.

"다치바나가 약혼녀에게 들은 그녀의 행실에 대한 고민을 마키에게 의논한 일 말인가?"

"그때 나눈 이야기 내용을 마키가 말한 대로 재현해보게."

"그러니까 그 피아니스트는, 이제 막 약혼한 마쓰다이라 살로메가 고백한 부정한 행위를 어떻게 처리해야 하는지……."

"그게 아니야."

호시카게는 짜증스럽고 초조한 기색으로 검사의 말을 중간에서 잘랐다.

"다치바나는 상대에게 '약혼한 여자가 부정하다는 사실을 알았을 경우 자네라면 어떻게 처리하겠나?'라고 물었네. 살로메가 부정하다는 말은 한마디도 하지 않았어."

"하지만 그 경우 다치바나의 약혼녀라면 당연히 마쓰다이라 살로메가 아닌가?"

"또 그런 소리를 하는군."

호시카게는 비난하는 눈매였다.

"다치바나는 '나하고 약혼한 여자'라고 말하지 않았네. 리라장 안에 약혼한 남녀는 다치바나, 살로메 커플만 있는 게 아니지 않나."

"그렇다면?"

"또 한 쌍의 남녀라면 누구하고 누가 되지?"

"마키 가즌도와 아마 릴리스 콤비 아닙니까?"

옆에서 유키 형사가 끼어들었다.

"그렇소. 다치바나가 말한 부정한 여자라는 건 마키의 상대여성, 즉 아마 릴리스를 말했던 겁니다."

사람들 사이에 술렁거리는 파도가 일었지만 호시카게가 이야기를 이어나가자 곧 조용해졌다.

"이 마키 가즌도라는 인물은 작금의 문란한 남녀 관계를 비판적으로 보는, 요즘 세상에 보기 드문 성실한 청년이야. 한편 다치바나는 우연히 아마 릴리스의 전과를 알았는데, 자기 허물을 숨기고 마키와 결혼하려는 그녀의 속셈을 잠자코 보고만 있을 수가 없었다네. 아마도 그녀에게 몇 번 주의도 주었을 테고, 그녀가 그 충고를 듣지 않을 경우 다치바나가 제 입으로 마키에게 알리겠다며 위협한 적도 있었겠지. 그럼에도 불구하고 아마 릴리스는 자기 부정을 결코 마키에게 고백하려 들지 않았어."

"그야 그럴 만도 하지요. 투실투실 살찌고 밉상스러운데다 철없고 오만하고 저 잘난 줄만 알고 구제불능인 아마 릴리스 같은 여자를 아내로 받아들일 사람은 마키를 빼면 아마 없을 테니까요. 더군다나 그 청년은 가수로서 장래성도 있고, 거기다 호남이지요. 아마 릴리스에게는 과분한 남편감입니다. 그녀는 그 점을 자각하고 있었기 때문에……."

"아니, 전 그렇게 생각하지 않습니다. 추녀 중에는 자기의 추한 모습을 자각하고 애처로울 정도로 움츠러드는 사람과, 반대로 남들보다 더 잘난 줄 착각하는 사람이 있어요. 이래저래 들은 바로 상상하건대 아마 릴리스는 자기 주제를 아는 기특한 면은 없고, 몹시 뻔뻔한 타입에 속하는 여성인 듯하더군요. 그렇다면 유키 형사의 생각과는 달리, 단순히 마키를 사랑했기 때문에 그 사랑하는 남자에게 버림받지 않으려고 자기 과거를 고백하지 않았다고 생각합니다. 나아가서 또한 그렇게 고분고분하지 못한 여자는 남의 충고를 따르려고 하지 않아요. 오히려 반발을 느끼고 반대되는 행동에 나서는 경우가 많지요."

아니나 다를까 호시카게의 추측은 옳았다.

"아무리 기다려도 충고를 따를 기미가 없자 참다못한 다치바나는 어느 날 밤 급기야 직접 마키를 찾아가 아마릴리스가 헤픈 여자라는 사실을 에둘러 말합니다. 하지만 마키는 착각을 했어요. 갓 약혼한 살로메가 약혼 전의 부정한 행위를 고백했고, 그 말을 들은 친구가 고민하는 줄 알고 엉뚱한 착각을 한 그는 오히려 상대를 격려할 목적으로 불륜도 용서해야 한다는 뜻의 발언을 한 겁니다. 한편 다치바나는 다치바나대로 또 그말을 잘못 해석하고 말았어요. 즉, 마키가 아내 될 아마릴리스의 과오를 관대하게 용서하리라 믿고, 그렇다면 굳이 그녀의 비밀을 떠벌릴 필요가 없다고 생각한 겁니다. 그래서 그는 아마릴리스의 부정을 알리지 않고 돌아갔던 겁니다."

혼란을 겪던 사람들의 표정이 차츰 밝아졌다. 8월 21일 밤, 마키의 침실에서 대화를 나눈 두 사람이 시종일관 그 대상을 오해했을 줄이야. 본인들은 물론이고 경찰들도 지금 이 순간까지 깨닫지 못했다.

"그래서, 그 아마릴리스의 부정이란 구체적으로 무엇입니까? 다치바나는 어쩌다 알았지요?"

젠모치 경감의 질문에 호시카게는 직접 대답하지 않고 옆을 돌아보며 미즈하라 형사에게 발언을 부탁했다. 미즈하라 형사는 낮고 차분한 목소리로 설명을 시작했다.

"저는 호시카게 씨의 요청을 받아 아마 릴리스의 신변을 조사했습니다. 그 결과 그녀가 약 2년 전, 재미 삼아 아르바이트로 후추府中 시 미군 기지에서 근무했었다는 사실을 알아냈습니다. 더 조사를 해보니 같은 직장의 중사와 사귀면서 일요일마다 신주쿠新宿에 있는 호텔에서 데이트를 했다는 사실을 알아냈습니다. 아마도 다치바나는 이 두 사람이 호텔에서 나오는 모습을 우연히 목격한 게 아닐까 싶습니다만……."

"그 중사하고는 여태 계속 만났답니까?"

"아니요, 벌써 1년 전에 헤어졌을 겁니다. 상대 하사관이 귀국했거든요."

"알겠습니다."

뚱보 경감이 고개를 끄덕이자 호시카게는 이야기를 이어나갔다.

"그래서 아마 릴리스 말인데, 이 비밀을 마키에게 들키면 큰일이겠지요. 알겠습니까? 마키가 부정도 용서해야 한다고 말했던 것은 그것이 남의 일이라고 생각했기 때문이지, 자기 일이 되면 관대하게 굴 수 없을 테지요. 아마 릴리스는 그래서 화근을 없애기 위해 이 사실을 아는 단 두 사람인 다치바나와 살로메의 입을 막기로 했습니다."

"그럼 아마 릴리스는 다치바나와 마키의 대화가 어떻게 끝났는지 몰랐던 겁니까?"

"그렇습니다. 대화 결과는 쌍방의 오해 때문에 그녀에게 유리하게 마무리 지어졌습니다. 다시 말해 다치바나는 아마 릴리스의 헤픈 행동에 대해 침묵을 지키기로 결심한 겁니다. 그런데 정작 그녀는 그 사실을 몰랐어요. 알았더라면 당연히 살인은 중지했겠지요."

"호, 그렇다면 그걸 몰랐기 때문에 사람들이 그만큼이나 죽은 건가?"

검사가 탄성을 질렀다.

"아마 릴리스는 그 계획을 리라장에 오기 전에 이미 세웠던 거야. 그런데 우연히 21일 오후, 때마침 비가 개어 산책을 나갔을 때 우연히도 낭떠러지를 지나가다가 그 밑에서 발이 미끄러져 굴러 떨어진 숯쟁이의 시체를 발견했지. 그 순간 이 시체를 이용해 자기의 알리바이를 만들고, 그럼으로써 유리한 입장을 만들어둘 생각을 한 걸세."

뜻하지 않게 일동의 입에서 놀란 목소리가 나왔다. 살해당한 줄로만 알았던 숯쟁이가 사실은 사고로 죽은 것이었다니!

"하지만 호시카게 씨, 숯쟁이가 하얀 코트를 입고 있었기 때문에 범인이 마쓰다이라 살로메로 오해하고 떠민 것 아닙니까?"

"아닙니다."

호시카게 류조는 서장의 얼굴을 지그시 바라보며 대답했다.

"숯쟁이는 실수로 굴러 떨어진 겁니다. 여러분은 그가 코트를 훔쳐 입었다고 생각하고 계시는데, 이 역시 방금 말한 약혼녀의 부정 문제 때와 마찬가지로 커다란 착각을 하고 있는 겁니다."

"그 말씀은……?"

"그 코트는 숯쟁이가 뒤집어쓰고 있었던 게 아닙니다. 스다 아무개라는 그 남자는 살아 있었을 때 아마 릴리스의 레인코트에는 손가락 하나 대지 않았습니다. 이것은 고인의 명예를 위해서도 분명히 짚고 넘어가겠습니다."

"그, 그럼 어째서 시체 옆에 떨어져 있었습니까?"

"떨어져 있었던 게 아니라, 거기에 둔 겁니다. 시체를 발견한 아마 릴리스가 그 걸음으로 리라장에 되돌아와 가져간 레인코트를 살짝 두었을 뿐입니다. 이 부분을 조금 더 상세히 말하자면, 퍼뜩 숯쟁이의 시체를 이용할 계획을 세운 아마 릴리스는 카메라 필터를 깜빡해서 가지러 왔다는 구실을 대고 자기 방으로 되돌아와 코트를 품에 넣고 다시 현장으로 달려갔습니다. 그리고 멀리 돌아 낭떠러지 밑으로 내려가 코트와 스페이드 A 카드를 시체 옆에 버린 겁니다. 그때 숯쟁이가 쓰고 있던 우산은 치워서 어딘가에 숨겼겠지요. 이 점에 대해서는 본인에게 확인할 길이 없으니 실제로 어떻게 처분했는지 알 수는 없지만……."

"그렇다면 코트를 오전에 도둑맞았다는 말은 거짓말이었습니까?"

"그래요, 빨래를 할 요량으로 내부 현관 근처 테이블 위에 꺼내놓았다는 말도 감쪽같이 날조한 말입니다. 코트는 처음부터 자기 방에 있었어요. 만페이 영감이 그날 10시쯤 청소를 했을 때 계단 밑 작은 테이블 위에 코트가 없었다고 한 말은 도둑맞아서 없었던 게 아니라, 처음부터 그곳에 둔 적이 없었으니 만페이 영감의 눈에 들어오지 않았던 게 당연합니다. 가령 오전에 도둑맞았다면 그렇게 수다스러운 아마 릴리스가 잠자코 있었을 리가 없어요. 분명 대번에 잃어버린 이야기를 떠들어대며 소란을 피웠겠지요. 하지만 실제로는 저녁때가 되어서야 소란을 떨지 않았습니까? 그 점으로 판단해도 오전에 도둑맞았다는 말이 거짓말이라는 사실을 알 수 있습니다."

일동은 뒤늦게 아마 릴리스의 간계에 기가 막혔지만, 모든 일은 그녀의 생각대로 굴러가 아마 릴리스에게는 완벽한 알리바이가 생겼다. 아니, 알리바이뿐만 아니라 아비코 히로시라는 용의자를 만들어내는 일에도 성공했다.

"벌써들 눈치챘겠지만 식당에 두었던 카드 속에서 열세 장

의 스페이드 카드를 빼간 사람은 아마 릴리스입니다. 그 목적
에 대해서는 나중에 말하겠지만 설마 자기가 제 물건을 훔칠
리 없다는 생각이 맹점이 되어 의심을 사지 않았던 거지요. 그
게 그녀가 노린 점입니다. 이제 숯쟁이의 시체를 자기 알리바
이에 이용하기로 한 그녀는 그 첫 번째 카드 한 장을 시체 옆에
둠으로써 이것이 연쇄살인의 첫 번째 희생자라는 점을 강조했
습니다."

　범상치 않은 아마 릴리스의 뛰어난 두뇌에 대해서는 사람들
도 이미 충분히 이해할 수 있었다. 하지만 그 후에 벌어진 사건
의 진상은 여전히 알 수가 없었다. 범인이 아마 릴리스라는 사
실은 알았지만, 그래서 그녀가 어떻게 행동했는지 알기 위해서
는 역시 호시카게의 해설을 기다려야 했다.

-3-

"하시모토, 다음 희생자는 누구라고 생각하나?"

　호시카게 류조는 신경질적인 얼굴에 짓궂은 웃음을 지으며
검사를 돌아보았다.

　"그야 뻔하지. 마쓰다이라 살로메 아닌가."

　"그렇지 않아. 그녀는 두 번째로 살해당했단 말일세."

"그러니까 살로메가……."

"들어보게, 하시모토. 숯쟁이는 살해당한 게 아니야, 사고사 란 말이야. 내가 마쓰다이라 살로메는 두 번째로 살해당했다고 말하면 그녀 앞에 누군가 한 사람 더 살해당한 줄 퍼뜩 감을 잡 아야 할 것 아닌가?"

"아아, 그런가. 그렇다면……."

검사는 터럭이 모자라 허전한 머리에 손을 얹으며 회전이 둔한 제 두뇌에 얼굴을 붉혔다.

"첫 번째로 살해당한 건 다치바나라네."

"하지만……."

"22일 점심식사 전후의 일을 생각해봐. 아마 릴리스는 어딘 가로 외출하지 않았던가?"

"그래요. 맞아, 우체국에 갔습니다."

유키 형사가 대답했다.

"당신은 그게 사실인지 아닌지 조사해보았습니까?"

"아니요, 거기까지는 아직."

"우리는 이곳에 오기 전, 우체국에 들러서 조사해보았습니 다. 그 결과, 22일에 아마 릴리스가 온 적이 없다는 사실을 알 았습니다. 예상한 바였지만요."

"그럼 무엇 때문에 외출한 거지?"

검사가 물었다.

"그녀가 외출한 이유는 전보를 치기 위해서도 아니고 등기나 속달을 보내기 위해서도 아닐세. 사자바위에 숨어 있다가 낚시하러 온 다치바나를 죽이기 위해서였어. 문밖으로 나갈 때 스페이드 2를 우편함에 넣고 갔다는 말은 굳이 할 필요도 없겠지. 이윽고 그런 줄은 전혀 모르는 다치바나가 강가로 내려오자 옆으로 다가가 시치미를 떼고 낚시를 구경했네. 아마 릴리스가 자기 목숨을 노리는 줄은 꿈에도 모르는 다치바나는 그녀가 역 앞 우체국에서 돌아와 낚시질하는 것을 놀리러 온 줄로만 알 테니 경계할 리가 없지. 아마 릴리스는 그런 다치바나의 허점을 틈타 다짜고짜 등 뒤에서 그를 내리쳤겠지. 기절한 그의 숨골에 나이프를 찔러 넣어 숨통을 끊어놓고 스페이드 3를 남기고 리라장으로 돌아온 거야. 마치 우체국에서 돌아오는 길인 양 가장하고 말일세."

겐모치 경감은 그때 그녀가 점심식사에 거의 손을 대지 않았다는 사실을 떠올렸다. 아무리 아마 릴리스가 냉혹한 살인귀라 해도 사람을 죽인 직후였으니 식욕이 없는 것 또한 당연한 일이다.

"알겠는가? 다치바나와 살로메의 살해 순서를 뒤바꿔 보여준 점, 그것이 범인의 트릭이라네."

호시카게는 한 마디 한 마디 또박또박 말했다.

"때문에 그녀는 이 두 개의 살인 순서를 뒤바꾼다는 그 목적을 달성하기 위해 갖은 노력을 다했네. 그 첫 번째가 스페이드 카드를 이용하는 일이었지. 처음에 그녀가 생각했던 계획은 먼저 다치바나를 죽이고서 스페이드 2 카드를 두고, 이어서 살로메를 죽이고 스페이드 A를 던진다. 이러면 살로메가 먼저 살해당한 듯한 인상을 줄 테지. 실제로는 A를 숯쟁이 시체에 사용해버렸지만, 다치바나와 살로메의 살인에 카드 두 장의 순서를 바꾸어 사용한 점은 역시 처음 계획 그대로였지."

사람들은 그제야 알겠다는 듯 말없이 고개를 끄덕이고는 잠자코 뒷이야기를 기다렸다.

"여기서 하시모토 자네에게 묻고 싶네만, 다치바나의 살림통 속에 있던 은어는 몇 마리였지?"

"글쎄, 몇 마리였더라?"

검사는 고개를 갸웃거렸다.

"열여섯 마리였습니다. 제가 은어 소금구이를 좋아하는 터라 똑똑히 기억하고 있습니다."

유키 형사가 지원에 나섰다.

"상한 물고기는?"

"열세 마리였습니다. 못 먹어서 맺힌 원한은 잊을 수가 없지요."

"열세 마리의 은어가 어째서 빨리 상했는지, 그 점에 의문을 품지는 않았습니까?"

호시카게가 따지자 유키 형사는 불안한 표정을 짓더니 눈알을 바삐 굴렸다.

"그 부분이 중요한 점입니다만, 저는 그 이야기를 들었을 때 상한 열세 마리의 은어는 다치바나가 잡은 게 아니라 그보다 훨씬 먼저 다른 사람의 손에 잡힌 물고기가 아니었을까 하는 생각을 했습니다. 조금 더 확실하게 말하자면 생선 가게에서 얼음에 담가 파는 은어가 아닐까 싶었지요. 아시다시피 얼음으로 얼린 생선은 밖에 내놓으면 빨리 상하기 마련이니까요."

"그렇다면 그 은어는 아마 릴리스가 생선 가게에서 사온 것이고, 그걸 그녀가 살림통 속에 넣어두었다는 뜻입니까?"

"그래요. 전날 아마 릴리스가 가게모리 역 앞에 있는 생선 가게에서 사다가 몰래 냉장고에 넣어둔 겁니다. 그걸 가지고 사자바위로 간 거지요."

설명을 듣고 보니 수사의 실수가 도처에 있어, 사람들은 면목 없는 얼굴로 귀를 기울였다.

"아마 릴리스가 미리 생선 가게에서 구입한 열세 마리의 은어, 거기에 다치바나가 낚은 세 마리의 은어, 그래서 살림통 속에 합계 열여섯 마리의 전리품이 들어 있었던 겁니다. 그때 살림통을 들여다본 만페이 영감이 뭐라고 했지요?"

"그게, 잠깐만요……. 그래요, 분명히 '그 양반 실력으루다가 열여섯 마리나 잡을라 했으믄 꼬박 세 시간은 걸렸을 거여.'

라고 했던 것 같습니다."

"그래요, 아마 릴리스가 노린 점이 바로 그겁니다. 실제로 다치바나는 세 마리를 잡았을 때 살해당했어요. 결코 열여섯 마리를 다 잡았을 때 당한 게 아닙니다. 그가 낚은 세 마리라는 전리품 수로 정확한 소요 시간을 헤아리기란 물론 불가능하지만, 낚시를 시작한 지 얼마 되지 않아 살해당했으리라는 점, 즉 살로메보다 먼저 당했다는 점은 열세 마리의 은어가 상했다는 사실로 분명하게 알 수 있습니다. 아마 릴리스라는 여성은 살림통 속에 열세 마리의 은어를 넣어 범행 시각을 다섯 배나 늦추는 데 성공했습니다. 그 결과 사람들은 다치바나가 살로메보다 더 오래 살아 있었다고 착각하게 되지요. 실로 교묘한 수법 아닙니까?"

"정말 대단하군요."

"덧붙이자면, 다치바나의 시체를 그대로 볕이 드는 강가에 방치하면 사후 변화가 빠르게 진행될 테니 정확한 살해 시각을 비교적 손쉽게 추정할 수 있습니다. 아무리 은어 수로 속인들 헛일이지요. 그것을 방지하려고 일부러 시체를 물속에 처박아 놓았습니다. 어쨌든 강물이 차가우니 그렇게 하면 냉장고 속에 넣어두는 것과 똑같은 효과가 있는 셈이지요."

일동은 말 한마디 없이 아마 릴리스의 천재적인 악의 재능에 감탄했다. 창유리를 때리는 빗소리는 조금도 그 기세가 잦아들 기미가 없어 호시카게의 목소리를 이따금 집어삼켰다. 사람들은 한마디도 놓치지 않으려고 몸을 더욱 앞으로 내밀었다.

"아마 릴리스의 트릭, 즉 다치바나의 죽음과 살로메가 죽은 순서가 반대로 보이게 꾸밀 목적 하에 사용된 트릭은 스페이드 카드와 은어뿐만이 아닙니다. 이들 두 가지 수단은 간접적이고 미적지근한 방법이었지만, 그것만으로는 인상이 약하니 조금 더 강렬한 방법을 취할 필요가 있었어요. 아마 릴리스는 그렇게 생각했겠지요. 다치바나의 숨골을 찌른 이유도 여기에 있는데……."

호시카게 류조는 거기서 말을 끊더니 다시 버진 브라이어를 꺼내 느긋하게 그랜저를 채우고 천천히 불을 붙여 감칠맛 나게 한 모금 빨았다. 살해당한 니조도 아니꼬운 남자였지만 이 아마추어 탐정의 동작에도 비슷한 면이 있다. 유키 형사는 그렇게 생각했다.

지금 호시카게가 꺼낸 의문은 앞서 유키 형사와 겐모치 경감 사이에서도 이야기가 오간 적이 있다. 범인은 다치바나의 허점을 틈타 돌로 뒤통수를 가격해 기절시켰다. 이 경우 상대의 숨통을 끊을 작정이었다면 그 돌덩어리로 한 번 더 내리치면 간단했을 터였다. 그런데 범인은 그러지 않고 작디작은 기관인 숨골을 찾아, 거기에 나이프를 찔러 넣었다. 어째서일까?

그러나 겐모치 경감도 유키 형사도 이 의문점은 끝내 풀지 못했다. 호시카게는 그 문제에 어떤 해답을 준비해두었을까? 두 사람은 그 자리에 모인 어느 누구보다도 그 점에 흥미를 느꼈다.

"여기서 여러분께 잠시 질문을 하고 싶은데, 그때 살인 흉기로 쓰였던 나이프의 모양을 기억하십니까?"

"펜나이프였습니다. 붉은 플라스틱 자루가 달린 것으로, 하얀 글자로 M이라고 새겨져 있었어요. M은 말할 것도 없이 소유자의 머리글자입니다. 즉, 마쓰다이라 살로메의 이니셜이지요."

호시카게는 서장의 발언이 끝나기를 기다려 말을 이었다.

"거기서 또 하나 묻겠는데, 그 학생들 중에서 같은 펜나이프를 가진 사람은 누구누구였고, 그 모양은 어땠습니까?"

"그건 제가 압니다. 하나는 아마 릴리스의 소지품으로, 크림색과 보라색 마블 무늬였습니다. 이니셜은 말할 필요도 없이 A지요. 또 하나는 다치바나 아키오가 가진 물건인데, 그의 나이프는 검은색에 T라는 이니셜이 새겨져 있습니다. 그리고 마키 가즌도도 녹색 나이프를 가지고 있었는데 잃어버렸다고 했습니다."

유키 형사가 뛰어난 기억력을 자랑했다. 호시카게는 잠자코 고개를 끄덕이더니 다시 이야기를 이어나갔다.

"그럼 아마 릴리스가 사용한 또 하나의 트릭에 대해 설명하겠습니다. 이 트릭은 마쓰다이라 살로메와 마키 가즌도의 나이프가 모양도 같을 뿐더러 둘 다 M이라는 이니셜이 새겨져 있다는 점, 바꾸어 말하면 칼자루의 색만 빼면 이 두 개의 나이프가 똑같다는 점을 이용한 겁니다. 이 점에 주목한 아마 릴리스는 아마 사건 당일 그랬겠지만, 기회를 틈타 미리 두 사람의 주머니에서 각각의 나이프를 몰래 훔쳐냈습니다. 뭐라 해도 그들은 몹시 친밀한 사이였으니 서로 빈번히 방에 들락날락했겠지요. 따라서 나이프를 슬쩍하는 것도 그리 어려운 일이 아닙니다. 이제 리라장에서 밤을 새고 마침내 계획을 실행에 옮길 단계가 되자 아마 릴리스는 살로메에게서 훔친 붉은 펜나이프를 품속에 숨기고 낚시터로 향합니다. 점심식사를 마치고 찾아올 다치바나를 기다리고 있었다는 말은 아까 설명한 바와 같습니다만⋯⋯."

"알겠다, 범인의 목적은 알리바이 날조였군!"

검사는 커다란 발견이라도 한 것처럼 말했다.

"그렇다네."

호시카게는 퉁명스럽게 고개를 끄덕이며 파이프를 물었다. 하지만 불이 꺼졌다는 사실을 깨닫고는 대통의 재를 떨어내고 새로 잎을 채워 넣었다. 일동은 묵묵히 뒷이야기를 기다렸다.

"살인을 저지르고 숙소로 돌아온 범인은 점심식사를 마치고 태연한 얼굴로 체스 시합에 가담했습니다. 시합이 한창일 때 비소가 든 코코아를 살로메에게 먹여 독살을 꾀한 것은 다들 아시겠지만, 괴로워하는 살로메를 돌보는 척하면서 마키에게서 훔친 또 하나의 펜나이프를 바닥 위에 툭 떨어뜨렸습니다. 알겠습니까? 이 나이프는 아마 릴리스가 고의로 떨어뜨린 물건입니다. 그런데 그 자리에 있던 사람, 그래봤자 유키타케 하나뿐이지만, 그 유키타케가 살로메의 옷 주머니에서 굴러 떨어졌다고 착각한 건 어찌 보면 당연한 일이에요. 이유인즉슨 앞서도 말했듯이 그 나이프에도 M이라는 이니셜이 박혀 있었기 때문입니다."

"그렇지만 그건 좀 억지 아닙니까? 물론 두 나이프는 모양도 크기도 똑같고 새겨 넣은 이니셜도 똑같지만 색이 다릅니다. 다치바나의 숨골에 꽂혀 있던 것은 붉은 나이프이고, 살로메 양의 주머니에서 굴러 떨어진 것은 녹색 나이프입니다. 게다가 유키타케라는 남자는 서양화과 학생이었던 시절에 색채 감각이 굉장히 뛰어나 교수에게 사랑받았다고 하니, 붉은색과 녹색을 착각할 것 같지는 않은데요."

젠모치 경감의 의문은 동시에 모든 관계자들의 의문이기도 했다. 이 점만은 아무리 생각해도 호시카게의 추리가 어긋난 것 같았다.

하지만 호시카게는 표정 하나 바꾸지 않고 이야기를 풀어나갔다.

"문제는 바로 그 점입니다. 미즈하라 형사, 그 물건을 보여 드리게."

그 말에 미즈하라 형사는 옆의 가방을 끌어당겨 그 속에서 종이에 싸인 사각형 판을 꺼냈다. 호기심으로 빛나는 일동의 시선이 그의 손을 주시했다.

미즈하라 형사가 종이를 펼치자 한 장의 유화가 드러났다. 다마가와 언덕 부근을 그린 풍경화였는데 아마도 신록의 계절 인지 하늘과 산, 숲이 선명한 초록빛, 물빛, 푸른빛 물감으로 어우러진 그림이었다.

"이 그림을 어떻게 생각하십니까?"

"글쎄요……."

사람들은 대답하기를 망설였다. 범죄자 관상보기는 잘 하지 만 회화 감상에는 그다지 소질이 없었다.

"시원스런 풍경 아닙니까? 초여름이군요."

호시카게는 대답은 않고 씨익 웃으며 그렇게 말한 사람을 바라보았다.

"이 그림이 '아디오스 팜파 미아'입니다."

"예?"

"'블루 선셋'이다 이겁니다."

"블루 선셋이라고요?"

사람들은 유키타케가 살로메에게 놀림을 받고 격노한 '블루

선셋'이라는 단어가 예상치 못한 때에 호시카게의 입에서 튀어
나오는 바람에 어안이 벙벙한 표정으로 아마추어 탐정과 유화
를 번갈아 바라보았다.

"유키타케는 저녁 경치를 염두에 두고 이 그림을 그렸습니
다."

"이게 말입니까?"

"그렇습니다, 저녁노을을 묘사한 그림입니다."

"이게 저녁노을? 이상하지 않습니까? 어디도 붉게 물들지
않았는데요."

"그래요, 그래서 푸른 노을입니다. 유키타케는 캔버스에 붉
은 하늘을 그릴 작정으로 코발트블루 물감을 칠했던 겁니다."

그런 설명을 들어도 사람들은 이해가 가지 않는 표정이었다.

"예술가들 짓거리는 도대체 우리가 이해할 수 없군요."

"그게 아니라 유키타케가 실수로 한 짓입니다. 본인은 적색
계통의 물감을 쓸 작정이었지만요."

"하지만 호시카게 씨, 몇 번이나 하는 말이지만 유키타케는
색채에 대해서는 대단히 예민한 감각의 소유자였습니다."

겐모치 경감이 반론했다.

"예전에는 그랬지요. 하지만 이 그림을 그렸을 때는 그렇지
않았어요. 붉은색과 푸른색조차 식별 못하는 색맹이 된 겁니다."

경감은 여전히 이해 못하는 표정으로 고개를 갸웃거렸다.

"말꼬리를 잡는 것 같아 죄송한데, 색맹은 선천적인 증세라고 들었습니다만."

"꼭 그런 것만도 아닙니다. 메틸알코올에 시신경을 다쳤을 경우 극히 드물지만 색맹이 되는 경우가 있습니다. 실명하기 일보직전까지 간 사람들 중에 말입니다."

"허……."

사람들은 뜻밖이라는 듯이 탄성을 질렀다. 그래서 유키타케는 음악학부로 옮겼던 것인가. 그렇다고는 해도 그가 색맹이라는 사실을 이 아마추어 탐정이 어떻게 알아냈는지, 그 점이 신기했다.

"옛날에는 대단한 주당이었던 유키타케가 서양화과에서 음악과로 옮긴 즈음부터 술을 뚝 끊었다는 이야기는 여러분도 아시겠지만……."

"그래. 여기 도착한 날 밤에 약혼 발표를 축하하는 의미에서 술잔을 비우네 마네 하는 얘기로 크게 다투었다고 했지."

"그래. 그는 자신의 예술적 재능을 송두리째 앗아간 술에 극단적인 증오를 품고 있었을 터. 그 심정은 우리도 이해할 수 있지 않나?"

유키타케의 억울한 심경을 생각하고 모두가 고개를 주억거렸다. 역시 설명을 듣기 전까지는 아무도 그날 밤 그의 가슴속에 그런 감정의 변화가 있었다는 사실을 몰랐다.

"그가 이 푸른 노을을 그렸을 때는 아직 자신의 색채신경이 망가졌다는 사실을 몰랐다네. 그런데 우연히 이게 아마 릴리스와 살로메의 눈에 들어갔어. 붉게 칠한 줄 알았던 노을 진 하늘이 초록빛이라는 말을 들었을 때, 유키타케는 땅이 무너지는 충격을 맛보았겠지."

호시카게는 한층 어두운 표정으로 말하고는 검사 쪽을 돌아보았다.

"보게, 하시모토. 그는 화가로서의 미래가 촉망되던 남자였던 만큼 자기가 색맹이 되었다는 사실을 누구에게도 들키고 싶지 않았겠지. 서양화과에서 음악과로 옮긴 이유를 물어도 심경의 변화라고만 대꾸할 뿐, 자세히 설명하기를 꺼렸던 까닭도 과거의 긍지를 지키고 싶었기 때문이라네."

"그렇다면 마쓰다이라 살로메가 '아디오스 팜파 미아'의 영어 제목이 '블루 선셋'이라고 말한 것은 일종의 심술이었단 말인가?"

"그래, 막말을 한 거지. '블루 선셋'이라는 탱고는 없거든. 심술인 것과 동시에 야유이기도 했던 셈이지. 살로메라는 여성은 유키타케의 그런 심리를 꿰뚫어보았던 걸세. 그 상처를 건드리면 유키타케의 마음이 얼마나 심히 아플지 뻔히 알고 있었지. 상대의 치명적인 결함을 꿰뚫어보고 이를 재미 삼아 놀렸으니, 생각해보면 얼마나 잔혹한 여성인가?"

호시카케가 말하자 미즈하라 형사가 그 뒤를 이어받아 덧붙였다.

"저는 유키타케가 메틸알코올로 변을 당했을 때 치료했던 내과의와 안과의를 찾아내, 지금 말씀에 나온 사실을 확인했습니다. 이 그림은 유키타케의 유족께 연락을 취해 급히 그의 유품 속에서 찾아내 보내달라고 한 겁니다."

그사이 그랜저를 뻐끔거리고 있던 호시카케는 이야기가 끝나자 파이프를 한 손에 쥐고 입을 열었다.

"자, 이것으로 유키타케가 붉은색과 녹색을 식별하지 못한다는 사실이 입증되었습니다. 그러니 이야기를 되돌려 아마 릴리스가 살로메를 돌볼 때 떨어진 녹색 펜나이프를 본 유키타케는 그 모양을 언뜻 보기만 해서는 그것이 대체 마쓰다이라 살로메의 소지품인지 마키 가즌도의 물건인지 구분할 수 없었던 겁니다. 하지만 그 경우, 전후사정으로 살로메의 물건이라고 믿는 것이 지극히 자연스럽고 당연했겠지요. 그때 그 자리에 있었던 사람이 유키타케 한 사람이었다는 사실을 기억하십시오. 다른 사람들, 확실히 말해 색각에 이상이 없는 사람들을 몰아내고 유키타케만 남긴 점만 봐도 아마 릴리스가 얼마나 꼼꼼히 신경을 썼는지 잘 알 수 있습니다."

사람들은 잠자코 고개를 끄덕였다. 하지만 그들의 감탄은, 절반은 아마 릴리스의 꼼꼼한 살인 계획에 대한 것이고 나머지 절반은 그것을 완벽하게 간파한 호시카게 류조의 추리 재능에 대한 것이었다.

"이로써 흉기로 펜나이프를 사용한 의미를 아셨을 텐데, 아시다시피 그 펜나이프는 장난감처럼 깜찍했어요. 그래서 이것으로 심장을 찔러서는 치명상도 못 됩니다. 결국 숨골에 찔러넣을 수밖에 없다는 뜻이 되지요."

"그랬던 겁니까."

젠모치 경감은 의문이 풀려 기쁜 듯이 고개를 크게 주억거렸다.

"유키 형사, 살로메가 독에 당했을 때를 기억해주시겠습니까? 사람들이 약혼자인 다치바나 아키오를 찾으러 가려 했을 때 아마 릴리스는 뭐라고 했지요?"

"그래요……."

형사는 턱을 문지르며 눈을 감았다.

"아마 릴리스는 그가 사자바위에서 시체가 된 줄 알고 있었으니 일부러 반대 방향을 알려주었던 거군요."

"맞습니다. 그때 반대 방향을 가르쳐준 이유는 다치바나의 시체가 발견되면 곤란했기 때문입니다. 살로메가 살해당한 후에 다치바나가 당한 것처럼 꾸밀 필요가 있었으니 반드시 살로메의 숨이 끊긴 후에 다치바나의 시체를 발견하도록 해야 했어요. 저는 아마 릴리스가 무대 위 훌륭한 여배우처럼 어려운 연기를 해냈다는 점에 감탄하지 않을 수 없습니다."

호시카게가 그렇게 말하고 숨을 돌리자 겐모치 경감이 새로운 의문을 꺼냈다.

"그렇지만 호시카게 씨, 범인은 어떻게 마쓰다이라 살로메에게 독이 든 코코아를 먹였을까요? 그 잔을 살로메에게 건넨 사람은 아비코였고, 그 때문에 그는 몹시 불리한 입장에 내몰렸는데, 이 점을 도저히 모르겠습니다."

호시카게는 당장은 대답하지 않고 한참 그랜저를 뻐끔거렸는데, 갸름한 그 얼굴에 차츰 미소가 퍼졌다.

"완전히 아마 릴리스의 트릭에 빠지셨군요. 이 역시 실로 간단한 문제입니다. 제가 어떻게 그 점을 간파했는가 하면, 전날 학생들과 이런저런 이야기를 나누다가 마키가 피부가 검은 여성을 싫어한다는 사실을 알았기 때문입니다. 더욱이 그 약혼녀인 아마 릴리스의 피부가 투명하리만치 하얐다는 이야기도 들었지요. 또한 그녀의 부모 둘 다 피부가 검다는 점도 알았습니다. 이 사실들로 생각해볼 때 아마 릴리스는 아버지를 닮든 어머니를 닮든 검은 피부로 태어났으리라는 상상이 가능하고, 마키에게 미움을 사지 않으려고 피부를 하얗게 만들기 위해 노력했다는 점도 상상할 수 있어요. 그렇게 투명한 피부를 만드는 표백제는 단 하나뿐입니다."

"비소다!"

검사가 외쳤다.

"그래. 효과가 뚜렷한 표백제라고 하면 비소 수용액인 파울러 용액이 바로 떠오릅니다. 비소 수용액이 뭔지 여러분에게 주절주절 떠드는 것은 부처 앞에서 염불하는 꼴이지만, 이것을 마시면 확실히 독특하게 피부색이 투명해지는 한편, 비소에 대해 대단히 강한 저항력을 갖게 됩니다. 아마도 그녀는 액체인 파울러 용액을 들고 다니는 불편을 피하기 위해 분명 그 재료인 분말 아비산을 가져왔을 겁니다."

검사도 유키 형사도 이 약제에 대해서는 알고 있었다. 파울러 용액이라는 것은 아비산 1퍼센트 수용액이다. 보통 아비산의 허용량은 0.01 내지 0.02그램이고, 0.05그램을 마시면 중독 증상을 일으킨다. 하지만 파울러 수용액을 복용해 서서히 그 양을 늘려간 사람은 10그램 이상, 즉 허용량의 천 배가 넘는, 놀랄 만큼 엄청난 양도 태연히 이겨낼 수 있게 된다. 비소는 그런 특별한 성질을 가지고 있다.

"과연, 알겠습니다. 그녀는 미리 주방 설탕 단지 속에 분말 비소를 섞어놓았던 거군요?"

"그래요. 커피나 홍차는 식탁에 나른 뒤에 각설탕이나 테이블슈거를 넣지만 코코아만은 조리실에서 설탕을 넣어 섞으니 비소가 든 설탕이 아비코나 유키타케, 나아가 소중한 약혼자인 마키의 음료에 들어갈 우려는 없습니다. 다시 말해 아마 릴리스와 살로메의 잔 두 개에만 비소가 든 설탕이 사용되는 거지요. 즉, 아마 릴리스는 독이 든 코코아를 마셨지만 독에 저항력이 있는 범인은 독 없는 코코아를 마셨을 경우와 마찬가지로 독에 조금도 영향을 받을 일이 없는 셈입니다. 이것이 그 사건의 진상입니다."

뚱뚱한 젠모치 경감은 윗몸을 일으키고 가만히 한숨을 내쉬었다.

그렇지만 의문이 풀려 속이 후련한 사람은 비단 그 혼자만이 아니었다.

사건 발생 후 경찰은 즉시 설탕 단지를 압수해 내용물인 백설탕을 분석했지만 아무 독극물도 발견되지 않았다. 하지만 그때는 이미 독이 든 설탕을 독 없는 것으로 뒤바꿔놓은 후가 분명했다. 아마 릴리스에게는 그럴 시간적 여유가 충분히 있었을 터였다.

젠모치 경감은 아마 릴리스가 살로메의 컵만 소중히 보관해두고 자기 컵은 재빨리 만페이 영감에게 설거지를 시켰던 기억을 떠올리고 빈틈없는 범인의 수법에 무심코 쓴웃음을 지었다. 동시에 그 웃음은 한심한 자신에 대한 자조이기도 했다.

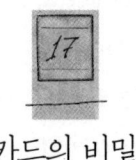

카드의 비밀

-1-

사람들은 유키 형사가 끓여준 뜨거운 커피를 마셨다. 다들 전혀 졸리지 않았지만 어두운 응접실에서 긴장되는 몇 시간을 보낸 탓인지 다소 피로를 느꼈다. 평소에는 커피를 싫어하는 하시모토 검사에게도 그 순간의 한 잔은 몹시 꿀맛 같았다. 비는 그칠 줄 몰랐지만 천둥번개만은 거의 그쳐서 이따금 저 멀리서 번쩍이는 정도였다.

"질문이 있네만."

대머리 검사가 입을 열었다.

"뭔가?"

"아마 릴리스가 스페이드 카드를 이용한 이유는 알겠는데,

어째서 열세 장이나 필요했을까? 원래 두 장이면 족했을 텐데."

"그건 예측할 수 없는 사태가 발생할 경우를 계산에 넣었기 때문이겠지. 모든 일이 계획대로 굴러가란 법은 없으니까."

"하지만 열세 장은 너무 많지 않습니까?"

이번에는 서장이 그렇게 물었다.

"따지면 많기야 하지요. 당사자가 죽어버린 지금은 물어볼 길이 없지만, 신비한 분위기를 낼 작정이었다고 생각해볼 수 있지 않을까요? 얼마나 많은 사람들이 당할지 모른다는 공포감과 끝없이 불길한 분위기를 자아내기 위해서 말입니다. 필요한 장수만 빼갔다면 이런 효과는 나지 않았겠지요."

서장이 잠자코 고개를 끄덕였다.

"게다가 살인이 두 건이니 두 장만 가져간다면 범죄의 골격이 탄로날 우려도 있어요. 때문에 그녀 입장에서는 또 하나의 미수 사건을 일으켜 거기에 세 번째 카드를 남길 예정이었을지도 모르겠습니다. 그러면 범행 동기도 안개 속에 묻히니까요. 요모조모 따져서 열세 장이라고 하는, 그럴싸해 보이는 숫자의 카드를 가져간 건지도 모릅니다. 하지만 결과로 보면 결코 많았다고는 할 수 없지 않을까요?"

쉽게 울컥하는 성미인지, 호시카게의 미간에 뚜렷한 주름이 잡혔다. 그것을 깨달은 검사가 가만히 서장의 소매를 잡아당긴 덕에 간신히 역정은 면했다.

"이제 다음 희생자, 즉 세 번째로 살해당한 하나 씨 사건 말인데 이 경우 문제는 동기가 무엇인가 하는 점과 쪽지에 적힌 알 수 없는 숫자의 정체는 무엇인가 하는 점이 됩니다. 다만 동기는 당사자인 하나 씨가 살해당하기 직전에 만페이 영감에게 말한 내용으로 대강 헤아려볼 수 있습니다. 그러니 우리는 먼저 그 여섯 자리 숫자가 무엇인지 고민해야 하는 셈이지요."

"전화번호 이닙니까?"

그렇게 말한 사람은 일부러 도쿄까지 나가서 조사하고 온 유키 형사였다.

"아닙니다."

호시카게는 가차 없이 부정했다.

"전화번호라고 말한 것은 그 숫자가 여섯 자리로 이루어진 탓에 아마 릴리스가 즉석에서 지어낸 거짓말이지, 전화번호와는 아무 상관도 없습니다."

유키 형사는 정수리를 얻어맞은 사람처럼 한참이나 멍한 표정을 지었다. 어린 아가씨의 말에 휘둘려 일부러 쩜통 같은 도쿄까지 나갔던 일이 억울하고 우스꽝스럽기도 했다. 또한 다급한 상황에 그만한 거짓말을 지어낸 아마 릴리스의 빈틈없는 머리에도 놀랐다.

"하시모토, 범인은 이 여섯 자리 숫자를 바탕으로 그 자리에서 전화번호를 떠올렸네. 자네는 반대로 도쿄의 전화번호인 여섯 자리 숫자를 보면 대체 무엇을 연상하겠는가?"

"글쎄……."

대답이 쉽게 나올 것 같지 않았다. 그러자 미즈하라 형사는 가방 속에서 신문지 한 장을 꺼내 탁자 위에 펼쳤다. 그것은 21일자 석간이었는데 사회면 오른쪽 구석에 붉은 잉크로 동그라미 친 부분이 눈에 들어왔다. 자치연합의 복권 당첨번호였다.

영문을 모르던 사람들은 그 한 점에 시선이 못 박히는 것과 동시에 깊은 경탄의 표정을 지었다. 놀랍게도 맨 윗줄에 적힌 특등 400만 엔에 당첨된 행운의 번호가 수사관들의 골머리를 썩였던 259789였던 것이다.

"그런가, 복권번호였나? 분명 이건 여섯 자리가 맞아."

"그걸 그 계집이 잘도 전화번호라고 둘러댔군."

"아니, 속은 쪽이 멍청한 거지."

"그러고 보니 하나 씨의 지갑 속에 복권이 한 장 들어 있었지?"

수사관들은 이제야 겨우 깨달았다는 사실이 부끄러웠는지 약속이나 한 것처럼 고개를 숙였다.

"이 복권은 21일 오전 11시부터 요코하마橫浜 공회당에서 추첨했는데 NHK가 그 실황을 방송했고, 정오 지역 뉴스에서도 방송을 했네. 아마도 하나 씨는 우연히 그 발표를 식당 라디오나 뭐로 듣고 자기가 산 복권이 400만 엔에 당첨되었는지 궁금해 일단 특등 당첨번호만 메모해야겠다고 생각했겠지. 거기서 가까이 있던 아마 릴리스에게 만년필을 빌렸는데, 이 사소한 행위가 후에 하나 씨의 목숨을 앗아갔으니 불운이라고 말할 수밖에 없어. 그런데 유키 형사."

호시카게는 형사를 돌아보았다.

"숯쟁이의 시체 옆에 떨어져 있던 그 레인코트 말입니다만, 그 주머니에는 무엇이 들어 있었습니까?"

호시카게가 거듭 수사관의 기억력을 시험하는 질문을 하니 방심할 수가 없다.

"그러니까, 야마노테 선 회수권하고 100엔짜리 지폐, 그리고 만년필……."

중얼거리던 그는 흠칫 놀란 표정을 지었다. 빈틈이 없어 보이는 그 얼굴이 흥분 때문에 순식간에 벌겋게 물들었다.

"그래, 알겠어요! 11시부터 복권을 추첨했으니 하나 씨가 아마 릴리스의 만년필을 빌려 당첨번호를 적었을 때는 정오였겠지요. 그런데 그 만년필은 세 시간이나 앞선 오전 9시경에 레인코트와 함께 도둑맞은 상황이었습니다. 하나 씨는 이 모순을……."

"그래요, 유키 형사 말이 맞습니다. 아마 릴리스는 정오가 지날 때까지 확실히 만년필을 가지고 있었어요. 이것은 부정할 수 없는 사실입니다. 바꾸어 말하면 레인코트는 정오가 지날 때까지 무사했다는 뜻이 됩니다. 그런데 그녀는 9시에 도둑 맞았다고 주장했어요. 하나 씨가 이 모순에서 어떤 결론을 이 끌어냈는지 알 길은 없지만 모순을 가슴속에 담아둘 수 없어서 납득 가는 설명을 들으려 했던 겁니다."

"그랬던 겁니까? 그때 하나 씨가 저희에게 뭔가 할 말이 있 다고 했습니다. 그런데 저희는 바빠서 귀를 기울일 여유가 없어 상대하지 않았지요. 나중에 찬찬히 들어주겠다고 내쫓았어요."

유키 형사가 미안한 기색으로 자그맣게 말했다.

"아마 릴리스 입장에서는 사람들이 이 모순을 알면 파멸입 니다. 숯쟁이가 11시경에 죽었는데, 정작 레인코트는 리라장 안 본인의 방에 있었어요. 이것이 예리한 유키 형사의 귀에 들 어가기라도 하면, 레인코트를 가지고 가서 시체 옆에 둔 것이 자신의 소행이라는 사실을 대번에 꿰뚫어볼 겁니다."

짓궂은 소리를 들은 유키 형사는 못난 얼굴을 붉혔다.

"뭐, 그뿐이라면 반쯤 재미로 했다거나 지루함을 달래려고 친구들을 놀라게 했다거나 그런 거라고 적당히 둘러댈 수 있었 겠지요. 사람을 놀라게 하다니 몹쓸 짓이라고 유키 형사에게 야단을 맞겠지만 학생이니 관대하게 봐줄 겁니다. 그런데 그런 변명은 통하지 않았어요."

"무슨 뜻입니까?"

"하나 씨가 아마 릴리스를 불러내 캐물었을 때, 그녀는 벌써 다치바나를 살해하고 살로메를 독살한 뒤였습니다. 이미 심심해서 그랬다는 변명이 통할 단계가 아니었던 거죠."

"과연."

"또 하나, 레인코트를 시체 옆에 둔 사람이 아마 릴리스였다면 스페이드 A 역시 그녀가 두었다는 사실도 알게 됩니다. 그뿐만 아니라 어째서 그런 짓을 했는지 이유를 물을 경우 아마 릴리스는 설명할 길이 없어요."

"그렇겠지요."

"또한 다치바나와 살로메를 살해했을 때 카드를 남긴 사람이 아마 릴리스였다는 사실도 들키고 맙니다. 카드를 남겨 알리바이를 만들려는 속셈이 거꾸로 작용해 살인 현장에 서명을 남기고 온 것이나 다름없는 꼴이 되지요. 설마 하나 씨가 거기까지 꿰뚫어봤다고 상상할 수는 없지만 범인 입장에서는 그 모순을 들이댔을 때 변명할 길이 없었어요. 가령 여러분이 아마 릴리스의 입장이었다고 가정해보십시오. 아무리 머리를 짜내도 절대 도망칠 길이 없다는 점을 알겠지요? 저는 하나 씨가 설명을 요구했을 때 아마 릴리스가 받은 충격은 실로 대단했을 거라 생각합니다. 범인은 그때 비로소 빼도 박도 못하는 실수를 저질렀다는 걸 알았고, 이것이 하나 씨를 살해한 동기입니다."

사람들 사이에서 맥없는 한숨이 새어나왔다.

"자, 다음은 유키타케인데 그의 생명은 처음부터 대단히 위태로운 처지였습니다. 여기서 다시 한 번, 23일 밤 하나 씨와 다치바나, 살로메의 경야로 지친 학생들이 이 식당에 모여 한동안 숨을 돌렸던 일을 기억해보십시오."

당시 그 자리에 있었던 겐모치 경감과 유키 형사가 얼굴을 마주 보았다.

"그때 유키타케가 잔에 담긴 페퍼민트 칵테일을 마시려 했던 정경을 떠올려보세요. 평소 술을 싫어하는 유키타케도 기분 전환 삼아서인지 잔을 들었습니다. 그리고 한 모금 마시고 나서 이건 페퍼민트 아니냐고 투덜거렸지요?"

"예, 자기는 원래 페퍼민트를 싫어한다고 짜증스러운 기색으로 말했습니다."

"맞아, 나도 기억해. 아마 릴리스가 누가 술을 훔쳐 마시는 바람에 페퍼민트밖에 남지 않았다는 말을 했고, 그런 다음 그녀하고 아비코 사이에 말싸움이 터졌습니다."

경감도 덧붙였다.

"문제는 그 부분입니다. 유키타케는 한 모금 마신 뒤에 그 리큐르가 박하 맛이 나는 페퍼민트인 줄 알았어요. 하지만 그 술은 짙은 녹색을 띠고 있으니 굳이 마시지 않고 색만 봐도 페퍼민트인 줄 알 수 있습니다. 그런데도 맛을 볼 때까지 그런 줄 몰랐다는 뜻은 당사자의 색각이 엉망이라는 사실을 나타냅니다. 유키타케가 색맹이라는 사실이 밝혀지면 붉은색과 녹색 나이프를 이용한 아마 릴리스의 범죄가 극도로 위험에 처하고 만다는 점에 주목해주시기 바랍니다. 아마도 범인은 유키타케의 이 무심한 실수를 보고 간이 철렁했겠지요. 다행히 아무도 알아차린 기색이 없어 마음은 놓았지만 이대로 살려두었다가는 훗날 언제 또 실수를 할지 모릅니다. 그래서 그녀는 유키타케가 다시 이런 실수를 되풀이하기 전에 처형해야 했어요. 그래서 그날 밤 화장실에 간 유키타케를 뒤따라가 때려죽인 겁니다."

또다시 하나의 수수께끼가 풀렸다. 매번 그렇지만 겐모치 경감도 유키 형사도 그것을 제 눈으로 보았으면서도 호시카게가 지적하기 전까지 꿰뚫어보지 못했다. 두 사람 다 식은땀이 나는 심정이었다.

"여기서 잠깐 언급하겠는데 살로메 살해의 경우 코코아에 독을 넣을 수밖에 없었습니다. 남자들은 커피를 마시니 커피에 파울러 용액을 넣으면 범인에게 소중한 마키까지 죽어버릴 테니까요."

"그렇군요."

유키 형사는 맞장구를 치면서도 호시카게가 무슨 말을 하려는 건지 짐작할 수 없었다.

"다치바나를 죽였을 때는 펜나이프를 사용해야만 했고, 그 작은 나이프를 사용하는 이상 숨골을 찌르는 수밖에 없습니다.

다시 말해 숯쟁이의 추락사와는 별개로 두 번의 살인에 사용한 수단에는 각기 필연성이 있었어요."

"알겠습니다."

"범인이 살인에 대한 다양성에 대한 언급을 의식하기 시작했다면 그것은 하나 씨를 살해했을 때부터인 셈인데, 하지만 꼭 그렇다고만도 할 수 없어요. 수건도 불쏘시개도 그 근처에 굴러다녔으니 반사적으로 그것을 이용할 마음이 들었는지도 모르지요. 칼을 사용할 때와는 달리 피를 뒤집어쓸 일도 없고, 더군다나 간단히 승패가 나니까요."

"그렇군요. 들고 다니는 모습을 누군가에게 들켜도 의심 살일은 없을 테지요."

"맞아요. 그런데 다음으로 사용한 바람총은 또다시 필연성이 있습니다. 그 경우 아비코의 범행으로 꾸며야만 했으니까요. 즉, 두 손이 자유롭지 못했던 아비코에게는 바람총이 유일한 흉기가 됩니다. 이런 식으로 고찰하면 매번 살인 수단을 바꾼 점은 특별히 의외성을 노린 게 아니었다는 뜻이 되지요."

호시카게는 잠시 이야기가 앞서나갔다고 중얼거리면서 말을 되돌렸다.

"그런데 아마 릴리스는 너무 늦게 마음을 굳혔습니다. 그녀 혼자만 유키타케의 사소한 실수를 깨달은 게 아니라, 니조도 알아차렸던 겁니다. 니조는 그 점을 바탕으로 추리를 거듭해 단숨에 범인이 설정한 모든 기만을 벗겨내고 연쇄살인의 진상에 도달하고 말았어요. 그의 추리 재능에는 저도 찬탄하지 않을 수 없습니다."

호시카게는 니조 요시후사를 그렇게 칭찬한 뒤에 바로 비판적인 말투로 바꾸었다. 그가 조건 없이 남을 칭찬하는 경우는 보기 드물다.

"다만 니조에게는 연극적인 면이 있었어요. 관중의 뜨거운 갈채를 기대하는 단순한 성격의 소유자였던 거지요. 때문에 그는 아비코를 유치장에서 불러들인 뒤 천천히 아마 릴리스의 범행을 밝히고 멋진 모습을 보여 연출 효과를 크게 높이려 했습니다. 니조가 목숨을 잃은 것은 그 속물근성 때문입니다."

호시카게는 헛기침을 했다.

"그런데 니조가 실수한 이유를 검토해보면, 범인인 아마 릴리스의 실행력 또는 결단력을 우습게보았던 점을 꼽아볼 수 있습니다. 유키타케가 색맹이라는 것을 스스로 폭로하려 한 이상, 범인이 그를 살려둘 리가 없다는 점을 예상했을 터인데 니조가 곧바로 적절한 조치를 하지 않아서 유키타케가 죽고 말았어요. 그러고도 여전히 아마 릴리스의 수법을 얕본 탓에 이번에는 자기가 독화살을 맞고 죽는 꼴이 되었습니다."

"그때 제가 니조의 도착 시간을 숨겼더라면 좋았을 텐데, 전화에 대고 큰 소리로 떠든 탓에 아마 릴리스에게 휘둘리고 말았습니다. 아무래도 자꾸만 제 손으로 범인을 도왔다는 생각이 드는군요."

유키 형사는 니조가 살해당했을 때 자신을 붙잡고 피해자의 귀신이 나올까 무서우니 제발 묵고 가라고 애원했던 아마 릴리스를 떠올렸다. 그 살인귀가 니조의 귀신을 무서워할 정도로 양심의 가책을 느꼈을 리는 없으니 분명 그것은 온전히 자기가 연약한 여성이라는 점을 강조할 목적이었던 것이다. 유키 형사는 그녀의 악랄한 잔꾀에 새삼 감탄했다.

"아니요, 유키 형사. 당신이 도착 시간을 말하지 않았어도 상대는 아마 릴리스입니다. 반드시 무슨 수단으로든 죽였을 테지요. 살려두면 자기가 위험하다, 죽느냐 사느냐 하는 다급한 입장에 몰렸으니까요."

호시카게는 유키 형사를 위로한 다음 입술을 축였다. 붉은 입술이 여성스럽다.

"이 사건의 범인은 처음부터 유키타케와 아비코에게 혐의가 가도록 애를 썼습니다. 독화살을 사용해 살인을 한 것도 당시 수갑을 차서 자유를 잃은 아비코의 범행으로 꾸미기 위한 것이었습니다."

"그 점은 저도 눈치챘습니다, 아무렴요."

겐모치 경감이 당당하게 끼어들더니 제 입으로 맞장구를 쳤다. 이로써 다소나마 명예를 회복한 셈이었다.

2

"그런데 그 날고 기는 범인도 이번에는 황당한 실수를 했습니다. 뭐겠습니까?"

유키 형사가 볕에 그은 얼굴을 갸웃거렸다.

"화살촉에 바를 바꽃 뿌리를 뽑을 때 예기치 못한 인물에게 들키고 말았던 겁니다."

그 말을 듣고서야 유키 형사는 겨우 상황의 추이를 어렴풋 이나마 상상할 수 있었다.

"히다카 데쓰코가 목격했군요?"

"그렇습니다."

유키 형사는 돌연 닷새 전 25일 밤을 떠올렸다. 아비코의 옷장 밑에서 발견한 바꽃 뿌리를 히다카 데쓰코에게 보여주었을 때, 그녀가 갑자기 벌떡 일어나 자기 방에 들어가버린 이유는 유키 형사의 생각처럼 뭔가 기분이 상해서가 아니었다. 그녀는 유키 형사가 내민 식물의 구근을 보고 아마 릴리스가 바꽃 뿌리를 뽑았다는 사실을 직감했던 것이다. 그 사실에서 도출되는 결론은 한 가지밖에 없다. 바람총 끝에 바꽃 독을 바른 인물도, 니조의 몸을 과녁 삼아 독화살을 쏜 인물도 다름 아닌 아마 릴리스였다. 데쓰코는 그 사실을 직감적으로 깨달았던 것이 분명했다.

거기까지 생각한 유키 형사는 화들짝 고개를 들었다.

"그러면 히다카 데쓰코는 저희에게 의논하지 않고 자기가 직접 아마 릴리스와 담판을 지은 거로군요?"

무시당했다는 사실이 기껍지 않았다.

"그래요, 그런 셈이지요. 하지만 그럴 만도 합니다. 당신은 몰랐을 수도 있지만 데쓰코는 아비코에게 호감을 갖고 있어요. 이것은 며칠 전 제가 이 눈으로 관찰한 일이니 틀림없습니다. 남몰래 사랑하는 사람을 경찰이 살인범으로 보고 체포했으니 내심 당신들에게 대단한 적의를 품고 있었겠지요. 그와 동시에 사랑하는 남자를 교수대로 보낼 계략을 꾸민 아마 릴리스에 대한 분노도 대단했을 겁니다. 폭발한 그녀의 분노는 정식 재판 수속을 마치고 법적 제재를 가하는 느긋한 방법을 기다릴 수 없었습니다. 저는 직접 행동에 나설 수밖에 없었던 그녀의 심경은 충분히 이해합니다만……."

거기서 호시카게의 말투가 느리게 바뀌었다.

"하지만 데쓰코를 그런 행동으로 내몬 가장 큰 이유는 따로 있어요. 연쇄살인범이 아비코 히로시가 아니라는 점을 경찰에 알리려면 그가 유치장에 있다는 사실을 거꾸로 이용해 굳건한 알리바이가 성립하도록 '일곱 번째 살인'을 리라장에서 일으키는 게 가장 좋은 방법입니다. '아비코 히로시를 구하기 위해!' 이것이 그녀의 슬로건이었던 겁니다."

자기 신변이 절대 안전하다는 확신 하에 저지른 범행이기는 하지만 데쓰코가 사랑하는 이를 구하기 위해 굳이 살인을 결심했다는 소리를 들은 순간, 유키 형사는 히다카 데쓰코가 여걸이라고 했던 겐모치 경감의 말을 비로소 이해할 수 있었다.

"여하튼 시간이 모자라 저는 데쓰코와는 이야기를 충분히 나누지 못했습니다. 요점만 들었는데 거기에 제 추리를 덧붙이면 대충 짐작이 갑니다. 아비코가 끌려간 밤에 데쓰코는 잠이 오지 않아 창문으로 밖을 굽어보다가 화단에서 뭔가 꼼지락거리는 그림자를 발견합니다. 자세히 보니 아마 릴리스가 꽃의 뿌리를 파내고 있다는 것을 알았지요. 진귀한 식물을 살짝 가져가 자기 집 정원에 심을 셈이구나, 하고 해석했습니다. 철없는 아가씨 아마 릴리스라면 하고도 남을 짓인데, 데쓰코는 남의 눈을 피해 꽃을 따다니 운치가 있다고 생각하며 아무것도 묻지 않고 눈감아준 거지요. 가령 입장이 반대였다면 아마 릴리스처럼 드센 여자가 용서할 리 없겠지요. 사람들 앞에서 따지고 들며 망신을 주고도 남을 텐데, 그런 점에서 데쓰코는 어른스러웠어요."

유키 형사는 살인범의 역성을 드는 탐정의 말투가 다소 거슬렸다. 하지만 호시카게는 그의 표정이야 어찌 되었든 철저히 무시하고 이야기를 풀어나갔다.

"그런데 데쓰코는 유키 형사가 준 힌트로 그 식물이 바꽃이라는 사실을 알았고, 나아가 아마 릴리스가 연쇄살인범이라는 사실을 간파하고 말았어요. 한편 아마 릴리스는 결정적인 장면을 들킨 줄 전혀 모릅니다. 따라서 자기가 다치바나와 살로메를 살해하고 하나 씨를 비롯한 그 밖의 사람들을 살해한 범인이라는 사실을 들킨 줄은 꿈에도 몰랐어요. 그래서 데쓰코에게도 완전히 마음을 놓고 있었지요. 만약 아마 릴리스가 그 광경을 들킨 줄 알고 상대를 경계했다면 데쓰코가 그리 간단히 아마 릴리스를 죽이는 데 성공하지는 못했을 텐데."

유키 형사는 맥없이 고개를 끄덕거렸다.

"그런데 물에 빠뜨려 죽이는 방법을 선택한 것은, 이 역시 유키 형사의 발언이 힌트가 되었다고 하더군요. 유키 형사가 무기로 쏘아 죽이는 방법과 물에 빠뜨려 죽이는 방법이라는 두 가지 수단을 들었고, 그중 무기로 쏘아 죽이는 방법은 아마 릴리스가 이미 실행했습니다. 거기서 데쓰코는 남은 하나, 즉 물에 빠뜨려 죽이는 방법에 도전하려 했던 겁니다. 다양한 살해 방법을 사용함으로써 아마 릴리스의 죽음 역시 지금까지 벌어진 연쇄살인의 일환임을 넌지시 강조할 셈이었겠지요."

크게 고개를 주억거린 사람은 서장이었다.

"처음에는 아마 릴리스가 목욕하고 있을 때 욕실에 가서 욕조 속에 처박을 심산이었지만, 아이디어를 요모조모 짜는 사이 3층까지 시체를 끌어올리면 힘없는 자기는 혐의를 받지 않을 거라는 생각이 든 겁니다. 더군다나 그 시체를 장미꽃 위에 던져놓으면 괜히 더 마키가 범인인 것처럼 보이지 않을까 싶은 생각도 들었어요. 설명할 필요도 없지만, 낭만적인 죽음을 동경하는 여성에게 하다못해 죽은 후라도 상관없으니 그 꿈을 이루어주려는 생각을 할 만한 사람은 아마 릴리스의 연인 말고는 없으니까요."

"저희도 그런 해석을 내렸지요."

겐모치 경감이 땀을 닦았다.

"그나저나 호시카게 씨, 히다카 데쓰코가 범인이라면 그 뚱뚱한 아마 릴리스를 어떻게 위층으로 옮겼을까요?"

호시카게에게 질문할 때는 서장조차 다소 주눅 든 기색이었다.

"위로 옮긴 게 아닙니다. 그렇게 꾸민 것에 지나지 않아요."

"어떻게 말입니까?"

"그건 말이지요, 데쓰코의 설명에 따르면 이렇습니다. 마키에 대한 비밀 정보가 있다는 구실로 이슥한 밤에 남몰래 아마 릴리스의 방을 찾아간다……."

"하지만 그런 분위기 속에서 용케 경계도 않고 문을 열어줬군요."

겐모치 경감이 그런 감상을 중얼거렸다. 도중에 말이 끊긴 호시카게는 눈에 띄게 불쾌한 기색으로 입을 다물더니 경멸하듯이 슬며시 웃으며 상대의 얼굴을 바라보았다.

"착각하면 안 됩니다. 아마 릴리스 입장에서는 자기가 연쇄살인범이니 리라장 안에 무서운 상대가 있을 리 없지요. 겁먹은 시늉은 자기가 연약한 여성이고 범인이 아니라는 점을 넌지시 암시하기 위한 것이었어요. 더군다나 아비코가 범인으로 체포된 뒤였으니 그녀로서는 아무래도 안심하는 기색을 보여야만 했습니다. 경계하느라 문을 걸어 잠그고 있다면 그편이 오히려 부자연스러우니까요."

"과연."

자기 착각을 지적받은 뚱보 경감은 얼굴을 붉혔다.

"게다가 마키에 대한 정보를 알려주겠다는 말을 들었는데 제정신으로 있을 수 없지요. 아시다시피 미남인 마키에 비해 아마 릴리스는 별 볼일 없어요. 겉으로는 한껏 제멋대로 굴지만 마키에게 버림받으면 어쩌나 하는 걱정은 늘 머릿속에서 떠나지 않았겠지요. 그녀로서는 사랑하는 그 남자의 최신 정보를 듣지 않고서는 마음이 편치 않았던 겁니다."

"허, 잘 알겠습니다."

"잡담을 하는 사이 아마 릴리스는 꾸벅꾸벅 졸기 시작했는데, 이는 겐모치 경감님이나 유키 형사와 마찬가지로 주스 속에 약이 들어 있었기 때문입니다."

"수면제가? 아마 릴리스의 방에서 슬쩍한 겁니까?"

"그렇지 않아요. 데쓰코는 실연한 이래로 잠이 안 와서 수트케이스 안에 갖고 다녔다고 했습니다. 그 수면제를 주스에 넣은 것인데, 마키에게는 두 배에 가까운 양을 사용해서 당시 이미 곯아떨어졌던 겁니다. 그가 약혼녀의 방을 찾아와 데쓰코의 작업을 방해할 걱정은 없는 거지요."

"참으로 똑똑한 여자로군요."

겐모치 경감이 기가 막힌다는 투로 말했지만 호시카게는 고개도 까딱하지 않았다.

"누구든 조금만 머리를 굴리면 그 정도 꾀는 나옵니다. 웬만한 멍청이가 아니고서야."

"그런가요?"

경감은 비아냥거리는 말로 여겼는지 불쾌한 표정을 지었다.

"자, 이제 그 수면제가 효과를 드러내 비틀거리는 아마 릴리스를 부축해 3층으로 데려가는데, 거기에는 미리 욕조의 물을 담은 대야를 준비해놓았습니다. 아마 릴리스의 무릎을 꿇게 하고 그 속에 머리를 처박아 짓눌렀던 겁니다. 여자라는 생물은 참 잔혹하기도 하지요."

호시카게는 말을 끊더니 곱게 다듬은 손톱을 가만히 바라보았다.

하지만 일동이 입을 다문 이유는 호시카게와 같은 마음에서가 아니었다. 아마 릴리스가 익사한 현장이 3층이라는 뜻밖의 사실에 놀랐기 때문이었다.

"대야 물에 빠진 겁니까?"

"그래요. 데쓰코의 목적은 지금 말했듯이 마키를 범인으로 꾸미는 일이었습니다. 특별히 마키를 증오한 건 아니지만 누군가를 범인으로 삼지 않는 한 자기가 의심을 사고 말지요. 뭐, 말해놓고 보니 여자의 에고이즘이로군요. 그야 어쨌든 욕실에서 물에 빠뜨려 죽이고 그 시체를 3층까지 옮겼다면 누가 봐도 마키의 범행으로 보입니다. 이 경우 동기는 다음 문제지요. 마키가 아니면 불가능해요. 따라서 마키가 범인이라고 단정을 내리고 맙니다. 아마 릴리스가 과거의 실수를 고백해 화가 났던 것 아니냐고 다그쳐도 부정할 수가 없는 겁니다. 마키는 알리바이도 없으니 개미지옥에 끌려들어가는 개미나 다름없지요. 아무리 발버둥 쳐도 살아날 길이 없습니다."

"정말이지 위험천만했군요."

서장이 쪼글쪼글한 얼굴로 맞장구를 쳤다. 어딘지 모르게 추종적인 말투였다.

"이어서 아마 릴리스의 시체에서 옷을 벗겨낸 목적은, 말할 필요도 없이 목욕 중에 당한 것처럼 꾸미기 위해서였지요. 그녀는 벗긴 옷을 들고 1층으로 내려와 옷 바구니 안에 넣었습니다. 그런 다음 수건과 비누를 넣어두는 섬세한 연출까지 했던 겁니다."

3

"그런데 데쓰코는 그 카드를 어디서 발견했답니까?"

그렇게 물은 사람은 유키 형사였다. 아비코의 방을 뒤져도 찾지 못했던 카드를 그런 보잘 것 없는 미술학도가 찾아내다니, 경감이나 서장, 검사는 체면이 서지 않았다.

"아니, 거기에도 오해가 있어요. 데쓰코는 마침내 아마 릴리스를 없앴는데, 처음부터 이것이 연쇄살인의 일부인 것처럼 꾸밀 계획이었어요. 말할 필요도 없이 22일에 발생한 세 건의 살인, 즉 다치바나, 살로메, 하나 씨 살해의 경우 자기는 도쿄에 있었다는 완벽한 알리바이가 있으니 경찰이 아마 릴리스의 죽음을 연쇄살인의 일환으로 보는 한 자기 신변은 무슨 일이 있어도 안전합니다. 그렇게 꾸미려면 그저 단순히 스페이드 7 카드를 아마 릴리스의 시체 옆에 던져놓기만 하면 됩니다. 그런데 하늘이 도왔는지 데쓰코 또한 아마 릴리스의 것과 똑같은 트럼프 카드를 가지고 있었습니다. 아니, 그것을 가지고 있었기에 아마 릴리스를 살해할 결심을 했겠지요."

"뭐라고요? 데쓰코도 똑같은 카드를 가지고 있었다고 말씀하시는 겁니까?"

이래서야 이야기가 너무 척척 맞아떨어지지 않는가. 다들 곧이곧대로 믿기 어렵다는 표정을 지었다.

"그래요. 설명하지 않으면 이해 못하겠지만 22일 이른 아침을 떠올려보십시오. 아마 릴리스가 화장실에 내려갔을 때, 식당에 누가 있는 기척이 났다는 점은 여러분도 아시는 바와 같습니다. 그런데 그날 아침식사 자리에서 스페이드 13장이 사라지고 40장 남아 있던 카드 중에서 또다시 클로버와 하트가 한 장씩 줄어든 사실을 발견했지요. 거기서 당연히 그 두 장의 카드를 훔친 사람은 그날 새벽 식당 안에 숨어 있던 인물이 분명하다고 짐작했고, 전날 오전에 리라장을 떠나 도쿄로 돌아간 데쓰코는 완전히 혐의에서 벗어납니다. 하지만 말입니다, 실제로는 화장실에 내려온 아마 릴리스를 놀라게 한 식당 안 괴한의 정체는 만페이 영감이었고, 카드를 훔친 사람은 그가 아니라는 사실이 밝혀졌습니다. 그렇다면 데쓰코가 카드를 훔친 장본인일 가능성도 있지 않겠습니까?"

"어째서인가요? 무슨 목적으로 두 장의 카드를 훔쳤습니까?"

"샘플용이었습니다."

"샘플?"

"여러분은 물감을 사러 돌아갔다는 데쓰코의 구실이 미심쩍지 않던가요?"

"예, 그런 생각은 했지요."

"그 생각대로 물감을 사러 갔다는 말은 거짓말입니다."

"그럼 무엇 때문에 돌아간 겁니까?"

"새 카드를 구입할 목적이었어요. 아마 릴리스가 가지고 있는 것과 똑같은 카드를 말입니다."

"어째서 뜬금없이 그런 욕심을 낸 거지요?"

숨 가쁘게 쏟아지는 유키 형사의 질문에 호시카게 류조가 대답한 내용은 다음과 같다.

일동이 리라장을 찾은 당일 밤, 히다카 데쓰코는 울적한 마음을 씻기 위해 식당 선반에 있던 카드를 꺼내 자기 방에서 혼자 점을 치기 시작했다. 스페이드 카드가 죄다 빠져 클로버와 하트, 다이아몬드와 조커를 합해 40장밖에 남지 않았지만 그래도 점치는 방법은 제법 된다.

남몰래 애태우던 남성을 살로메에게 어이없이 빼앗긴 직후였던 만큼 그때 데쓰코가 점쳤던 내용도 자신의 결혼운이었을 것이다.

"그런데 그만 실수로 불붙은 파이프담배를 하트 3와 클로버 잭 위에 떨어뜨려 태우고 말았다고 하더군요. 이미 스페이드가 빠지고 어중간하게 남은 카드이니 더 이상 게임에도 써먹지 못할 물건이기는 하지만, 본디 아마 릴리스라는 여자는 심보가 고약합니다. 솔직하게 사과해봤자 결코 흔쾌히 용서해줄 것 같지 않았어요. 아니, 자기만 아는 아마 릴리스가 친구들 앞에서 욕설을 퍼부을지도 모릅니다. 평소 부르주아 한량 아가씨라고 경멸하는 눈으로 보던 여자에게 욕을 얻어먹는 일은 데쓰코로서는 견딜 수 없는 굴욕이에요. 도저히 참을 수 없는 일입니다. 그럼 어쩌면 좋을까요?"

"입 싹 닦고 모르는 척하면 안 됩니까?"

"식당에서 가져갈 때 마키가 그 모습을 봤다고 했습니다. 허나 마키는 신사라 고자질처럼 품위 없는 짓은 하지 않았습니다만."

"그래서 같은 카드를 사려 했던 거군요?"

"그래요. 한참 머리를 굴린 끝에 몰래 똑같은 카드를 사와서 그 속에서 하트 3와 클로버 잭을 골라내 돌려놓으면 된다는 결론을 얻었습니다. 거기서 한밤중에 다시 카드를 가지러 갔던 겁니다. 모두들 스페이드 카드 분실에만 정신이 팔려 있었으니까요."

호시카게가 말을 끊자 옆에서 미즈하라 형사가 여전히 차분한 목소리로 히다카 데쓰코가 22일 긴자에 있는 백화점에 가서 점원에게 하트 3를 보여주며 카드 한 세트를 구입한 사실을 알아냈다고 보고했다.

"그러므로 23일에 리라장으로 돌아온 그녀의 주머니 속에는 당연히 그 새 카드가 들어 있었습니다. 아마 릴리스를 살해했을 때 도움이 된 스페이드 7은 도쿄에서 새로 사온 카드 중 한 장이었습니다."

"그렇다면 히다카 데쓰코는 아마 릴리스가 카드를 숨긴 장소를 알 필요가 없었다는 뜻입니까?"

유키 형사는 여전히 그 문제에 매달렸다.

"그래요, 자기 카드를 쓰면 되니 고생해서 아마 릴리스의 카드를 찾을 필요가 없지요."

"그럼 제가 찾아낸 스페이드 8부터 킹까지 여섯 장의 카드는 아마 릴리스가 숨긴 물건이 아니었군요."

유키 형사가 말하는 카드는 아비코의 옷장 속에서 발견한 것을 가리키는 것이다.

"맞습니다. 그 여섯 장의 카드도 데쓰코가 도쿄에서 사온 새 카드의 일부입니다."

"어째서 그런 짓을 했을까요?"

"그 이유는 이러합니다. 카드가 두 세트 있는 줄 모르는 수사진은 그것을 발견하고 압수함으로써 완전히 마음을 놓고 만다. 아직 어딘가에 숨겨진 아마 릴리스의 카드를 찾을 생각을 하지 않게 된다. 데쓰코가 노린 바가 바로 그 점입니다. 어째서 그런 짓을 했느냐? 카드가 두 세트 존재한다는 사실을 알면 아마 릴리스를 살해한 범인이 그전의 연쇄살인을 저지른 범인과 동일인물인 양 꾸민 데쓰코의 계략이 무너집니다. 그것을 막기 위해 유키 형사의 눈에 띄는 장소에 스페이드 8부터 킹까지 여섯 장의 카드를 놓아둔 겁니다."

호시카게는 조곤조곤 설명했다. 사람들은 그럭저럭 그 말을 이해한 듯했다.

"그렇다면 아마 릴리스의 카드는 아직 어딘가에 숨겨져 있다는 뜻이 되는군요."

"그렇습니다, 이만큼 큰 저택이니 찾아내기도 수월하지 않겠지요. 하지만 저는 아마 릴리스의 카드가 아직 발견되지 않았다는 점을 거꾸로 이용했어요. 며칠 전 제가 이곳을 떠나려 했을 때, 용도를 밝히지 않고 젠모치 경감님께 카드를 한 장 빌렸는데, 그 또한 샘플로 쓸 목적이었습니다. 알겠습니까? 잘 듣지 않으면 이야기가 얽히고설켜서 이해하기 어렵습니다. 사실 저도 데쓰코가 그런 것처럼 그 카드를 들고 백화점에 가서 그 견본과 똑같은 물건을 한 세트 샀어요. 그리고 그 속에서 스페이드 7을 골라 봉투에 넣은 다음 유키 형사에게 부탁해 데쓰코가 식사하고 있을 때를 노려 몰래 2층 방에 집어넣었습니다. 즉, 이 사건에 관련된 똑같은 카드는 세 세트가 있는 셈이지요."

이야기는 마침내 오늘 밤 종막의 순간에 이르렀다. 사람들은 한층 더 진지한 얼굴로 호시카게의 말에 귀를 기울였다.

"제가 쓴 짧은 편지를 데쓰코는 바로 이해했습니다. 여기서 다시 한 번 반복하겠는데, 그녀는 수사진에게 어디까지나 카드가 두 세트라는 점을 숨겨야만 했어요. 아마 릴리스의 스페이드 카드 중 나머지 일곱 장이 존재한다는 사실을 어떻게든 들켜서는 안 되었습니다."

호시카게는 일동이 이해하기 쉽도록 유난히 느릿한 목소리로 되풀이했다.

"저는 지금 아마 릴리스의 카드에서 일곱 장이 남았다고 했는데, 그 뜻은 알겠지요? 아마 릴리스의 시체 옆에 떨어져 있던 스페이드 7은 데쓰코가 자기 손으로 던진 카드이니 아마 릴리스가 몰래 숨겼던 스페이드 7은 사용되지 않은 겁니다. 다시말해 죽은 아마 릴리스가 소지한 카드는 스페이드 7부터 킹까지 일곱 장이라는 뜻이 되지요. 알겠습니까?"

"예."

"그 스페이드 7이 봉투에 들어 있었으니 데쓰코는 그 편지를 쓴 사람이 아마 릴리스의 카드를 발견했다고 덜컥 믿어버렸습니다. 제가 똑같은 카드 한 세트를 또 사온 줄은 꿈에도 몰랐겠지요. 자기가 사용한 트릭에 스스로 빠졌는데도 깨닫지 못한 겁니다. 거기서 그녀는 벽난로 근처에 숨겨놓은 나머지 여섯 장의 카드를 반드시 손에 넣어 파기해야 한다고 결심했어요. 이런 그녀의 심경 변화는 생생하게 상상할 수 있었습니다. 역시나 그 상상은 틀리지 않았어요. 마침내 제가 친 덫에 걸려, 유키 형사에게 부탁해 숨겨놓은 카드를 꺼냄으로써 아마 릴리스 살인범이라는 사실을 여러분 앞에서 스스로 입증하고 만 것입니다……."

호시카게의 장광설이 끝나자 사람들은 각자 할 일을 되찾았다. 서장과 유키 형사는 빗속을 뚫고 다시 경찰서로 되돌아갔고, 나머지 사람들은 각자 적당한 방에 들어가 날이 샐 때까지 휴식하기로 했다.

-4-

밤새 휘몰아치던 거센 폭풍도 잦아들어, 유난히 상쾌한 아침이었다. 마키보다 한발 먼저 잠에서 깨어 세면소에 내려온 아비코는 벌써부터 정원을 산책하는 호시카게 류조의 모습을 보고 놀라서 눈을 번쩍 떴다. 아니, 그뿐만이 아니다. 식당을 들여다보니 뜻밖에도 하시모토 검사가 조간을 펼치고 있지 않은가.

"아니, 검사님!"

"여, 좋은 아침이오. 잘 잤습니까?"

"예, 푹 쉬었습니다."

며칠 전 신문을 받았을 때와는 딴판으로 검사가 밝고 호감 가는 사람으로 보였다. 단맛 쓴맛 전부 겪은 대머리와 테가 굵은 로이드안경 속 온화한 눈동자가 몹시 믿음직한 인상을 주었다.

"꽤나 일찍 도착하셨군요."

"아니요."

"호시카게 씨도 보았는데, 여러분은 내일 오실 예정 아니었습니까?"

어젯밤의 소동을 전혀 모르는 듯, 다소 얼빠진 인사였다.

검사의 간단한 설명을 들은 아비코는 대번에 안색을 바꾸더니 한참 말없이 상대의 얼굴을 뚫어져라 바라보았다.

"저, 마키에게 알리고 오겠습니다."

그는 빙글 뒤로 돌아 나갔다.

잠에서 깨어 첫 담배를 피울 생각으로 피스에 불을 붙이려던 마키는 아비코가 찾아오자 침대에 걸터앉았다.

"왜 그래? 꼭두새벽부터……."

"어이, 큰일 났어. 어젯밤 데쓰코가 체포되었어."

"그래?"

뜻밖에도 마키는 놀라는 기색을 보이지 않았다.

"뭐야, 너도 알고 있었어?"

"체포 소식은 처음 듣지만 데쓰코가 릴리스를 죽인 범인이라는 점은 알고 있었어. 사건 당시 이곳에 있었던 건 데쓰코하고 나 둘뿐이었으니, 내가 죽이지 않은 이상 그녀가 범인일 게 뻔하지."

"그렇다면 어째서 빨리 겐모치 경감님에게 말하지 않았지?"

"어리석은 소리!"

마키가 눈을 희번덕거렸다.

"그들이 내 말을 믿을 것 같아? 게다가 데쓰코가 범인인 줄은 알고 있었지만 그녀가 다치바나나 살로메를 어떻게 죽였는지, 그 점을 모르겠어. 그날 데쓰코는 도쿄에 있었다는 알리바이가 있다고 하니까."

"그렇지 않아, 아니야. 데쓰코는 릴리스를 죽인 범인이야. 하지만 유키타케나 니조, 다치바나, 살로메, 하나 씨를 죽인 건 바로 릴리스야."

"뭐라고!"

벌떡 일어나는 결에 사이드테이블 위에 있던 재떨이가 떨어지고 말았다.

"어이, 아비코. 헛소리 마!"

"정말이야, 지금 막 검사님께 들었어. 거짓말 같으면 네가 직접 만나봐."

아비코의 진지한 표정에 마키는 상세한 사정은 모르겠지만, 이윽고 아내로 맞이하려던 여자가 살인귀였다는 사실을 겨우 깨달은 듯했다. 그는 힘없이 침대에 털썩 앉아 다시는 입을 열지 않았다.

30분쯤 지나 아침식사가 시작되었는데, 그 자리에서 두 학생은 비로소 검사의 입을 통해 상세한 사건 설명을 들을 수 있었다. 아비코가 접시 위의 토스트를 먹어치우고 마키 쪽을 쳐다보니 그는 여전히 손도 대지 않고 머리를 싸매고 있었다.

식사가 끝날 무렵, 유키 형사가 입구에 활기찬 얼굴로 나타났다.

"오늘은 손이 빈 녀석들을 총동원해서 무슨 일이 있어도 나머지 스페이드 카드를 찾아낼 작정입니다. 경찰서에서 생각했는데 베개나 쿠션 속도 물건을 숨기기에는 안성맞춤 아닐까 싶어요."

사냥개처럼 기세가 등등했다. 사건이 해결된 탓인지 웃음소리가 밝았다. 날렵해 보이지만 못생긴 그 얼굴을 보고 있노라니 아비코는 문득 하드보일드 소설에 등장하는 찌그러진 생김새라고 말했던 유키타케의 말을 떠올렸다. 죽이 맞지 않는 남자였지만 그 규슈 남아도 이제는 없다.

10시쯤 되자 마키와 아비코 두 사람은 호시카게의 벤츠를 함께 타고 온갖 추억이 서린 리라장을 뒤로 했다. 슬슬 출발이 다가왔을 때 아비코는 만페이 영감에게 이별을 고하러 갔는데, 이 관리인의 류머티즘은 호시카게가 선물로 보낸 특주를 홀짝홀짝 마신 덕에 대번에 차도를 보였다. 게다가 먼 친척이기는 하지만 마음씨 고운 아가씨가 돌봐주기로 해서 아비코도 미련 없이 떠날 수 있었다.

그러나 이 텅 빈 거대한 저택 속에서, 더군다나 수많은 살인이 벌어진 직후에 단둘이 밤낮을 보내기에는 다소 자극이 강해 당분간은 근처 농가 청년들에게 부탁해 신세를 질 생각이라고 했다. 아비코도 이 말에는 대찬성이었다.

학생들은 채비를 하고 수트케이스를 벤츠에 실었다. 마키는 묵묵히 뒷좌석에 탔지만 아비코는 응접실을 기웃거리고 정원을 바라보는 등 자꾸만 여운을 아쉬워하는 눈치였다. 어젯밤 호우에 테라스도 잔디도 흠뻑 젖어, 깨닫고 보니 지난 열이틀 사이 여왕처럼 흐드러졌던 칸나 꽃은 가련하게도 바람에 꺾이고 말았다.

배웅 나온 경찰 관계자들 속에서 유키 형사는 특히 아비코에게 깊이 고개를 숙여 그를 의심했던 결례를 사과했다. 아비코는 늘 그렇듯 가슴을 젖히고 붉은 얼굴로 쑥스럽게 웃으며 몇 마디 대답했다.

운전석에 호시카게가, 조수석에 미즈하라 형사가 앉았다. 자동차가 유턴해서 정원을 나가려는 순간, 마키는 이곳에 도착한 저녁에 앞치마로 젖은 손을 훔치며 종종걸음으로 나타났던 하나 씨의 활기찬 웃음을 떠올렸다.

그 생글생글한 하나 씨의 둥그런 얼굴이 돌기둥에 얽힌 나팔꽃의 붉은 꽃송이와 하나가 되었을 때, 자동차는 철문을 지나갔다.

큰길로 나온 호시카게는 가속페달을 밟아 속도를 한껏 높였다. 오쿠지치부奥秩父의 풍경은 하늘도, 공기도, 나무도, 밭도, 그리고 한적한 하얀 집들도, 하룻밤을 경계로 단숨에 가을 향기를 물씬 풍겼다.

호시카게 류조는 가만히 앞을 바라보며 히다카 데쓰코가 아비코 히로시를 사랑했다는 말을 본인에게 해야 할지 말아야 할지 하염없이 고민했다.

창작 노트

아유카와 데쓰야

교토에 본부, 도쿄에 지부를 둔 'SR 모임'이라는 추리소설 마니아 그룹이 있다. SR은 Sealed Room, 즉 밀실의 머리글자를 딴 것으로 지금은 회원이 전국 단위에 이르고 연령도 70대부터 틴에이저까지 아우를 정도로 폭넓은 모임인데, 이들이 공정한 비판을 기치로 내걸고 추리작가의 작품을 가차 없이 파헤치다 보니 우리 작가들 입장에서 보면 참으로 까다로운 존재였다.

 20년 전 이 모임이 발족했을 때는 나도 그 일원이었다. 정식 회원이었는지 운영회원이었는지 그쪽 기억이 아무래도 흐릿하다. 회비를 낸 기억이 없는 점으로 판단하건대 본인은 회원이라고 믿었지만 명부에는 이름이 없었던 게 아닐까 싶기도 하다. 《검은 트렁크》 지면에서 언급했던 젊은 신인들이 바로 이 회원들이다. 당시는 도쿄 지부의 멤버가 한 다스나 될까 말까 한 소소한 집단이기도 했다.

요즘도 'SR 모임'에서는 회원이 쓴 범인찾기 소설을 읽고 회원들끼리 추리게임을 즐기는 습관이 있는데, 그러한 기획은 이미 초기 때부터 보였다. 이 동인지에 《주박呪縛 재현》이라는, 아마추어 냄새 풀풀 나는 제목의 소설을 연재했던 나는 정례회 석상에서 그 마지막 편을 낭독해 범인찾기 게임의 대본으로 썼다. 《리라장 사건》은 그 중편 소설을 바탕으로 새로 쓴 작품이었다.

이야기가 약간 엇나가지만 나와 인연이 깊은 이 그룹에 대해 이 기회에 조금 써두고 싶다. 'SR 모임' 도쿄 지부를 홀로 꾸려나갔던 사람은 '가리 규特久'라는 필명의 이학부 전기과 출신 미청년으로, 문장 공부는 전혀 한 적도 없으면서 야마다 후타로山田風太郎: 1922~2001, 추리소설, 역사소설, 기담소설 장르에서 활약— 옮긴이, 쓰지야 다카오土屋隆夫: 1917~, 일본의 소설가, 추리작가— 옮긴이 씨와 어깨를 나란히 하는 명문장가였다. 결핵으로 요양하던 그가 홀몸에 한가하다는 점을 틈타 우리는 이 사람 집을 모임 장소로 이용했다. 이 이야기는 야마무라 마사오山村正夫: 1931~1999, 일본의 추리 작가— 옮긴이 씨의 《추리문단 전후사》에 잘 나와 있는데, 한 번은 늘 폐만 끼치는 내가 사죄의 뜻으로 커틀릿 빵을 선물로 사간 적이 있었다. 그 무렵이었으니 속은 고래 고기였다. 가리 씨는 기뻐했고 머리부터 뜯어 먹다가 반을 돌려 꼬리부터 뜯어 먹기도 하며 천진하게 장난을 쳤다. 그것이 겨우 5, 6년 전 일만 같다.

하지만 이러한 결속도 1차 'SR 모임'이 사라진 뒤로는 느슨해졌다. 그리고 그 무렵부터 가리 씨는 때때로 훌쩍 소식을 끊어버리기 시작했다. 그리고 몇 년 지나 홀연히 나타나서는 바로 어제 헤어진 사람처럼 하다 만 뒷이야기를 이어가듯 말하는 것이었다. 이 가리 씨가 세 번째쯤으로 '증발'한 뒤로 10여 년이 지났고, 나는 그 후의 동정을 전혀 알지 못했다. 몇 해 전 릿푸쇼보에서 간행한 《현대의 추리소설》제1권 월간 소식지에 〈사라지는 이야기〉라는 수필을 썼는데, 글 속에서 가리 씨에 대해 언급했으니 그 부분을 실어보겠다.

K군, 필명을 말해도 젊은 독자는 물론이요, 신세대 추리 작가들 사이에서도 이름을 아는 이는 얼마 되지 않으리라. 그는 사교가이자 한가한 인물이기도 했으므로 당시 신인이었던 우리는 그 점을 핑계 삼아 종종 K군에게 몰려가 희망과 포부를 늘어놓곤 했다. 그런 K군도 1961년에는 스물일곱 편에 달하는 단편을 발표했는데, 1963년에는 겨우 한 편으로 줄어버렸고, 그리고 얼마 지나지 않아 사라졌다.

2, 3년 전의 어느 밤, 센가쿠지 절 옆을 지나는 김에 K군의 집 앞에서 발걸음을 멈추었지만 이미 주인이 바뀌어 K군의 행방을 알 길은 없었다. 육체 묘사가 뛰어나고 필력 있는 사람이었으니 지금도 활동한다면 성애 소설이 한창 인기인 요즘, 여기저기서 모셔가려 안달할 유행 작가가 되었을 텐데.

작년, 이 가리 씨에게서 20년 만에 전화가 왔는데 상대의 희망으로 긴자의 찻집에서 30분쯤 이야기를 나누었다. 더 이상 미청년이라고 할 수는 없었지만 옛날의 풍모를 엿볼 수 있는 멋진 신사가 되어, 지금은 텔레비전 관련 일을 하고 있다고 했다. 이것은 우연한 결과에 지나지 않지만 우리 둘 다 결혼에 실패하여 여성공포증(?)에 걸려, 쉰을 넘긴 나이에도 여전히 독신 생활을 계속한다는 점이 끔찍하다기보다는 우스꽝스러워서 나는 커피를 마시면서 남몰래 쓴웃음을 지었다. 그 가리 씨하고는 또다시 연락이 끊긴 상태다.

　도쿄 지부 회원들 중에는 단편을 반 다스쯤 쓴 유라 게이이치由良啓一, 스무 개가 넘는 단편을 발표한 가지 다쓰오梶龍雄라는 사람들이 있었는데 전자는 지케이 의대를 졸업하고 고향인 도호쿠로 돌아갔는지 그 후의 소식은 전혀 듣지 못했다. 한편 후자인 가지 씨는 번역가로 활약하고 있다. 또한 나보다 연장자였던 후지 유키오藤雪夫 씨는《페트로프 사건》때도《검은 트렁크》때도 인기를 겨룬 호적수인데 그 후 전공인 전기공학 연구로 학위를 따서 다망한 생활을 보내고 있다. 작년에 가리 씨를 만났을 때와 비슷한 시기에 전화를 받았는데, 두 사람의 첫 마디가 약속이라도 한 것처럼 "내가 누군지 알겠습니까?"여서 우스웠다.

　그건 그렇고, 당시 부족한 생활을 보내던 내게는 공상의 나래를 펼치는 일이 유일한 즐거움이다 보니《리라장 사건》역시 플롯과 트릭은 고생 하나 않고 머릿속에서 술술 나왔다. 그리고《붉은 밀실》과 마찬가지로《탐정 실화》에 1년 4개월에 걸쳐 연재되었다. 다만 연재 당시에는 독자들의 반응이 전혀 없어 작가로서는 그 점이 불안하고 불만스러웠지만 오랜 기간 고료를 받았으니 불평할 수는 없었다.

연재 중에 딱 한 번, 친구들에게 칭찬받은 적이 있었다. 매회 소설 첫머리에 붙는 '지난 줄거리'가 요점을 콕 집어내 잘 요약하고 있다는 것이었다. 다만 이것은 편집자가 한 일이라, 작가인 내가 칭찬받을 입장은 아니었다. 이리하여 이 장편은 아무 문제도 일으키지 않고 끝났다.

《리라장 사건》은 그 후 다양한 출판사에서 새로운 판으로 간행되었다. 그런 의미에서는 내 장편 중에서도 최고 기록이지만, 일단 대부분의 경우 작은 책방에서 발행된 터라 큰 회사와는 이상하게도 인연이 없었다. 거대 출판사에게 무시당한 까닭은 아마도 그 내용이 지나치게 통속적이라는 이유가 아닐까 싶다. 나는 결코 통속소설을 쓸 생각은 아니었건만……

본편을 집필했을 무렵 나는 잠시 고마고메 사카시타 초에 살았다. 그 부근은 물가가 싸고 생활하기 좋은 지역이었는데, 안도 쓰루오安藤鶴夫: 1908~1969, 평론가, 연예 프로듀서, 소설가.《항담 혼모쿠테이(巷談本牧亭)》로 제50회 나오키 상 수상— 옮긴이 씨의《항담 혼모쿠테이》를 읽으니 이야기꾼 모모카와 엔유桃川燕雄 역시 이 근처에 살았다고 한다. 어쩌면 길모퉁이에서 마주쳤을지도 모르겠다 싶기도 하지만, 그 비슷한 모습의 신사를 본 기억은 한 번도 없다.

외식만 하던 내가 아침저녁을 먹는 곳은 당고자카 고개 허리께에 있는 외식권 지정 식당이었다일본은 제2차 세계대전 후 물자부족으로 미곡 배급제를 실시하면서 외식을 주로 하는 이들에게는 외식권이라는 식권을 주었다. 1940년대 말 외식권 지정 식당이 아닌 음식점에서는 미곡류의 주식을 취급할 수 없었다.— 옮긴이). 이곳은 메이지 무렵 국화꽃 옷을 입힌 인형극으로 유명한 국수집이었다는데, 그 말을 듣고 보니 식당치고는 정원이 훌륭했다. 시대가 그랬던 만큼 도쿄에는 피난지에 처자를 남겨두고 홀로 상경해 생활하는 회사원도 많았다. 하지만 이 식당에는 화이트칼라가 한 명도 없어, 그 안에 섞인 나는 이색분자라는 느낌을 지울 수가 없었다. 단골 중에는 풍자가라고 하는 심술궂게 생긴 남자가 있었는데, 후학을 위해 무대에 오른 그의 이야기를 들어보고 싶다고 생각하는 사이 내가 지가사키로 이사를 가게 되어 끝내 그 기회를 잃고 말았다. 이 이야기는 《검은 트렁크》에서 잠깐 다루고 있다.

당고자카 하면 내 증조부인가 그 사촌인가 하는 분이 그곳을 지나다가 안세이 대지진을 겪어 데굴데굴 굴러갈 것만 같아 차마 서 있지 못했다는 이야기를 친척에게 들은 적이 있다. 이분은 고마고메의 기치죠지 절에 묻혔는데 그 묘석이 신기한 석재라는 이유로 신문에 난 적이 있어 예닐곱 살 때 성묘를 간 적이 있다.

나는 에도가와 란포 씨의 《D 고개 살인사건》에서 D 고개가 당고자카 고개를 가리킨다는 사실을 나중에야 깨달았다. 에도가와 란포 씨는 소설가로 등단하기 전 이곳에 산닌쇼보라는 헌책방을 열었고 그것이 'D 고개'의 소재가 되었는데 당시의 그는 원시 공산사회라고 할까, 물자도 돈도 전부 동거인들과 공유했다고 한다. 나는 산닌쇼보의 터를 확인하고 싶을 때가 있다. 어찌 되었든 내게 있어 당고자카는 그리운 땅이었다.

세문사世文社의《탐정실록》편집부에 가려면 이 당고자카 밑에서 반대쪽 고개를 올라 미사키 초를 빠져나가서 다시 사원이 많은 덴노지 초를 지나 미술학교와 음악학교가 있는 사쿠라기 초를 가로질러야 한다. 이 이야기는《모래 성》에 썼다. 나는 계속 터덜터덜 걸어 우에노 공원을 가로질러 료다이시바시 다리를 건너 기타이나리 초로 나간다. 세문사는 거기에 있었다. 걸어간 이유는 말할 필요도 없이 전차 요금을 아끼기 위해서였다.

　　그 무렵《탐정실록》편집부는 여염집 마루를 한 칸 빌려 그곳에 책상, 의자, 금고를 놓고 겨우 잡지 편집부 구색만 갖춘 정도였다. 세문사는 후에 간다 네리베이 골목 쪽으로 옮겼고, 나는《리라장》에서 이 새 사무실을 텐 상사로 기록했다. 텐 상사라는 요상한 이름은 지금 생각났지만 세문'세문'의 일본어 발음은 '세분'으로 영문 '세븐'과 비슷하다.―옮긴이, 에이트, 나인, 텐……에서 온 것이다. 하지만 내게 인상 깊은 것은 우에노 기타이나리 초에 있었던 무렵의 세문사였다.

　　경영면에는 관심이 없어 잘 모르겠지만 두 명의 강담사講談社 출신 공동 경영자가 운영하고, 그 밑에 편집장과 초짜 편집자가 있었다. 그 네 멤버는 하나같이 친절한 사람들이라, 그때까지 내가 품고 있던 잡지 편집자라는 인종에 대한 이미지는 크게 바뀌었다. 고료를 받으러 가면 늘 일반 수표를 끊어준다. 나는 그것을 은행에 가져가 현금으로 바꾸었는데, 그 무렵 나는 수표를 은행에 가져가면 언제든지 현금으로 바꿔주는 줄 알았다. 추리 전문지가 대개 그러하듯 이 회사도 겨우 본전치기로 굴러가는 경영 상태라, 대다수의 기고가는 수령인을 지정하는 횡선 수표를 받았다. 몇 년이 흐른 뒤 세상사에 까막눈인 나도 겨우 양자를 구분할 수 있게 되었고 그제야 비로소 편집부의 호의가 가슴에 사무쳤다.

또한 이 장편에 나오는 호시카게 류조라는 이름은 다소 겉멋들고 건방져 보이는 면도 없지 않은데, 이것은 옛날에 마키노 프로덕션이 한창 번창했던 시절, 즉 후타가와 분타로二川文太郎니 스스키타 로쿠헤이寿々喜多呂九平니 하는 감독들이 많은 작품을 발표했던 무렵, 탐정 영화에 등장했던 탐정의 이름을 그대로 빌렸다. 그 '활동사진'이 마키노 프로덕션 제작이 맞는지 기억에는 없지만 변사가 연방 호시카게 류조의 이름을 외쳐댔던 기억은 난다. 하지만 소리로만 들었으니 이 류조龍三인지 저 류조隆造인지는 모르겠다. 이 '활동사진'의 제목이든 플롯이든 배우든 아무거나 좋으니 데이터를 알고 싶었던 나는 주인공의 이름을 활자로 쓰면 독자들 가운데 영화광들의 반향을 부르지 않을까 싶었는데 아직까지 아무 반응도 없다. 내 졸작이 사람들 눈에 닿을 기회가 적어서 그런지, 영화 그 자체가 다룰 가치도 없는 작품이었기 때문인지, 둘 중 하나이리라.

(릿푸쇼보《아유카와 데쓰야 장편추리소설 전집 2》1975년)

　유라 씨도 작가가 될 소질이 있었으나 대학을 졸업하고 야마가타 현으로 돌아가 병원에서 일했다. 가리 씨가 말하길 그 무렵에는 가리 씨의 신작을 읽고 감상을 들려주기도 하더니만 이윽고 편지도 끊겼다고 했다. 훗날 가지 다쓰오 씨가 에도가와 란포 상을 수상했다는 사실은 아시는 바와 같다. 그는 크리스티를 좋아해서 당시에도 원서로 읽곤 했다. 크리스티보다도 크리스티를 많이 읽는다는 것이 가지 씨의 자랑이라는데, 이 이야기도 가리 씨에게 들었다. 사람이 성실한 후지 유키오 씨는 도호쿠 사투리로 이야기하면 한층 성실한 느낌이 가득했다. 나도 이 사람을 성실하게 대했다. 그 후로 30여 년이 지났을 때, 그는 따님과 합작으로 《사자자리》라는 새 작품을 완성해 호평을 얻었다. "오랜만에 만나고 싶군요, 가마쿠라로 가겠습니다.", "오시지요." 나는 30여 년만의 재회를 손꼽아 기다리며 식사할 레스토랑을 정했다. 그가 세상을 떠난 것은 그 며칠 후였다.

(정문사晶文社《본격 미스터리를 즐기는 법》1986년)

옮긴이의 말

고전의 향기를 물씬 풍기는 본격 미스터리 《리라장 사건》은 우리나라에 처음 소개되는 아유카와 데쓰야의 대표작입니다. 일본 미스터리를 웬만큼 읽었다 하는 분들에게도 낯선 이름이지만 사실 그는 일본 미스터리 팬들 사이에서는 에도가와 란포, 요코미조 세이시와 함께 '본격의 신'이라는 애정과 존경이 어린 호칭으로 불리는 작가입니다.

1950년 《페트로프 사건》을 통해 '시각표 미스터리'의 원조로 자리 잡은 아유카와 데쓰야는 스스로 많은 작품을 발표하지는 않았지만 미스터리 팬들을 위해 위대한 업적을 남깁니다.

그는 정당한 평가를 받지 못하고 어둠에 묻혀버린 명작들을 발굴해 세상에 알리는 한편, 그러한 활동을 통해 무명의 신인 작가들에게 작품 발표의 기회를 마련해줍니다. 사실 시공사에서 처음으로 소개한 신본격 추리작가인 아리스가와 아리스 역시 아유카와 데쓰야를 통해 데뷔한 작가입니다. 데뷔 전 '에도가와 란포 상'에서 번번이 고배를 마시던 아리스가와는 〈타버린 선로 위의 시체(학생 아리스-에가미 시리즈 초기작)〉라는 단편이 아유카와의 눈길을 끌었고, 마침내 아유카와의 소개로 당시 동경창원사의 명편집자 도가와 야스노부를 만나 《월광 게임》으로 정식 데뷔하게 됩니다.

저는 한때 여성과 인연이 없는 아유카와를 두고 혼자 멋대로 '본격의 신은 본격하고 결혼한 거야!'라고 생각하기도 했는데, 이번에 자료를 찾아보니 그는 1964년 같은 추리작가인 아시카와 스미코라는 분과 결혼했더군요. 하지만 이 결혼은 오래가지 못하고 결국 두 사람은 3년 만에 이혼하는데, 만년에 다시 부부의 인연을 맺었다고 합니다. 이 작품의 창작 노트에 실린《아유카와 데쓰야 장편추리소설 전집 2》(1975년)에서 홀아비 신세를 투덜거리는 모습을 보니 본인도 설마 한 번 헤어졌던 아내와 다시 합치게 될 줄은 몰랐던 모양이지만, 훗날 시마다 소지에게 '아내와 헤어졌던 시기를 생각하면 몹시 손해를 본 기분이 든다.'라는 말로 지난날을 후회하는 모습을 보여주기도 합니다.

1988년, 아유카와 데쓰야는《아유카와 데쓰야와 13개의 수수께끼》라는 타이틀로 13권의 추리소설 시리즈를 기획합니다. 오리하라 이치, 야마자키 준, 이와사키 세이고, 아리스가와 아리스, 미야베 미유키, 기타무라 가오루, 가사하라 다쿠, 기다 준이치로, 쓰지 마사키, 다네무라 나오키, 야마구치 마사야라는 11명의 작가와 함께 본인도 1959년에 발표한 '눈 덮인 산장' 이라는 전형적인 클로즈드 서클을 주제로 한 본격 미스터리인《백색의 공포》라는 장편을 다듬어《백화장 사건》이라는 제목으로 총 열두 작품을 기획하고, 마지막 열세 번째 수수께끼로 일반 공모를 통해 이마무라 아야라는 작가를 발굴합니다. 이는 아유카와 본인이 과거《검은 트렁크》로 강담사의 신작 총서 시리즈에서 열세 번째 자리를 차지했던 경험에서 온 기획이었습니다.

언젠가 아리스가와 아리스가 이락장二樂莊이라는 레스토랑에서 식사를 하면서 '선생님의 두 가지 즐거움은 무엇입니까?'라고 묻자 아유카와는 '하나는 미스터리를 읽는 일, 또 하나는 앤솔로지를 기획하는 일'이라고 대답했다고 합니다. '그럼 집필은 어떻습니까?'라는 질문에 아유카와는 결국 우물쭈물 대답을 얼버무리고 말았다는데, 안타깝게도 이때의 대화가 화근이 되었는지 정작 아유카와는《아유카와 데쓰야와 13개의 수수께끼》기획에서《백화장 사건》을 끝내 발표하지 못하고 눈을 감습니다.

이리하여 한 자리가 빈《아유카와 데쓰야와 13개의 수수께끼》시리즈 중 오리하라 이치의《도착의 사각》, 아리스가와 아리스의《월광 게임-Y의 비극 '88》, 미야베 미유키의《퍼펙트 블루》, 야마구치 마사야《살아 있는 시체의 죽음》은 현재 우리나라에도 소개되어 있으니 아유카와의 안목에 감탄하면서 찾아보시는 것도 재미있을지 모릅니다. 또한 1990년부터는 동경 창원사에서 일반 공모 신인상인 '아유카와 데쓰야 상'을 제정해 해마다 '창의성과 정열이 넘치는 인상적인 장편 추리소설'을 모집하여 뛰어난 신인 작가를 배출하고 있는데, 아무래도 '본격의 신'의 이름이 걸린 상이다 보니 본격 미스터리 색채가 강한 작품들이 많은 것이 특징입니다. 이 상이 재미있는 점은 상장(?)이 코난 도일 트로피, 상금이 인세 전액이라는 사실입니다.

아리스가와 아리스, 아시베 다쿠, 니카이도 레이토는 아유카와 생전에 그의 작가 생활 50주년을 기념하는《아유카와 데쓰야 독본》이라는 책을 엮어냅니다. 어렸을 때 하야카와쇼보에서 낸 포켓 미스터리 시리즈 중 엘러리 퀸의 작품은 '비싸서' 사지 않았는데 그 두 배에 달하는 값의《아유카와 데쓰야 장편 추리 소설 전집》은 나오는 족족 발매일에 서점까지 쪼르르 달려가서 샀다는 아리스가와 아리스, 아유카와도 알아내지 못한 '호시카게'라는 캐릭터가 등장하는 영화가 무엇인지 알아내고 자랑(?)하는 아시베 다쿠, 아유카와에게 에도가와 란포의 육성 노래(!)가 담긴 카세트테이프를 받았다는 시마다 소지 등 쟁쟁한 본격 추리작가들의 이야기가 가득합니다.

참고로 《리라장 사건》 창작 노트에서 작가가 언급했던 '호시카게'가 등장하는 작품은 마키노 프로덕션이 아니라 데이코쿠 키네마의 《괴신사 호시카게怪紳士星影》라는 영화였다고 합니다. 더군다나 영화 속 호시카게는 탐정이 아니라, 어느 여성의 목걸이를 노렸지만 이미 다른 악당이 그 보석을 훔쳐가는 바람에, 목걸이를 도둑맞았다는 사실을 알고 목숨을 끊으려는 여성을 구하기 위해 악당과 맞서는 '협객'이었답니다.

이렇듯 많은 후배 작가들에게 사랑과 존경을 받아온 마지막 '본격의 신' 아유카와 데쓰야는 2002년, 만 83세의 나이로 눈을 감습니다. 장례식도 추모회도 필요 없다는 유언을 남긴 아유카와의 영구차에는 아리스가와 아리스와 아시베 다쿠 단 두 사람만이 올라탔다고 합니다. '본격'을 한없이 사랑하는 그들의 마음속에서 어떠한 상념과 각오가 오갔을지 상상해보기란 그리 어렵지 않습니다.

미스터리를 사랑하는 여러분, 이번 가을은 《리라장 사건》을 시작으로 '본격의 신'들이 우리에게 남겨준 보석 같은 고전 본격 추리소설의 그윽한 향기에 취해보시는 것은 어떨까요?

2010년 10월 김선영

리라장 사건

2010년 10월 31일 초판 1쇄 발행
2011년   2월 7일 초판 2쇄 발행

지은이 | 아유카와 데쓰야
옮긴이 | 김선영
발행인 | 전재국

본부장 | 이광자
단행본개발실장 | 박지원
책임편집 | 박윤희
마케팅실장 | 정유한
책임마케팅 | 정남익 조용호
외서기획 | 최아정

발행처 (주)시공사
출판등록 1989년 5월 10일(제3-248호)

주소 | 서울특별시 서초구 서초동 1628-1(우편번호 137-879)
전화 | 편집(02)2046-2852 · 영업(02)2046-2800
팩스 | 편집(02)585-1755 · 영업(02)585-0835
홈페이지 www.sigongsa.com

ISBN 978-89-527-6001-2 03830